In Berlin vielleicht

In Berlin vielleicht

Gabriele Beyerlein

Thienemann

− 1 −

Im Traum hätte es nicht schöner sein können, das Schloss. *Ihr* Schloss. Ein behäbiger Backsteinbau war es, mit hohen Fenstern, einer geschwungenen Freitreppe, einem verwitterten Wappen über dem Eingang und einem trutzigen Turm aus behauenen Sandsteinquadern, der viel älter aussah als das restliche Gebäude. Eine Platanenallee führte zu dem Platz vor dem Schloss. Die Wirtschaftsgebäude versteckten sich hinter einer hohen Hecke.

Lene blieb stehen und nahm den Anblick tief in sich auf, merkte sich jede Einzelheit als Stoff für ihre Träume: das Schloss ihres Vaters.

Sie hatte einen Spaziergang gemacht, weil die Frühlingssonne schien, und jetzt würde sie ins Schloss zurückkehren und in ihr Zimmer hinaufsteigen − wo mochte es liegen? Mit den Augen suchte sie die Fassade ab und entschied sich für das Eckzimmer im ersten Stock mit dem kleinen Balkon. Sie nickte und spann im Weitergehen den Faden fort: Sie würde sich in den Sessel vor dem Kamin setzen − vielleicht gab es aber auch einen Kachelofen − und klingeln und nach einer heißen Schokolade mit Sahne verlangen. Wie das wohl schmeckt? Grete hatte damit geprotzt, dieses geheimnisvolle Getränk in einem Café in der Stadt genossen zu haben. Nach der Schokolade würde Lene ein Buch lesen, ein gutes Buch natürlich, sie las nicht solche Hefte für zehn Groschen wie die Mägde. Und schließlich würde sie Klavier spielen, die Mondscheinsonate, sie konnte gut spielen, fast so gut wie der Herr Lehrer, der zu ihr ins Schloss kam und ihr Unterricht gab. Oder war heute sogar ihre Klavierstunde? Ja, das wäre schön – das Herz klopfte schneller bei dem Gedanken. Neben ihm am Klavier sitzen, ganz nah bei ihm, und zuhören, wie er spielte und ihr etwas erklärte, und dann ihm vorspielen, was sie geübt hatte, fehlerlos und mit so viel Gefühl, dass er nicken und sagen würde: Es ist eine Freude, so eine Schülerin zu haben! Danach wäre schon Abendbrotzeit und sie würde ins Speisezimmer hinuntergehen und mit ihren Eltern gemeinsam essen, und ihr Vater würde fragen: Wie hast du den Tag heute verbracht, meine Tochter?

Eine Kutsche ratterte von hinten heran. Lene drehte sich um, stand am Straßenrand und sah der Kutsche entgegen, zwei glänzende Rappen und der Kutscher mit Zylinder, die Vorhänge waren zugezogen, dennoch machte Lene einen Knicks. Vielleicht war es ja der Herr Baron. Wenn der wüsste, was sie sich gerade ausgedacht hatte! Sie lachte in sich hinein.

Nun hatte sie die Abzweigung erreicht, an der sie die Allee verlassen und auf den mit Schlaglöchern übersäten Fahrweg zu den Wirtschaftsgebäuden einbiegen musste. Lene zögerte. Noch könnte sie umkehren. Einfach zurück ins Dorf wandern und der Frau Lehrer sagen, sie habe die Mutter nicht angetroffen. Nein, sie habe nicht daran gedacht, jemanden vom Gesinde zu bitten, der Mutter auszurichten, dass in zwei Wochen Lenes Konfirmandenprüfung war und in vier Wochen die Konfirmation. Wenn dann die Mutter nicht in die Kirche kam, weder zur Prüfung noch zur Konfirmation, dann

könnte sie sich sagen, die Mutter habe es eben nicht gewusst. Aber wenn die Mutter es wusste und trotzdem nicht kam ...
Lene bückte sich, hob ein paar kleine Steine auf und schleuderte sie gegen die Platanen. Es hätte keinen Zweck. Die Frau Lehrer würde sie zwingen, einen Brief an die Mutter zu schreiben.

Die Frau Lehrer meinte es gut. Sie hatte gesagt, sie wolle, dass Lene nicht ganz allein dastehe zu ihrer Konfirmation, da doch die andern alle ihre Familien hatten, ihre Väter und Mütter und Geschwister und Tanten und Onkel und Großeltern. Die Frau Lehrer hatte keine Ahnung davon, wie das war, wenn man nicht wusste, ob der einzige Mensch, den man hatte, überhaupt noch etwas von einem wissen wollte. Und wenn man zu den Leuten, zu denen man gehören wollte, eben nicht wirklich gehörte.

»Ganz allein«! Als ob es nichts mit ihr zu tun hätte, dass die Frau Lehrer in der Kirchenbank sitzen und der Herr Lehrer die Orgel spielen würde, wo sie doch bei ihnen lebte! Ja, wenn sie deren Tochter wäre ...

Aber sie war nur das Haus- und Kindermädchen der Lehrerfamilie, und das zählte nicht in den Augen der Leute. Und der Siewer-Bauer –

Noch einmal schleuderte Lene eine Hand voll Kiesel gegen die Bäume. Dann ging sie entschlossen auf die Wirtschaftsgebäude zu. Ob die Mutter in der Gesindestube war? Oder im Stall? Nein, zum Füttern und Melken war es noch zu früh, ausgemistet musste längst sein, und Feldarbeit gab es nicht am Sonntagnachmittag außer zur Ernte. Aber vielleicht war die Mutter mit den anderen Landarbeitern aus. Warten würde Lene jedenfalls nicht. Sie musste gleich wieder heim zur Lehrerfamilie. Der Weg dauerte fast zwei Stunden und sie musste ja rechtzeitig zurück sein, um das Kaffeegeschirr abzuwaschen und die Kleinen für die Nacht fertig zu machen, und Schulaufgaben von gestern hatte sie auch noch zu erledigen. Samstagnachmittag war immer Großputz, da blieb nie Zeit für die Schule, und um nichts in der Welt wollte sie die halbe Stunde nach dem Abendessen versäumen, wenn der Herr Lehrer Klavier spielte und sie alle miteinander sangen.

Lene klopfte an die Tür zum Gesindehaus und wartete. Die Mutter war erst seit letztem Jahr hier in Dienst. Dauernd wechselte sie die Stellung und Lene war bisher nur ein einziges Mal hier gewesen, zu Weihnachten. Da hatte sie der Mutter ein Geschenk gebracht, Fingerhandschuhe, die sie im Handarbeitsunterricht gestrickt hatte. Die Mutter hatte sie schweigend genommen, ohne zu sehen, wie gut das Muster gelungen war, aber vielleicht hatte sie es ja doch gesehen und nur nichts gesagt. Jedenfalls hatte sie auch ein Geschenk für Lene gehabt, zwei grüne Haarschleifen von dem Juden Abraham, der mit seinem Bauchladen auch immer ins Dorf kam. Daran sah man ja eigentlich, dass die Mutter sie nicht vergessen hatte, obwohl sie schon vor fünf Jahren weggegangen war.

Aber das hieß noch lange nicht, dass sie zu ihrer Konfirmandenprüfung kommen würde und zu ihrer Konfirmation.

Heftig stieß Lene die Tür auf und spähte in den dämmrigen großen Raum.

»Tür zu!«, fuhr eine unwirsche Stimme sie an. Vor einem der kleinen Fenster saßen vier Männer beim Kartenspiel, sonst war niemand zu sehen. »Was willst du hier?«

»Ich such meine Mutter!«, erklärte Lene. »Aber sie ist wohl nicht da.« Rasch wandte sie sich wieder zum Gehen.

»Langsam, Mädchen! Deine Mutter, wer ist das?«

»Die Marie Schindacker«, erwiderte Lene.

»Soso. Die Marie, sieh mal an! Dann geh mal in den Garten hinterm Haus. Könnt sein, sie ist dort. Wusste ja gar nicht, dass sie eine Tochter hat, die Marie!« Der Mann lachte.

Lene stieg das Blut in den Kopf. Also hatte die Mutter nichts von ihr gesagt und wollte nicht, dass die anderen es wussten, und nun hatte sie es verraten ...

Aber eine Tochter blieb doch eine Tochter! Und die konnte nichts dafür, dass sie nicht willkommen gewesen war und dass es keinen Vater für sie gab, nur einen, der ihr seinen Namen nicht hatte geben wollen! Und dieses ganze Gerede im Dorf über ihre roten Haare und die roten Haare vom Siewer-Bauern, all diese halben Andeutungen darüber, warum der Siewer-Bauer eine Magd mit Kind auf seinem Hof geduldet hatte, und dieses doofe Lachen! So blöd war sie nicht, dass sie sich nicht zusammenreimen konnte, was dahintersteckte, und dann bekam sie einen knallroten Kopf und wusste nicht, was sie sagen sollte, so wie jetzt.

Blindlings stolperte sie in den Garten.

Die Mutter saß auf der Feierabendbank an der sonnenbeschienenen Hauswand und hatte die Augen geschlossen. Fast leblos saß sie da, die abgearbeiteten Hände im Schoß zusammengelegt, tiefe Falten um den Mund. Nicht älter als dreißig war sie, aber wie eine alte Frau sah sie aus, und so fremd.

Beinahe wäre Lene wieder gegangen. Sie räusperte sich. »Mutter!«

Die zuckte zusammen, öffnete die Augen, blinzelte gegen die Sonne. »Du!«, sagte sie. Mehr nicht. Keine Regung, keine Überraschung, keine Freude. Und dann nach einer langen Pause: »Sag nicht, dass dich der Lehrer rausgeworfen hat!«

»Nein!« Lene schüttelte den Kopf. »Es ist nur ...« Sie sprach nicht weiter.

»Was – nur?«, fragte die Mutter schroff.

»In zwei Wochen ist Konfirmandenprüfung«, erwiderte Lene heiser. »Und in vier Wochen Einsegnung.«

Die Mutter rückte auf der Bank zur Seite. Lene setzte sich neben sie. Das war immerhin ein Anfang. Sie schwiegen.

»Du kommst, weil du nichts anzuziehen hast!«, stellte die Mutter schließlich fest.

»Nein! Doch! Ich – ich meine ...« Lene verhaspelte sich. Warum nur stiegen ihr die Tränen auf? Sie würde nicht heulen, nein, das Heulen hatte sie sich doch schon vor langer Zeit abgewöhnt und sie wusste ja, wie die Mutter war. Überhaupt war ihr alles gleich, und diese fremde Frau hier allemal. »Die Frau Lehrer hat mir ihr abgelegtes Kleid gegeben, das arbeite ich um. Ich nehm die abgewetzten Stellen raus und die Ärmel schneid ich einfach ab, weil – an den Ellenbogen sind sie durch, aber sonst wird das Kleid gut, und sie leiht mir ihre Schuhe. Die Frau Lehrer hat zwei Paar Schuhe, sie sind mir zwar zu groß, aber das macht nichts.« Lene unterbrach ihren Redeschwall. Es half alles nichts, die Frage musste raus. Mühsam rang sie sich ab: »Die Frau Lehrer schickt mich. Ich soll dich fragen, ob du zu meiner Prüfung kommst. Und zur Einsegnung.«

Keine Antwort.

Lene wartete. Hörte auf zu warten.

Sie hätte nicht kommen sollen. Sie hatte doch gewusst, wie es enden würde.

Aus dem Haus dröhnten die dumpfen Faustschläge, mit denen die Knechte ihre Trümpfe auf den Tisch hieben. In der Ferne schrie ein Kind.

»Was für eine Farbe hat das Kleid?«, fragte die Mutter.
»Grau.«
Die Mutter schüttelte den Kopf. »Schwarz muss es sein. Was denken sonst die Leute!«
»Was denken sie erst, wenn du nicht kommst!«, brach es aus Lene heraus.
Die Mutter fuhr auf. »Ich hab gesagt, ich geh da nie wieder zurück! Schlimm genug, dass ich neun Jahre dort bleiben musste mit dir, nur damit du ein Dach über dem Kopf gehabt hast, bis du alt genug warst, in Stellung zu gehen, weil mich mit Kind keiner genommen hat. Schlimm genug. Und der Siewer-Bauer hat noch getan, als wär's eine Gnade – und die Bäuerin erst! Das Kotzen kommt mir, wenn ich an die denk! Und die Leute mit ihrem Gerede, als hätt ich mir das so ausgesucht! Als wär's nicht der Bauer gewesen, der mir nachgestiegen ist, bis ich mich nicht mehr erwehren konnte, blutjung wie ich war!«
Lene saß da mit offenem Mund. Noch nie hatte die Mutter davon gesprochen, noch nie. Und wie es sich anhörte ...
Das Herz schlug Lene im Hals. Ein seltsames Rauschen war in den Ohren.
Bis ich mich nicht mehr erwehren konnte – nur damit du ein Dach über dem Kopf gehabt hast ...
»Die sehn mich nie wieder!«, erklärte die Mutter.
An sie, an ihre eigene Tochter, dachte die Mutter anscheinend gar nicht dabei.
»Es wär ja nur für die Kirche«, murmelte Lene schwach.
»Nur!« Die Mutter lachte höhnisch. »*Nur* die Kirche!« Dann stand sie abrupt auf. »Komm!«
Hinter der Mutter her ging Lene ins Haus, stieg die Treppe

zur Mägdekammer hinauf. Warum war sie noch immer da, warum ging sie nicht einfach?

Die Mutter nahm ihr gutes schwarzes Gewand, das in ein Tuch gehüllt auf einem Bügel an der Wand hing, und hielt es Lene hin: »Da! Mach dir dein Konfirmationskleid daraus! Kannst es zerschneiden, mir passt es nicht mehr!«

Lene brachte keinen Ton heraus. »Aber«, begann sie endlich.

»Jetzt geh!«, meinte die Mutter harsch. »Ich muss in den Stall! In zwei Wochen ist Prüfung, sagst du?«

Lene nickte stumm.

»Dass du ja alles kannst!«, drohte die Mutter.

Das Kleid über dem Arm polterte Lene die Treppe hinunter und lief aus dem Haus. Sie rannte, bis sie die Allee erreicht hatte, rannte auch dort immer weiter. Laut klapperten ihre Holzpantinen auf dem Kopfsteinpflaster.

Als sie endlich nach Atem ringend stehen blieb, wurde ihr klar, dass sie noch immer nicht wusste, ob die Mutter nun eigentlich kommen würde oder nicht.

»Ist mir doch gleich!«, schrie sie in den Wind und stapfte weiter. »Ist mir doch gleich!«

Die Anne hatte doch mit ihr im gleichen Schulzimmer gesessen!

Lene, im Kreis der anderen Schüler, starrte die Fremde an, die da während der Schulpause mitten auf dem Dorfplatz stand und sich drehte und wendete, damit man sie von allen Seiten bewundern konnte. Nein, es war nicht zu fassen, dass diese feine Dame dieselbe Anne sein sollte, die vor drei Jahren nach der Schulzeit aus dem Dorf weggegangen war. Anne hatte doch genauso wie Lene keine Schuhe gehabt und hatte sich so wie Lene mit einem bis zur Unkenntlichkeit geflickten Drillichkleid und einer verwaschenen Schürze in die Schulbank der Großen gedrückt, dieselbe Bank, die nun Lenes Platz war. Nur so gute Antworten wie Lene hatte die Anne nie gegeben. Und jetzt war sie eine Städterin in Lederstiefeletten und hatte es weit gebracht, das sah man gleich.

Dabei hatte die Anne nicht einmal einen Vater. Das hieß, immerhin hatte sie einmal einen gehabt, einen Häusler ohne Land, der nichts besessen hatte als die winzige Kate mit Garten und eine einzige Ziege und der seine Familie als Tagelöhner mühselig ernährt hatte, bis er beim Holzfällen unter eine umstürzende Eiche geraten war.

Die Schulkinder standen mit offenen Mündern um Anne, die vornehme Heimkehrerin, und gafften. »Was ist denn das?«, fragte schließlich eines und wies auf den hellblau und weiß gestreiften, mit Volants gesäumten kleinen Schirm, den Anne in der Hand hielt.

»Ein Sonnenschirm, was sonst!«, erwiderte diese, öffnete den Schirm und ließ ihn über ihrer Schulter kreiseln. »So was tragen die Damen in der Stadt, damit ihre Haut blass bleibt, weil: Das ist vornehm.«

Tatsächlich, stellte Lene fest, Anne war mehr als blass. Fast durchscheinend sah sie aus. Sie musste sehr vornehm geworden sein.

Und dieses Kleid! Aus leichtem, hellen Stoff, Meter um Meter musste der hinten zu einem richtigen Höcker geraffte Rock verschlungen haben, und dann auch noch ein Unterrock, dessen Spitzen darunter hervorsahen! Und bestimmt trug Anne – Lene schaute scharf auf die unerhört schlanke und straffe, irgendwie eisern wirkende Taille der anderen –, nein, es gab keinen Zweifel, Anne hatte ein Korsett an! So etwas trug im Dorf einzig und allein die Frau Pastor.

»Aber Anne«, fragte Lene leise, »wie bist du denn so reich geworden? Hat dich am Ende ein feiner Herr geheiratet?«

»Was noch nicht ist, das kann noch werden!«, antwortete die Gefragte und lachte. »In drei Tagen geh ich ja wieder zurück nach Berlin. Und in Berlin gibt es jede Menge feine Herren. Aber das, was ihr hier seht, das hab ich mir selbst verdient. Fabrikarbeiterin in einer Spinnerei bin ich, damit ihr es nur wisst!« Sie warf ihren Kopf in den Nacken, dass die künstlich gekräuselten Locken unter dem zierlichen Hut wippten, und blitzte herausfordernd in die Runde.

Fabrikarbeiterin! Lene stockte der Atem. Die Dorfkinder starrten.

»Dass du dich das zuzugeben traust!«, meinte Grete, die Tochter des reichen Lenz-Bauern, abfällig. »Und dann auch noch, als wär's ein Grund zum Stolz! Schämen tät ich mich!«

Lene schluckte. Sie mochte die Grete nicht, aber es war was dran an dem, was diese da aussprach: Es wurde nicht gut geredet von den Fabrikarbeiterinnen, was die für welche wären. Und in dem Journal, das die Frau Lehrer las und in das Lene manchmal einen Blick warf, stand öfter etwas darüber unter der Überschrift »Die sittliche Frage«. In der gleichen Rubrik, in der auch etwas über Prostitution stand und über das Unwesen der Schlafgänger und die unsittlichen Zustände im Obdachlosenasyl. Aber bei der Anne war das bestimmt etwas anderes, Anne war ja hier aus dem Dorf ...

»Schämen? Wofür?!«, erwiderte die Angegriffene herausfordernd und blitzte Grete an. »Arbeit ehrt, habt ihr das nicht vom Herrn Lehrer gelernt? Ich hab keinen Grund, mich zu schämen! Hinterm Mond lebt ihr hier und habt keine Ahnung von der Welt und von dem, was zählt! Und ihr seht ja, wozu man es bringen kann, wenn man dieses Kaff hier verlässt und in die Stadt geht, die einzige Stadt, die überhaupt der Rede wert ist – Berlin«, schloss Anne ihren Auftritt, drehte sich auf ihrem hohen Absatz um und stolzierte in Richtung der Kate ihrer Mutter davon.

Lene sah ihr nach: Mutig war sie, die Anne, und stolz. So wäre sie selbst auch gern.

Berlin! Ganz schwindelig wurde ihr bei dem Gedanken. Hoffentlich hatte sie heute Gelegenheit, Anne noch weiter auszufragen! Aber die Frau Lehrer hatte gesagt, Lene müsse heute Nachmittag die Beete umgraben und Mist ausbreiten und Karotten und Radieschen ansäen, da blieb wohl keine Zeit, mit den kleinen Lehrerkindern an der Hand einen Ausflug zur Kate von Annes Mutter zu machen ...

In Berlin wüsste niemand, dass sie keinen Vater hatte und im Kuhstall im Stroh geschlafen hatte, bis vor fünf Jahren der Herr Lehrer sie zu sich genommen hatte als Kinder- und Hausmädchen. Und sie sah sich in Berlin in einer hohen, hellen Fabrik mit großen Fenstern und irgendwelchen blitzenden Maschinen, und da arbeitete sie und hatte so ein Kleid und solche Stiefeletten an wie Anne ...

Die Schulglocke schrillte. Lene zuckte zusammen. Die Pause war vorüber.

Mit den anderen Schülern rannte Lene zur Schultür. In Paaren stellten sie sich auf, vorne die Kleinen, dann die Mittleren, hinten die Großen bis hin zu den Größten, die so wie Lene in wenigen Wochen die Schule verlassen würden.

»Nach Berlin würd ich auch mal gern!«, flüsterte Lene dem neben ihr stehenden Mädchen zu, ohne recht darauf zu achten, dass es die Grete war. Die antwortete nicht, gab nur ein abfälliges Schnauben von sich, das so viel hieß wie: »Du doch wohl nicht!«

Hätt ich bloß nichts gesagt!, dachte Lene. So blöd bin ich auch! Ausgerechnet die Grete! Wo die doch was Besseres ist und einmal den Lenz-Hof erbt und jetzt schon die Bauernsöhne um sie anstehen!

Der Herr Lehrer öffnete die Schultür. Sofort verstummten alle Gespräche. Schweigend strömten die Kinder in den großen Schulraum und zwängten sich wieder in ihre Bänke. Holzpantinen klapperten, bloße Füße scharrten, dann war es still. Kaum hörte man mehr das Atmen der vielen Schüler. Der Herr Lehrer duldete nicht die geringste Störung.

Alle Augen hingen an ihm. Da fiel es nicht auf, dass auch Lenes Augen es taten. Hier durfte sie ihn anschauen, ohne Angst haben zu müssen, dabei ertappt zu werden. Und konnte Bilder in sich aufnehmen, die sich nachts im Bett abrufen ließen, Bilder zum Träumen, so genau wie Fotografien. Seine große, schlanke Gestalt. Seine hohe Stirn und der klare Blick, dem selten etwas entging. Der kurz gehaltene Backenbart, der an den Wangen schon ein paar graue Haare aufwies, die ihr das Schönste überhaupt erschienen. Und diese schmalen Hände mit den langen Fingern, die dem Klavier so wunderbare Töne entlocken konnten und die so ganz und gar anders waren als die rauen, harten Pranken des Siewer-Bauern.

Der Herr Lehrer verteilte Aufgaben an die Kleinen und Mittleren. Wie ruhig und bestimmt er das tat, sodass gar keinem Kind auch nur der Gedanke kam, ihm nicht zu folgen! Den Rohrstock brauchte er fast nie – ganz im Gegensatz zu Lenes früherem Herrn Lehrer, einem verbitterten Invaliden aus dem 1866er Krieg, unter dessen Knute sie ihre ersten beiden Schuljahre in Angst und Schrecken verbracht hatte. Aber einer wie *ihr* Herr Lehrer hatte das nicht nötig.

Nun wandte er sich den Großen zu. Einen Atemzug lang ruhte sein Blick auf Lene. Ihr stieg das Blut in den Kopf – wenn er erriet...

»Rechenhefte raus!«, befahl er. »Eine Textaufgabe! Schreibt: 1881 wurde in Berlin die erste elektrische Straßenbahn der Welt eingeweiht.« Er unterbrach und sah seine in der Bank der Kleinen sitzende Tochter mit hochgezogenen Augenbrauen an. »Beate! Wenn du schon wieder hier zuhörst, anstatt auf deine Schiefertafel zu schreiben, dann sag uns jetzt, wie viele Jahre das her ist!«

Beate sprang auf und stellte sich neben die Bank. »Sechs Jahre!«

»Dein Glück! Und jetzt malst du deine I, verstanden!« Seine Stimme sollte streng klingen, aber trotzdem war etwas wie ein Lächeln darin, das man merken konnte, wenn man ganz genau hinhörte. Lene hörte sehr genau hin.

»Weiter! Sie fährt vom Bahnhof der Berlin-Anhaltischen-Eisenbahn zur Haupt-Kadetten-Anstalt in 10 Minuten. Die Entfernung beträgt 2,45 Kilometer. Wie lang braucht die Straßenbahn für 330 Meter?«

Eine elektrische Straßenbahn? Der Herr Lehrer sprach oft von der Elektrizität und von den Wundern der Ingenieurskunst und davon, dass seine Söhne einmal Ingenieure werden und es weiter bringen sollten, als es ihrem Vater vergönnt gewesen war. Aber Lene konnte sich das alles nicht vorstellen: Lampen, in die man kein Öl füllen musste, und Züge, die auf der Straße fuhren und nicht von einer Dampflokomotive gezogen wurden, und all diese anderen Weltwunder in der Reichshauptstadt, von denen der Herr Lehrer erzählte. Anne hatte das alles mit eigenen Augen gesehen und war vielleicht sogar schon einmal in ihrem schönen Kleid und den Lederstiefeletten in dieser Straßenbahn gefahren. Sie hatte den Kadetten beim Exerzieren zugesehen und war die Prachtstraße Unter den Linden entlangspaziert, von der es ein Bild im Schulbuch gab, und hatte ihren Sonnenschirm über sich gehalten, damit sie schön blass blieb. Bestimmt hatte sie am Straßenrand gestanden und einen Knicks gemacht, wenn der Kaiser in seiner Kutsche vorbeigefahren war, und vielleicht hatte der Kaiser sie angesehen und die Hand zum Gruß gehoben, weil er gedacht hatte, Anne sei eine Dame ...

»Lene!«, rief der Herr Lehrer sie auf.

Lene fuhr in die Höhe und stellte sich neben die Bank. Jetzt musste sie die Antwort parat haben, sonst würde er böse auf sie werden, denn er wusste, dass sie im Rechnen gut war, und würde merken, dass sie geträumt hatte, und das sollte er nicht. Ihre Augen flogen über den Hefteintrag. Da stand die Aufgabe, doch keine Lösung. Sie musste so tun, als hätte sie mit der Aufgabe zumindest begonnen. »10 Minuten sind 600 Sekunden«, begann sie. »330 Meter sind 0,33 Kilometer. 600 durch 2,45 mal 0,33 macht ...«

»Danke, Lene!« Der Herr Lehrer nickte ihr lächelnd zu. »Grete! Das Ergebnis!«

Aufatmend setzte Lene sich zurück in die Bank. Er hatte es nicht gemerkt. Mehr noch: Er hatte sie angelächelt!

Grete wusste das Ergebnis nicht und wurde getadelt. Aber inzwischen hatte Lene mit fliegender Hast die Zahlen gekritzelt und die Rechnung vollzogen, und als der Herr Lehrer sie wieder aufrief, wusste sie das Ergebnis: »Die Straßenbahn braucht für 330 Meter eine Minute, zwanzig Sekunden und 82 Hundertstelsekunden!«

»Richtig, Lene!«, sagte der Herr Lehrer. Mehr an Lob war von ihm nicht zu erwarten. Aber an seinem Gesicht sah sie doch, dass er mit ihr zufrieden war. Im Rechnen war keiner in der Klasse so gut wie sie, Lene Schindacker, obwohl sie nur nach ihrer Mutter hieß und neun Jahre ihres Lebens im Kuhstall geschlafen hatte.

Ob man als Fabrikarbeiterin gut rechnen können musste? Vielleicht glich das Rechnen ja die Sache mit dem Namen und dem Kuhstall aus, in Berlin jedenfalls. Hier im Dorf nicht, nein, hier nicht.

Die nächsten Aufgaben erzählten nichts von Berlin, sie handelten von Kühen, die 217 Liter Milch in der Woche gaben, und von Feldern, für die 13 Kinder 15 Stunden zum Einsammeln der Kartoffeln brauchten, und von anderen langweiligen Dingen, über die zu träumen sich nicht lohnte, und dann war die Schule aus.

Die anderen Schüler drängten aus dem Schulhaus. Lene musste nur von einem Raum in den nächsten gehen. Und indem sie durch die Tür trat, ihre Schulschürze losband und die blaue Arbeitsschürze vom Wandhaken nahm, legte sie die Schülerin ab und das Dienstmädchen an. Sie hatte sich lange genug ausgeruht. Jetzt begann die Arbeit.

Das Kopftuch im Nacken knotend, lief sie in die rußgeschwärzte kleine Küche. Die Frau Lehrer stand an der Esse und würzte den Linsenbrei in dem schweren Topf auf dem Dreifuß über dem Feuer. »Pell schon mal die Kartoffeln!«, sagte sie und nickte Lene kurz zu.

Lene nahm ein Messer und führte den Auftrag aus. Oben im Haus schrie die kleine Hilde. »Ich fürchte, die Hilde braucht eine neue Windel!«, meinte die Frau Lehrer. »Machst du das bitte? Und dann deck den Tisch!« Lene rannte die

Treppe hinauf, nahm die Kleine aus der Wiege, wickelte sie, warf die verschmutzte Windel in den Eimer – er war schon wieder voll, und es war Lenes Aufgabe, die Windeln vorzuwaschen, einzuweichen und auszukochen, das würde sie heute auch noch tun müssen, unmöglich, Anne zu besuchen – und eilte mit Hilde auf der Hüfte die Treppe hinab. Im Wohnzimmer geriet sie in eine lautstarke Auseinandersetzung zwischen Beate, der Ältesten, und ihren beiden jüngeren Brüdern darüber, wer als Erster den bunten Kreisel mit der Peitsche antreiben durfte.

»Ich darf!«, schrie Beate. »Ich geh schon in die Schule!«

»Nein, ich!«, schrie Hans zurück. »Du bist nur ein Mädchen!«

Die beiden balgten sich um die kleine Peitsche und rissen sich an den Haaren.

»Dann darf eben keiner!«, erklärte Lene und nahm ihnen die Peitsche weg. Nun schrien beide zugleich.

»Was ist denn hier los?« Der Herr Lehrer war durch die Tür vom Schulzimmer hereingekommen.

Die Kinder verstummten. »Nichts weiter«, erklärte Lene. »Nur ein kleiner Streit. Das Essen ist gleich fertig. Es gibt Linsen.« Hastig stellte sie mit einer Hand die Teller auf den Tisch, denn noch immer hielt sie Hilde an sich gepresst.

»So«, sagte der Herr Lehrer und maß seine Kinder. »Noch einmal so ein Geschrei ...« Er sprach nicht weiter. Das war auch nicht nötig.

Beate warf Lene einen verschwörerischen Blick zu. »Ich hol das Besteck!«, sagte sie schnell und rannte. Wenig später saßen alle am Tisch, Lene mit der kleinen Hilde auf dem Schoß. Eifrig beugte sie sich zu der Kleinen hinunter. Damit sie nicht in Versuchung kam, den Herrn Lehrer anzuschauen, und damit ihm und der Frau Lehrer nichts auffiel. Denn dass sie nachts an ihn dachte und auch sonst, sooft die Kinder ihr Ruhe dazu ließen, das war ihr Geheimnis und musste es bleiben. Unvorstellbar schrecklich wäre es, wenn das einer merkte. Der Herr Lehrer sprach das Tischgebet, die Frau Lehrer teilte das Essen aus. Linsen und Kartoffeln und für den Herrn Lehrer auch noch ein kleines Stück Bauchspeck. Es schmeckte gut, sehr gut. Als Lene ihren Teller leer gegessen hatte, bekam sie noch einmal einen, und dann noch einen, so viel sie wollte. Nebenher fütterte sie Hilde mit zerdrückter Kartoffel und sie dachte daran, wie es wäre, wenn der Herr Lehrer eine Stelle an einer Berliner Schule bekommen würde und sie alle nach Berlin übersiedeln würden.

Berlin zu sehen und den Kaiser, und Straßenbahn zu fahren und ein Kleid zu haben wie Anne, und keiner wüsste, dass sie nur die Tochter von der Marie Schindacker war, die sich mit einem verheirateten Bauern eingelassen hatte! Oder sich nicht richtig gegen ihn zur Wehr gesetzt hatte, was keinen Unterschied machte in der Meinung der Leute. Denn dass man vor der Hochzeit schwanger wurde, das ging an, das war beinahe der Brauch, wenn zwei zueinander gehörten, auch wenn der Herr Pastor von der Kanzel dagegen wetterte und die Brautleute deswegen ins Gebet nahm. Aber dass man nicht heiratete, wenn ein Kind unterwegs war, das ging nicht an. Das ging ganz und gar nicht an. Und so was wie mit Lenes Mutter und dem Siewer-Bauern schon erst recht nicht.

Die Einzigen im Dorf, die nie ein Wort über die Sache verloren, waren der Herr Lehrer und die Frau Lehrer. Die waren gut zu Lene und passten auf, dass etwas Ordentliches aus ihr wurde, dass sie tüchtig war im Arbeiten und im Lernen und die Zehn Gebote hielt, und sie gaben ihr ein richtiges Bett in der Kammer, in der ihre eigenen Kinder schliefen, und immer genug zu essen.

Beim Siewer-Bauern hatte sie nicht genug zu essen bekommen. Ganz unten am Tisch hatte sie gesessen, und der Topf mit dem Essen wurde von einem zum anderen weitergeschoben. Erst nahm sich der Bauer. Dann der Großknecht. Dann der Sohn. Wenn es ein Stück Speck oder Bauchfleisch gab, war es nur für die drei. Das war eben so. Aber dann kam der zweite Knecht und dann die Bäuerin und dann die Tochter und dann Lenes Mutter, und dann nahm sich die zweite Magd den Rest. Und wenn der Topf bei Lene angekommen war, lagen meist nur noch ein paar Kartoffeln drin, und manchmal nicht einmal das. Dann hatte sie schon froh sein dürfen, wenn sie ihn mit einem Stück Brot auskratzen durfte. Weil ihre Arbeit eben die leichteste war und man so viel zu essen bekam, wie die Arbeit wert war, die man leistete. Zum Glück hatte ihr die Altbäuerin manchmal Pflaumenmusbrote oder Schmalzbrote zugesteckt ...

Aber das war schon lange vorbei. Der Herr Lehrer und die Frau Lehrer waren jedenfalls mit ihrer Arbeit zufrieden und manchmal lobten sie sie sogar, und die Frau Lehrer hatte ihr ein abgetragenes Kleid geschenkt, damit sie sich daraus ein Kleid für die Prüfung machen konnte.

Nächsten Sonntag war es so weit.

Ob vielleicht die Mutter doch ...

»Blau!«, erklärte der kleine Wilhelm ernsthaft und streckte Lene einen Baustein hin.

»Ja, blau! Da hinein!« Sie zeigte auf das richtige Fach im

Anker-Baukasten. »Das ist lieb von dir, dass du auch schon beim Aufräumen hilfst, Willi. Du bist eben schon groß!«

»Groß!«, bestätigte er stolz und legte den Klotz mit konzentrierter Miene in den Kasten. Plötzlich konnte sie nicht anders, als ihm durch die dunklen Haare zu strubbeln.

»Na ja! Von wegen groß!« Hans, der es sich mit seinem Bilderbuch im Lehnsessel bequem gemacht hatte, lachte. »Schau mich an! Ich trage schon Hosen! Und nach Ostern komm ich in die Schule!«

»Eben!«, meinte Lene. »Und da du ja schon so groß bist, könntest du schnell mit aufräumen, ich muss nämlich die Hilde ins Bett bringen! Und du weißt ja, wenn dein Vater zum Essen kommt, muss alles in Ordnung sein.«

Hans verzog das Gesicht, doch er legte das Buch aus der Hand und half seinen kleinen Brüdern, die Spielsachen einzusortieren. Der Hinweis auf den Vater half immer. Lene nahm Hilde auf den Arm – »Mach noch einmal winkewinke!« – und stieg mit ihr die schmale Stiege hinauf, legte sie im Schlafzimmer des Lehrerehepaars in die Wiege und setzte sich daneben auf den Boden. Hilde begann ein Protestgeschrei, das sich jedoch bald legte, als Lene ein Lied zu singen und die Wiege zu schaukeln begann. »Auf dem Berge, da wehet der Wind, da wiegt die Maria ihr Kind ...«

Der Kleinen fielen die Augen zu. Ganz weich und gelöst wurde ihr Gesichtchen. Sacht streichelte Lene ihr über die Wange. Wie zart die Haut war! Lene beugte sich über die Wiege und drückte ihre Lippen auf die Stirn des Babys. Es duftete nach Seife und nach Milch und nach Baby eben. Und es machte, dass es auch in Lene weich und gelöst wurde und ein bisschen feierlich, fast wie zu Weihnachten in der Kirche.

Eines Tages, irgendwann, würde sie selbst auch ein Baby haben ...

Lene lächelte.

Ihr Baby sollte es so gut haben wie die Hilde. Wie Hilde sollte es eine richtige Wiege in einem richtigen Zimmer haben und süßen Brei und frische Windeln bekommen und jeden Tag gebadet und im Kinderwagen spazieren gefahren werden oder unter den Apfelbaum gestellt, damit es die Blätter und die Vögel beobachten konnte. Aber ein Kindermädchen brauchte ihr Baby nicht, es hatte ja sie. Und es sollte überhaupt keinen anderen lieb haben als sie. Außer den Vater natürlich, den es dann ja auch geben musste, irgendwie, denn fehlen sollte es dem Kind an nichts, an gar nichts. Vielleicht konnte sie ja einen finden, der groß und schlank war und eine hohe Stirn hatte und schmale Hände und der ein Lehrer war ...

Lene lehnte ihren Kopf an die Wand und schloss die Augen. Wie im Nebel verschwammen ihre Gedanken, wohlig lullte der Rhythmus des Wiegens sie selber ein. Sie glitt in das Reich zwischen Wachen und Schlafen, eine schwere Wärme breitete sich in ihren Gliedern aus. Nicht einschlafen!, sagte sie sich noch, dann sank ihr das Kinn auf die Brust.

»Lene! Ich soll dich holen!« Beate stand plötzlich in der Tür und betrachtete sie grinsend. »Du hast geschlafen!«

»Hab ich nicht!«, widersprach Lene.

»Hast du doch! Hast du doch!« Die Worte skandierend hüpfte Beate auf einem Bein die Treppe hinab.

»Sag das noch mal, und ich sag, wer dran schuld ist, dass ich so müde bin! Wer mich nachts immer weckt und in mein Bett gekrochen kommt!«, drohte Lene.

Beate blieb stehen und drehte sich um. Groß und dunkel waren auf einmal ihre Augen. »Tust du nicht!«, bat sie.

Lene lachte. »Nein, tu ich nicht!«

Nach dem gemeinsamen Abendessen half Lene der Frau Lehrer beim Abwasch. Ganz schnell machten sie beide, denn jetzt kam gleich der beste Teil des Tages.

Wie jeden Abend trug der Herr Lehrer den Lehnstuhl ins Schulzimmer neben das Klavier und rückte eine Schulbank dazu. Jeder nahm seinen Platz ein. Die Frau Lehrer im Lehnstuhl. Willi auf ihrem Schoß. Gottfried, der Nächstältere, zu ihren Füßen auf einem Schemel. Lene zwischen Hans und Beate auf der Schulbank. Der Herr Lehrer am Klavier. Einen Augenblick hielt er die Hände schwebend über den Tasten, dann begann er zu spielen. Eine Melodie tauchte auf und verschwand wieder, versteckte sich zwischen den Tönen, klang an, fremd und doch vertraut, ein Vexierspiel. »Kein schöner Land«, flüsterte Beate Lene ins Ohr. Lene nickte und atmete tief: eines ihrer Lieblingslieder.

Der Herr Lehrer beendete seine Improvisation. Kräftig schlug er nun die Tasten des Chorsatzes. »Kein schöner Land in dieser Zeit als hier das unsre weit und breit...«, tönte es vielstimmig. Lene sang mit den Kindern die Melodie, die Frau Lehrer den Alt, der Herr Lehrer den Bass. Und so folgte Strophe auf Strophe, Lied auf Lied, bis hin zum letzten, dem, das immer den Abschluss bildete: »Der Mond ist aufgegangen, die güldnen Sternlein prangen...« Beate schmiegte sich an Lene, sie legte den Arm um die Schultern des Mädchens. Da drückte sich von der anderen Seite auch Hans an sie.

So könnte es bleiben, immer und ewig, dachte Lene.

Die Frau Lehrer sprach das Abendgebet. »Und jetzt gute Nacht, Kinder!«, sagte sie.

»Ach, bitte, Papa, spiel doch noch was!«, bettelte Beate.

»Ja, bitte, die Mondscheinsonate!«, stimmte Lene ein.

Er lächelte. »Nun gut, den ersten Satz! Aber danach ist Schluss.«

Er schloss die Augen, saß eine Weile ganz still da. Dann begann er. Und aus dem Klavier stiegen Töne auf, so wunderbar wie Elfen, die im Mondschein ihren Reigen tanzen. Ein ganzes Feenreich schwebte durch das Zimmer und raunte von den Wundern der Natur und den Geheimnissen der Nacht.

Ein Gefühl war in Lene, als wäre das alles zu groß für ihr Herz. Beate im Arm, beobachtete sie den Herrn Lehrer. Er spielte mit geschlossenen Augen und ein Ausdruck war in seinem Gesicht, dass man gar nicht glauben konnte, dass das derselbe Mann war, der am Tag mit einem Blick eine ganze Horde Schulkinder zum Schweigen bringen konnte. Traurigkeit war darin und Sanftheit, Wehmut und Frieden und – Lene wagte kaum, das Wort zu denken – ja: Liebe.

Sie wünschte, sie könnte zu ihm hingehen und ihm die Hand auf die Schulter legen und sich an ihn lehnen. Und so stehen, ganz nah bei ihm, während er musizierte. Nur einmal, nur dies eine Mal ...

Dann war die Musik vorüber und der Augenblick. Lene scheuchte die Kinder die Treppe hinauf, half ihnen beim Ausziehen, streifte ihnen die Nachthemden über den Kopf, wachte über Händewaschen und Zähneputzen, goss das gebrauchte Wasser aus der Waschschüssel in den Schmutzeimer und wischte die Schüssel aus, schüttelte die Betten auf, deckte ein Kind nach dem anderen zu. Aber ein Teil von ihr war noch immer unten im Schulzimmer, am Klavier.

Beate schlang ihre Arme um Lenes Hals. »Wenn ich doch wieder so schlecht träume?«, flüsterte sie.

»Dann kommst du in mein Bett!«, flüsterte Lene zurück.

Als sie in die Stube hinunterkam, saß die Frau Lehrer an der Nähmaschine und nähte Flicken auf die zerrissenen Hosen von Hans, während der Herr Lehrer im wieder zurückgetragenen Lehnstuhl die »Voss'sche Zeitung« las.

»Du musst noch einmal Wasser holen, Lene!«, sagte die Frau Lehrer. »Die Eimer sind schon wieder alle leer. Und dann trenn das Kleid deiner Mutter auf! Ich habe Schnittmuster für dein Konfirmationskleid herausgesucht. Da, schau mal die offene Seite im Journal an, ich glaube, das ließe sich aus dem Stoff arbeiten!«

Lene betrachtete das Bild. Wunderschön war es, das Kleid, mit Falbeln und Biesen und gepufften Ärmeln und einem Stehkrägelchen mit Rüschen. »Meinen Sie wirklich?«, fragte sie ungläubig. »Ist das nicht – ich weiß nicht, es sieht schwierig aus. Ob ich das nähen kann?«

Die Frau Lehrer lachte. »Ach Lene! Ich helfe dir doch dabei! Und wir beide, wir werden das ja wohl hinkriegen.«

»Ja, wir beide!« Lene nickte. »Ich danke Ihnen auch schön, Frau Lehrer!« Sie holte die Wassereimer aus der Küche und trat in den dunklen Abend hinaus.

Wie gut ich es doch habe, dachte Lene auf dem Weg zum Brunnen. So ein Zuhause zu haben!

Es ist ganz gleich, ob meine Mutter zur Prüfung und zur Einsegnung kommt oder nicht. Sollen die Leute doch denken, was sie wollen! Die Frau Lehrer ist dabei und der Herr Lehrer, und er spielt die Orgel. Und wenn er sie auch für alle spielt, so doch für mich ganz besonders. Und keiner von den andern weiß, wie sein Gesicht aussieht, wenn er die Mondscheinsonate spielt!

Lene kleckste etwas Schmierseife auf den Fußboden, streute Sand darüber, tauchte die Wurzelbürste in den Zinkeimer mit heißem Wasser und scheuerte weiter. Vor, zurück, vor, zurück, vor, zurück. Ihre Gelenke taten vom langen Knien schon weh. Aber sie hatte gerade erst die Hälfte des Flures geschafft. Hell glänzten die rohen Holzdielen, wo Lene sie schon gescheuert und gewischt hatte. Grau und stumpf sahen sie aus, wo sie erst noch bearbeitet werden mussten. Morgen, wenn sie nach der Prüfung nach Hause kamen, sollte alles festlich und sauber aussehen, hatte die Frau Lehrer gesagt. Und nun buk sie sogar noch einen Kuchen! Und fragte Lene bei der Arbeit ab! Als ob Lene ihre Tochter wäre.

»Der dreiundzwanzigste Psalm!«, rief die Frau Lehrer aus der Küche.

»Der Herr ist mein Hirte, mir wird nichts mangeln«, antwortete Lene und leierte im Rhythmus ihrer Bewegungen weiter: »Er weidet mich auf einer grünen Aue und führet mich zum frischen Wasser ...«

»Der hundertste Psalm!«

»Jauchzet dem Herrn alle Welt! Dienet dem Herrn mit Freuden ...«, sagte Lene auf und scheuerte und wischte und scheuerte und wischte. Dann endlich schüttete sie das Schmutzwasser vor die Haustür, pumpte am Brunnen vor dem Schulhaus sauberes Wasser in den Putzeimer, goss in der Küche kochendes aus dem Kessel dazu, ging noch einmal zum Frischwasserholen an den Brunnen, füllte den Kessel nach und stellte ihn wieder auf den Dreifuß über die Glut. Die Frau Lehrer nickte ihr anerkennend zu. Lene lächelte. Eine Arbeit von selber zu machen, weil man wusste, dass sie nötig und an der Reihe war, das war besser, als immer nur Befehlen gehorchen zu müssen. Und die Anerkennung der Frau Lehrer tat gut. Da wusste man doch, wofür man sich plagte!

Lene kehrte zum Scheuern in den Flur zurück. »Der dreiundsiebzigste Psalm, Vers dreiundzwanzig bis sechsundzwanzig!«, rief die Frau Lehrer hinter ihr her.

»Dennoch bleibe ich stets bei dir«, begann Lene und griff nach der Bürste.

Sechs Psalmen, fünf Gesangbuchlieder mit allen Versen – sogar die zwölf Verse von »Befiehl du deine Wege« – und das Glaubensbekenntnis mit Auslegung, dann war der Flur sauber. Und Lene war nicht ein einziges Mal stecken geblieben. Wenn die Mutter doch zur Prüfung kam, dann würde sie schon sehen, dass sie sich für ihre Tochter nicht zu schämen brauchte! Und der Herr Lehrer musste sich auch nicht schämen, dass er Lene Schindacker in sein Haus aufgenommen hatte.

Sie stand mit schmerzenden Beinen auf, nahm den Eimer und leerte ihn draußen. Auf dem Dorfplatz spielten die Lehrerkinder mit ein paar anderen Kindern Murmeln. Eine Weile sah Lene zu. Murmeln hätte sie als Kind auch gern gespielt, aber nie welche gehabt, und wer keine hatte, konnte nicht mitspielen und keine dazugewinnen, so war das nun mal. Und mit fünf Jahren war es mit dem Spielen sowieso vorbei gewesen.

Sie erinnerte sich an ihren fünften Geburtstag, als wäre es gestern gewesen. Schweigend wie immer war das Mittagessen verlaufen, denn nur der Bauer durfte bei Tisch ein Gespräch anfangen, und das tat er so gut wie nie. Aber als er den letzten Bissen aufgegessen und Messer und Gabel am Kittel abgewischt hatte, hatte er gesagt: Die Lene ist heute fünf geworden! Vor Schreck war ihr die trockene Kartoffel im Hals stecken geblieben. Der Bauer redete von ihr! Zeit, dass sie was arbeitet für ihr Brot!, hatte der Bauer weitergesprochen. Lene, von morgen an hütest du die Gänse! Und eines sag ich dir, wenn dir eine entwischt und ins Haferfeld läuft, dann geht's dir schlecht! Und wenn dir eine auf den Bahndamm läuft und vom Zug überfahren wird, dann traust du dich am besten gar nicht mehr nach Hause! Ist das klar?!

Es war sehr klar gewesen. Und so war sie am nächsten Morgen einer Schar schnatternder Gänse ausgeliefert worden, die nicht im Geringsten von ihren Befehlen beeindruckt gewesen waren, und einem bösartigen Ganter, der fast so groß war wie sie selbst und dessen Bisse höllisch wehtaten. Wenn nicht Lenes Patin, die Altbäuerin, gewesen wäre, die an den ersten Tagen mit ihr die Gänse auf die Weide getrieben und ihr gezeigt hatte, wie man sich mit der Rute bei den Gänsen und sogar bei dem Ganter Respekt verschaffen konnte …

Nein, es war keine Gans überfahren worden, aber ins Haferfeld ausgebüxt waren sie mehr als einmal, und sie da wieder rauszubekommen, das ging nicht, ohne hinterherzulaufen und damit Halme niederzutreten, und wenn der Siewer-Bauer das gemerkt hatte, so war es immer auf eine Tracht Prügel hinausgelaufen. Der Siewer-Bauer machte keine leeren Drohungen.

Wenn er wenigstens der Vater gewesen wäre. Bei einem richtigen Vater, da war es etwas anderes. Der Herr Lehrer war manchmal auch streng mit seinen Kindern, wenn es eben sein musste, aber er liebte sie trotzdem, das merkte man. Doch bei einem Bauern, der einem seinen Namen nicht gab und bei dem man im Kuhstall schlafen musste …

Morgen, bei der Prüfung, würde er sehen, dass trotzdem

etwas aus ihr geworden war. Wenn es ihn überhaupt etwas anging.

»Beate!«, riss dicht hinter ihr eine Stimme Lene aus ihren Gedanken. Die Frau Lehrer war herausgekommen und stand nun neben ihr in der Schulhaustür. »Komm rein!«, rief sie erneut nach ihrer Tochter. »Du musst noch Klavier üben!«

Beate, die eben eine ganze Hand voll bunter Murmeln gewonnen hatte, sah auf und verzog das Gesicht. »Ich will noch draußen bleiben!«

»Mag schon sein!«, erwiderte die Frau Lehrer gelassen. »Aber du musst üben! Du weißt, dass dein Vater sehr ärgerlich wird, wenn du dein neues Stück nicht kannst! Also rein mit dir!«

Beate maulte, erhob sich betont widerwillig und kam auf ihre Mutter und Lene mit einem missmutigen »Immer dieses blöde Üben!« zu.

»Freu dich doch, dass du Klavierspielen lernen darfst!«, fuhr Lene das Mädchen an. »Andere wären froh drum!« Sie erschrak über ihre eigene Heftigkeit.

»Du weißt ja nicht, wie langweilig das ist!«, antwortete Beate patzig. »Du musst es ja nicht!«

Lene presste die Lippen zusammen. Was Beate da sagte, tat so weh, dass sie hätte schreien mögen oder sogar dreinschlagen. Aber die Kleine konnte ja nichts dafür. Sie ahnte nicht, dass Lene keinen größeren Wunsch gehabt hätte, als vom Herrn Lehrer Klavierunterricht zu bekommen. Und es nie gesagt hatte. Weil ihr so was nicht zustand. Weil sie sich ihr Brot verdienen musste und eben nur das Dienstmädchen war und nicht die Tochter.

»Nun ist aber genug, Beate!«, erklärte die Frau Lehrer sehr bestimmt und sah dem Mädchen kopfschüttelnd nach, wie es im Schulhaus verschwand. »Sag mal«, wandte sie sich dann an Lene, »hast du dir schon Gedanken gemacht, wohin du in Stellung gehen willst, wenn du mit der Schule fertig bist?«

Lene starrte die Frau Lehrer an. Auf einmal war ihr, als wanke der Boden unter ihr. »Was, wohin?«, stotterte sie. »Aber wieso – ich, ich dachte, ich bleib – kann ich denn nicht bei Ihnen bleiben? Bin ich denn – ich dachte – sind Sie denn nicht zufrieden mit mir?« Heiß stieg ihr die Angst auf: Hatte die Frau Lehrer vielleicht etwas von ihren Träumen gemerkt und wollte sie deswegen los sein? Oder wusste es gar der Herr Lehrer selbst?!

»Ach, Lene!« Die Frau Lehrer legte ihr die Hand auf die Schulter. »Natürlich sind wir zufrieden mit dir, das weißt du doch, so fleißig und anstellig, wie du bist! Du bist mir ans Herz gewachsen fast wie mein eigen Kind, und meinem Mann auch, das weiß ich, das darf ich so sagen. Und ich gebe dir auch das beste Zeugnis, das ein Mädchen bekommen kann. Aber bleiben – ich kann dir ja keinen Lohn zahlen, Lene. Kein Pfennig bleibt mir übrig am Monatsende. Es reicht einfach nicht.«

Lene schluckte. Langsam beruhigte sich ihr Herz, standen die Beine wieder sicher. Sie wurde nicht hinausgeworfen. Sie war nicht entlarvt. Es ging nur ums Geld. »Dann bleib ich eben ohne Lohn.«

Die Frau Lehrer schüttelte den Kopf. »Nein, Lene. Das wäre nicht recht. Nicht, nachdem du eingesegnet bist. Solange du noch ein Schulkind bist, ist es etwas anderes. Wir haben dir ein ordentliches Zuhause gegeben und du bist mir zur Hand gegangen, und das hatte so seine Richtigkeit. Aber jetzt bist du vierzehn und musst dir etwas verdienen und etwas zurücklegen. Wenn einmal ein anständiger Bursche kommt, der es gut mir dir meint, wirst du jede Mark brauchen, damit ihr einen Hausstand gründen könnt.«

Lene schwieg. Es stimmte, was die Frau Lehrer da sagte. Wenigstens war es nicht so, dass sie gehen musste, weil man sie nicht mehr haben wollte oder weil man etwas gemerkt hatte. Aber die Familie verlassen müssen, *ihn* nicht mehr sehen dürfen, nicht mehr am Abend sein Klavierspiel hören und Lieder mitsingen dürfen, wie sollte sie das überhaupt aushalten? So grau würde alles sein ohne ihn, nein, das konnte sie sich gar nicht vorstellen. Und auch die Frau Lehrer und die Kinder würden ihr fehlen, wo sie doch gehofft hatte, dazuzugehören, nicht richtig natürlich, aber doch irgendwie ...

»Ich habe gehört, der Lenz-Bauer sucht eine junge Magd!«, fuhr die Frau Lehrer fort. »Dann kannst du im Dorf bleiben.«

»Der Lenz-Bauer?«, fuhr Lene auf. »Nie!« Der Vater von der Grete – dann würde sie sich von der herumkommandieren lassen müssen und ganz unten an deren Tisch sitzen!

Die Frau Lehrer sah sie verwundert an. »Warum nicht der Lenz-Bauer? Aber wie auch immer, such dir beizeiten was! Du kannst ja auch deine Mutter fragen, vielleicht kommst du auf dem Gut unter, wo sie ist.«

Dann doch lieber der Lenz-Bauer, dachte Lene. Wenn ich nicht mehr beim Herrn Lehrer sein darf, dann ist sowieso alles gleich.

Aus dem Schulhaus drang Beates Klaviergeklimper. So lustlos und stümperhaft die Tasten auch angeschlagen wurden, die Melodie des Volksliedes war doch zu erkennen: »Kein Feuer, keine Kohle kann brennen so heiß, wie heimliche Liebe, von der niemand nichts weiß ...«

Lene presste die Hände im Schoß zusammen. Hier vorne in der Kirche auf den Stühlen zu sitzen in dem neuen grauen Kleid – und zu wissen, dass die ganze Gemeinde einem im Rücken saß und aufpasste, ob man auch nichts Falsches sagte oder sich falsch benahm!

Dabei war sie sicher, dass sie nichts Falsches sagen würde. Schließlich hatte die Frau Lehrer sie alles abgefragt und sie hatte keinen einzigen Fehler gemacht.

Nein, das war es nicht. Aber hinten in der letzten Reihe saß auf der Frauenseite im Kirchenschiff die Mutter. Sie war gekommen, sie war wirklich gekommen, in einem einfachen schwarzen Kleid mit Schultertuch, denn ihr Festgewand war ja nun aufgetrennt und wartete darauf, für Lene zum Konfirmationskleid umgenäht zu werden.

Lene hatte die Mutter entdeckt, als sie mit den anderen Konfirmanden hinter dem Herrn Pastor in die Kirche eingezogen war. Einen kurzen Blick hatte sie mit der Mutter getauscht, und es kam ihr fast vor, als hätte die Mutter gelächelt. Jetzt musste Lene sich zusammenreißen, damit sie nicht aufstand und sich umdrehte, um noch einmal hinzusehen.

Auf der anderen Seite der Kirche saß der Siewer-Bauer auf dem Platz, auf dem er immer saß.

Selbst mit gesenktem Kopf hatte Lene beim Einzug die Blicke der Leute gespürt, die zwischen dem Siewer-Bauern und der Marie Schindacker hin- und hergingen, Blicke, die sie in ihrem Rücken spürte, seit sie hier vorn saß, Blicke, die sich in ihrem Nacken kreuzten.

Auf einmal wünschte sie, die Mutter wäre nicht gekommen.

»Ich weiß, woran ich glaube«, sang sie mit den anderen Konfirmanden.

Was war nur mit ihrer Stimme los? Sie hatte doch eine gute Singstimme, das sagte der Herr Lehrer immer. Nun schien sie ihr brüchig und heiser. Doch nach und nach gewann sie im Singen Sicherheit. Klarer klang es nun schon: »Ich weiß, was ewig dauert ...«

Drei Verse, dann begann die Prüfung. Der Herr Pastor begann mit den Zehn Geboten. Lene atmete auf: Das war leicht, auch wenn er die Gebote nicht der Reihe nach abfragte. Karl – das neunte Gebot. Grete – das dritte Gebot. Heinrich – das erste Gebot. Alles lief wie am Schnürchen. Dann hörte Lene ihren Namen. Sie stand auf, ohne Angst. »Das sechste Gebot!«, verlangte der Herr Pastor.

Das sechste Gebot.

Auf einmal veränderte sich etwas in der Kirche. Kein Scharren von Füßen mehr, kein Knarren einer Bank, kein Husten. Es war, als hielten alle den Atem an. Die Stille wurde hörbar. Nahm sie nicht etwas Lauerndes an?

Das sechste Gebot.

Die Mutter auf der linken Seite der Kirche, der Siewer-Bauer auf der rechten. Und sie, Lene, hier vorn.

In Lenes Hals war es trocken. Die Kehle zugeschnürt. Alles um sie herum weit weg.

»Lene Schindacker!«, hörte sie aus der Ferne die unnachgiebige Stimme des Herrn Pastor. »Wir warten!«

Sie schluckte, rang um jede Silbe. »Das sechste Gebot«, flüsterte sie. »Du sollst nicht ehebrechen.«

»Lauter! Wir hören nichts!«

Sie nahm alle Kraft zusammen, schrie beinahe, Tränen in den Augen: »Du sollst nicht ehebrechen!«

Sie hörte Unruhe, ein paar Schritte im Kirchgang, aufgeregtes Tuscheln, dann das laute Knarren der Tür, das Zuschlagen, und wusste ohne sich umzudrehen: Es war ihre Mutter, die den Kirchenraum verließ.

Lene sank auf ihren Stuhl. Sie zitterte am ganzen Körper. Und plötzlich dachte sie: Ich geh weg von hier. Ich geh nach Berlin. Und nie, nie wieder kehr ich zurück.

»*Was* willst du?«, fuhr der Herr Lehrer auf. »Nach Berlin in eine Fabrik?!«

Lene nickte. Nun war es heraus. Und vielleicht, vielleicht hielt er sie zurück und sagte: Dann bleib lieber bei uns!

»Ja, bist du denn von allen guten Geistern verlassen!«, polterte er los und schlug mit der flachen Hand auf den Esstisch, dass die Tassen schepperten. »Willst du etwa in der Gosse landen?«

»Ich bitte dich, Gotthelf, denk an die Kinder!«, warf die Frau Lehrer ein.

Lene spürte, wie ihr das Blut in den Kopf stieg, wie ihr Gesicht zu glühen begann. So hatte sie sich das Gespräch nicht vorgestellt, heute, am Tag nach ihrer Konfirmation, heute, am ersten Tag, an dem sie zu den Erwachsenen gehörte. »Wieso denn«, stammelte sie, »Anne ist doch auch in einer Fabrik in Berlin. Sie hat gesagt, sie arbeitet in einer Spinnerei, sie hat ihre eigene Spinnmaschine, da muss sie immer die leeren Spulen aufstecken und die Fäden dran festbinden und die vollen Spulen herunternehmen und so, und überhaupt –« Lene holte tief Luft. Langsam redete sie sich Mut an, sogar Zorn – es war nicht gerecht von ihm, es war einfach nicht gerecht, sie aus dem Haus zu weisen und ihr dann noch Vorwürfe zu machen, wenn sie ihr Leben selbst in die Hand nahm! »– und überhaupt, ich weiß gar nicht, warum Sie so böse sind! Ich würde ja gerne hier bei

Ihnen bleiben, dafür würde ich sogar das andere aushalten hier im Dorf ...«

Ihre Stimme drohte umzukippen, verzweifelt rang sie um Fassung, nahm einen neuen Anlauf: »Sie sagen doch immer, Arbeit ehrt, und Anne sagt, in der Fabrik verdient man dreimal so viel wie als Magd, und wie das ist, Stall ausmisten und Mist breiten und melken, bis einem die Hände wehtun, und Heuernte und Rüben hacken, das weiß ich, da macht mir keiner was vor! Ich seh's ja an meiner Mutter, mit dreißig hat sie schon einen krummen Rücken, und außerdem will ich nach Berlin!«

»Ach ja?«, meinte er. »Und wo, bitte, wenn ich fragen darf, willst du wohnen in Berlin?«

Wohnen? Darüber hatte sie noch nicht nachgedacht. Sie zuckte die Schultern. »Es wird sich schon was finden! Große Ansprüche hab ich ja nicht, ich hab lange genug im Kuhstall geschlafen!« Herausfordernd blitzte sie ihn an. Und hoffte doch noch immer nichts sehnlicher, als dass er sagen würde: Bleib bei uns!

Er lachte sarkastisch. »Und da willst du jetzt den Schweinestall draufsetzen, was? Nein, im Ernst, Lene!« Er machte eine Pause und als er weitersprach, war seine Stimme wieder ruhig und sehr eindringlich: »Du hast keine Ahnung, wie es zugeht unter den Arbeitern in Berlin, was das für eine Not und für ein Elend ist und in was für Verhältnisse du da kommen würdest!«

»Aber die Anne ...«, erhob Lene Einspruch.

»Ja, die Anne! Du hast nur ihr schönes Kleid und ihre feinen Stiefel gesehen! Mädchen, Mädchen, die Anne würde sich lieber die Zunge abbeißen, als hier im Dorf zu erzählen, wie es ihr wirklich geht! Und dabei hat sie es noch gut, denn sie hat einen Bruder mit Familie in Berlin und bei dem hat sie Unterschlupf gefunden. Ganz gleich, mit wie vielen sie das Bett teilen muss, es sind wenigstens Verwandte! Aber du, Lene, meinst du denn wirklich, von den paar Mark, die du in der Fabrik verdienst, kannst du dir eine Kammer nehmen in Berlin? Die Mieten sind so teuer, dass dir die Augen aus dem Kopf fallen würden! Ich sag dir, wie es ausgehen würde: Als Schlafgängerin müsstest du dich bei ...«

»Schlafgängerin, was ist das?«, fragte der kleine Hans.

»Bist du wohl ruhig!«, sagte der Herr Lehrer. »Du weißt doch: Kinder haben bei Tisch still zu sein, wenn sie nicht gefragt sind!« Dann nahm er seine an Lene gerichtete Rede mit großem Ernst wieder auf: »Bei wildfremden Leuten müsstest du dich in irgendeiner düsteren Hinterhofwohnung einquartieren oder in einem feuchten Keller, und da steht dir dann nicht mehr zu als ein Bett, und das nicht einmal für dich allein. Zehn Leute in einer Kammer, Männer, Frauen und Kinder durcheinander, einer steigt über den anderen drüber, und die restliche Zeit würdest du auf der Straße herumhängen und in Kneipen. Die Arbeiter saufen sich in den Destillen die Seele aus dem Leib, und so ein junges, frisches Mädchen wie du – ich kann jetzt hier nicht deutlicher werden vor den Kindern, aber dafür habe ich dich nicht erzogen! Auch wenn ich dir nichts mehr zu befehlen habe, weil ich nicht mehr dein Lehrer bin und nicht mehr deine Herrschaft, ein wahres menschliches Interesse habe ich doch an dir und ich will nicht tatenlos dabei zusehen, wie du vor die Hunde gehst! Also schlag dir gefälligst das mit der Fabrik aus dem Kopf!«

Lenes Finger krampften sich um den Becher mit warmer Milch, dass die Knöchel weiß hervortraten. Sie konnte auf einmal nichts mehr denken, schaute nur auf die Haut, die sich auf der Milch gebildet hatte.

»Wir meinen es ja nur gut mit dir, Lene!«, beteuerte die Frau Lehrer. »Du träumst dir immer was zurecht, aber die Wirklichkeit, die sieht anders aus. Wenn du dich nicht beim Lenz-Bauern verdingen willst – es stimmt schon, zur Magd bist du mir eigentlich zu schade. Du hast so eine rasche Auffassungsgabe und musikalisch bist du auch noch. Eine wie du wäre zur Lehrerin begabt, aber das ist ja nun leider nicht möglich, dazu fehlt dir nun mal der familiäre Hintergrund, und wir können die Welt nicht ändern. Aber ich könnte mir dich gut in einer besseren Familie als Dienstmädchen vorstellen. Ich habe gehört, das Hausmädchen von der Frau Pastor wird heiraten. Wenn du willst, rede ich mit der Frau Pastor und empfehle dich. Das kann ich reinen Gewissens tun und dann wissen wir, dass du in guten Händen bist. Und jetzt hol noch mal Brot herein, drei Scheiben!«

Lene Schindacker!, hörte Lene die Stimme des Herrn Pastor. Das sechste Gebot! Wir warten! Nie und nimmer würde sie in dessen Haus gehen. Das war ja noch schlimmer als die Grete Lenz ...

»Ich hab mir nun mal vorgenommen, ich geh nach Berlin!«, erklärte sie und wunderte sich selbst darüber, wie laut und bestimmt ihre Stimme klang. »Und geschworen hab ich mir, das Dorf hier sieht mich nicht wieder! Weil ich eben bei Ihnen nicht bleiben kann, weil Sie mich nicht mehr ...« Hastig stürzte sie in die Küche. Dort lehnte sie sich an die Wand und weinte in ihre Schürze.

Als Lene mit dem Brotkorb in der Hand wieder das Zimmer betrat, sagte die Frau Lehrer: »Dann geh eben als Dienstmädchen nach Berlin! Aber zu anständigen Leuten, mit Familienanschluss! Da hast du eine Unterkunft, freie Kost und Logis, bist den Gefahren der Großstadt nicht schutzlos ausgesetzt und lernst noch etwas in der Haushaltsführung dazu.«

»Keine schlechte Idee!«, meinte der Herr Lehrer und strich sich den Bart. »So kann es gehen, da kommst du nicht unter die Räder. Ja, Lene, das machst du! Berlin – unsere Reichshauptstadt! Die Museen, die Bibliotheken, die Oper, die Theater! Und nicht zu vergessen: Seine Majestät! Ach, was gäbe ich drum ...«

Heute hatte sie keinen Blick für das Schloss. Barfuß lief Lene die Allee entlang, fast rannte sie. Schon vor Morgengrauen war sie aufgestanden, damit sie noch von der Mutter Abschied nehmen und von da aus zur Bahnstation wandern konnte, ehe sie den Zug nach Berlin nahm, aber nun war sie doch spät dran. Der Frau Lehrer war immer noch etwas und noch etwas eingefallen, was sie ihr an Ermahnungen und Ratschlägen mit auf den Weg geben wollte, die Kinder hatten sich an sie gehängt, Beate hatte sogar geheult, und das war schlimm, weil es Lene beinahe auch die Tränen in die Augen getrieben hatte und sie sich doch so fest vorgenommen hatte, nicht zu weinen. Schon gar nicht beim Abschied vom Herrn Lehrer.

Er hatte ihr lange die Hand auf die Schulter gelegt und lauter Sachen gesagt, die sie sich nicht gemerkt hatte, weil sie überhaupt nichts gehört hatte, nur die Hand hatte sie gefühlt und sein Gesicht gesehen, das ernst und doch so weich aussah, als würde er die Mondscheinsonate spielen. Dann hatte er ihr erklärt, sie dürfe sich als Abschiedsgeschenk ein Buch aus dem mittleren Fach von seinem Schrank aussuchen, und sie hatte sich lange nicht entscheiden können. Es war so gut gewesen, ganz nah neben ihm vor seinem Schrank zu stehen und die Bücher in die Hand zu nehmen, die er liebte, gewünscht hatte sie, der Augenblick würde nie zu Ende gehen. Erst als er sie gedrängt hatte, sich endlich zu entscheiden, hatte sie schließlich den Gedichtband genommen. Weil dies das Buch war, mit dem sie ihn am öftesten gesehen hatte, es roch sogar nach seinem Pfeifentabak. Und weil es das Buch war, das er am meisten vermissen würde – dann würde er wenigstens immer an sie denken.

Lene schniefte kurz. Mehr erlaubte sie sich nicht.

Das Buch lag mit ihren anderen Reichtümern in der Rückentrage, mit dem Konfirmationskleid und der Unterwäsche und der guten Schürze und mit dem Gesangbuch, das sie von ihrer Patin, der Altbäuerin, bekommen hatte und in das die Patin Lenes Konfirmationsspruch hineingeschrieben hatte: »Befiehl dem Herrn deine Wege, er wird's wohl machen.« Die Schuhe, die kostbaren neuen Schuhe, die sie von der Mutter zur Konfirmation geschenkt bekommen hatte und die viel zu schade waren, um auf den steinigen Straßen abgelaufen zu werden, hingen mit den Schnürsenkeln unten an die Trage geknotet und baumelten bei jedem Schritt.

Mit der Post hatte die Mutter die Schuhe geschickt. Eine Woche vor der Konfirmation war das Paket im Schulhaus angekommen und Lene war fast das Herz stehen geblieben vor Überraschung, denn so ein Paar Lederstiefeletten war teuer, der Lohn von Monaten musste dafür draufgegangen sein. Und sieben Taler hatte die Mutter auch dazugetan – sieben Taler, das waren ganze einundzwanzig Mark, mit denen konnte sie auf jeden Fall die Fahrkarte nach Berlin bezahlen und zur Not auch eine Unterkunft für ein paar Tage, bis sie eine Anstellung fand.

Dafür war die Mutter zur Konfirmation nicht im Dorf erschienen. Das war Lene gleich, ganz und gar gleich. Es war sogar gut, denn so hatte nicht wieder so etwas passieren können wie bei der Prüfung …

Lene erreichte die Wirtschaftsgebäude. An der Stalltür zögerte sie kurz. Die ganze Nacht hatte sie nicht schlafen können und hatte sich so vieles zurechtgelegt. Am längsten hatte sie darüber nachgedacht, was sie dem Herrn Lehrer sagen sollte, aber dann hatte sie nur stumm dagestanden und zu allem genickt, was er ihr gesagt hatte, obwohl sie es irgendwie gar nicht gehört hatte, und nichts geantwortet als: »Und vielen Dank auch!« Was sie der Mutter zum Abschied sagen würde, hatte sie sich auch überlegt, aber nun war auch das auf einmal alles weg.

Sie blieb in der offenen Tür stehen. Die Mutter saß auf dem Melkschemel neben einer Kuh und zog gleichmäßig an den Zitzen. Prall schoss der Milchstrahl in den Eimer. »Ja, Mutter«, sagte Lene, »ich geh dann. Nach Berlin. Als Dienstmädchen. Die Frau Lehrer hat eine Anzeige aus der Zeitung geschnitten. Von einer Stellenvermittlung. Da soll ich hin, hat sie gesagt, und mir eine anständige Herrschaft aussuchen, eine mit Ordnung und Moral.«

Die Mutter sah kurz auf, ohne das Melken zu unterbrechen. »So. Gehst du also wirklich. Nach Berlin, sagst du? Du glaubst wohl, du bist zu Höherem berufen? Na, was willst du auch daheim!«

Lene wusste keine Antwort.

»Dass du auch was sparst!«, forderte die Mutter. »Auf ein Sparbuch, hörst du? Und halt dich brav und lass dir nichts vormachen!«

Lene nickte. »Die Frau Lehrer hat gesagt, ich soll nicht in

einen Haushalt, wo Söhne, ich mein, junge Herren ...« Sie brach ab.

Die Mutter lachte verächtlich auf. »Die Frau Lehrer! Die kennt das Leben, was! Söhne! Als ob es nicht auch verheiratete Gockel gäbe, die hinter jeder Henne her sind!«

Lene stieg das Blut in den Kopf. Der Siewer-Bauer – unausgesprochen und doch zum Greifen nah hing der Name ihres Nicht-Vaters in der stickigen Stallluft.

Der Milchstrahl klang im Eimer, Fliegen summten, die Kühe malmten das Heu. Eine Kuh rasselte an der Kette. Eine muhte. Das Schweigen wurde lang.

»Ach, Mutter!« Lene stockte, ging ein paar Schritte näher, ohne auf den Mist zu achten. »Ach, Mutter ...« Ihre Stimme schwankte.

Die Mutter stand auf, griff sich an den Hals und löste ihr Kettchen mit dem silbernen Kreuz, das kleine Kreuz, ohne das Lene ihre Mutter niemals gesehen hatte. »Da! Bind's dir um! Und dass du's nicht verlierst!« Dann nahm sie Eimer und Schemel, gab der nächsten Kuh einen derben Klaps, ließ sich nieder und begann wieder mit dem Melken.

Lene stand mit offenem Mund und sah das Schmuckstück in ihrer Hand an. Warm wurde ihr, froh und traurig zugleich. »Mutter, ich weiß gar nicht, was ich sagen soll, das ist doch deins, danke!«, stammelte sie und legte sich das Kettchen um. »Dass du mir das schenkst ...«

»Wirst noch den Zug verpassen!«, sagte die Mutter schroff. »Bleib gesund, Lene!«

»Du auch, Mutter, bleib du auch gesund!«

Keine Antwort, nur das Spritzen der Milch.

»Na dann, ade, Mutter!«

»Ade, Lene!«

Ein letztes vergebliches Warten, dann wandte Lene sich zur Tür. Da rief die Mutter hinter ihr her: »Und pass bloß auf, dass es dir nicht geht wie mir! Dass du dir ja kein Kind anhängen lässt, dann ist dein ganzes Leben versaut!«

Blindlings stolperte Lene aus dem Stall. Sie sah kaum, wohin sie trat.

Wenig später saß sie eingepfercht zwischen zwei Handwerksburschen auf der hölzernen Bank im Zug, umklammerte mit der einen Hand ihre Trage, mit der anderen das kleine silberne Kreuz an ihrem Hals und hörte die Lokomotive pfeifen. Der Zug ratterte laut. Ihr Herz schien ihr noch lauter zu schlagen.

Schließlich zwang sie sich, zum Fenster hinauszublicken. Da sah sie die Wiesen vorbeiziehen, auf denen sie Gänse gehütet hatte. In der Ferne das Dorf: den Kirchturm, das Dach des Schulhauses.

»Nie wieder!«, flüsterte Lene. »Nie wieder!«

– 2 –

»Na, Fräulein, sind Sie hier festgewachsen, oder was?« Lene wurde geschoben, geschubst, gegen das schmiedeeiserne Geländer gedrängt, das den Abgang aus der hohen Halle umgrenzte, und landete schließlich fast ohne ihr Zutun auf der großen Treppe, die vom Bahnsteig nach unten führte. Die Menschenmenge riss sie einfach mit, Männer, Frauen und Kinder, Bäuerinnen mit Körben voller Zwiebeln und Kohl, Mägde mit aufgeregt in Käfigen gackernden Hühnern, Gepäckträger mit riesigen Koffern auf den Schultern, vornehme Damen in Samtjäckchen und Cape, den hinten zum Cul de Paris drapierten Rock zierlich mit einer Hand raffend, Herren im Gehrock und Zylinder, Männer in schmutzig blauer Arbeitskleidung, verwegen die Mütze in die Stirn gedrückt, prächtige Offiziere und einfache Soldaten, zerlumpte Jungen und solche im feinen Matrosenanzug, kleine Mädchen an der Hand junger Frauen in Tracht mit weißem Schultertuch und Flügelhaube: ein unübersehbares Gewühl, ein Reden und Lachen, Rufen und Fluchen. Oben auf dem Gleis pfiff der Zug. Eine dichte Rauchwolke zog durch die Bahnhofshalle und hüllte sie alle ein.

Am Fuß der Treppe blieb Lene stehen, an die Wand gedrückt. Als der Rauch verzogen war, hatte sich auch das Gedränge gelichtet. Krampfhaft hielt sie den Zettel mit der Annonce umklammert und sah ratlos nach rechts und nach links. Zwei Ausgänge – welchen sollte sie nehmen? Sie hielt Ausschau nach jemandem, den sie fragen konnte; die alte Frau dort mit ihren kümmerlichen Blumensträußen vielleicht oder den Jungen, der aus seinem Bauchladen Zigarren anbot? Unschlüssig ging sie nach links und trat ins Freie, wich sofort wieder zurück: Eine riesige Kutsche ratterte vorbei. Zwei Pferde zogen das übergroße Gefährt, zahllose Gesichter hinter den Fenstern, und selbst oben auf dem Dach noch Bänke voller Leute. Das musste ein Pferdeomnibus sein, Lene erinnerte sich jetzt, dass der Herr Lehrer davon erzählt hatte. Gefolgt wurde er von einem mit Säcken hoch beladenen Fuhrwerk und einem kümmerlichen Kohlekarren, den ein magerer Hund und ein schmächtiger Junge gemeinschaftlich zogen, einer so erschöpft wie der andere. Vornehme Kutschen begegneten den Fahrzeugen und ein offener Zweispänner, Fußgänger quetschten sich durch den Verkehr, liefen todesmutig über die Straße. Lene schwirrte der Kopf. Und da – sie konnte es kaum glauben: Ein seltsames Ungetüm fuhr die Straße entlang, eine Kutsche ohne Pferde, angetrieben von einer monströsen, puffenden und knatternden Dampfmaschine.

Lene floh zurück, suchte den zweiten Ausgang, fand sich zwischen wartenden Pferdedroschken und zwei Schutzleuten mit Pickelhauben, die ernsten Gesichtes die Kutscher befragten, während ein Wachtmeister auf hohem Ross thronend die Szene beobachtete. Da konnte sie doch nicht ...

Wieder in die Halle. Vielleicht doch die alte Frau fragen, die ihre Blumensträuße zum Verkauf anbot? Doch die Alte war verschwunden.

»Neu hier, was, Fräuleinchen?«, wurde sie von einer freundlichen Frauenstimme in ihrem Rücken angesprochen.

Erleichtert drehte Lene sich um. Endlich jemand, der ihr helfen würde!

Eine ältere, dicke Dame in Rot und Schwarz stand da und lächelte ihr aus geschminktem Gesicht breit zu. Lene starrte. Was für ein Hut! Ein halber Garten aus künstlichen Blumen und Straußenfedern fand darauf Platz, und um den Hals der Dame wogte und wehte eine Federboa. »Weißt wohl nicht wohin, Fräuleinchen, was?«, fragte die Dame.

»Ich, nein, das heißt, doch!«, stammelte Lene und hielt der Dame den Zettel hin. »Linkstraße. Können Sie mir sagen, wie ich da hinfinde?«

Die Dame warf einen kurzen Blick auf die Anzeige und schlug die Hände mit allen Zeichen des Entsetzens zusammen. »Du willst dich doch nicht in die Fänge so eines Vermittlungsbüros begeben?! Fräuleinchen, man merkt, dass du noch nie in Berlin warst!« Die Dame musterte Lene von oben bis unten. »Du suchst wohl deine erste Stellung, was?«

»Ja. Das heißt: nein!«, erwiderte Lene. »Ich war schon in Stellung, fast fünf Jahre bei unserem Herrn Lehrer daheim. Aber jetzt such ich mir was in Berlin. Und bitte, wenn Sie so freundlich wären, wenn Sie mir sagen würden, was ist denn so schlimm an einem Vermittlungsbüro?«

»Die ziehn dir nur das Geld aus der Tasche, da bist du fünf Mark los, so schnell kannst du gar nicht schaun, und dann ist nichts mit Stellung, und dann ist Nacht und du stehst auf der Straße und weißt nicht wohin. Aber nun schau mal nicht so unglücklich, Fräuleinchen. Wie heißt du denn überhaupt?«

»Lene, gnädige Frau!« Lene machte einen Knicks.

»So, Lene. Ich will dir mal was sagen, am besten kommst du erst mal mit zu mir. Wir finden schon was für dich. Aber wir müssen dir erst ein bisschen den Großstadtpep beibringen und dich zurechtmachen; ich will ja nichts sagen, aber das Dorf sieht man dir schon von weitem an. Komm nur mit, ein paar Stationen mit dem Pferdeomnibus, und schon sind wir da!«

»Ja aber, ich kann doch nicht so einfach, das ist doch zu gütig...«, murmelte Lene unsicher. Irgendetwas war ihr nicht ganz geheuer. Die Dame schien ihr allzu hilfsbereit. Oder war das hier so in der Stadt?

Die Dame lachte und fasste sie am Arm. »Jetzt zier dich mal nicht, bist hier in Berlin und nicht mehr auf dem Dorf. Wart nur...« Unter unaufhörlichem Geplauder lotste die Dame sie durch die Bahnhofshalle auf den Ausgang zu, indem sie Lenes Oberarm fest umklammert hielt. Nur noch zwei, drei Schritte waren sie von der Tür entfernt, als diese sich öffnete und zwei Wachtmeister in blauer Uniform und Pickelhaube hereinkamen.

Die Dame ließ Lenes Arm los. Und auf einmal war sie weg.

Verblüfft drehte Lene sich um, blickte nach allen Seiten, sah eben noch, wie die Dame in fliegender Hast um die Ecke bog. Ihre Federboa wehte hinter ihr her.

Erst war eine seltsame Leere in Lenes Kopf, dann begann es darin zu wirbeln. Die aufdringliche Freundlichkeit – das Angebot, sie mit nach Hause zu nehmen – der feste Griff am Arm – die Wachtmeister – das fluchtartige Verschwinden...

Ihr Herz schlug schnell und dumpf.

Was hatte diese Dame mit ihr vorgehabt? Und war sie überhaupt eine Dame? War sie nicht allzu grell geschminkt gewesen? Der Satz des Herrn Lehrer: *Willst du in der Gosse enden?*

Auf einmal erschien ihr Berlin wie ein bodenloser Morast. Wäre sie nie hierher gekommen!

Lene rannte hinter den Schutzleuten her. »Ach bitte, Verzeihung ...«

Die Wachtmeister drehten sich nach ihr um. »Ja?« Wie streng und kurz angebunden das kam! Auf einmal fand sie keine Worte, stand nur da, den Zettel noch immer in der Hand, und schwieg.

Der ältere der beiden nahm ihr den Zettel aus der Hand und las die Adresse: »Dienstbotenvermittlung! So, so!« Unter seinem Blick fühlte sie sich schuldig. »Da geh erst einmal zur nächsten Polizeistation und lass dein Gesindebuch abstempeln! Das ist nämlich von Gesetzes wegen das Erste, was du zu tun hast!« Und dann sehr streng: »Du hast doch ein Gesindebuch?«

»Ja, Herr Wachtmeister!« Ihre Stimme war nur ein Flüstern.

Wie lange sah sich der Herr Polizeihauptmann ihre Zeugnisse denn noch an? Erst das Schulzeugnis, dann das Zeugnis, das ihr die Frau Lehrer über ihre Arbeit als Haus- und Kindermädchen geschrieben hatte. Und jetzt betrachtete er das Gesindebuch mit dem Eintrag ihres Dienstes beim Herrn Lehrer mit einem Misstrauen, als erwarte er, auf die Spur einer Straftat zu stoßen!

Der Wachtmeister unten in der Wachstube hatte sie hier heraufgeschickt zum Herrn Polizeihauptmann. Weil der ein Dienstmädchen suche, wie der Wachtmeister gesagt hatte, nachdem er ihre Papiere studiert hatte.

Dienstmädchen bei einem Polizeihauptmann ... Eigentlich hatte sie nie etwas mit der Polizei zu tun haben wollen, und schon gar nicht mit einem Hauptmann! Aber wenn in Berlin so seltsame Sachen passierten wie das mit der Dame am Bahnhof, die offensichtlich gar keine Dame gewesen war und die wahrscheinlich etwas mit ihr vorgehabt hatte – sie mochte sich gar nicht vorstellen, was –, dann war es am besten, sich an die Polizei zu halten. Das würde bestimmt auch der Herr Lehrer sagen. Etwas Anständigeres als einen Polizeihauptmann konnte es doch nicht geben, oder?

Lene trat verstohlen von einem Fuß auf den anderen. Die Riemen des Tragekorbes schnitten in ihre Schultern, aber sie traute sich nicht, ihn abzunehmen. Der Herr Polizeihauptmann hatte sie nicht dazu aufgefordert. Er hatte ihr auch nicht gesagt, dass sie sich setzen dürfe.

Halb und halb begann sie zu wünschen, er möge sie ablehnen. Er sah so streng aus und so unerreichbar in seiner Uniform und mit seinem gezwirbelten Schnurrbart und den tiefen, steilen Falten zwischen den Augenbrauen und dem Monokel, das er sich zum Lesen vor das rechte Auge geklemmt hatte. Kaum wagte sie zu atmen.

»Mutter: Marie Schindacker«, las der Herr Polizeihauptmann vor. »Vater: unbekannt!« Der Ton, in dem er das sagte! Ein Blick traf sie, als sei sie soeben eines Verbrechens überführt worden.

Lenes Kopf wurde heiß. Und sie hatte geglaubt, nach Berlin würde sie das nicht verfolgen!

Er ist gar nicht unbekannt, es ist der Siewer-Bauer, wollte sie widersprechen. Sie schwieg. Es würde alles nur schlimmer machen.

Sie wünschte sich weg.

Er versenkte sich wieder in ihre Papiere. »Das andere scheint alles in Ordnung zu sein – soweit man solchen Zeugnissen trauen darf!«, erklärte er schließlich und verstaute umständlich das Monokel an der goldenen Kette in seiner

Brusttasche. »Fünfzehn Mark Lohn monatlich, Kost und Logis. Du hast alle Arbeiten zu erledigen, die du von der gnädigen Frau aufgetragen bekommst, und zwar zügig, ordentlich und unauffällig! Wenn ich eines hasse, dann dass man andauernd über Besen und Putzeimer stolpert oder Geschirrgeklapper hört! Eine Wohnung hat sauber zu sein, aber man hat nicht zu merken, wie sie sauber gemacht wird, merk dir das. Und keine Widerworte! Alle vierzehn Tage ein freier Sonntagnachmittag, vor Torschluss Punkt zehn Uhr hast du am Abend zurück zu sein und keine Sekunde später. Kein Besuch, wohlgemerkt! Und dass du dich nicht in dunklen Hauseingängen rumdrückst und mit Burschen anbandelst, dann fliegst du, und zwar hochkant, verstanden?«

»Ja, Herr Polizeihauptmann«, brachte Lene hervor und knickste. Hieß das, er wollte sie anstellen? Unheimlich wurde ihr bei diesem Gedanken. Genau genommen sträubte sich alles in ihr dagegen. Aber Nein zu sagen – ging das überhaupt?

»Vermeide grundsätzlich, nach Einbruch der Dunkelheit auf der Straße zu sein!«, fuhr er im Ton strenger Ermahnung fort. »Du könntest für ein zweifelhaftes Frauenzimmer gehalten und von der Polizei aufgegriffen und zur Sitte gebracht werden, das ist die einschlägige Polizeistation. Was dich dort erwartet, das will ich dir lieber nicht erzählen – dann bist du abgestempelt für dein Leben, also sieh dich vor! Und dass du mir nicht die Sitten vom Land in meinen Haushalt einschleppst! Ihr vom Landvolk habt einen merkwürdigen Begriff von Moral, das sieht man ja schon daran, dass du keinen Vater hast. Aber mein Haushalt ist ein anständiger Haushalt. Ich habe vier Kinder, ich achte auf Moral, also keine zweifelhaften Bemerkungen zu den Kindern und kein verdorbenes Verhalten, sonst bekommst du es mit mir zu tun! Verstanden?«

»Verstanden«, flüsterte sie und machte wieder einen Knicks. Sitten vom Land, verdorbenes Verhalten – wovon sprach er überhaupt? *Das sieht man ja schon daran, dass du keinen Vater hast …*

Sie wollte weg, zurück nach Hause, zur Frau Lehrer. Lieber keine fünfzehn Mark verdienen und sich dafür nicht solche Sachen anhören müssen und so allein sein, so grausam allein.

Doch die Frau Lehrer hatte sie fortgeschickt. Und schließlich war sie kein Kind mehr, schon lang nicht mehr, und hatte schon mit fünf Jahren die Gänse gehütet und war sogar mit dem Ganter fertig geworden.

Trotzdem: Das hier, das war etwas anderes.

Er schrieb etwas auf einen Zettel und schob ihr diesen über den Tisch. »Hier, das ist meine Adresse. Du kannst mit dem Pferdeomnibus fahren, der hält genau gegenüber der Wache, die Linie habe ich dir aufgeschrieben. Und jetzt geh und melde dich bei der gnädigen Frau. Sag ihr, ich habe dich engagiert!«

»Ja!« Sie knickste wieder. Und dachte: Ich brauche da nicht hinzugehen. Ich muss ihm gar nicht sagen, dass ich nicht zu ihm will. Einfach nicht in diesen Bus steigen. Zur Vermittlungsstelle gehen und mir was anderes suchen. Wenn ich heute nichts finde, dann morgen. Dann muss ich mir eben in einer Pension ein Bett für die Nacht nehmen, für eine Nacht reicht mein Geld.

Erleichtert atmete sie auf: Ja, so machte sie es. Besser keine Stelle als eine bei diesem Herrn da!

»Auf Wiedersehn dann, Herr Polizeihauptmann!« So schnell wie möglich wollte sie weg, doch im Gehen fiel ihr ein: »Ach, bitte, kann ich die Zeugnisse und das Gesindebuch wiederhaben?« Sie streckte die Hand aus.

Er faltete die Zeugnisse zusammen, steckte sie in das Gesindebuch, öffnete eine Schreibtischschublade, legte das Gesindebuch hinein, schob die Schublade zu und schloss sie ab.

»Deine Papiere behalte ich hier für dich in sicherer Verwahrung, solange du bei mir in Dienst bist!«, erklärte er gelassen und sah ihr kühl ins Gesicht. »Das ist besser so! Du glaubst nicht, wie oft Gesindebücher verloren gehen! Bis heute Abend, Lene!«

Sie floh aus seinem Zimmer, den Flur entlang, die Stufen hinunter, stand auf der Straße. Ein Pferdeomnibus hielt, sie kletterte hinauf und zwängte sich durch die schmale Tür. Mit der Rückentrage fegte sie einem sitzenden Arbeiter die Mütze vom Kopf. »Nun passen Sie doch auf, Fräulein!«, raunzte er sie an. Kein Sitzplatz frei, die mächtigen Pferde zogen an. Das Gefährt ruckte und sie klammerte sich am Geländer der nach oben führenden Treppe fest. Der Kondukteur kam mit dem Billet. Sie hielt ihm den Zettel mit der Adresse hin, aber er schüttelte den Kopf: »Da sind Sie in die falsche Richtung eingestiegen, Fräulein! Streng genommen müsste ich Ihnen den Preis trotzdem berechnen. Sie sind wohl fremd zugezogen, was?«

Lene nickte, zerknüllte den Zettel in ihrer Hand. »Heute!«

»Na dann, beim nächsten Halt raus und über die Straße rüber, und am besten fragen Sie, wann Sie aussteigen müssen!«

Wieder stand sie auf der Straße. Es hatte angefangen, in Strömen zu regnen, förmlich zu schütten; ein Frühjahrsgewitter ging nieder. Das Wasser floss ihr aus den Haaren, rann über ihre Wangen, als wären es Tränen.

Mit durchnässtem Kleid saß sie endlich im richtigen Pferdeomnibus, die Rückentrage hielt sie an sich gepresst auf dem Schoß. Auf einmal war ihr alles auf merkwürdige Art gleichgültig. Der Polizeihauptmann hatte ihre Papiere behalten. Sie musste bei ihm dienen, hatte keine Wahl, na und? Beim Siewer-Bauern hatte sie auch dienen müssen und keiner hatte sie gefragt.

Hinter den beschlagenen Fenstern zog die Stadt vorbei, Haus an Haus, höher als die Kirche daheim waren die meisten. Selten ein Baum, nie ein Vorgarten oder auch nur eine Blume. Wie Ameisen die Menschen, eilig, hastig, keiner blieb stehen zu einem kleinen Plausch, keiner schien den anderen zu kennen.

Der Kondukteur bedeutete ihr auszusteigen. Sie kletterte aus dem Omnibus. Der Regen hatte nachgelassen. In der Ferne grollte der Donner.

Auf der Suche nach der richtigen Hausnummer kam sie an fünfstöckigen neuen Häusern mit strahlenden, wunderschönen Fassaden und reich dekorierten Toren vorbei, an einer Baustelle und an trostlosen Ruinen, in deren Erdgeschossen und Kellern noch Geschäfte ausharrten und auf großen Plakaten wegen bevorstehenden Abrisses mit Sonderangeboten warben.

Dann ging sie an alten, vergrauten Häusern entlang, deren Prachtzeit in ferner Vergangenheit gelegen haben musste und deren Front unter einer Flut von Reklametafeln kaum mehr zu erkennen war. So also ist es in Berlin, dachte sie und nahm jede Einzelheit in sich auf. Solange sie schaute, musste sie nicht denken.

»*Plissee-Brennerei Woldemar Wimmer*«, las sie halblaut, »*Lotterie-Contor, Krügers Bierhaus, Besatzartikel Flach & Engel* – was das wohl sein mag? –, *Nähseiden Engros Isidor Salomon, Priesters Costumes, Röcke, Backfisch Kleider, Rauchwaren Gebrüder Feiler, Bäckerei & Conditorei, Privat Mittagstisch*

Wilhelm Pollin, Festsäle-Centrum, Destille ... Was ist denn das?«

Dann hatte sie die Hausnummer dreizehn erreicht. Noch einmal verglich sie mit dem Zettel. Dreizehn, da stand es. Im Dorf daheim gab es kein Haus mit der Nummer dreizehn. Weil das eine Unglückszahl war. Hierher schien es zu passen.

Es war eines von den alten Häusern. Ein schönes Haus, bei dem man gleich sah, dass vornehme Leute darin lebten: Angedeutete Säulen hatte es zwischen den hohen Fenstern und reich mit steinernen Blumenranken und geflügelten Löwen verzierte Friese. Es war nicht von Reklametafeln entstellt, dafür schmückte es ein kunstvolles Schild über dem hohen Tor, das von Wappen, Krone und zwei Marmorfiguren halb nackter Athleten gekrönt war. Weil hier ein Polizeihauptmann wohnte? Nein, das Schild verkündete die feinen Stahlwaren von Wilhelm Bankowsky, »*Hoflieferant Sr. Majestät des Kaisers und Königs*«. Noch größer wiederholte sich dieses Schild über dem Geschäft im Erdgeschoss, das selbiger Hoflieferant betrieb. Im weniger eindrucksvollen Nachbarhaus führte eine steile Treppe nach unten in einen Kellerladen. »*Milch u. Sahne. Obst, Gemüse & Südfrüchte*« versprach dort die Aufschrift auf dem Haussockel.

Das Tor zum Haus Nummer dreizehn stand offen. Lene trat in eine modrig riechende Einfahrt, die durch das Gebäude in den Hinterhof führte. Auch hier Schilder: »*Hausieren strengstens verboten!*«, »*Das Spielen der Kinder auf Hof, Flur und Treppe sowie das Umherstehen vor der Haustüre ist streng untersagt!*« und neben der linker Hand ins Haus abgehenden Tür die Schilder mit den Namen der Haushaltsvorstände. Da stand er: Polizeihauptmann Adolf Grossmann, 2. Stock.

Etwas drückte Lene den Atem ab. Da war der Wunsch, umzudrehen, den Pferdeomnibus zum Bahnhof zu nehmen, ins Dorf zurückzufahren. Sie könnte sich doch noch beim Lenz-Bauern verdingen, er hatte noch keine neue Jungmagd gefunden, und der Herr Lehrer konnte ihr vielleicht helfen, dass sie ihre Papiere wiederbekam ...

Damit Grete dann zu ihr sagte: Erst waren wir dir nicht gut genug, aber nun haben sie dich in Berlin wohl nicht haben wollen, na ja, Hochmut kommt vor dem Fall!?

Nein! Nie wieder, hatte sie sich geschworen.

Lene strich sich das Wasser aus den Haaren, streifte umständlich ihre kostbaren Stiefel auf der Kokosmatte ab und stieg die Treppe hinauf. »Frisch gebohnert!« behauptete ein Schild, das an einer Treppenstufe angeschraubt war, aber dass das nicht stimmte, sah Lene gleich. Die Treppenstufen waren grau und abgetreten.

Wenn man sie mit Sand scheuern, wachsen und polieren würde wie den Flur im Schulhaus, könnten sie wieder blitzen. Ja, das wollte sie gleich morgen tun. Dann würde die gnädige Frau zu ihr sagen: Wie du das machst, Lene! Ich wusste gar nicht, dass die Treppe wieder so schön werden kann! Und eine zweite Portion Nachtisch würde die gnädige Frau ihr geben, als Extralob. Bei so vornehmen Leuten gab es bestimmt jeden Tag Nachtisch und nicht nur sonntags wie bei Lehrers, und ganz besondere Sachen, von denen Lene bisher nur aus Büchern wusste, Zitronencreme und Schokoladenmus oder so eine gute rote Grütze mit Vanillesoße, wie die Frau Lehrer sie zum Geburtstag vom Herrn Lehrer gekocht hatte ...

Lene nickte vor sich hin: Wenn sie fleißig war und ihre Arbeit gut machte, würde sie sich an den köstlichsten Sachen satt essen dürfen. Was wollte man mehr vom Leben? Und alles andere würde sich finden. Wahrscheinlich war der Herr Polizeihauptmann sowieso den ganzen Tag auf seiner Wache, es kam viel mehr auf die gnädige Frau an, und die war bestimmt ganz anders als ihr Mann. Sie hatte Kinder wie die Frau Lehrer, und die war zu ihr auch immer wie eine Mutter gewesen.

Entschlossen zog Lene an dem Klingelzug im zweiten Stock und hörte in der Wohnung das scheppernde Gebimmel der Glocke.

Kurz darauf folgte Poltern von schnellen, kurzen Schritten, aus der Tiefe der Wohnung drang Kindergeheul. Die Tür wurde aufgerissen. Ein Junge von sechs, sieben Jahren stand da und musterte sie. »Du tropfst!«, erklärte er. »Wer bist du?«

»Ich bin die Lene, euer neues Dienstmädchen!« Sie lächelte ihm zu. Es schien ihr wie ein glückliches Vorzeichen, dass dieser Junge ihr die Tür geöffnet hatte. Nun würde alles gut.

»Ach so!« Er drehte sich um und schrie in die Wohnung zurück: »Mutti, da ist die Neue!«

Neugierig sah Lene in den Flur. Unwillkürlich hielt sie die Luft an. So eine Pracht! Ein dunkelrot gemusterter Teppich zog sich über die ganze Länge, dunkelrot mit goldenen Ranken auch die Tapeten, braun und gold die überhohe Decke, in ihrer Mitte eine prächtige goldene Stuckrosette. Drei Petroleumlampen brannten, dennoch herrschte ein geheimnisvolles Dämmerlicht. Linker Hand ragte ein monströses Möbelstück aus dunkel gebeiztem Holz in den Flur – fast wie ein griechischer Tempel aus einem Buch des Herrn Lehrer sah es aus: Säulen trugen einen figurengeschmückten Fries, unter dem einige schmiedeeiserne Kleiderbügel hingen, zwei göttinnenartige Wesen hielten einen großen Kristallspiegel, ein Mohrenkind reckte eine silberne Schale in die Höhe. Auf beiden Seiten dieses Tempels hing eine Sammlung von Schwertern und Spießen an der Wand. Vom Ende des Flures starrten Lene Furcht erregende Masken irgendwelcher wilden Völker entgegen.

Nun öffnete sich die angelehnte Tür unter den Masken und eine Dame trat hindurch und kam auf Lene zu, ein kleines, weinendes Mädchen auf dem Arm.

Lene machte einen Knicks und grüßte.

»Dich schickt der Herr Polizeihauptmann?«, fragte die Dame und runzelte die Stirn. Ihre Stimme klang genervt und eine Spur zu schrill. »Mein Gott, du kommst wohl frisch vom Land? Dabei habe ich ihn doch gebeten ... Na, wenn der gnädige Herr dich engagiert hat, da kann man nichts machen. Hoffentlich schlägst du mir nicht die Gläser und das Porzellan kaputt! Das ziehe ich dir vom Lohn ab, das sage ich dir gleich! Jetzt komm erst mal rein! Wie heißt du überhaupt?«

»Lene Schindacker, gnädige Frau.« Es war, als gehe eine Tür in ihr zu, die sich gerade einen Spalt weit geöffnet hatte. Nein, die Frau Polizeihauptmann hatte nichts mit der Frau Lehrer gemeinsam.

»Gut, Lene! Hör zu, ich habe jetzt keine Zeit, dir alles zu zeigen und zu erklären. In einer Stunde kommt der gnädige Herr nach Hause, dann muss alles in Ordnung sein und das Abendessen auf dem Tisch stehen. Ich weiß nicht mehr, wo mir der Kopf steht! Ich habe deine Vorgängerin fristlos entlassen müssen, sie hat in meiner Abwesenheit ihren so genannten Bräutigam in meiner Küche empfangen! In meiner Küche! Und nun stehe ich alleine da mit der ganzen Arbeit, und Olgachen ist auch noch krank! Komm mit, zieh dir erst mal was Trockenes an, und dann kannst du gleich das Zimmer in Ordnung bringen und den Tisch decken!«

Hinter der gnädigen Frau betrat Lene das Zimmer am Ende des Flures. Ein schmaler, nach links führender langer und düsterer Schlauch war es mit einem einzigen Fenster im linken Eck. Ein mit Spiel- und Malsachen übersäter Tisch stand vor diesem Fenster. Der ganze Raum war mit dunklen Möbeln überladen, zwei Jungen bauten am Boden mit Bausteinen. Neben dem Tisch gab es eine weitere Tür – wie groß war diese Wohnung denn noch?!

Die gnädige Frau öffnete diese zweite Tür. »Die Küche!«, sagte sie knapp. Lene hätte beinahe einen Schrei der Bewunderung ausgestoßen. In letzter Sekunde schloss sie wieder den Mund, die gnädige Frau sollte nicht merken, dass sie so etwas noch nie gesehen hatte, sonst hieß es nur wieder, man merke, dass Lene vom Land kam!

Lene hatte davon gehört, dass es Küchen gab, die keine rauchgeschwärzten kleinen Löcher waren, weil in ihnen nicht über einem offenen Feuer in der Esse gekocht wurde, sondern auf richtigen Öfen, die man Kochmaschinen nannte. Die Frau Lehrer hatte immer davon gesprochen, wie sehr sie sich so eine Küche wünschen würde – aber so schön hatte Lene sich eine solche Küche nicht vorgestellt! Ein großer, heller Raum mit zwei Fenstern zum Hinterhof und weiß gestrichenen Wänden. Steinfliesen am Boden, ein Tisch in der Mitte, ein weiß und blau lackiertes Buffet, Wandborde mit Kupfertöpfen und -pfannen, mit in blauen Blumenmustern bemalten Steingutkrügen und -schüsseln, mit Schneidebrettern und Tellern aus Porzellan, halbhohe Kommoden und Schränkchen, auf denen eine Küchenwaage mit Marmorplatte, ein Bolzenbügeleisen und eine Ansammlung von Haushaltsgegenständen, die Lene nicht einmal kannte, ihren Platz hatten, und da die berühmte Kochmaschine, der Traum der Frau Lehrer: Wie ein rechteckiger Ofen sah sie aus, weiß emailliert die Wände, aus Messing die wie Löwentatzen geformten Füße, silbrig glänzend die Griffe, tiefschwarz die Herdplatte.

»Da oben auf dem Hängeboden ist dein Schlafplatz«, erklärte die gnädige Frau und wies auf ein Brett, das unter der Decke über dem Herd eingezogen war. »Da kannst du auch dein Gepäck verstauen und dich umziehen! Dort hinter dem Vorhang ist die Leiter! Mach schnell, ich muss an den Herd!« Damit eilte die gnädige Frau aus der Küche.

Lene wollte gleich dem Befehl gehorchen, da entdeckte sie den emaillierten Ausguss an der Wand und darüber den blitzenden Hahn. Sie stockte mitten in der Bewegung. Sollte es hier tatsächlich fließendes Wasser geben? Sie hatte davon gehört – auch darüber hatte die Frau Lehrer gesprochen –, aber dergleichen noch niemals gesehen. Vorsichtig drehte sie an dem Hahn. Sofort kam Wasser heraus, spritzte in den Ausguss und verschwand wieder durch ein Loch. Lene strahlte. Sie schloss den Hahn und öffnete ihn wieder, versuchte es noch einmal und noch einmal. Was für ein unerhörter Luxus! Nie wieder würde sie frisches Wasser vom Brunnen herein- und Schmutzwasser hinausschleppen müssen! Was das Zeit und Kraft sparte! Unzählige Male jeden Tag war sie daheim mit dem Wassereimer hin- und hergegangen. Hier würde die Arbeit nicht so schwer sein wie bei der Frau Lehrer. Vielleicht hatte sie es ja doch gut getroffen.

Sie beugte sich unter den Wasserhahn und ließ sich den kühlen Strahl in den Mund laufen, trank ausgiebig. Dann wischte sie sich mit dem Handrücken das Gesicht ab und holte die Leiter hervor. »Reinlichkeit das Herz erfreut« war mit Rosenmuster umrankt auf den Vorhang gestickt. Lene grinste. Dass es bei der Frau Polizeihauptmann nicht besonders reinlich war, hatte sie gleich gemerkt. Bei der Frau Lehrer jedenfalls hatte nie so viel Staub auf den Möbeln gelegen, wie es in dem Zimmer nebenan der Fall war.

Sie legte die Leiter an den Hängeboden und stieg hinauf. Vergebens versuchte sie hineinzukriechen, die Rückentrage war im Weg. Auf der Leiter balancierend nahm sie die Trage ab und schob sie vor sich auf das Brett, beinahe hätte sie das Gleichgewicht verloren. Endlich gelang es ihr, auf allen vieren in den Verschlag zu kriechen. Er war kaum höher als ein Meter, im Sitzen stieß sie sich beinahe den Kopf. Eine Matratze mit Kissen und Decke lag darin, sonst nichts. Aber schön warm war es hier oben. Mühsam schälte Lene sich aus dem nassen Kleid, dauernd eckte sie an Decke oder Wand an. Es dauerte lang, bis sie sich in ihr Konfirmationskleid gezwängt hatte. Eigentlich war es eine Schande, dieses kostbare Kleid zur Arbeit anzuziehen, aber sie hatte nichts anderes. Sie nahm noch eine blaue Schürze aus der Trage, breitete das nasse graue Kleid zum Trocknen aus und kletterte wieder nach unten. Als sie sich eben die Schürze umband, kam die gnädige Frau zurück.

»Hast du keine weiße Schürze?«

»Nein, gnädige Frau!«

»Das darf doch wohl nicht wahr sein! Du musst dir morgen zwei große weiße Schürzen und zwei kleine zum Servieren kaufen und auch gleich zwei weiße Häubchen, die wirst du dann ja wohl auch nicht haben! Ich borge dir das Geld, wenn du es nicht hast, und behalte es dann von deinem Lohn ein. Das Kleid ist immerhin ganz passabel, wenigstens schwarz! Das graue kannst du zur Hausarbeit tragen, aber wenn der gnädige Herr zu Hause ist und du bedienen musst, immer das schwarze! So, und jetzt geh ins Berliner Zimmer!«

»Berliner Zimmer?«, fragte Lene verständnislos.

»Du weißt ja nicht einmal die einfachsten Sachen! So ein Durchgangszimmer wie nebenan, das den repräsentativen Teil der Wohnung mit den Räumen zum Hof hin verbindet, nennt man Berliner Zimmer! Unter der Woche halten wir uns die meiste Zeit darin auf. Meinst du, ich lasse die Kinder im Salon spielen? Also räum die Spielsachen auf und mach schnell noch etwas sauber, es muss dringend Staub gewischt werden, die Staublappen sind hier in dem Körbchen. Dann deck den Tisch, die Tischdecke liegt in der untersten Kommodenschublade obenauf. Das Geschirr mit dem einfachen blauen Rand, Suppenteller und kleine Teller, nur für drei Kinder, ich bringe Olga schon ins Bett!«

Die Jungen zeigten wenig Neigung, Lene beim Aufräumen zu unterstützen. Auf ihre Frage nach ihren Namen antworteten sie, als sei es eine Auszeichnung, dass sie sich überhaupt mit ihr abgaben: Karl der Älteste, Wilhelm, der ihr die Tür geöffnet hatte, der Mittlere, Frieder, der Jüngste, noch im kurzen Kleid. Unsicher, wohin die Dinge gehörten, schob Lene Spiel- und Malsachen auf einen Stapel und schichtete herumliegende Bausteine in den zugehörigen Kasten. Der kleine Frieder stimmte ein zorniges Gebrüll an, als sie der Burg zu Leibe rückte, die er mitten im Weg errichtet hatte.

»Was machst du mit dem Kind?«, schrie die gnädige Frau aus der Küche.

»Nichts! Ich räum nur die Bauklötze weg!«, erwiderte Lene und holte den Staublappen. Die Frau Lehrer hatte sie nie verdächtigt, den Kindern etwas anzutun, nur wenn einmal eines schrie.

Wie einen dunklen harten Knoten spürte sie eine stumme Wut in sich. Beim Staubwischen tobte sie diese aus. Die Möbel waren lang nicht sauber gemacht worden, die graue Staubschicht war auf dem dunklen, glänzenden Holz deutlich sichtbar. Anscheinend war Lenes Vorgängerin schon länger gekündigt und die gnädige Frau war sich zu schade, selbst sauber zu machen. Wie voll gestellt alles war und wie viel Zeit das kostete! Kristallvasen und -schalen, Kerzenhalter und kleine Bronzefiguren, Aschenbecher und Porzellandosen, Uhren und Schreibutensilien, es nahm kein Ende. Und dann die vielen Verzierungen an den Möbeln, die gedrechselten Säulen und aufwändigen Schnitzereien, die kleinen Geländer und zahllosen Vorsprünge! Wie viel schneller war es gegangen, die glatten, einfachen Möbel der Frau Lehrer vom Staub zu befreien ...

Lene holte die Tischdecke aus der Kommode und stand ratlos vor dem Geschirrschrank. Einfacher blauer Rand, Suppenteller, kleine Teller. Wo mochte das Besteck sein? Endlich fand sie, was sie suchte, deckte sechs Gedecke und warf noch einmal einen prüfenden Blick auf alles. Was für ein Glück, dass die Frau Lehrer ihr beigebracht hatte, wie man einen Tisch deckte, rechts die Messer, links die Gabeln, oben die Löffel!

Die gnädige Frau kam herein, den Brotkorb in der Hand. »Warum hast du für sechs Personen gedeckt, kannst du nicht bis fünf zählen?«

»Was, wieso, der gnädige Herr, die gnädige Frau, Karl, Wilhelm, Frieder und ich, das sind doch sechs?«

Die gnädige Frau stieß ein kurzes Lachen aus. »Und du!

Mein Gott, was bist du doch für eine Landpomeranze! Es mag ja sein, dass bei euch im Dorf das Gesinde mit der Herrschaft am Tisch sitzt, aber bei uns nicht! Dein Platz ist in der Küche! Du bedienst uns bei Tisch und kannst selber essen, wenn unsere Mahlzeit beendet ist, merk dir das! Und jetzt räum das sechste Gedeck wieder ab!«

Lene lag zusammengekauert auf ihrer Matratze, das Kopfkissen wie eine Puppe im Arm. Ganz nass geweint war es schon. Bei Tag zu weinen hatte sie sich bereits als kleines Mädchen so weit als möglich abgewöhnt. Es hätte damals alles nur schlimmer gemacht, den Siewer-Bauern aufgebracht und die Mutter unwirsch gemacht. Die Zeit der Tränen war nachts.

»Gib dich zufrieden und sei stille in dem Gotte deines Lebens . . .«, sang Lene leise vor sich hin. Sie liebte dieses Lied schon seit langem. Im Schulunterricht hatten sie es gelernt, es hatte eine schwierige Melodie. Der Herr Lehrer hatte es auf dem Klavier begleitet und war schier verzweifelt, weil die meisten Kinder immer wieder falsch gesungen hatten. Aber abends, wenn sie es dreistimmig gesungen hatten – nur der Herr Lehrer und die Frau Lehrer und sie, weil die Kleinen es auch noch nicht konnten –, da hatte es wunderschön geklungen.

»Wie dir's und andern oft ergehe, ist ihm wahrlich nicht verborgen; er sieht und kennet aus der Höhe der betrübten Herzen Sorgen«, sang Lene. Das Lied brachte die Schulstube zurück und die Abende am Klavier, wenn Beate sich dicht an sie gekuschelt hatte.

Wie schön wäre es, wenn jetzt wieder Beate zu ihr ins Bett kriechen würde! So allein war sie hier oben auf dem Hängeboden, so ganz allein. Zum ersten Mal in ihrem Leben hörte sie nachts nicht die Atemzüge von anderen, die Atemzüge der Lehrerkinder in den letzten Jahren oder die ihrer Mutter und der Kühe in ihrer Kindheit.

»Er zählt den Lauf der heißen Tränen und fasst zuhauf all unser Sehnen. Gib dich zufrieden!«

Ja, das musste sie wohl: sich zufrieden geben. Sie war jetzt in Berlin, und da hatte sie schließlich hin gewollt, und dass alles ganz anders war, als sie es sich vorgestellt hatte, das war eben so, wie es war. Es hätte ja alles noch viel schlimmer kommen können, wenn sie nur daran dachte, was das vielleicht mit dieser grell geschminkten Dame am Bahnhof zu bedeuten gehabt hatte... Der Herr Lehrer hatte sie ja gewarnt: So schnell konnte es gehen, dass man in Berlin in der Gosse landete. Jetzt war sie jedenfalls bei anständigen Leuten und der Herr Polizeihauptmann passte auf, dass sie nicht unter die Räder kam. Sollte sie sich da etwa nicht zufrieden geben?

Fünfzehn Mark Lohn, das war doch was, auch wenn sie davon erst mal die Schürzen bezahlen musste, was sie nicht gerecht fand, aber es musste wohl so sein. Die gnädige Frau tat bestimmt nichts gegen das Gesetz. Aber dass sie nicht mit bei Tisch sitzen durfte! Als sei sie aussätzig. Da kam man sich nicht als Mensch vor, sondern wie ein Stück Vieh.

»Er hört die Seufzer deiner Seelen und des Herzens stilles Klagen, und was du keinem darfst erzählen, magst du Gott gar kühnlich sagen...« Ja, das wollte sie. Gott wollte sie es sagen, weil es ihr bei der gnädigen Frau die Sprache verschlagen hatte. Kein Wort hatte sie herausgebracht, als die gnädige Frau nach dem Abendessen die Reste von der Tafel – das große Stück Fleischwurst und das Eckchen Käse und das schöne frische Brot und die Äpfel und den Butternapf – in der Speisekammer verschlossen hatte, den Schlüssel eingesteckt und ihr einen Kanten vertrocknetes Brot mit der Bemerkung hingeschoben hatte: Das kannst du in die Kartoffelsuppe brocken, dann wird es weich. Altes Brot ist viel gesünder als frisches und sättigt besser. Und hier, den Milchreis kannst du auch haben!, und dabei mit dem Löffel die Schimmelschicht abgehoben hatte, die auf dem Reis wuchs, als ob Lene es nicht längst gesehen hätte, dass der Brei ganz verdorben war!

Nein, den Milchreis hatte sie nicht gegessen, sie wollte nicht krank werden an ihrem ersten Arbeitstag. Sie hatte sich den Rest Suppe mit Wasser verdünnt und das Brot drin eingeweicht, aber satt war sie nicht geworden von dem alten Brot. Und das war so gemein, so gemein, so gemein, denn sie hatte gut gearbeitet, hatte schnell und gründlich Staub gewischt trotz all dieser blöden Sachen, die auf den Möbeln herumstanden, und hatte beim Abspülen nichts kaputtgemacht und hatte jeden Auftrag ausgeführt und bis nach zehn Uhr noch die vorknöpfbaren Hemdbrüste für den gnädigen Herrn gestärkt und gebügelt, dass sie ganz steif geworden waren und glänzten wie Seide! Und für gute Arbeit gab es gutes Essen, so war es immer gewesen daheim, aber hier war es nicht so, und das tat so weh, dass ihr schon wieder die Tränen kamen.

»Es kann und mag nicht anders werden: alle Menschen müssen leiden; was webt und lebet auf der Erden, kann das Unglück nicht vermeiden ...«, sang Lene schluchzend vor sich hin. Langsam wurde sie ruhig. Und müde, so unendlich müde. Gib dich zufrieden, zufrieden!, raunte es in ihrem Kopf.

Sie tastete neben sich auf den Boden, wo sie vor dem Zubettgehen das Gedichtbuch hingelegt hatte. Sie schob es sich unter den Kopf, drehte das Gesicht darauf, berührte es mit den Lippen, sog den Duft ein: Pfeifentabak und Schulstube, der Geruch des Herrn Lehrer.

Daheim ...

– 3 –

Noch einmal strich Lene mit dem Staublappen über die rosettenförmige Verzierung des Klaviers, als würde sie es streicheln. Dann klappte sie den Deckel auf und nahm die Flasche mit dem Spiritus. Etwas davon auf ein Tuch, dann die weißen Tasten abreiben, eine nach der anderen. Zögernd schlugen die Saiten an, zaudernde Töne, als wüssten sie, dass kein Spieler sie zum Klingen brachte, sondern nur ein putzendes Dienstmädchen. Wie das Elfenbein leuchtete! Und wie es sich danach sehnte, von den rechten Händen berührt zu werden: nicht von den ungeduldigen Fingern der Frau Polizeihauptmann – die ihre Stücke seelenlos heruntergehämmerte, als käme es nur darauf an, sie möglichst rasch hinter sich zu bringen –, sondern von den schmalen Händen eines Zauberers mit hoher Stirn und einem Backenbart, in den sich die ersten grauen Haare mischten . . .

Lene lauschte in den Flur. Die gnädige Frau arbeitete in der Küche hinter dem Berliner Zimmer, die Türen waren geschlossen. Nein, sie konnte das Klavier nicht hören. Vorsichtig, mit einem Finger, suchte Lene die Töne, schüttelte den Kopf, wenn sie danebengriff, versuchte es neu. Langsam setzte sich eine Melodie zusammen. Noch einmal spielte sie, nun schon sicherer, und jeder einzelne Ton war Klage und Sehnsucht in einem: »Kein Feuer, keine Kohle kann brennen so heiß . . . «

Rasch schlug sie den Deckel zu. Als habe sie selbst sich verbrannt.

Das Klavier war eine andere Welt, zu der sie nur in ihren Träumen Zutritt hatte. In der wirklichen Welt aber musste sie sich mit ihrer Tüchtigkeit zufrieden geben, einer Tüchtigkeit, die ihr so schnell keine nachmachte.

Die Sonne schien durch die frisch geputzten Scheiben. Makellos sauber waren sie, keine Schlieren, nicht die kleinste Schmutzspur. Zufrieden betrachtete Lene ihr Werk: Jetzt endlich musste die gnädige Frau sie einmal loben! Der Salon war auf Hochglanz gebracht, jede Kristallvase und jedes Prunkstück vom Meißner Porzellan waren gespült, jeder Messingleuchter poliert, jedes Bild abgestaubt, jeder Teppich geklopft, jede Decke und jede Samtportiere ausgeschüttelt. Sogar die unzähligen Blätter der Zimmerpalmen hatte Lene auf den Befehl der gnädigen Frau hin mit Bier abgewaschen, die Ofentüren mit kaltem Tee gesäubert, den Spiegel mit Schlämmkreide geputzt, den Goldrahmen und die japanischen Lackdöschen mit Zwiebelsaft zum Glänzen gebracht, den Kronleuchter mit verdünntem Salmiakgeist vom Fliegendreck befreit, die Bronzebüsten mit Bohnenwasser abgerieben – Goethe und Beethoven strahlten in neuer Pracht. Alles hatte ihr die gnädige Frau bis ins Kleinste vorgeschrieben, als ob Lene nicht selbst wüsste, wie man richtig putzte! Nur das mit dem Salmiakgeist, dem Zwiebelsaft und dem Bohnenwasser, das waren Geheimtipps der Frau Polizeihauptmann, von denen Lene noch nie gehört hatte und deren Wirkung erstaunlich war. Die Damen, welche die gnädige Frau heute zum Kaffee erwartete, mochten so kritisch schauen, wie sie nur konnten – an diesem Zimmer würden sie nichts auszusetzen finden! Und sie würden zur Frau Polizeihauptmann sagen: Da merkt man doch gleich, dass Sie ein neues Dienstmädchen haben, beneiden möchte man Sie!

Vielleicht würde die gnädige Frau ihr dann zum Dank erlauben, ein paar Stunden früher schlafen zu gehen und sich richtig auszuschlafen, ein einziges Mal.

Lene seufzte. Nein, einen Dank hatte sie nicht zu erwarten und eine längere Nachtruhe schon gar nicht, das wusste sie längst. Aber trotzdem hatte sie sich eine Pause verdient. Wenn die gnädige Frau ihr das nicht erlaubte, dann musste sie sich die Pause eben ohne Erlaubnis gönnen. Die gnädige Frau war in der Küche mit Backen beschäftigt und würde es nicht merken. Und Lene war müde, so schrecklich müde.

Warum musste die gnädige Frau ihre Kaffee-Einladung auch genau an dem Tag machen, an dem große Wäsche war! Auch wenn die eigentliche große Wäsche, dieser gewaltige Haufen von Tischtüchern, Bettwäsche, Handtüchern und Haushaltswäsche, von der Waschfrau gemacht wurde, die alle sechs Wochen ins Haus kam, hatte Lene gestern so viel Arbeit mit den Vorarbeiten gehabt, dass ihr Arme und Rücken weh davon taten. Fast den ganzen Tag und die halbe Nacht hatte sie in der Waschküche im Hinterhof gestanden. Erst hatte sie die Wäsche einweichen müssen und dann bis weit in die Nacht die Flecken in den Tischtüchern vorbehandeln und alles ein erstes Mal herauswaschen. So schwer waren die großen Zinkwannen, wenn man sie kippte, um das Schmutzwasser abzulassen! Und dann die Schlepperei, warmes Wasser über die Wäsche zu gießen!

Nach kaum vier Stunden Schlaf war Lene heute früh um fünf Uhr aufgestanden, um in der Waschküche wieder rechtzeitig Feuer unter dem Waschkessel anzuzünden, ehe die Waschfrau kam. Seither war Lene auf den Beinen, ständig angetrieben von der gnädigen Frau, die einen Aufstand um ihre Kaffee-Einladung machte, als sei es eine Hochzeit. Gleich musste Lene noch das Damasttischtuch plätten – obwohl es gemangelt war, aber sie sollte die Bruchfalten rausbügeln, was sie höchst überflüssig fand – und die Kaffeetafel decken. Dann beim Mittagessen servieren, den Abwasch machen und die Küche putzen, die vom Backen schmutzig sein würde. Und dann noch einmal den Eimer im Trockenklosett ausleeren, ehe die Gäste kamen ...

Lene verzog das Gesicht. Dieser Eimer kostete sie immer wieder neue Überwindung. Nicht so sehr, weil er stank. Beim Siewer-Bauern hatte sie manchmal den Schweinestall ausmisten müssen, das hatte schlimmer gestunken, und der Geruch von Hildes Windeln war auch nicht gerade eine Wohltat gewesen. Aber das war etwas anderes. Das musste eben getan werden und griff nicht die Würde an. Weil es natürlich war. Babys machten nun einmal in die Windeln und kleine Kinder konnte man nicht nachts im Finstern und Kalten nach draußen aufs stille Örtchen schicken, sondern ließ sie aufs Töpfchen gehen. Aber erwachsene Menschen, die sich immer wieder zu fein waren, im Hof den Anbau mit den für alle Wohnungen gemeinsamen Wasserklosetts aufzusuchen und dafür von ihrem Dienstmädchen erwarteten, dass es für sie den Eimer des Trockenklosetts durch das Treppenhaus trug und dort ausleerte und außerdem noch jeden Morgen ihre Nachttöpfe sauber machte! Der Frau Lehrer und dem Herrn Lehrer wäre das niemals in den Sinn gekommen und selbst der dreijährige Gottfried hatte sein Geschäft schon in dem Latrinenhäuschen am Ende des Schulgartens erledigt. Dass sich der Herr und die Frau Polizeihauptmann nicht schämten ...

Aber offensichtlich schämten sie sich nicht und verschwendeten keinen Gedanken daran, was ihr Dienstmädchen dabei empfand. Weil sie gar nicht dran dachten, dass es auch ein Mensch war und eine Würde hatte und einen Stolz. Und den ließ sie sich nicht nehmen und darum würde sie jetzt etwas Verbotenes tun und sich in den sorgfältig von ihr abgebürsteten Sessel setzen! Weil sie ein Mensch war und kein Stück Vieh.

Ihrer Herrschaft zum Trotz ließ Lene sich auf den Sessel fallen. Er war unbequem, längst nicht so weich wie der einzige Sessel im Wohnzimmer der Frau Lehrer, in dem sie es sich sonntags manchmal für eine Stunde mit einem Buch hatte gemütlich machen dürfen. Hier gab es vier Sessel und ein Sofa, aber nie durfte Lene sich darauf setzen. Für sie waren nur die Stühle in der Küche. Und die Bücher und Journale der gnädigen Frau waren schon gleich gar nicht für sie.

Lene griff nach einer Zeitschrift, »Die Gartenlaube« stand darauf. Doch dann legte sie diese gleich wieder zurück. Sie war viel zu müde zum Lesen. Die Augen fielen ihr zu.

Wenn die Herrschaften einmal an ihrem freien Sonntag einen Ausflug machen würden und sie die Wohnung für sich hätte... Dann könnte sie selbst eine Einladung machen! Die gnädige Frau würde einen Herzanfall bekommen, wenn sie das wüsste! So feine Torten wie die Frau Polizeihauptmann konnte Lene zwar nicht herstellen, aber einen Apfelkuchen und einen Streuselkuchen konnte sie immerhin backen. Und sie würde das schönste Tischtuch nehmen und die Servietten stärken und bügeln, bis sie glänzten wie Seide. Und alle ihre Freundinnen einladen.

Freundinnen? Ach, es gab ja keine. Die Einzige, mit der sie manchmal sprach, war die alte Frieda, das Dienstmädchen der Frau Major, die einen Stock höher wohnte. Frieda blieb immer stehen, wenn sie sich auf der Treppe oder beim Einkaufen trafen, und redete ein paar Worte mit Lene, und vorhin hatte sie ihr geholfen, den schweren Teppich auf die Teppichstange zu wuchten und ihn nach dem Klopfen wieder in die Wohnung zu tragen. Frieda war freundlich. Aber sie könnte fast Lenes Großmutter sein. Und sonst gab es außer der Herrschaft niemanden, den Lene kannte in Berlin.

Wenn sie die Freundinnen von daheim einlüde! Und dann so tun, als wäre es ganz selbstverständlich, dass man das alles benutzen dürfte ... Die Herrschaften sind mir so dankbar, sie behandeln mich wie ihr eigen Fleisch und Blut, würde sie sagen und der Grete eine Tasse rabenschwarzen Bohnenkaffee einschenken. Trink nur, Grete, hier genießt man echten Kaffee und nicht solchen Muckefuck wie bei dir zu Hause! Dann würde sie die Spieluhr aufziehen und –

An der Wohnungstür schepperte die Glocke. Lene fuhr zusammen und sprang auf. Hatte sie etwa geschlafen? Wenn die gnädige Frau das gemerkt hätte!

Rasch ließ sie ihren Rock hinunter, der vom Putzen noch aufgeschürzt war, entrollte die Ärmel ihres Kleides, lief in den Flur und öffnete die Tür. Eine Dame stand davor und musterte sie mit scheinbarem Desinteresse, hinter dem Lene doch Neugier spürte. Sie merkte, wie ihr das Blut in den Kopf stieg. Sie machte brav einen Knicks und sprach die vorschriftsmäßige Begrüßung: »Guten Tag, gnädige Frau! Wenn Sie bitte eintreten wollen! Wen darf ich melden?«

Statt einer Antwort reichte die Dame ihr herablassend ein Visitenkärtchen aus behandschuhter Rechter. Lene wollte mit dem Kärtchen schon in Richtung Küche verschwinden, dann fiel ihr eben noch der Silberteller ein, auf dem sie es vornehm zu tragen hatte. »Einen Augenblick, bitte«, sagte sie. »Ich will sehen, ob die gnädige Frau Sie empfangen kann, sie ist nämlich gerade beim Backen.«

»Ah! Die Frau Polizeihauptmann bäckt selbst!«, meinte die Dame. Etwas war seltsam an dem Ton, in dem sie es sagte.

Lene wusste nichts zu erwidern. Verunsichert eilte sie den Gang entlang und durch das Berliner Zimmer hindurch in die Küche zur Frau Polizeihauptmann, die mit erhitzter Miene Buttercreme auf einen Tortenboden strich. »Frau Kommerzienrat Wendisch ist draußen«, las Lene von dem Kärtchen ab.

»Was will die denn jetzt!«, erwiderte ihre Herrin ungnädig. »Sag der Frau Kommerzienrat, ich sei nicht da!«

»Aber«, Lene stockte. Was sollte das, warum wollte die gnädige Frau, dass sie log? So was gehörte sich doch nicht. »Aber ich habe ihr gesagt, ich weiß nicht, ob Sie sie empfangen können, weil Sie gerade beim Backen sind!«

»Was hast du gesagt?!«, fuhr die Frau Polizeihauptmann auf und warf das Messer auf den Tisch. »Du dumme Kuh! So ein Schaf wie dich hatte ich noch nie in Dienst! Da müht man sich ab, dir gehobene Lebensart beizubringen, und was tust du? Zum Dank ruinierst du mir meinen Ruf!«

Lene stand da mit offenem Mund.

»Glotz mich nicht so an!«, schrie die Frau Polizeihauptmann. »Ausgerechnet die Frau Kommerzienrat! Ein gefundenes Fressen ist das für die! Morgen weiß halb Berlin, dass ich mir keine Köchin leisten kann und selber in der Küche stehen muss! Ich sehe schon, wie die Damen die Nase rümpfen und scheinheilig lächeln! ›Der brave Herr Polizeihauptmann, bei dem steht auch nicht alles so gut, wie es scheinen soll! Haben Sie schon gehört, meine Liebe, seine Frau Gemahlin muss selber backen und kochen. Meine Güte, vielleicht kriecht sie gar auf den Knien herum und putzt heimlich den Boden! Das ist vielleicht doch nicht der richtige gesellschaftliche Umgang, meine Liebe!‹ Und das habe ich dir zu verdanken, du bescheuerte Landpomeranze!«

Lene schluckte. Suchte nach einer Antwort. Fand sie nicht. Was war so schlimm daran, wenn jemand wusste, dass die Frau Polizeihauptmann backte und kochte? Arbeit ehrt!, hatte doch der Herr Lehrer immer gesagt und: Arbeit ist keine Schande. Galt das denn nur auf dem Land und nicht in der Stadt?

Lene presste die Lippen zusammen. Hätte sie sich nur als Magd bei einem Bauern verdingt oder als Landarbeiterin auf einem Gutshof. Da verstand sie wenigstens. Das hier, diese Beschimpfungen, das war, das war so … Ein dicker Kloß bildete sich in ihrem Hals. In ihrem Magen wuchs ein eiskalter Stein.

»Nun geh schon!«, fuhr ihre Herrin sie an. »Sag der Frau Kommerzienrat, ich lasse bitten, und führ sie in den Salon! Ich hoffe bloß, da stehen nicht noch die Putzeimer herum!«

»Nein, gnädige Frau«, brachte Lene hervor und lief aus der Küche. Wie befohlen führte sie den Besuch in den Salon und wartete im Flur, ob ihre Herrin ihr noch Anweisungen geben würde. Ohne ein Wort rauschte diese an ihr vorbei in den Salon. »Meine liebe Frau Kommerzienrat«, sprudelte sie mit aufgesetzter Freundlichkeit, »wie schön, Sie zu sehen! Entschuldigen Sie vielmals, Sie finden mich heute ganz echauffiert. Diese Dienstboten! Aber, liebste Freundin, Sie wissen ja selbst! Ich habe meine Köchin entlassen müssen, sie hat doch tatsächlich beim Einkaufen betrogen! Einen Bund Spargel hat sie mir mit einer Mark berechnet und dabei hat er nur 80 Pfennige gekostet. Wir haben natürlich fristlos gekündigt. Aber bis man eine neue Köchin findet! Stellen Sie sich nur vor, ich wage es kaum auszusprechen, heute musste ich mich gar selbst in die Küche stellen! Das Mädchen ist ein solcher Trampel vom Land, bis ich mir die gezogen habe, ist es noch ein hartes Stück Arbeit. Jedenfalls kann ich ihr nicht die Herstellung einer Torte anvertrauen, und vom Konditor schmeckt es einfach nicht wie hausgemacht, nicht wahr?«

Die Antwort auf diesen Redeschwall hörte Lene nicht mehr. Olga schrie im Berliner Zimmer. Sie ging zu ihr, tröstete sie und setzte sie aufs Schaukelpferd, half dem Frieder einen Waggon an seine Holzeisenbahn zu hängen und holte in der Küche das Bügelbrett hervor. Aus dem Backofen nahm sie einen erhitzten Bolzen und schob ihn ins Bügeleisen. Heftig begann sie die Tischdecke zu bearbeiten. Lüge, Lüge, Lüge!, hämmerte es in ihrem Kopf bei jeder Bewegung. Es hat nie eine Köchin gegeben, ich weiß es genau. Und nicht genug, dass die gnädige Frau selber lügt, sie verlangt auch noch von mir, dass ich lügen soll! Und wenn ich es nicht tue, beschimpft sie mich, als hätte ich etwas Unrechtes getan.

Daheim beim Herrn Lehrer, da war Recht Recht und Unrecht Unrecht. Da war Lügen eine Sünde und Wahrhaftigkeit eine Tugend. Da war Arbeiten Tüchtigkeit und Faulsein eine Schande.

Daheim ...

Schwül und stickig war es auf dem Hängeboden. Lene hatte das Gefühl, keine Luft zu bekommen. Ausgedörrt klebte die Zunge am trockenen Gaumen, nass das Hemd am verschwitzten Körper. Dumpf dröhnte der Kopfschmerz im schweren Rhythmus ihres Herzschlages.

Die allzu frühe Hitze war in Berlin eingefallen wie eine

Krankheit und entfaltete in den Häuserzeilen eine Unerbittlichkeit, die Lene von zu Hause nicht kannte. Und dann erst hier auf dem Hängeboden ohne Fenster über dem Herd, der den ganzen Tag gebrannt hatte und jetzt noch Hitze abstrahlte! Wie ein Bündel Flachs kam Lene sich vor, das zum Rösten in den Backofen geschoben worden war.

Unmöglich, Schlaf zu finden.

Sie wälzte sich von einer Seite auf die andere. Wenn sie nur nicht so müde wäre! Eine bleierne Schwere war in ihren Beinen, die ihr den Entschluss, die Leiter hinunterzuklettern und sich ein Glas Wasser zu nehmen, unerreichbar erscheinen ließ.

Endlich quälte sie sich doch von ihrem Lager, kroch auf den Knien an den Rand des Bodens und kletterte rückwärts die Leiter hinunter. Auf halber Höhe schwindelte ihr. Sie klammerte sich fest, wäre beinahe gestürzt. Mit Mühe erreichte sie den Küchenboden.

Die kühlen Fliesen waren eine Wohltat. Lene tappte zum Ausguss, ließ das Wasser kalt laufen, füllte ein Glas und stürzte es in einem Zug hinunter. Dann hielt sie den Kopf unter den Wasserstrahl und kühlte den Nacken. Dass die langen Haare nass wurden, war ihr gleich.

Nachdem sie auch noch ausgiebig die Arme kalt abgespült und ein zweites Glas Wasser getrunken hatte, tastete sie sich zum Fenster und öffnete es weit. Über dem niederen Dach des Hintergebäudes zeichnete sich ein Baumwipfel schwarz gegen den Nachthimmel ab: die Linde, die im nächsten Hinterhof wuchs, der einzige Baum weit und breit – Lenes Freund.

Der Sternenhimmel war nicht so klar wie daheim. Und dennoch, es waren dieselben Sterne und dieselbe Mondsichel, die auch das Dorf beschienen. Und wenn *er* jetzt ebenfalls nicht schlafen konnte, stand er vielleicht am Fenster und sah diesen Mond und diese Sterne wie sie, und vielleicht, wer konnte das wissen, vielleicht dachte er dabei sogar an sie ...

Ein Gedicht von Eichendorff kam ihr in den Sinn. Sie hatten viele Gedichte in der Schule aufsagen müssen, aber so richtig schätzen hatte sie diese erst jetzt gelernt, wenn sie spät abends in seinem Gedichtbuch las, dem Buch, dessen Fehlen ihn immer an sie erinnern würde. Verhalten flüsterte sie die Verse in die Mondnacht:

>»Es war, als hätt der Himmel
>die Erde still geküsst,
>dass sie im Blütenschimmer
>von ihm nun träumen müsst.
>
>Die Luft ging durch die Felder,
>die Ähren wogten sacht,
>es rauschten leis die Wälder,
>so sternklar war die Nacht.
>
>Und meine Seele spannte
>weit ihre Flügel aus,
>flog durch die stillen Lande,
>als flöge sie nach Haus.«

»Nach Haus!«, wiederholte Lene leise. Sie zog sich einen Stuhl heran und setzte sich ans offene Fenster, stützte die Arme auf das Fensterbrett, legte den Kopf darauf. Nach Haus!

Wie kühl der Wind daheim wehte in der Nacht selbst nach

den heißesten Tagen, wie die Grillen in den Wiesen zirpten und die Frösche im Weiher quakten, wie es leise raschelte, wenn eine Maus durch den Garten huschte oder ein Igel sich den Weg durchs Gesträuch bahnte, wie vom Wald her das Käuzchen schrie ...

Das alles hatte sie immer gehabt und hatte gar nicht gewusst, was für Schätze sie besaß. Von der Stadt hatte sie geträumt! Ach, wenn sie geahnt hätte ...

Wie es den Kindern wohl gehen mochte und der Frau Lehrer?

Die war schon wieder schwanger gewesen, als Lene von daheim weggegangen war. Sie hatte es nicht gesagt, über so etwas sprach man nicht, aber Lene war nicht blind, sie wusste, was sie sah. Wann mochte es wohl so weit sein? Vielleicht gerade jetzt, heute Nacht?

Wie leicht konnte da etwas passieren ...

Die Meierin war bei der Entbindung verblutet. Die Schmiedin war im Kindbett am Fieber gestorben.

Wenn die Frau Lehrer nun auch ...

Dann stünde der Herr Lehrer mit den Kindern ganz allein da, und Beate war doch noch zu klein, um einen ganzen Haushalt zu führen und auch noch ein Baby großzuziehen, nein, Beate war so schwere Arbeit nicht gewohnt, die konnte das nicht schaffen, unmöglich. Und eine wildfremde Magd würde der Herr Lehrer nicht anstellen mögen und außerdem würde er sie nicht bezahlen können. Für die Jungen und für die kleine Hilde und für das Baby musste doch gesorgt werden und der Herr Lehrer brauchte seine Ordnung und seine Ruhe für die Arbeit und sein Studium! Er würde nicht mehr aus noch ein wissen.

Wenn sie dann käme und sagen würde: Lassen Sie mich

mal machen! Und das mit dem Lohn, das vergessen Sie mal einfach, ich tu es um Gotteslohn!, dann würde er sagen: Dich hat der Himmel geschickt, Lene!

Und sie würde nicken und sagen: Kann schon sein, Herr Lehrer. Jedenfalls sorgen Sie sich jetzt mal nicht, wo die Not am größten ist, ist auch die Hilfe nah!

Sie würde alles so machen wie die Frau Lehrer. Er würde gar keinen Unterschied merken. Genauso kochen, genauso Ordnung halten, genauso die Kinder erziehen. Sie wusste ja, wie alles zu laufen hatte.

Und abends würden sie am Klavier sitzen und singen. Sie konnte auch den Alt singen, Beate war jetzt groß genug, um die Melodie alleine zu halten. Und wenn er eines Tages sagen würde: Lene, ich wüsste gar nicht, was ich ohne dich täte, wie kann ich dir nur danken?, dann würde sie antworten: Bringen Sie mir das Klavierspielen bei, Herr Lehrer, das wäre das größte Geschenk. Und dann würde sie neben ihm am Klavier sitzen, vierhändig würden sie spielen, manchmal würde sein Arm den ihren berühren, und dann irgendwann würden sie aufhören zu spielen und er würde seinen Arm um ihre Schulter legen ...

Lene lächelte vor sich hin.

Mein Gott!, erschrak sie auf einmal. Was tue ich hier – lasse in Gedanken die Frau sterben, der ich so viel verdanke, die wie eine Mutter zu mir war!

Du bist ein schlechter Mensch, Lene Schindacker!

Mit der Suppenterrine in der Hand wartete Lene an der Tür, bis die Frau Polizeihauptmann das Tischgebet gesprochen hatte. Dann trat sie an den Tisch und begann auszuteilen. Erst der gnädigen Frau zwei Schöpfkellen, dann dem gnädigen

Herrn drei, dann jedem der Söhne einen. Rinderbrühe mit Markklößchen und Graupen.

Markklößchen – so was hatte es bei der Frau Lehrer nie gegeben. Das macht viel zu viel Arbeit!, hätte die gesagt und Lene und die Kinder das Mark aus den Knochen saugen lassen. Aber der Frau Polizeihauptmann war keine Mühe zu groß, um den Ansprüchen des gnädigen Herrn gerecht zu werden. Den halben Vormittag verbrachte sie in der Küche, jeden Tag gab es drei Gänge und am Sonntag fünf. Für die Familie. Für Lene nicht. Die gnädige Frau maß die Zutaten sehr genau ab. Selten blieb für Lene mehr übrig als Kartoffeln, Nudeln oder Reis, ein bisschen Soße und die ausgekochten Fleischknochen. Vielleicht bekam sie heute von der Suppe etwas ab …

Frieder kreuzte seine Hände über dem Suppenteller und erklärte: »Graupen mag ich nicht!«

Bereitwillig zog Lene den Schöpflöffel wieder zurück. »Dann eben nicht!«, meinte sie und freute sich im Stillen: So würde also doch etwas von der Suppe für sie bleiben!

»Hier wird gegessen, was auf den Tisch kommt!«, befahl der Herr Polizeihauptmann und sah Frieder scharf an. »Lene, gib ihm auf!«

Lene seufzte und gehorchte, aber sie achtete darauf, dass wenig Graupen auf die Kelle kamen. Beate hatte Graupen auch nicht gemocht. Sie glibbern so zwischen den Zähnen!, hatte sie immer gejammert. Lene konnte das verstehen, irgendwie, auch wenn sie selbst einfach alles aß, aber das war etwas anderes, sie hatte oft genug gehungert.

»Mehr Graupen! Einen ganzen Löffel nur mit Graupen!«, befahl der Herr Polizeihauptmann.

Der kleine Frieder saß blass, mit verstocktem Gesicht und krampfhaft geballten Fäusten.

Lene schnürte es den Hals zu. Sie ahnte, wie es enden würde. Es war immer dasselbe. Der Herr Lehrer war auch streng gewesen, wo es nötig war, aber beim Herrn Polizeihauptmann war es etwas anderes. Der legte es drauf an.

Mit hilfloser Wut folgte Lene dem Befehl und floh in die Küche. Sie stellte die Pfanne auf den Herd, gab die von der gnädigen Frau genau abgemessene Margarine hinein und briet die vorbereiteten Koteletts. Sie versuchte nicht auf das zu hören, was nebenan vor sich ging. Aber sie konnte ihre Ohren nicht davor verschließen, zu laut waren die Schläge, Frieders verzweifelt trotziges »Ich mag keine Graupen!«, schließlich sein Heulen. Dann war es still.

Als Lene auf das Bimmeln des Tischglöckchens wieder das Berliner Zimmer betrat, erschien ihr die Atmosphäre zum Schneiden. Der gnädige Herr hatte etwas finster Triumphierendes, die beiden Großen waren eingeschüchtert, Frieder ein Bild des Elends und die gnädige Frau hatte hektische Flecken im Gesicht und eine schrille Stimme, mit der sie Lene völlig überflüssige Anweisungen gab. Frieders Suppenteller war mustergültig leer gegessen.

Während die Familie speiste, wendete Lene in der Küche ihre Kartoffeln im Bratfett der Pfanne und schlang sie hinunter – so hatten sie wenigstens ein bisschen Fleischgeschmack. Dann begann sie den Topf mit der Vanillesoße auszulecken. Zum Nachtisch gab es roten Wackelpudding mit Vanillesoße für die Herrschaften.

Sehnsüchtig betrachtete Lene die Dessertschälchen. Die Frau Lehrer hatte auch manchmal Wackelpudding gemacht, sonntags, denn werktags gab es daheim keinen Nachtisch. Lene erinnerte sich gut an das Süße, Kühle, das so lustig am Gaumen kitzelte und sich durch die Zähne ziehen ließ, ganz heimlich, denn solche Unarten duldete der Herr Lehrer nicht bei Tisch. Eigentlich mochte sie den grünen lieber, aber auch der rote war so gut! Doch die gnädige Frau hatte den Wackelpudding in kleinen nach Tieren gestalteten Förmchen erkalten lassen und auf die Glasschälchen gestürzt – unmöglich, unbemerkt etwas davon zu naschen.

Aber die Vanillesoße ...

In dem Schälchen, in dem der Pudding die Form eines Fisches hatte, war mehr Soße als in den anderen. Mit einem kleinen Löffel fuhr Lene hinein, leckte die Soße, mmh, gut, noch mal! Sorgfältig strich sie die Soße glatt. Allerdings war in dem Schälchen nun etwas weniger Soße als in den anderen. Wenn die gnädige Frau sich gemerkt hatte, dass sie zu dem Fisch besonders viel Vanillesoße gegeben hatte? Besser, Lene nahm auch von den anderen Schälchen etwas ab! Mit klopfendem Herzen lauschte sie nach nebenan. Es war äußerst unwahrscheinlich, dass die gnädige Frau plötzlich in die Küche kam. Aber wenn sie es täte und Lene beim Naschen erwischte! Wahrscheinlich würde sie ihr dann kündigen und ihr ins Gesindebuch schreiben: *Nascht.* Oder sogar: *Stiehlt?*

Wie süß diese Soße war ...

Bei jedem Löffelchen schloss Lene kurz die Augen. Es geschah den Herrschaften recht, dass sie mit ihrem abgeleckten Löffel in deren Essen fuhr! Die gnädige Frau würde es ekeln, wenn sie das wüsste! Völlig verrückt, was die für eine Angst vor Ansteckung hatte, als würden überall irgendwelche Bakterien lauern. Dauernd redete sie davon und wie gefährlich die seien, das habe der weltberühmte Professor Robert Koch nachgewiesen. Vor allem vor der Lungentuberkulose hatte die gnädige Frau Angst: Sie traf lauter alberne Hygienevorschriften dagegen, jeden Tag mussten die Federbetten und Kopfkissen der Herrschaften in die Sonne gelegt und die Matratzen zum Lüften angehoben werden, damit keiner krank wurde. Aber darüber, dass Lene den Spucknapf des gnädigen Herrn sauber machen und seinen angebatzten Auswurf auskratzen musste, darüber machte die gnädige Frau sich keine Gedanken! Auch nicht darüber, dass Lene alle Nachttöpfe und den Eimer aus dem Trockenklosett sauber machen musste. Da sollten diese feinen Leute ruhig einmal die Bakterien ihres Dienstmädchens essen!

Lene lachte. Aber irgendwie schuldig fühlte sie sich trotzdem.

Noch einmal betrachtete sie kritisch die Dessertschälchen. Nein, man sah nichts. Hoffte sie wenigstens. Ihre Wangen waren heiß und sie musste das Zittern ihrer Hände verbergen, als sie den Nachtisch servierte. Als sie Frieder das Schälchen mit dem Pudding in Form eines Hasen hinstellte, erklärte der Herr Polizeihauptmann: »Für Frieder nicht! Lene, heute bekommst du Frieders Dessert!«

Draußen in der Küche wollte sie die seltene Süßigkeit genießen. Merkwürdig, die genaschte Soße war viel köstlicher gewesen. Mit schlürfendem Geräusch zog sie den Wackelpudding durch die Zähne: Der Herr Lehrer hörte es ja nicht. Aber es machte nicht so recht Spaß. Dauernd sah sie Frieders Gesicht vor sich und den Blick voller Hass, den er ihr zugeworfen hatte. Als könne sie etwas dafür ...

Nach dem Abwasch und dem Putzen der Küche baute Lene das Bügelbrett auf und erhitzte die Bolzen für das Bügeleisen im Herd, denn die gnädige Frau hatte ihr schon am Morgen erklärt, dass heute endlich die Bügelwäsche fertig werden müsse. Gerade hatte Lene das erste Oberhemd auf dem Brett ausgebreitet, als die gnädige Frau in die Küche kam und sagte: »Ich möchte, dass du mit Olga und Frieder in den Tiergarten fährst! Dort können sie im Sand und auf der Wiese spielen und ich gebe dir Geld mit, damit sie ein Eis essen können und jeder einmal Karussell fahren!«

»Aber die Bügelwäsche?«, wandte Lene ein. »Sie haben doch gesagt, die muss fertig werden!«

»Die kannst du heute Abend machen, bleibst du eben mal länger auf! Hier ist das Geld!«

Geld für den Pferdeomnibus und für Vergnügungen der Kinder – aber kein Geld für eine ordentliche Mahlzeit für sie, die so schwer arbeitete! Und mit den Kindern durch diese wildfremde, tosende Stadt, wo sie allein doch schon Angst hatte, sich nicht zurechtzufinden, und dann die Verantwortung bei dem Verkehr, und wenn sie eines der Kinder verlor …

»Ich weiß nicht, ob ich das kann«, stammelte sie. »Ich find ja gar nicht hin, und wenn ich mich verlaufe! Ich war da ja noch nie.«

»Dann wird es Zeit, dass du dich an Berlin gewöhnst! Du nimmst den Pferdebus bis zum Potsdamer Platz, von dort aus lauft ihr! Ein Stück die Königgrätzerstraße hinauf und dann nach links, das wirst du ja wohl finden! Du musst Olgachen halt tragen, wenn sie müde wird – den Kinderwagen kannst du im Bus nicht mitnehmen. Beeil dich!«

Im Bus hielt sie Olga auf dem Schoß. Frieder kniete neben ihr rücklings auf der Bank und drückte die Nase an der Glasscheibe platt. Er hatte noch kein Wort mit ihr gewechselt. Sein Schweigen schien ihr unüberhörbar. Doch sie hatte jetzt andere Sorgen als das verstockte Gesicht des kleinen Jungen. Immer wieder fragte sie den Schaffner, ob sie schon am Potsdamer Platz seien. »Nun mal immer mit der Ruhe, Fräuleinchen!«, meinte eine ältere Frau neben ihr, die einen Korb mit Äpfeln umklammert hielt. »Ich sag's Ihnen, wenn's so weit ist.«

Dann stand Lene mit den Kindern mitten auf dem großen Platz. Frieder wollte ihr die Hand nicht geben, da nahm sie ihn einfach am Handgelenk. Er wollte sich losreißen. Sie packte ihn sehr fest. Unvorstellbar, wenn er hier einfach losrannte und unter ein Fahrzeug geriet! Pferdestraßenbahnen und Pferdebusse, geschlossene Kutschen und offene Droschken, Fuhrwerke und Karren, dazwischen Fußgänger und Reiter, bald in die eine Richtung, bald in die andere, abbiegend oder geradeaus – ein unüberschaubares Gewühl erschien Lene das alles. Wo wollten nur all diese Leute hin? Und wie eilig sie es hatten! Nicht einer schien Zeit zu haben, ihr die Frage zu beantworten, wo sie hier den Weg zum Tiergarten fand. Vier Straßen und keine Ahnung, welches die richtige sein mochte.

Glücklich erreichte Lene mit den Kindern den Fahrbahnrand, ihr schien, sie seien einer Lebensgefahr entronnen. Sie zog die beiden ein Stück die Straße entlang. Ein Schusterjunge, der ein Paar Stiefel austrug, erklärte ihr schließlich den Weg. Noch einmal die Fahrbahn überqueren!

»Ich bin müde!«, jammerte Olga und zerrte an ihrer Hand. Sie nahm die Kleine auf den Arm.

»Ich bin auch müde!«, sagte Frieder und blieb stehen, stemmte sich gegen sie, als sie ihn mit sich ziehen wollte.

»Mein Gott, stell dich nicht so an!«, entfuhr es Lene. »Du darfst im Tiergarten mit deinem Reifen spielen, Karussell fahren und Eis essen, was willst du eigentlich noch mehr! Dafür wirst du ja mal ein paar Schritte gehen können!« Mit den Lehrerkindern war sie stundenlang gewandert.

»Ich will aber Dromedar reiten!«, erklärte Frieder.

»Dromedar?« Sie lachte. »Die gibt's in der Wüste, nicht in Berlin! Jetzt komm!«

»Ich will aber Dromedar reiten!«, wiederholte er störrisch.

»Ich sag dir doch, das gibt es hier nicht!«

»Du lügst!«, behauptete er.

»Ich lüge nicht!«, beteuerte sie mit mühsamer Geduld. Dieser kleine Junge war nicht so leicht zu haben, wie sie es gewohnt war. Widerwillig ließ er sich von ihr zum Gehen bewegen.

Endlich erreichten sie den Park. Lene blieb stehen, schaute. Auf einmal waren alle Angst und die ganze Aufregung vergessen. Was für wunderschöne alte Bäume! Eine breite Allee führte in weiter Ferne auf eine hohe Säule zu, auf deren Spitze ein goldener Engel thronte. Sie kannte dieses Monument, die Siegessäule war es, der Herr Lehrer hatte ein Foto davon, auf dem man sah, dass der Engel eine Lanze in der einen Hand hielt und einen Lorbeerkranz in der anderen. Lene atmete tief: Sie war in Berlin. Hierher hatte sie gewollt, von hier hatte sie geträumt.

Plötzlich ein Ruf hinter ihrem Rücken: »SM!«

SM? Was war das?

Eine merkwürdige Unruhe erfasste die Menschen, ein »Wo?« und »Na dort!«, ein Zeigen und Sichanstoßen. Männer rissen die Mütze vom Kopf, Herren hoben den Zylinder, Damen verneigten sich und Kindermädchen nahmen ihre Schützlinge auf den Arm. Hier und da ertönte ein »Hoch!« und ein »Hurra!«.

Ein Zweispänner fuhr die Allee herab. Ein Offizier in Paradeuniform mit wehendem Federbusch am Hut saß neben einem Kutscher in prächtiger Livree. Im offenen Wagen aber – plötzlich begriff Lene. Ihr Herz stolperte, vor Aufregung brachte sie keinen Ton heraus, wies für die Kinder nur stumm auf die Kutsche, machte einen tiefen Knicks, den tiefsten Knicks ihres Lebens.

Der Kaiser!

Er war es, wirklich und wahrhaftig! Sein Bild hing daheim in der Schulstube, genauso sah er da aus wie hier mit dem mächtigen weißen Bart und der blitzenden Pickelhaube. Aber das hier, das war kein Bild, das waren Er selbst! SM – Seine Majestät.

Nein, Seine Majestät winkten ihr nicht zu.

Seine Majestät blickten in die Menge. Auch über sie glitten die Augen Seiner Majestät. Ruhig, ernst, gütig. Seine Majestät fuhren ganz dicht an ihr vorbei, so dicht, dass Seine Majestät jedes Wort hätten hören können, wenn sie eines gesprochen hätte.

Sie hatte Seine Majestät gesehen, sie hatte wirklich und wahrhaftig Seine Majestät gesehen.

Noch lange später zitterten ihr die Knie, war ihr ehrfürchtig und irgendwie erhaben zu Mute. Auch Frieder war beeindruckt und rief immer wieder »Hoch! Hoch! Hurra!«, während er seinen Reifen mit dem Stöckchen schlug.

Auf einmal war Lene sehr froh, dass die gnädige Frau sie mit den Kindern in den Tiergarten geschickt hatte. Eigentlich hatte sie es doch gut.

An einem Weg, der von der Allee abzweigend tiefer in den Park hineinführte, fand Lene schließlich alles, was sie suchte: einen Sandplatz, in dem Olga buddeln konnte, eine Wiese, auf der Frieder gefahrlos seinen Reifen treiben konnte, und eine Bank im Schatten für sich selbst. Nachdem sie für Olga das Schaufelchen ausgepackt und ihr gezeigt hatte, wie sie damit »Backe, backe Kuchen« machen könne, und nachdem Frieder mit seinem Reifen über die Wiese zu laufen begonnen hatte, ließ Lene sich aufatmend nieder. Was für ein Tag!

So etwas erlebte die Grete nicht daheim im Dorf, mochten die Bauernsöhne um sie auch in langer Reihe anstehen!

Gleich heute Abend würde sie eine Karte an die ehemalige Klassenkameradin schreiben. Im Geiste begann sie den Text aufzusetzen: Liebe Grete, in Berlin ist alles noch viel schöner, als wir es in der Schule gelernt haben. Heute bin ich mit dem Pferdeomnibus zum Tiergarten gefahren und habe die Siegessäule gesehen. Und stell dir vor, SM (so nennt man hier den Kaiser) ist in der Kutsche ganz nah an mir vorbeigefahren und alle haben »Hoch« und »Hurra« gerufen. Ich arbeite bei einem Polizeihauptmann und trage eine weiße Schürze und habe eine Kammer über der Küche für mich allein. Schade, dass du mich nicht besuchen kommen kannst. Bleib gesund! Deine Schulfreundin Lene.

Und dann würde sie noch eine Karte schreiben. An Herrn und Frau Lehrer. Doch wie beginnen? Nach den Kindern fragen oder –

»Darf ich mich zu dir setzen?«, wurde Lene von einer Mädchenstimme aus dem Denken gerissen. »Hier sitze ich nämlich jeden Nachmittag. Dich habe ich noch nie gesehen!«

Lene blickte auf und rückte zur Seite. »Ja, gern. Nein, ich bin heute zum ersten Mal hier. Das kleine Mädchen da und der Junge dort im blauen Kleidchen gehören zu mir.«

Die andere nickte. »Ich habe auch zwei, wie du siehst!« Sie wies auf den überbreiten Kinderwagen, in dem zwei kahlköpfige Babys lagen, einander so ähnlich wie ein Ei dem anderen.

»Oh, wie süß!«, rief Lene und beugte sich über den Wagen.

»Ja – wenn sie schlafen!«, erwiderte die andere und lachte. »Ich heiße Bertha!«

»Und ich Lene.«

»Bist du auch Kindermädchen?«

Lene zuckte die Achseln. »Mädchen für alles. Nur heute sollte ich mit den Kleinen in den Tiergarten. Dafür muss ich dann die halbe Nacht bügeln.«

»Das kenn ich!«, meinte Bertha. »Mir ging's bei meiner alten Stelle nicht anders. Aber jetzt will ich mich hocharbeiten. Köchin möchte ich mal werden, nicht mehr als zehn Stunden am Tag arbeiten und fünfundzwanzig Mark verdienen – das wär's! Aber Kindermädchen ist auch nicht schlecht, obwohl ich anfangs schamrot wurde, wenn ich in diesem Aufzug hier auf die Straße musste. Ich bin nämlich nicht, was du denkst!« Bertha wies auf ihre Kleidung, eine Tracht mit großer weißer Flügelhaube, weißem Schultertuch und weit abstehendem, nur halblangem rotem Rock, wie sie hier im Tiergarten auffallend oft zu sehen war.

»Was denke ich denn?«, fragte Lene. »Und deine Tracht, sie sieht doch schön aus! Erinnert mich ein bisschen an unser Dorf.«

»Gott, du weißt es nicht, oder?« Bertha lachte, dass sich Grübchen in ihren Wangen bildeten. Aber es klang nicht hochmütig, sondern einfach erheitert. »Du weißt nicht, was eine Spreewälderin ist, oder?«

»Spreewälderin?«, wiederholte Lene verunsichert. »Na ja, eine Frau aus dem Spreewald, nehme ich an.«

»Genau!« Bertha lachte noch immer. »Und das hier, das ist die Spreewälder Tracht. Aber wenn jede, die in dieser Tracht durch Berlin läuft, aus dem Spreewald käme, dann dürfte dort keine einzige Frau mehr leben! Ich jedenfalls bin aus Schlesien, und wenn ich wäre, wonach ich aussehe, dann dürfte ich mich daheim nie wieder blicken lassen, totschlagen würde mein Vater mich, der ist Dorfschmied und wo der hinlangt, da wächst nichts mehr.«

Lene sah die andere sprachlos an.

In Berthas Augen funkelte es belustigt. »Du bist noch nicht lang in Berlin, oder?«

Lene schüttelte den Kopf.

»Also, dann will ich es dir mal erklären! Die feinen Damen hier in der Stadt – und die so tun, als wären sie feine Damen –, die ziehen ihre Babys nicht selbst groß, von Stillen ganz zu schweigen. Könnte ja die Figur ruinieren, nicht wahr? Und außerdem kommt das den Damen, wie soll ich sagen, irgendwie zu körperlich vor. Also suchen sie sich eine Amme, die das für sie übernimmt, denn es gibt ja neuerdings modische Ärzte, die behaupten, das Stillen sei der Flaschennahrung vorzuziehen. Aber so eine Amme muss man erst mal kriegen. Denn zur echten Amme muss man ja sozusagen seine Voraussetzungen haben, weißt du, was ich meine?«

»Ich bin doch nicht hinter dem Mond groß geworden!«, erwiderte Lene. »Eine Kuh muss erst kalben, ehe sie Milch gibt.«

»Eine Kuh muss erst kalben, ehe sie Milch gibt!«, wiederholte Bertha lachend und klopfte Lene auf die Schulter. »Du gefällst mir, Lene! Na, und diese Spreewälder Tracht hier, die bedeutet sozusagen, dass man gekalbt hat, dass man eine echte Amme ist, verstehst du?«

Lene saß da mit offenem Mund. Irgendwann merkte sie selbst, wie dumm das aussehen musste, und sie schloss ihn rasch. »Du meinst«, sagte sie stockend, »du meinst, wer dich sieht, der glaubt, glaubt . . . «

». . . dass ich ein uneheliches Kind habe!«, schloss Bertha nüchtern den Satz. »Oder zieht es mindestens in Erwägung. Denn so viele Spreewälderinnen, ich meine echte Ammen, wie hier allein im Tiergarten herumlaufen, gibt es gar nicht. Und deshalb nehmen die Herrschaften eben auch mit einer unechten wie mir vorlieb. Einer, welche die Kinder mit der Flasche großzieht, weil sie eben selbst nicht gekalbt hat, wie du so schön sagst. Nur sehen soll keiner, dass es keine echte ist, und deswegen muss sie so eine blöde Tracht anziehen, und was sie dabei empfindet, da fragt keiner danach. Na ja«, Bertha seufzte, »man gewöhnt sich an alles. Am schlimmsten sind die Anzüglichkeiten und Aufdringlichkeiten, gegen die man sich bei bestimmten Herren wehren muss, aber selbst das lernt man. Das Essen ist wenigstens gut – wie bei einer echten Amme. Und bei dir?«

»Bei mir nicht«, antwortete Lene. »Immer nur Kartoffeln und Soße und ausgekochtes Fleisch von den Knochen. Und altbackenes Brot und schimmliges Zeug. Entschuldige, das ist meine, die da weint!« Sie stand auf und ging zu Olga, die jämmerlich heulend im Sand saß, weil ein kleiner Rabauke einen Eimer Sand über ihrem Kopf ausgeleert hatte. Lene schimpfte den Jungen aus, nahm Olga tröstend auf den Arm und pustete ihr den Sand aus den Haaren, der Kleidung, dem Gesicht und den Ohren.

Frieder kam herbeigerannt, Reifen und Stock schwenkend. »Ich will Karussell fahren!«, rief er schon von weitem. »Sell fahn!«, stimmte Olga ein.

»Ja, aber . . . « Fragend sah Lene ihre neue Bekannte an. »Bertha, weißt du, wo es hier ein Karussell gibt?«

Bertha nickte und stand bereitwillig auf. »Ich begleite dich!«

Nebeneinander gingen sie durch den Park, Lene trug Olga, Bertha schob den Kinderwagen. Frieder, durch die Aussicht auf das Karussell gut gelaunt, rannte und hüpfte bald vor und bald hinter ihnen. Lene und Bertha aber erzählten einander von den Dörfern, aus denen sie kamen, von ihren Familien daheim und ihren Herrschaften in Berlin, und Lene merkte: Vieles, wovon sie geglaubt hatte, nur sie allein müsse es erleben, fand sich im Schicksal der anderen wieder. Älter war diese und erfahrener, aber doch gab es mehr, was sie vereinte, als was sie unterschied.

Zum Schluss erzählte Bertha von dem Klavierlehrer ihrer gnädigen Frau, der sie immer so freundlich grüßte und sich so gern mit ihr unterhielt, wenn er warten musste, bis die Gnädige ihn vorließ, und ihr sogar einmal etwas geschenkt und sie dabei so besonders angeschaut hatte. Da fasste Lene sich ein Herz und erzählte von dem Herrn Lehrer. Und Bertha hörte zu und nickte und sagte: »Ja, Lene, wie dir da zu Mute ist, das kenne ich!« Das tat gut, so gut.

Sie verbrachten den ganzen Nachmittag miteinander und teilten sich die Aufgaben, wiegten gemeinsam die Babys, die wie auf ein Signal beide zugleich zu brüllen begannen, putzten den Polizeihauptmannkindern triefende Nasen und pusteten auf kleine Wehwehchen, hoben beim Karussell Frieder auf den weißen Elefanten und Olga in die Kutsche, kauften den beiden ein Eis und sahen ihnen zu, wie sie es leckten. Zu zweit beim Verzehr einer solchen Köstlichkeit daneben stehen zu müssen, war leichter als allein; sie konnten sich sogar darüber lustig machen, wie ihnen das Wasser im Mund zusammenlief.

Als sich der Nachmittag neigte und es Zeit wurde, sich auf den Heimweg zu machen, fragte Bertha: »Sehn wir uns denn mal wieder? Wie gesagt, bei schönem Wetter bin ich jeden Tag hier im Park.«

Lene freute sich über die Frage. Aber sie zuckte die Achseln: »Ich weiß nicht, ob ich noch einmal kommen kann. Ich glaube nicht, dass meine Gnädige mich so bald wieder mit den Kindern hierher schickt. Es kostet ja den Pferdebus. Sie dreht sonst jeden Pfennig dreimal um.«

»Und wann hast du deinen freien Sonntagnachmittag?«

»Diese Woche.«

Bertha seufzte. »Blöd aber auch! Ich erst nächste. Sonst hätten wir uns mal treffen und gemeinsam in den Grunewald zum Tanzen fahren können. Warst du schon mal?«

»Ich? Tanzen?! Nein – ich kann gar nicht tanzen!«

»Ach, das lernt sich von selbst! Also dann, Lene, du musst da vorn gradaus über den großen Platz und dann weiter die Bellevuestraße hinunter, dann kommst du zum Potsdamer Platz. Vielleicht sehn wir uns ja doch einmal wieder! Ich arbeite bei Geheimrat von Jannowitz am Königin-Augusta-Ufer 28, kannst du dir das merken?«

»Geheimrat von Jannowitz, Königin-Augusta-Ufer 28!«, wiederholte Lene. »Ade, Bertha, und vielen Dank auch! War schön mit dir.«

»Mit dir auch, Lene! Und lass dich nicht unterkriegen!«

»Nein, und du auch nicht!«

Ihre Wege trennten sich. Plötzlich ohne die neu gewonnene Freundin fühlte Lene sich noch mehr allein als zuvor.

Wie auf ein Stichwort begannen beide Kinder zu quengeln. Und dann schrie Frieder plötzlich: »Ein Dromedar! Und Elefanten! Ich will reiten!«

»Fanten!«, brüllte Olga und streckte die Ärmchen aus.

Lene starrte zurück in den Park. Kaum konnte sie es fassen: Eine Karawane bewegte sich gemächlich auf dem breiten Weg, vorneweg ein Elefant, auf dessen Rücken ein Mann saß und hinter ihm auf einer Art Thron an die zehn Kinder, dann zwei von Tierwärtern am Zügel geführte Dromedare, die ebenfalls mit Kindern überladen waren, und zum Schluss wieder ein Elefant. Tiere, die sie bisher nur aus dem Naturkundebuch kannte – hier in Berlin liefen sie herum und ließen sich reiten!

Frieder begann zu brüllen: »Ich will reiten, ich will reiten, ich will reiten!«

Olga brüllte mit.

»Wir müssen heim!«, erwiderte Lene. »Und außerdem haben wir kein Geld, und das kostet bestimmt!«

»Du bist blöd, blöd, blöd!«, schrie Frieder und trommelte mit seinen Fäusten gegen ihren Bauch.

»Hör auf!«, sagte Lene. »Das tut weh! Und jetzt komm endlich, wir müssen zum Pferdebus!« Sie versuchte ihn an der Hand zu fassen.

Er riss sich los und trommelte weiter auf sie ein: »Du hast gelügt, gelügt, gelügt! Blöde Lene, doofe Kuh!«

Da, aus einem Reflex des Augenblicks, haute sie ihm eine runter. Nicht sehr fest, doch mit erstaunlicher Wirkung. Mitten im Wort stockte er, stand ganz stumm, schaute sie nur aus großen Augen an.

»Na komm«, bat sie versöhnlich, »hab ich nicht gewollt!«

Widerstandslos ließ er sich mitziehen. Problemlos erreichten sie den Potsdamer Platz, auf dem das Verkehrschaos inzwischen für Lene unfassbare Dimensionen angenommen hatte. Ohne Zwischenfall gelangten sie nach Hause. Olga schlief auf Lenes Arm, als sie mit den Kindern die Wohnung erreichte.

Die gnädige Frau hämmerte eine Etüde auf dem Klavier herunter. Frieder lief zu ihr in den Salon, während Lene, auf Befehle wartend, mit Olga im Arm an der Tür stehen blieb. »Ich bin Karussell gefahren, auf dem weißen Elefanten«, sprudelte er hervor und drückte sich an seine Mutter, »aber ich wollte Dromedar reiten und Lene hat gelügt und gesagt, es gibt keine, aber es gibt sie doch, und sie hat mich gehaun!«

»Was hast du, Lene?!«, fuhr die gnädige Frau auf, wandte sich zu Lene um und knallte den Klavierdeckel zu. »Du hast das Kind geschlagen?!«

»Ich, ach, nicht richtig.« Lene kam ins Stammeln. »Er wollte nicht mitkommen und hat mich ge-«

»Es ist vollkommen gleichgültig, was Frieder getan hat!«, schrie die gnädige Frau mit schriller Stimme. »Du hast ihn nicht zu schlagen! Hast du das verstanden?!«

»Ja, gnädige Frau!«, erwiderte Lene leise und senkte den Kopf. »Es tut mir ja selbst Leid. Aber es war so ...«

»Halt den Mund!«, befahl die Frau Polizeihauptmann mit eisiger Stimme. »Ich werde es dem gnädigen Herrn berichten, da kannst du was erleben! Und jetzt legst du Olga hier aufs Sofa und dann los, mach dich ans Bügeln! Dein Abendessen kannst du heute vergessen!«

– 4 –

Lene nahm Einkaufskorb, Milchkanne, Einkaufszettel und das von der Frau Polizeihauptmann abgezählte Geld und verließ die Wohnung. Aufatmend schloss sie die Tür hinter sich: Endlich dem Bannkreis der gnädigen Frau entronnen! Die nächste halbe Stunde gehörte ihr.

Gemächlich schlenderte sie die Treppe hinunter. Eine Etage tiefer stockte sie. Auf dem Podest lag ein rotes Rosenblatt. Lene bückte sich und hob es auf, befreite es pustend vom Staub. Sie lächelte. Vor ein paar Tagen hatte sich die Tochter von Friedas Herrschaft verlobt, das Fräulein von Zietowitz aus dem dritten Stock. Der Bräutigam, ein Herr Doktor Schneider, hatte so viele rote Rosen ins Haus liefern lassen, dass die Wohnung oben ein Blütenmeer sein musste. Beim Hinuntertragen der verwelkten Blumen hatte Frieda wohl ein Rosenblatt verloren.

Lene barg es zwischen den Falten ihres Taschentuches. Daheim würden jetzt die Rosen zu abertausenden blühen, im Kirchhof, vor dem Schulhaus und im Garten der Frau Lehrer. Die Rosenlaube, in der im Sommer der Sonntagskaffee eingenommen wurde ...

Wenn alle in der Rosenlaube beisammensaßen, stimmte der Herr Lehrer Lieder an, in denen Rosen vorkamen, »Sah ein Knab ein Röslein stehen« und »In meines Vaters Garten«. Ob er noch an sie dachte, hin und wieder jedenfalls und nicht nur, wenn ihm sein Gedichtbuch fehlte? Und ob er wusste, dass sie inzwischen kein dummes Schulmädchen mehr war, das nur für seinen Lehrer schwärmte, sondern dass sie erwachsen geworden war und das Leben kannte? Denn das tat sie, sie kannte jetzt das Leben, bei Gott!

Beim Metzger war Lene die einzige Kundin und wurde sofort bedient. Die gewonnene Zeit nutzte sie, indem sie sich die Auslagen eines Hutgeschäftes ansah. Was es da alles für Damenhüte gab! Große und kleine, aus Stroh, Samt oder Tuch, dekoriert mit künstlichen Blumen und Federn, mit Tüll und Spitze, Atlasschleifen und Seidenbändern und mit phantastischen Gebilden aller Art. Einen solchen Hut zu besitzen! Wie eine Dame würde sie darin aussehen. Aber der Blick auf die Preisschilder erstickte den Wunsch im Keim. Schulterzuckend riss Lene sich von dem Schaufenster los und betrat den Grünkramkeller. Ein Strahlen trat auf ihr Gesicht, als sie neben den beiden Hausfrauen, die aus einem der Hinterhöfe stammen mussten und sich kein Dienstmädchen leisten konnten, die alte Frieda entdeckte.

»Mein Gott, Kindchen, wie siehst du denn heute aus!«, sagte Frieda und schüttelte den Kopf. »Als kämst du frisch aus dem Grab! So blass und dann die Ringe unter den Augen, da kriegt man ja das Fürchten um dich!«

»Ach Frieda, wir kochen zurzeit Marmelade. Bis nachts um eins hab ich Johannisbeeren abgezupft und Sauerkirschen entsteint, und früh um fünf schon wieder auf, weil der gnädige Herr Frühdienst hat. Es wäre mir ja nicht um die Arbeit, aber einmal ausschlafen und mittags richtig satt essen, und ab und zu ein freundliches Wort ...« Plötzlich versagte ihr die Stimme.

Die alte Dienstmagd schüttelte den Kopf. »Es ist eine Sünde

und eine Schande! Aber so sind sie, die meisten Herrschaften, und bis du einmal eine findest, die anders ist, da musst du lange suchen, und manches arme Mädchen findet nie eine.«

Lene schnäuzte sich. Das Rosenblatt fiel zu Boden, sie merkte es nicht.

»Deine Gnädige ist ein Leuteschinder!«, erklärte Frieda. »Bei der kommen nur die Kinder, das Dienstmädchen ist ein Stück Vieh. Und viel zu viel Arbeit für ein Mädchen allein. So eine große Wohnung und dann vier Kinder, was machen die für eine Wäsche und eine Unordnung und einen Dreck! Und was sie kosten, wird an dem Dienstmädchen eingespart. Was glaubst du, wie viele von deinen Vorgängerinnen schon hier im Grünkramkeller gestanden und sich die Seele aus dem Leib geweint haben! Geh weg von dort, Lene! In so einer Stellung bleibt man nicht.«

»Du meinst – einfach gehen?«

Frieda lächelte. »So ganz einfach nicht, kündigen musst du schon! Was hat der Herr Polizeihauptmann mit dir als Kündigungszeit ausgemacht, vierzehn Tage? Da gehst du zu deiner Gnädigen und sagst ganz ruhig, du möchtest kündigen für in zwei Wochen, und so lang bleibst du noch und lässt dir nichts zu Schulden kommen. Und dann suchst du dir eine neue Stelle und hoffst, dass die besser ist, denn merken, wirklich merken tut man das erst, wenn man dort ist.«

»Und wenn mich keiner nimmt?«, fragte Lene.

»Ach was! Gesunde, anständige Mädchen mit einem guten Zeugnis werden immer gebraucht! Was meinst du, wie viele Herrschaften verzweifelt nach einem Mädchen suchen! Da darfst du ruhig ein wenig wählerisch sein und musst nicht die nächstbeste Stelle nehmen, nicht wieder allein in einen

Haushalt mit so vielen Kindern! Als ich jung war, hatte ich vielleicht fünfzehn Stellen in zehn Jahren, bis ich zu der Frau Major gekommen bin, als Köchin. Da hat der Herr Major noch gelebt, fünf Zimmer hatten wir in der Beletage, ein großes Haus wurde gemacht, jeden Monat Gesellschaft, und wir waren zwei Dienstmädchen und der Bursche vom Herrn Major. Aber geblieben, geblieben bin nur ich nach dem Tod vom Herrn Major und dem Auszug aus der schönen Wohnung in die kleine hier, denn wir haben jetzt ja nur das halbe Stockwerk und nicht das ganze wie der Herr Polizeihauptmann. Aber ich konnte doch meine Sophie nicht verlassen, war mir ja wie mein eigenes Kind. Und jetzt, wo sie verlobt ist, all die roten Rosen, und dass ich den Tag erleben darf, wenn sie im Schleier und mit Myrtenkranz ...«

Nun war es Frieda, die sich schnäuzte. Dann kaufte sie umständlich ein. Doch als sie mit ihrem Korb schon halb zur Tür hinaus war, drehte sie sich noch einmal um und sagte zu Lene: »Und nicht vergessen: Geh gleich zu deiner Gnädigen und bitte sie recht höflich, dass sie dir dein Gesindebuch fertig macht!«

»Aber – das trau ich mich nicht! Wenn sie was Schlechtes reinschreibt? Da bleibe ich lieber!«

Frieda schüttelte noch einmal den Kopf. »Du musst noch viel lernen. Was Schlechtes kann sie dir auch dann noch reinschreiben, wenn du deine Kraft und Gesundheit bei ihr gelassen hast! Und wer nimmt dich dann noch?«

Lene staubte die vergoldeten Bilderrahmen im Zimmer des Hausherren mit dem Federbesen ab.

»Ich auch!«, forderte die kleine Olga und streckte ihre Hand nach dem Federbesen aus.

»Da, mein Schatz! Du kannst die Beine von den Stühlen abstauben, dann muss ich mich nicht bücken!« Das Mädchen machte sich mit ernsthafter Miene an die Arbeit. Lene lächelte. Olga war ihr Liebling wie einst die kleine Hilde. Inzwischen musste die auch laufen können – und ob sie wohl schon die ersten Worte sprach?

Lene seufzte. Es war nicht gut, dass sie dauernd an daheim dachte, sie wusste es ja selbst. Es machte nur noch trauriger. Aber was konnte sie tun, wenn ihre Gedanken immer und immer wieder dort landeten, wohin sie nicht sollten?

Ihre Gedanken, die hatten nichts anderes zu tun. Manchmal kam es ihr vor, als hätte sie das Denken überhaupt verlernt und das Sprechen dazu. »Ja, gnädige Frau!« und »Sofort, gnädige Frau!« und »Wie der gnädige Herr befehlen!«, mehr gab es sowieso nicht zu reden. Da war es schon eine Wohltat, ab und zu die kleine Olga um sich zu haben und auf deren Gebrabbel zu antworten. Wie ein Ochse kam sie sich vor, der den ganzen Tag eingespannt war und stumpfsinnig einen Karren ziehen musste. Aber von einem Ochsen hätte man nicht einen so langen Arbeitstag verlangt und dem wäre wenigstens der Wind um die Nase geweht und man hätte ihm anständiges Futter gegeben. Also doch kein Ochse. Eine Maschine – ja, das war es. Wie eine Maschine musste sie funktionieren, schuften und schuften und die Befehle ihrer Herrschaften ausführen, als hätte sie kein eigenes Hirn. Als wäre sie nicht im Rechnen die Beste gewesen und als hätte die Frau Lehrer nicht gesagt, sie hätte eine schnelle Auffassungsgabe und eigentlich das Zeug für eine Lehrerin.

Wusste sie überhaupt noch, wie ein Dreisatz ging? Und konnte sie die »Glocke« noch aufsagen? Könnte sie noch einen Aufsatz schreiben zum Thema »Jena und Sedan – die

Bedeutung dieser Schlachten für Preußen und das deutsche Vaterland«?

Ach, die Schule ...

Das war so schön gewesen. Lernen dürfen. Rechnen. Lesen. Singen. Dem Herrn Lehrer zuhören und das Gefühl dabei haben, dass sich einem die Welt öffnet und dass sie vor einem liegt wie ein aufgeschlagenes Buch. Sie hatte gar nicht gewusst, was sie gehabt hatte, damals. Und wie schön es gewesen war, mit der Frau Lehrer zweistimmig zu singen, während sie beide zusammen die Küche machten!

Daheim hatte sie nie geglaubt, nur eine Maschine zu sein.

Olga hatte keine Lust mehr zum Staubwischen und quengelte. Aber mit ihr zu spielen, dazu war keine Zeit. »Ich bin gleich zurück, dann darfst du Sauerkraut auf den Teppich streuen und abkehren, das macht Spaß!«, versprach sie der Kleinen und ging, um das Schüsselchen rohes Sauerkraut zu holen, mit dem sie die Farben des Teppichs wieder zum Leuchten bringen sollte.

In der Küche roch es verführerisch nach Hühnersuppe. Lene sog den Duft ein. Als die gnädige Frau die Speisekammer öffnete, schaute Lene gierig hinein. Dort hing ein Schinkenspeck von der Decke. Wenn die Gnädige nur ein einziges Mal vergessen würde, die Kammer abzuschließen ...

Mit dem Sauerkraut kehrte Lene zum Herrenzimmer zurück. Rasch griff sie in die Schale und nahm sich einen heimlichen Mund voll. Es würde schwer sein, mit dem Rest den Teppich sauber zu kehren. Aber daran dachte sie nicht.

Im Zimmer war Olga inzwischen auf den Schreibtisch ihres Vaters geklettert und hielt die kleine Gipsfigur eines Berliner Bären in der Hand, der als Briefbeschwerer diente.

»Nicht, Olga, was tust du da!«, rief Lene.

Die Kleine zuckte zusammen, fuhr herum, die Figur entglitt ihren Fingern, fiel zu Boden und zerschellte in zahllose Scherben. Das Kind stieß einen Schrei des Entsetzens aus, sprang vom Tisch, kniete bei den Scherben nieder und schluchzte in den Tönen höchster Verzweiflung: »Der Papa! Der Papa!«

Die gnädige Frau eilte herbei, sah den Schaden und zog das Kind an sich. Dann schrie sie Lene an: »Wie konnte das geschehen? Du Kamel! Wozu bist du überhaupt zu gebrauchen! Kannst du nicht auf Olga aufpassen?!«

»Ich war ja nicht hier, gnädige Frau, ich musste ja das Sauerkraut holen. Olga ist auf den Schreibtisch geklettert, wer denkt denn so was!«

Die gnädige Frau fasste sich. »Kein Wort davon zum gnädigen Herrn! Ich kaufe gleich heute Nachmittag einen neuen Bären. Jetzt reicht die Zeit nicht, ich muss dafür in die Leipziger Straße. Nun komm, Olga, du weißt, der Papa hat verboten, dass du auf seinem Schreibtisch etwas anfasst, und dann auch noch draufklettern! Du bist ein böses Mädchen, und böse Mädchen müssen in der Ecke stehen. Aber dem Papa, dem sagen wir es nicht.«

Lene las die Scherben zusammen, achtete sorgfältig darauf, nicht den kleinsten Gipskrümel zu übersehen, und reinigte den Boden und den Teppich. Die ganze Zeit schlug ihr das Herz schwer von dem Vorfall. Sie ordnete die Schreibutensilien auf dem Tisch so an, dass das Fehlen des Bären nicht sofort ins Auge sprang. Der gnädige Herr durfte es nicht merken, er durfte nicht. Olga war noch so klein ...

Dann kam der Hausherr zum Essen. Gewöhnlich schritt er gleich zur Tafel, doch heute verschwand er in seinem Zimmer. Kurz darauf erscholl sein Befehl: »Paula! Lene!«

Auf dem Flur stieß Lene beinahe mit der gnädigen Frau zusammen. Diese war sehr blass.

»Ihr wisst, ich hasse Unordnung!«, donnerte der Hausherr. »Wo ist mein Briefbeschwerer?«

Die gnädige Frau schwieg. Lene auch.

»Lene?«, fragte er.

»Er ist zerbrochen«, flüsterte Lene.

»Zerbrochen? Du dumme Person, kannst du nicht aufpassen! Du hättest im Stall bei den Kühen bleiben sollen, eine Mistgabel passt besser in deine ungeschickten Finger als meine Kunstgegenstände! Das wird dir vom Lohn abgezogen, ist das klar?! Und der nächste Ausgang ist dir gestrichen!«

Lene schaute zur gnädigen Frau. Aber diese wich Lenes Blick aus.

Heute war das Leben schön. Ein paar Stunden für sich, endlich, nachdem vor vierzehn Tagen ihr freier Sonntagnachmittag ausgefallen war. Den Bären hatte die gnädige Frau bezahlt. Aber kein Wort der Entschuldigung von ihr. Kein Wort des Bedauerns über den gestrichenen Ausgang. Und erst recht kein Dank dafür, dass Lene geschwiegen hatte. Da hatte sich Lene wieder gesagt, zum unzähligsten Mal: Heute kündige ich. Und es nicht getan. Denn wenn sie keine Stellung mehr bei anständigen Leuten fand?

Doch für den Augenblick war alles vergessen. Die Sonne schien, die Linden spendeten Schatten, die Herren Offiziere ritten in bunten Uniformen auf ihren glänzenden Pferden den Reitweg entlang. Auf der Mittelpromenade drängten sich die vornehmsten Herrschaften, Damen in feinster Toilette, den Sonnenschirm zierlich in der spitzenbehandschuhten

Rechten, und mitten unter ihnen sie selbst, sehr erwachsen mit ihrem neuen Hut. Durch Friedas Vermittlung hatte sie ihn billig bei deren Herrschaft erstehen können, weil das Fräulein von Zietowitz ihn nicht mehr brauchte, trug sie doch seit ihrer Verlobung einen viel teureren Hut.

Vor dem Eingang zur Kaiserpassage stand ein Waffelbäcker mit seinem Karren. Lene schaute hinüber und wieder weg, ging weiter, fühlte in ihrem Täschchen nach dem Geldbeutel, kehrte um. Drei Waffeln für zehn Pfennige, das war viel Geld. Aber trotzdem. Einmal sich etwas gönnen.

Fünfzehn Mark hatte sie einstecken, einen vollen Monatslohn, denn eigentlich musste sie sich etwas zum Anziehen kaufen, das Konfirmationskleid war viel zu warm bei der Hitze. Aber alle Kleider, Blusen und Röcke waren ihr zu teuer. Vielleicht war ja das heiße Wetter bald vorbei.

Sie aß das süße Gebäck ganz langsam, schlenderte dabei durch die prachtvolle Passage, bestaunte das hohe Glasdach, das Wiener Café in dem Achteck – der Kaiser konnte nicht schöner wohnen –, besah sich die Auslagen der eleganten Geschäfte und kämpfte lange mit sich, ob sie sich auch noch einen Besuch in Castans Panoptikum leisten sollte. Sie wusste sich nichts Genaues darunter vorzustellen, irgendetwas Wunderbares, Geheimnisvolles. Die gnädige Frau war mit den Jungen dort gewesen, sie hatten tagelang davon geredet, aber als Lene sie gefragt hatte, was das sei, ein Panoptikum, hatte Karl – der sich mit seinen zehn Jahren sehr erwachsen vorkam – gesagt, sie sei eine dumme Landpomeranze, und Wilhelm hatte dazu gelacht. Endlich entschied sie, sich diese Verschwendung (Eintritt zwanzig Pfennige!) erst in zwei Wochen zu leisten. Zur Friedrichstraße hin verließ sie die Passage. Da sah sie den Leiterwagen mit den alten Büchern.

Ein großes Schild gab die Preisklassen an, und am untersten Ende versprach es: *Hier jedes Buch 10 Pfennige.*

Sie solle keine Schundhefte lesen, sondern nur gute Bücher, hatte der Herr Lehrer sie ermahnt.

Ratlos durchstöberte sie die Bücher, stumm und fremd waren sie, doch da, ein schmales Bändchen, abgegriffen vom vielen Gelesenwerden. Darauf stand »Immensee«, ein schönes trauriges Fräulein war darauf gemalt und im Hintergrund ein Mann, der zu ihr hinblickte, irgendwie voller Sehnsucht. Und Lene sah die Frau Lehrer auf der Gartenbank, dieses Büchlein in der Hand, und still vor sich hin weinen. Warum weinen Sie, Frau Lehrer?, hatte sie gefragt. Weil diese Geschichte gar so schön ist!, hatte die Frau Lehrer geantwortet. Aber wenn etwas schön ist, muss man doch nicht weinen!, hatte sie sich gewundert. Das verstehst du noch nicht, Kind. Später einmal, wenn du groß bist, dann lies die Geschichte! Vielleicht verstehst du dann, warum ich über sie weinen musste.

Jetzt war sie groß.

Sie erstand das Buch und hatte es auf einmal eilig, nach Hause zu kommen. Endlich einmal wieder lesen!

Den weiten Weg ging sie schnell. Undenkbar, auch noch für den Pferdeomnibus Geld auszugeben. Dann eilte sie die Treppe hinauf, schloss die Wohnungstür auf und lief in die Küche, um sich eine Tasse Muckefuck zu kochen, ehe sie sich mit dem Buch ans Fenster setzen wollte. Muckefuck – Zichorienkaffee mit Zucker – war das Einzige, was Lene jederzeit für sich zubereiten durfte, das einzige Lebensmittel, das von der gnädigen Frau nicht in der Speisekammer weggeschlossen wurde.

In der Küche warf Lene ihr Handtäschchen auf den Tisch und griff nach der Kaffeekanne. Da kam die Frau Polizeihauptmann herein. »Dass du endlich da bist! Du musst mich zum Schauspielhaus begleiten, die Frau Amtmann ist unpässlich und hat mir ihr Billett zustellen lassen, und der gnädige Herr hat heute Spätdienst.«

»Ich habe noch Ausgang bis zehn Uhr«, wandte Lene schüchtern ein.

»Dann gehst du jetzt eben hinter mir her zum Gensdarmenmarkt, und nach der Vorstellung holst du mich ab, da hast du deinen Ausgang! Beeil dich, es ist höchste Zeit!«

Auf dem Rückweg rannte Lene. Voll Angst dachte sie daran, dass sie in zwei Stunden diesen Weg noch einmal würde gehen müssen, im Dunkeln. Und der Herr Polizeihauptmann hatte gesagt, im Dunkeln dürfe sie sich nicht auf der Straße herumtreiben, sonst könne ein Schutzmann sie für ein liederliches Frauenzimmer halten und zur Sitte mitnehmen, und was ihr dort blühe, das wolle er ihr gar nicht sagen!

Endlich erreichte sie das Haus. Aus dem Laden im Kellergeschoss traten eben Wilhelm und Karl, beide mit einer großen Tüte in der Hand. Als sie Lene sahen, drückten sie sich in den Kellerabgang, doch Lene achtete nicht auf sie, dachte nicht daran, dass die beiden längst im Bett liegen müssten, dachte nur an ihr Buch.

Zurück in der Küche griff sie zum zweiten Mal nach der Kaffeekanne, stockte. Ihr Handtäschchen lag geöffnet auf dem Küchentisch. Sie war sicher, dass sie es verschlossen hatte, nachdem sie das Buch gekauft hatte.

Von plötzlichem Misstrauen erfüllt, durchsuchte sie den Inhalt des Täschchens: das Buch, ein Taschentuch, ihr Geldbeutel. Auch der Geldbeutel war geöffnet. Und leer.

Sie fiel auf den Stuhl. Vierzehn Mark und siebzig Pfennige. Fast ihr voller Monatslohn.

Draußen im Flur, selbst durch das Berliner Zimmer hindurch zu hören, Geschrei von Frieder: »Ich will auch Bonbons und Schokolade, ich auch, sonst sag ich es dem Vater!« Die Stimme von Karl: »Halt den Mund, sonst kannst du was erleben!« Türenschlagen.

Lene saß wie gelähmt. Sie bekommen nie Süßigkeiten, Bonbons und Schokolade, und Geld schon gleich gar nicht.

Die Jungen!

Wenn ich das der gnädigen Frau sage, glaubt sie es mir nicht. Und jagt mich noch aus dem Haus, weil ich ihre Söhne schlecht mache. Und schreibt mir ins Zeugnis, dass ich lüge.

Da begann Lene zu weinen, weinte und schluchzte und schluchzte. Weinte noch immer, als die Tür ging.

»Was ist mit dir, willst du die Spree zum Überlaufen bringen?«, hörte sie hinter sich die Stimme des Herrn Polizeihauptmann.

Sie wischte sich die Tränen aus dem Gesicht, nahm ihr Taschentuch, versuchte vergebens zu antworten, sprang plötzlich auf und stürzte zur Tür. Er fing sie am Arm ab, drückte sie zurück auf den Stuhl. »Dageblieben! Raus mit der Sprache! Und keine Fisimatenten!«

Er trug eine Uniform. Er war die Polizei. Er war die Autorität schlechthin.

Sie erzählte alles.

»So«, sagte er, »vierzehn Mark siebzig! Bonbons und Schokolade. Aber vielleicht auch ein Taschendieb in der Stadt. Das werden wir gleich haben. Du bleibst hier!«

Damit ging er. Kurz darauf hörte sie ihn brüllen. Hörte seinen scharfen Befehl: »Hosen runter!« Und dann hörte sie das Pfeifen des Rohrstocks und das Schreien und Flehen von Karl und Wilhelm und es nahm gar kein Ende.

Lene hielt ihr Gesindebuch in der Hand und wagte es nicht zu öffnen. Mit kalten Augen hatte die gnädige Frau es ihr gegeben und wortlos die Tür hinter ihr geschlossen.

Die gnädige Frau hatte zwei Wochen lang nicht mehr mit ihr geredet als die allerknappsten Befehle, seit jenem Abend. Der Herr Polizeihauptmann höchstpersönlich hatte seine Frau vom Schauspielhaus abgeholt, nachdem er Lene ihr Geld zurückgegeben und sich in dürren Worten für das Vergehen seiner Söhne entschuldigt hatte. Und dann hatte plötzlich die gnädige Frau in der Küche gestanden und sie angezischt: »Du hundsgemeines Biest! Die Kinder beim gnädigen Herrn anzuzeigen! Einen harmlosen Spaß haben sie sich erlaubt, einen Dummejungenstreich! Du hättest dein Geld von mir schon wiederbekommen, aber nein, du schwärzt sie gleich bei ihrem Vater an und behauptest, sie hätten dich bestohlen! Blutig hat er Karl und Wilhelm geschlagen, und das wegen dir! Und einer wie dir habe ich mein Heim geöffnet, einer wie dir habe ich meine Kinder anvertraut! Ich kündige dir, übernächsten Sonntag bist du aus dem Haus!«

Lene ging die halbe Treppe hinab. Blieb stehen. Mit zittrigen Fingern blätterte sie in dem Buch. Sah den Eintrag unter »Grund des Dienstaustritts und Dienstabschieds-Zeugnis«: *Für mich nicht passend. Nicht kinderlieb, sonst ehrlich.*

Nicht passend. Nicht kinderlieb. Und was hieß *sonst*?

Die Gosse.

Lene nahm ihren Tragekorb vom Rücken, stellte ihn auf die Treppenstufe und setzte sich daneben. So saß sie noch, als Frieda die Wohnung der Frau Major verließ.

– 5 –

Die Sonne war längst untergegangen, als Lene sich vom Bahnhof kommend dem Dorf näherte. Kein Vogel sang mehr. Noch nistete die Hitze in den geschnittenen Kornfeldern, doch vom Bach herüber zog es frisch. Es roch nach Sommer und Ernte. Schwarz zeichnete der Kirchturm seine Silhouette vor das letzte Abendrot.

Endlich daheim.

Gerade mal vier Monate war sie weg gewesen – und doch eine Ewigkeit lang. Jetzt würde sie nie wieder gehen. Bestimmt hatte die Frau Lehrer inzwischen gemerkt, dass sie ohne Lene nicht zurechtkam, und würde dankbar sein, wenn sie heimkehrte. Und jetzt war sie kein Kind mehr und kannte die Welt und konnte selbst entscheiden, ob sie ohne Lohn arbeiten wollte. Sie wollte.

Nie wieder zu fremden Leuten. Nie wieder Berlin.

Friedas Worte, als sie sich neben sie auf die Treppe gesetzt und ihre Geschichte angehört hatte: Hast du denn kein Zuhause, Lene?

Doch, hatte sie geantwortet, die Frau Lehrer. Aber da wollte ich nicht mehr zurück. Im Dorf werden sie sagen, ich hab zu hoch hinausgewollt.

Frieda hatte den Kopf geschüttelt und erwidert: Das zählt jetzt nicht. Augenblicke gibt es im Leben, da braucht man ein Nest. Fahr heim, Lene, fahr heim!

Wie Recht Frieda hatte! Lene sog tief die Nachtluft ein. Schon der Kirchturm machte, dass sie wieder atmen konnte.

Kurz vor dem Dorf verließ Lene die Landstraße und schlug den Pfad durch die Wiesen ein, der halb um das Dorf herum führte. Am Schulplatz würde jetzt die Dorfjugend unter der Linde versammelt sein wie an jedem Sonntag im Sommer. Grete mit ihren Verehrern ... Nein, denen wollte sie heute nicht Rede und Antwort stehen. Da musste sie sich erst eine Geschichte ausdenken, eine, die standhielt.

Auf schmalen Nebenwegen an der Rückseite der Höfe lief Lene durch das Dorf, ohne einem Menschen zu begegnen. Jeder Busch war ihr hier vertraut, jeder Stein und jeder Hund, der sie verbellte. Es war dunkel, als Lene das Tor zum Lehrergarten öffnete und sich von hinten dem Schulhaus näherte. Aus dem Wohnzimmerfenster fiel warmes Licht. Ankommen, ehe man sich bemerkbar macht, reden muss, erklären. Lene schlich zum Haus. Das Fenster stand offen. Lautlos näherte sie sich und spähte hindurch.

Als Erstes fiel ihr Blick auf ihn. Wenige Meter von ihr entfernt saß er am Esstisch, rauchte seine Pfeife und las in der Zeitung. Sein Gesicht konnte sie nicht sehen, er hatte den Kopf in die Hand gestützt. Lenes Herz klopfte. Dann entdeckte sie die Frau Lehrer. Im Lehnstuhl hatte diese es sich bequem gemacht und hielt ein Baby an der Brust. Sacht streichelte sie über das Köpfchen, während das Kleine trank.

Lene lächelte. Richtig warm wurde ihr. Sie würde das Baby wiegen und ihm Lieder singen, wie sie es mit Hilde gemacht hatte. Und die Frau Lehrer würde glücklich sein, sie wieder dazuhaben. Wie sollte sie denn nun auch noch mit Baby die viele Arbeit schaffen, ganz allein!

Die Frau Lehrer nahm das Baby von der Brust, ordnete ihr

Kleid und schob das Kleine in sein Steckkissen. Dann wandte sie den Kopf und sagte etwas. Und aus jener Ecke des Zimmers, in der die Nähmaschine und das Nähtischchen standen, aus jener Ecke, die Lene von ihrem Platz aus nicht sehen konnte, kam ein Mädchen, nahm der Frau Lehrer das Baby ab und trug es aus dem Raum. Ein Mädchen von etwa zehn Jahren, ein Mädchen, wie Lene eines gewesen war, als die Lehrerfamilie sie aufgenommen hatte, ein Mädchen, das Lene kannte – Bärbel, die kleine Schwester von Anne, die noch ein Krabbelkind gewesen war, als ihr Vater von einer Eiche beim Baumfällen erschlagen worden war, Bärbel, deren Mutter als Tagelöhnerin nicht genug verdiente, um alle ihre Kinder durchzufüttern, Bärbel, die nun den Platz eingenommen hatte, der einmal Lenes Platz gewesen war.

Lene stolperte zurück. Sie trat auf einen Rechen, er stürzte um und schlug polternd gegen die blecherne Gießkanne. Der Herr Lehrer sprang auf, trat ans Fenster, der Lichtschein fiel Lene ins Gesicht. »Lene, wo kommst du denn her! Hast du mich erschreckt!« Die Frau Lehrer trat hinter ihn und rief: »Na, das ist ja eine Überraschung! Warum schleichst du dich denn von hinten heran? Nun komm aber rein, Lene! Hat deine Herrschaft dir Urlaub gegeben?«

»Nein, ja, ich, ich wollt nur mal kurz, nur zu Besuch...« Es war so schwer, nicht zu weinen.

»Wenn man dich so sieht!« Die Frau Lehrer betrachtete lächelnd Lene, auf deren Schoß Hilde saß, während sich Gottfried und Beate an sie drängten, jener mit einem Bilderbuch, diese mit dem Strickzeug in der Hand. »Man meint grad, die Kinder wollten dich auffressen, so freuen sie sich, dich wiederzusehen! Dir ins Gesindebuch zu schreiben, du wärest nicht kinderlieb, das ist eine Sünde und eine Schande! Von Rechts wegen müsstest du auf die Polizeistation und verlangen, dass dir der Eintrag geändert wird. Aber das geht ja nun nicht, nachdem dein gnädiger Herr der Vorsteher der zuständigen Wache ist – der wird einen Teufel tun, seine Ehefrau Lügen zu strafen. Ich habe heute Nacht noch mit meinem Mann darüber geredet, der hat auch gemeint, es ist zwecklos und bringt dich nur in noch größere Kalamitäten. Du sollst dir einen kinderlosen Haushalt suchen, meint er, und Recht hat er damit, da hast du auch nicht so viel Arbeit. Aber was ist denn mit dir, du bist ja so still?«

Lene nahm Beate das Strickzeug ab, fing die heruntergefallene Masche auf und hangelte sie wieder nach oben. Dann kitzelte sie Hilde am Bauch, bis diese laut quietschte und kreischte. Nicht antworten müssen, damit die Frau Lehrer nicht merke, wie die Stimme zitterte.

Der Herr Lehrer war einfach gegangen. Sie kam aus Berlin hierher und dachte, er würde sich freuen, und er machte eine Wanderung. Sicher, in den Sommerferien tat er das immer für ein paar Tage, gemeinsam mit dem Herrn Pastor. Aber ausgerechnet jetzt, wo sie heimgekommen war! Am Abend hatte Lene ihm und der Frau Lehrer alles erzählt, bis weit in die Nacht. Er hatte zugehört, aber nicht viel dazu gesagt, nur, dass es ganz richtig von ihr gewesen sei, dem Herrn Polizeihauptmann von dem Diebstahl zu berichten, ein solcher Vorfall gehöre nun einmal in die Autorität des Vaters. Und erst als er ihr eine gute Nacht gewünscht hatte, hatte er beiläufig erwähnt: Wir werden uns dann wohl nicht mehr sehen, Lene. Ich bin die nächsten drei Tage mit dem Herrn Pastor auf Wanderschaft, wir wollen schon beim ersten Morgengrauen los. Ich wünsche dir alles Gute auf deinem weiteren Lebensweg, Mädchen!

Auf ihrem weiteren Lebensweg ... Der nichts mehr mit ihm zu tun hatte, so viel war klar. Ihr Platz war besetzt durch Bärbel. Sie war sein Dienstmädchen und seine Schülerin gewesen, und das war alles und aus und vorbei.

Und sie hatte geglaubt ...

»Hör mal, was hier steht!« Die Frau Lehrer griff nach der Zeitung und las vor, was sie mit rotem Stift markiert hatte: *»Oberst des Kaiser-Alexander-Regimentes, ohne Familie, sucht Mädchen für alles: ordentlich, pünktlich, sauber. Bewerberinnen antreten Dienstag zwischen 2 Uhr und 4 Uhr.«* Die Frau Lehrer blickte auf. »Hast du gehört: ohne Familie! So, jetzt schneide ich dir die Adresse aus, und morgen fährst du mit dem ersten Zug zurück nach Berlin und stellst dich diesem Herrn Oberst vor, und wenn die Engel auf deiner Seite sind – und ich wüsste nicht, warum sie das nicht sein sollten –, dann bekommst du die Stelle. Und heute machst du dir einen schönen Tag und besuchst deine Schulfreundinnen, und wenn du mir einen Gefallen tun willst, dann gehst du mit den Kindern in den Wald zum Brombeerpflücken, ich würde gern noch Marmelade kochen, ja?«

»Ja!« Lene nickte. Endlich gehorchte ihr die Stimme wieder. »Ich meine, das mit dem Brombeerpflücken, das mach ich gern, ich weiß ja auch die besten Stellen im Wald. Aber das andere, das mit dem Herrn Oberst – ein Oberst, das ist doch so ein hohes Tier, ich glaub, das kann ich nicht, die gnädige Frau hat doch immer gesagt, was für eine Landpomeranze ich bin und dass ich nichts tauge und ...«

»Nun mach aber mal einen Punkt!«, unterbrach sie die Frau Lehrer. »Ich kenne dich ja wohl besser, ich weiß, was du taugst! Es ist schon schlimm genug, dass deine gnädige Frau so über dich redet – nun glaub es nicht auch noch! Oder willst du doch lieber als Magd hier im Dorf bleiben? Der Lenz-Bauer sucht noch immer!«

Lene schüttelte den Kopf.

»Na also!«, sagte die Frau Lehrer. »Dann morgen nichts wie hin zu diesem Herrn Oberst!«

Morgen ... Dann würde sie den Herrn Lehrer nicht mehr wiedersehen. Wollte die Frau Lehrer sie aus dem Haus haben, ehe er zurückkam?

O ja, sie würde gehen. Zu diesem Oberst oder sonst wohin. Sie hatte verstanden. Zur Last fallen wollte sie nicht. Schlimm genug, dass sie neun Jahre lang ihrer Mutter und dem Siewer-Bauern zur Last gefallen war, davon kam man ein Leben lang nicht mehr los.

Obwohl Lene darauf verzichtete, die Stadtbahn und den Pferdeomnibus zu nehmen, kam sie zu früh an dem Haus an, suchte den Namen auf der Tafel und schluckte: erster Stock, Beletage! Vornehmer ging es nicht. Und dann Oberst und auch noch ein »von«.

Sie ging auf die andere Straßenseite, schaute zu dem stattlichen Mietshaus aus gelbem und rotem Klinker hinüber, zählte die Fenster ab, betrachtete die reichen Verzierungen der Fassade: die schmiedeeisernen Geländer der kleinen Balkone, die muschelförmigen Sandsteingebilde über den Fenstern, die Putten über dem Torbogen, die mit Sandsteingirlanden geschmückten Erker, die in den Klinker eingelassenen durchbrochenen Rosetten. Irgendwo schlug eine Kirchturmuhr zwei. Lene überquerte die Straße, stieß die Haustür auf, stand in der Torduchfahrt. Sollte sie den Hauptaufgang nehmen oder gab es hier eine zur Küche führende Hintertreppe? Die Frau Polizeihauptmann hatte immer darüber geklagt, dass ihre Wohnung keinen eigenen Dienstboteneingang gehabt hatte, das sei doch eigentlich das Mindeste, was man von einer Wohnung erwarten dürfe. Also würde es hier wahrscheinlich so etwas geben. Aber der Oberst würde einem Mädchen kaum die Küchentür öffnen! Sollte sie doch zur Vordertür? Das gehörte sich doch nicht bei so vornehmen Leuten! Sie kehrte wieder um und prallte beinahe gegen ein junges Mädchen, das eben das Haus betrat. Ein gutes Kleid trug sie mit einem Samtjäckchen darüber und einen Hut nach der neuesten Mode, aber sie war trotzdem ein Dienstmädchen, denn sie stieg zum ersten Stock hinauf und klingelte beim Herrn Oberst, und die Haupttreppe wäre doch die richtige gewesen. Dieses Mädchen da würde der Oberst nehmen, gegen die hatte sie keine Chance.

Mutlos verließ Lene das Haus, ging wieder über die Straße, blieb auf ihrem Posten stehen. Da kam ein zweites Mädchen, das im Haus verschwand, und dann erschien das erste mit hängendem Kopf. Was hatte der Oberst an der auszusetzen gehabt? Die Uhr schlug viertel, halb. Ein Mädchen nach dem anderen betrat das Haus, eines nach dem anderen verließ es wieder mit missgelauntem Gesicht oder gar mit Tränen. Der Herr Oberst musste ein Ungeheuer sein, dass er all diese nett und tüchtig aussehenden Mädchen wieder wegschickte. Die Uhr schlug drei. Unzählige Male hatte Lene Anstalten gemacht, die Straße zu überqueren, ebenso oft war sie wieder umgekehrt. Was sollte sie der Frau Lehrer schreiben, wenn sie es nicht einmal versucht hatte?

Sie holte tief Luft. Dann endlich betrat sie das Haus, ging durch in den ersten Hinterhof, fand den Hintereingang, stieg die schmale Treppe hinauf. Bei einem adeligen Offizier, der so viele Mädchen abgelehnt hatte, konnte man nicht am Vordereingang läuten. Im ersten Stock hing ein kleines Pappschild: »Dienstboteneingang Oberst von Wuthenow«. Noch einmal zögerte sie. Dachte an die Frau Lehrer. Dann endlich überwand sie sich und klingelte. Sofort wurde die Tür geöffnet. Ein junger Bursche des Kaiser-Alexander-Regimentes stand vor ihr.

Sie knickste. »Ich komme wegen der Anzeige in der Zeitung«, sagte sie.

Er grinste breit und sagte mit weit ausholender Bewegung auf eine große, ganz in Weiß und Blau gehaltene Küche: »Hereinspaziert in die gute Stube! Nach der Fünften hab ich mit der Zählerei aufgehört!«

»Dann ist die Stelle wohl schon vergeben und ich kann gleich wieder gehen?«, fragte Lene rasch.

»Nun red mal nicht Makulatur, so ein nettes Mädchen! Hast schon mal was gut, weil du hinten geläutet hast, denn die Mädchen, die ihren Platz nicht kennen, soll ich gleich wieder wegschicken, hat der Herr Oberst gesagt. Bei dem sieh dich vor, der ist ein Aas, wenn du weißt, was ich meine, dem macht man nichts vor!«

»Ach«, sagte Lene, »vormachen will ich ja keinem was. Ich sag auch gleich, ich war noch nie bei einem Herrn Oberst, und dann auch noch einer von Adel! Ich weiß gar nicht, ob ich hierher passe, aber meine Frau Lehrer hat gemeint ...«

Der Bursche lachte. »Nun schau mal nicht so verschreckt, so schlimm ist das alles nicht, nur die Regeln muss man kennen, immer strammgestanden und ›Jawohl, Herr Oberst‹ und ›Zu Befehl, Herr Oberst‹ gesagt, dann läuft die Chose wie geschmiert. Wir werden das Kind schon schaukeln.

Wenn's nach mir geht, nehmen wir dich, du bist mir gleich sympathisch. Ich schau mal, was ich für dich tun kann, was? Und nun mal keine Angst, der frisst dich schon nicht auf, auch wenn er so ein Gesicht macht, aber das ist nur äußerlich!« Damit grinste er Lene noch einmal an und ging vor ihr her aus der Küche in den kleinen Flur, der schon nach zwei Schritten wieder vor einer Tür endete. Sie durchquerten ein als Esszimmer mit wuchtigen schwarzen Möbeln eingerichtetes Berliner Zimmer und erreichten durch eine weitere Tür eine geräumige Diele, von der drei weitere Türen abgingen. Er klopfte an eine von ihnen und trat auf ein knappes »Herein!« hin ein.

Kurz darauf kam er wieder heraus, zwinkerte Lene zu, flüsterte: »Nun lass dir mal nicht Bange machen!«, und ließ sie ein.

Sie hatte eine große, hagere Gestalt in prächtiger Uniform erwartet, mit Degen an der Seite und mit einem Monokel, durch das sie scharf gemustert würde. Stattdessen stand vor dem Fenster neben dem Erker ein Mann von mittlerer Größe und mittlerem Alter mit einem Ansatz von Bauch und rundlichem Gesicht. Er trug einen bequemen Hausmantel aus braunem Samt, und keine Rede von Degen oder von Monokel. Und doch war da diese Haltung und diese Ausstrahlung, die schon von weitem den hohen Offizier verriet. Lene knickste tief. Wartete.

»Kannst du auch reden?«, fragte der Herr Oberst.

Sie starrte ihn an.

Endlich begriff sie. »Oh, Herr Oberst, guten Tag, es tut mir Leid, ich ...« Sie kam ins Stottern.

»Du hast gefürchtet, ich beiße, sobald du den Mund aufmachst!«, ergänzte er.

»Ja, ich meine nein, zu Befehl, Herr Oberst, ich wusste nicht ...« Diese Stellung hatte sie schon verloren. Ihre einzige Chance war vertan.

»Aber deinen Namen wirst du wohl wissen!«

»Jawohl, Herr Oberst. Lene Schindacker.«

»Vater?«

Ihr wurde heiß, sie spürte, wie sie rot wurde, ihre Hände krampften sich ineinander. Nun war es endgültig vorbei.

»Also kein Vater!«, stellte er fest.

»Nein, Herr Oberst«, flüsterte sie.

»Schweinerei!«

Da, plötzlich, entlud sich alle Angst und Verzweiflung. »Herr Oberst, meine Mutter hat sich das nicht so ausgesucht! Sie wissen nicht, wie das im Dorf ist, und als blutjunge Magd, und der Bauer hinter einem her, und wenn man sich wehrt, fliegt man raus! Bitter ist meine Mutter darüber geworden, aber eines lasse ich ihr nicht nachsagen, und das ist das mit der Schweinerei!« Kaum war es heraus, erschrak sie aufs Tiefste und fügte verängstigt hinzu: »Verzeihung, Herr Oberst. Ich geh schon!« Sie wandte sich zur Flucht.

»Donnerwetter! Schneid hast du, Mädchen, das muss man dir lassen! Und jetzt dageblieben! Beruhige dich wieder, die ›Schweinerei‹ war nicht auf deine Mutter bezogen, sondern auf den, der sie in diese Lage gebracht hat. Bei wem warst du bisher in Stellung?«

Sie hatte schon die Tür erreicht, nun ging sie wieder auf den Herrn Oberst zu, schluckte, suchte sich zu fassen. Endlich würgte sie hervor: »Bei einem Herrn Polizeihauptmann!«, und machte einen Knicks.

»Hauptmann, soso! Da suchst du jetzt den Aufstieg zum Oberst? Rasante Beförderung!«

Unsicher sah sie ihn an, aber gegen das Licht war sein Ausdruck nicht zu erkennen.

»Dann zeig mir dein Dienstbuch!«

Sie hatte sich vorgenommen, ihm alles darzulegen, bevor sie ihm das Buch gab, hatte die Sätze geübt, aber nun streckte sie es ihm wortlos hin. Er schlug es auf. »*Nicht kinderlieb*, sieh mal einer an!«

»Herr Oberst, das muss ich Ihnen erklären ...«

»Nicht nötig. Stört mich nicht. Kann diese Gören nicht ausstehen, die im Hinterhof und im Treppenhaus randalieren. Aber du bist sehr jung. Traust du dir zu, einen Haushalt in Eigenregie zu führen?«

Sie fand die Sprache nicht, nickte nur stumm.

»Und kannst du überhaupt kochen?«, fragte er weiter.

Hieß das, sie hatte wirklich eine Chance?

Langsam atmete sie aus. Sie musste etwas sagen, durfte hier nicht so stumm herumstehen wie eine vom Land, die von nichts eine Ahnung hatte. »Ja, Herr Oberst!«, sagte sie und machte einen Knicks. »Einen Haushalt führen, das kann ich, auch wenn ich jung bin, aber ich hab schon mit fünf Jahren für meinen Lebensunterhalt arbeiten müssen. Und das Kochen hab ich schon daheim gelernt, bei der Frau Lehrer. Und später dann auch bei der Frau Polizeihauptmann, da gab es täglich Fleisch oder Fisch, immer drei Gänge zu Mittag, und am Sonntag fünf!« Das stimmte zwar genau genommen alles nur zur Hälfte, sie war der gnädigen Frau nur zur Hand gegangen, richtig kochen hatte sie eigentlich nie gelernt. Aber das musste ja wohl zu schaffen sein. Schließlich gab es Kochbücher ...

»Gut, versuchen wir es! Du hast einen Fürsprecher in meinem Burschen, und der muss ja schließlich mit dir auskommen, mich wirst du nicht viel sehen. Du bist engagiert. Zwei Wochen Kündigungszeit. Zwanzig Mark im Monat, jeden zweiten Sonntag Ausgang bis Punkt zehn Uhr, Besuch nur an deinem freien Sonntagnachmittag, nur weiblichen Besuch wohlgemerkt. Wenn du ein einziges Mal einen so genannten Bräutigam oder angeblichen Cousin empfängst, stehst du schneller wieder auf der Straße, als du dich umschauen kannst! Du erhältst wöchentlich Haushaltsgeld, damit kannst du frei wirtschaften, aber es hat zu reichen und alles ist mit Quittung zu belegen. Freitagabend wird abgerechnet, und wenn das nicht auf Heller und Pfennig stimmt, fliegst du raus, ist das klar?! Die anderen Pflichten erklärt dir Fritz, er ist für meine persönliche Bedienung und alles Offizielle zuständig, du kannst ihn als deinen Vorgesetzten betrachten. Und merk dir: pünktlich, ordentlich und immer parieren – da kenne ich kein Pardon! Trittst du an?«

»Ja, Herr Oberst!« Noch einmal machte sie einen Knicks und konnte ihr Glück nicht fassen.

»Na dann, Lene!« Er reichte ihr die Hand. »Noch so einen Ausfall darfst du dir aber bei mir nicht leisten! Und keine Widerworte! Jetzt weggetreten!«

Draußen in der Diele wartete der Bursche. »Er hat dich genommen, was? Freut mich. Ich sag dir, der ist in Ordnung! Solange du ihm parierst, hast du nichts auszustehen, aber lass dir was zuschulden kommen, und du kannst deine Knochen im Schnupftuch nach Hause tragen! So, jetzt zeige ich dir deinen Schlafplatz, aber ich sag dir gleich, das ist nur 'ne Sardinenbüchse im Keller! Wo ist denn dein Gepäck?«

»Das hab ich noch am Bahnhof in der Aufbewahrung.«

Er nickte. »Das holst du dann am besten gleich. Ich bin übrigens der Fritz!«

»Und ich bin die Lene!« Sie streckte ihm die Hand hin.

Auf der Dienstbotentreppe stieg Lene hinter ihm in den Keller hinunter. Ganz benommen war sie. Sie hatte es geschafft, sie hatte die Stelle! Zwanzig Mark im Monat! Und dieser Fritz ...

Wie er grinste! Noch nie hatte ein Junge sie so angegrinst, so mitten ins Herz hinein. Ein Junge? Nein – ein Mann! Und er trug so eine schöne Uniform. Wie alt mochte er sein? Einundzwanzig, zweiundzwanzig Jahre?

»Alles vom Feinsten!«, meinte Fritz ironisch, als er im Keller die Tür zu einem Verschlag unter der Treppe öffnete. »Der reinste Salon!«

Lene warf einen gleichgültigen Blick in das Verlies. Ein winziger Raum war es unter der Schräge der Kellertreppe. Das Bett an der niedrigsten Stelle, davor eine alte Truhe und ein Hocker mit Waschschüssel und Petroleumlampe, ein paar Haken an der Wand, kaum Platz sich umzudrehen. Feuchtkühle, modrige Luft schlug Lene entgegen. Das Gelass ließ sich nur durch ein kleines Fenster in der Tür zum Kellerflur hin lüften und einen Ofen hatte es natürlich schon gleich gar nicht.

»Wie hast du denn bei deiner alten Herrschaft gewohnt?«, fragte Fritz. Etwas wie Mitgefühl schwang in seiner Stimme.

»Auf dem Hängeboden über dem Herd. Da bin ich vor Hitze fast eingegangen!«

»Na, schwitzen wirst du hier jedenfalls nicht!« Er grinste.

»Wohl kaum!« Lene lachte.

Noch einmal summierte Lene die Zahlen in dem Büchlein auf, in dem sie alle Einkäufe quittieren ließ. Diesmal von oben nach unten. Das gleiche Ergebnis. Ihre Rechnung stimmte.

Drei Mark und sechsundsiebzig Pfennige blieben vom Haushaltsgeld der Woche übrig, und das war genau der Betrag, den sie noch im Geldbeutel hatte. Erleichtert seufzte sie auf. Auf ihre Rechenkünste konnte sie sich verlassen und sie zählte das Wechselgeld immer genau nach, wenn sie es erhielt.

In der ersten Woche hatte sie große Angst gehabt, das Geld könnte nicht reichen, obwohl es ihr unermesslich viel vorgekommen war. Aber sie war das selbstständige Wirtschaften nicht gewöhnt gewesen und hatte die ersten Nächte kaum schlafen können vor Sorge, etwas falsch zu machen und ihre Stelle wieder zu verlieren. Aber dann waren mehr als fünf Mark übrig geblieben, und der Herr Oberst hatte diesen Betrag vom neuen Haushaltsgeld abgezogen. Als sie am Abend stolz Fritz erzählt hatte, sie hätte dem Herrn Oberst fünf Mark und siebzehn Pfennige Haushaltsgeld eingespart, hatte Fritz den Kopf geschüttelt: So dumm wirst du doch wohl nicht noch mal sein! Da kauf lieber mal im Delikatessladen ein und koch uns öfter ein extra großes Eisbein mit Sauerkraut, das ist nämlich mein Leibgericht, und dir 'ne Tasse Schokolade und ein Rosinenbrötchen dazu, wenn dir danach ist! Sonst kommt er gar noch auf die Idee, dir jetzt immer ein geringeres Haushaltsgeld zu geben, und dann ist Schmalhans Küchenmeister, und der Herr Oberst wird der Erste sein, der dir deswegen die Hammelbeine lang zieht, denn gutes Essen ist ihm wichtig! Dein Haushaltsgeld ist dein Haushaltsgeld, damit kannst du wirtschaften, basta! Und wenn's mal eine Woche nicht reicht, dann lässt du beim Krämer anschreiben und sparst es in der nächsten Woche wieder ein, und wenn du was übrig behältst, dann kaufst du Vorräte, das gibt ein Sicherheitspolster, falls es doch einmal eng werden sollte, verstehst du?

Ja, sie hatte verstanden. Also würde sie nachher noch mal einkaufen, ehe sie mit dem Herrn Oberst abrechnete: Zwei Pfund Reis für vierzig Pfennige, zehn Pfund Kartoffeln für fünfunddreißig Pfennige, ein Pfund Suppenfleisch zur Brühe, die sie erst morgen kochen würde, für neunzig Pfennige, dann blieb sogar noch Geld, um Bohnerwachs und Soda zu kaufen, obwohl beides noch reichte. Aber eben als Sicherheitspolster. Obwohl es nicht danach aussah, als ob es je eng werden könnte. Der Herr Oberst hatte das Haushaltsgeld großzügig bemessen, das konnte sie inzwischen beurteilen. Genug, um jeden Tag Fleisch oder Fisch und einen Nachtisch zu kochen und immer Wurst und Käse im Haus zu haben, nicht nur für ihn, sondern auch für Fritz und sie.

Lene ging zum Herd und briet sich ein paar Zwiebelringe. Dann schnitt sie drei dicke Scheiben Brot ab, bestrich sie mit Griebenschmalz, bestreute sie mit Salz und belegte sie mit den Röstzwiebeln. Das erste Brot schlang sie heißhungrig hinunter. Dann erinnerte sie sich selbst: Sie durfte essen, so viel sie wollte und so lange sie wollte, nichts drängte sie, der Großteil der Hausarbeit war erledigt, der Herr Oberst und Fritz noch in der Kaserne, wo sie auch einen Imbiss bekamen. Lene schloss die Augen und kaute nun jeden Bissen mit Genuss. Was wäre sie in ihrer letzten Stelle glücklich über eine solche Mahlzeit gewesen! Aber hier war es nur der sättigende Auftakt zum wahren Höhepunkt – dem Schokoladenpudding mit Vanillesoße, der von gestern übrig war. Sie hatte mit Absicht eine größere Menge bereitet, damit es heute noch einmal für sie reichte. Am Abend würde sie eine Grießsuppe kochen und dann Eisbein mit Sauerkraut und als Nachtisch Apfelmus mit Rosinen und Nüssen.

Es war wie im Märchen.

Das Gesicht von Fritz, als sie ihn am ersten Abend, nachdem er dem Herrn Oberst das Abendessen serviert hatte und mit den Resten wieder in die Küche gekommen war, gefragt hatte, was sie davon essen dürfe! Großer Gott!, hatte er gestöhnt. Du bist wohl bisher mächtig kurz gehalten worden, was? Hier isst du das Gleiche, was du für den Herrn Oberst kochst, und du isst dich ordentlich satt! Und wenn es dir recht ist, speisen wir beide immer gemeinsam, nachdem ich serviert habe. Also koch reichlich, wenn ich bitten darf!

Das tat sie.

Die Mahlzeiten mit Fritz, die waren überhaupt das Beste am Tag. So beisammensitzen und all die guten Sachen essen und zuhören, wie er von der Kaserne erzählte, und über den Witz, mit dem er das tat, so lachen müssen, dass man sich hinterher ganz frei und glücklich fühlte – das war einfach schön. Dieses Grinsen, das sein ganzes Gesicht zum Leuchten brachte. Dieses Funkeln in seinen Augen. Und diese tiefe, warme Stimme ...

Irgendwie musste sie ihm wohl auch gefallen. Du bist mir gleich sympathisch!, hatte er gesagt, als sie sich beim Herrn Oberst vorgestellt hatte, das wusste sie noch genau. Damals hatte es gar nicht so viel Bedeutung gehabt. Aber inzwischen, wenn sie so dasaßen ...

Sie hatten viel Zeit zum Essen. Der Herr Oberst klingelte in dieser Zeit selten nach Fritz, so blieben sie meist ungestört. Dafür verlangte er von seinem Burschen, dass er die ganze Zeit im Esszimmer blieb, während er selbst speiste. Das fand sie ziemlich übertrieben: Bei Polizeihauptmanns hatte sie schließlich auch serviert, aber zwischendurch hatte sie in der Küche immer schon den nächsten Gang vorbereiten müssen. Doch Fritz musste dabeistehen, wenn der Herr Oberst aß. Als sie Fritz einmal gesagt hatte, dass sie das ein wenig lächerlich fand, war er knallrot geworden, bis unter die Haarwurzeln. So ist das eben beim Adel!, hatte er schroff erwidert, ohne sie anzusehen. Sie war ganz erschrocken, denn sie hatte ihn ja nicht wütend machen wollen und verstand ja auch nichts von den feinen Sitten. Davon, wie es beim Adel war, verstand sie erst recht nichts. Das hatte sie dann auch ganz schnell gesagt und sich entschuldigt. Dann hatte sie ihn gefragt, was sie am nächsten Tag kochen sollte, damit er wieder freundlich war und nicht so ein komisches Gesicht machte, nur, weil sie etwas Dummes gesagt hatte.

Wenn Fritz böse auf sie wäre, das wäre ganz schrecklich. Wo sie die Stelle doch wegen seiner Fürsprache bekommen hatte und wo er doch so nett war. Und überhaupt.

Es war dann auch gleich wieder gut gewesen. Fritz hatte wieder gegrinst und sich Buletten mit Kartoffelbrei gewünscht, und das hatte sie gleich am nächsten Tag gekocht. Vier Buletten hatte er verdrückt und das Essen gelobt.

Sie kochte überhaupt gut. Wenigstens versuchte sie es. Aufregend war es schon, das Kochen, sie war es ja nicht gewohnt. Aber einiges hatte sie sich zum Glück von der Frau Lehrer und von der Frau Polizeihauptmann abgeschaut.

Jeden Tag probierte sie etwas Neues aus. Sie hatte sich von ihrem eigenen Geld ein Kochbuch gekauft, in dem alles genau erklärt war, und darin zu lesen, das war überhaupt das größte Vergnügen. Man musste sich hocharbeiten, das hatte sie von Bertha gelernt. Eine Hauswirtschafterin musste gut kochen können, und wenn es dem Herrn Oberst nicht schmeckte, würde er ihr womöglich kündigen. Deshalb studierte sie auch die alten Dienstbotenzeitungen, die sie im Küchenschrank gefunden hatte, in denen für jeden Tag Menüvorschläge standen und Angaben dahinter, was die Zutaten kosteten und wie lange man für die Zubereitung brauchte. Zum Glück hatte sie ja eine schnelle Auffassungsgabe und konnte schnell lesen und nicht so langsam und stockend wie die Grete Lenz, die nach dem Lesen immer nicht gewusst hatte, was sie da eigentlich zusammengestoppelt hatte.

Trotzdem war das Kochen schwer. Vor allem so auf die Minute pünktlich das Essen fertig haben zu müssen, brachte sie immer wieder in Nöte. Am ersten Sonntag war der Braten nicht rechtzeitig durch gewesen, zum Glück waren wenigstens die Randstücke weich gewesen, sodass sie diese von Fritz dem Herrn Oberst servieren lassen und den Rest noch in der Röhre weitergaren konnte. Am nächsten Tag hatte sie aus Angst das Schnitzel viel zu früh gebraten und war ganz verzweifelt gewesen, als es schwarz geworden war. Beinahe hätte sie sich nicht zu helfen gewusst, wenn Fritz ihr nicht gesagt hätte: Brate doch rasch ein neues, während ich die Suppe serviere, du hast da ja die Schnitzel für uns noch liegen, das angebrannte teilen wir beide uns nachher!

Fritz war so freundlich und so hilfsbereit. Er gab ihr immer wieder den einen oder anderen Tipp und erinnerte sie, welche Arbeiten dran waren und wann die Waschfrau bestellt werden musste, wenn sie nicht selbst daran dachte. Und dass er das tat, das hatte doch etwas zu bedeuten, etwas, was mit ihr zu tun hatte, oder?

Jedenfalls würde sie ihn nicht enttäuschen. Er sollte sich nicht vom Herrn Oberst anhören müssen, dass das Mädchen nichts tauge, für das er sich ausgesprochen hatte! Im Gegenteil, wenn der Herr Oberst zu ihm sagte: Die Lene, das ist eine Haushälterin, so eine hatten wir noch nie ... Dann würde er sie vielleicht noch mit ganz neuen Augen anschauen, der

Fritz. Und dafür lohnte es sich, wenn sie sich alle Mühe gab.

Von Tag zu Tag ging es leichter mit dem Haushalt und mit dem Kochen. Es schmeckte auch immer besser, fand sie.

Lene grinste. Wer hätte gedacht, dass sie jemals in ihrem Leben so hoch hinauskäme? Und dann schon mit vierzehn Jahren! Keine gnädige Frau, die sie von früh bis spät antrieb und ihr alles bis ins Kleinste vorschrieb und ihr dauernd auf die Finger sah und an allem herumnörgelte und sie mehr als einmal zwang, eine Arbeit wieder liegen zu lassen, kaum dass man sie begonnen hatte, und stattdessen eine andere aufzunehmen, die der Gnädigen gerade in den Sinn gekommen war! Stattdessen sich die Zeit selbst einteilen können und selbst entscheiden können, welche Arbeit dran war und wie man sie am besten organisierte, und für das Gröbste sogar noch einmal die Woche eine Putzfrau haben, der sie sagen konnte, was sie machen sollte – fast als sei sie selbst die Hausfrau! Und keine andere Bedingung, als dass am Nachmittag, wenn der Herr Oberst aus der Kaserne nach Hause kam, alles in Ordnung war.

Eine Wohnung auf Hochglanz bringen, das konnte sie, das war nicht das Problem. Sie kannte ja auch alle Hausmittel der Frau Lehrer und der Frau Polizeihauptmann, die man zum Putzen einsetzen konnte, Sauerkraut und Zwiebelsaft, Bohnenwasser und Tee, Essig und Schlämmkreide, Brennspiritus und Salmiakgeist und das alles. Es machte sogar Spaß, das Putzen in eigener Verantwortung zu tun und seinen Verstand dabei zu gebrauchen, so als wäre es die eigene Wohnung. Und was für eine! Ein Badezimmer hatte der Herr Oberst sogar und ein Wasserklosett, das durch eine Trennwand aus weiß lackiertem Holz und Milchglas vom Bad abgetrennt war! Hier musste sie nicht mehr einen Eimer aus einem Trockenklosett ausleeren – und den Nachttopf benutzte der Herr Oberst auch selten, nur wenn er abends Bier getrunken hatte.

Bei Polizeihauptmanns war es ihr als der Gipfel des Luxus erschienen, dass es in der Küche fließendes Wasser gegeben hatte. Aber ein eigenes Wasserklosett und ein Badezimmer hatten die nicht gehabt, jeden Morgen hatte Lene einen Krug warmes Wasser für den Waschtisch ins Schlafzimmer bringen müssen und vormittags den Schmutzwassereimer leeren, und nicht anders als bei Lehrers war samstags eine Zinkwanne in der Küche aufgestellt worden, in der die ganze Familie nacheinander gebadet hatte. Was für eine Schinderei war es gewesen, das ganze Wasser dafür auf dem Herd zu erhitzen und einzugießen und danach wieder die Zinkwanne auszuleeren! Polizeihauptmanns waren eben keine wirklich vornehmen Herrschaften gewesen, sondern nur solche, die als vornehm gelten wollten. Und fließendes Wasser hatten sie zwar gehabt, aber nicht einmal für ein Wasserklosett in der Wohnung hatte es bei ihnen gereicht, und erst recht nicht für elektrisches Licht .

Der Herr Oberst, der war wirklich vornehm. Bei ihm gab es tatsächlich elektrisches Licht – und das fand man selbst in Berlin erst in wenigen Wohnhäusern, sagte Fritz – und eine gefliesste Wanne in einem gefliesten Bad mit lauter schönen, mit blauen Windmühlen bemalten Kacheln, eine Wanne, in die der Herr Oberst auf einer dreistufigen Leiter mit Geländer hineinsteigen konnte! Ein weiß emaillierter Badeofen, der auf Löwentatzen stand, gehörte dazu – an die Wasserleitung war er angeschlossen, nach dem Anschüren wurde das Wasser darin heiß, sodass man es in die Wanne laufen lassen konnte, ohne Eimer schleppen zu müssen –, und die Hähne waren aus Messing. Und einen Abfluss hatte die

Wanne, sodass Lene das gebrauchte Wasser nicht abschöpfen musste. Selber benutzen durfte sie die Badewanne zwar nicht, aber schon sie so zu putzen, dass es flimmerte und blinkte, war ein Vergnügen. Und dabei zu denken, dass nicht einmal der Kaiser solch ein vornehmes Bad hatte, sondern sich jede Woche aus einem Hotel den Badezuber in sein Palais tragen ließ!

Nein, das Putzen war kein Problem. Schwieriger war es, sich zu merken, wie alles sein musste, um es dem Herrn Oberst recht zu machen. Aber inzwischen ging auch das, wozu hatte man schließlich sein Hirn! Fritz hatte ihr genau erklärt, worauf sie achten musste: dass die Socken im Schrank nach Farben geordnet lagen und die Utensilien auf der gefliesten Ablage im Bad aufgereiht standen wie die Soldaten der Ehrengarde und der Kamm immer in der mittleren Reihe der Bürste steckte und auf dem Schreibtisch die Schale mit dem Schreibzeug genau zehn Zentimeter Abstand von der Schreibtischauflage hatte und die Büste vom Alten Fritz rechtwinklig zur Büste vom Feldherrn Blücher stand. Nein, das war nicht schwer, und seit der Herr Oberst sie einmal zu sich zitiert hatte, weil der Nachttopf ein Stück zu weit unter seinem Bett gestanden und er sich nach ihm hatte bücken müssen, machte sie auch das nicht mehr falsch, sondern prüfte mit dem Besenstiel, dass der Nachttopf genau mit der Linie des Bettrahmens abschloss, denn sich ein zweites Mal wie ein Rekrut zusammenstauchen zu lassen, dazu hatte sie keine Lust. Aber sonst hatte sie nichts von ihm auszustehen.

Ihre anfängliche heimliche Angst, er könne sich an sie ranmachen, so ein Mann ohne Familie, hatte sich als unbegründet erwiesen: Er zeigte an ihrer Person nicht das geringste Interesse, nahm sie überhaupt nicht wahr. Ein wenig kränkte sie das sogar – hin und wieder ein anerkennendes Nicken für ein besonders gelungenes Essen oder ein makellos gebügeltes Hemd wäre schön gewesen, oder auch einmal ein freundliches Wort. Aber dafür hatte sie ja Fritz. Warm wurde ihr, wenn sie nur an den dachte. Sie dachte oft an ihn.

Den Pudding und die Vanillesoße aß sie aus einem Glasschälchen. Weil dadurch das Vergnügen noch größer wurde. Dann leckte sie mit dem Finger die Schüsseln aus. Im Geist ging sie durch, was sie noch zu erledigen hatte. Für die Vorbereitung des Abendessens war es viel zu früh. Die paar Einkäufe wären rasch erledigt. Die Bügelwäsche hatte Zeit. Die Wohnung war aufgeräumt und sauber. Das hieß, da gab es ein Zimmer, in dem sie noch nie gewesen war, gleich nebenan, zwischen Küche und Berliner Zimmer ...

Sie spürte Hitze in den Wangen. Ein Kribbeln im Bauch.

Mehr als einmal hatte sie schon die Hand auf der Türklinke gehabt. Und sie doch wieder weggezogen. Es gehörte sich nicht. Jemandem nachzuspionieren, das tat man nicht. Aber andererseits, wenn sie es nicht heimlich tat, sondern ganz offen? Wenn sie ihm die Kammer putzte, obwohl das nicht zu ihren Aufgaben gehörte, weil Fritz gesagt hatte, für seine Kammer sei er selbst zuständig? Getan hatte er es nicht, seit sie da war, darauf hatte sie genau geachtet, und das hieß doch wohl, dass es nicht gerade seine Lieblingsbeschäftigung war. Wenn er dann etwas sagte, könnte sie einfach die Schultern zucken und antworten: Ich dachte, es freut dich!

Gedankenverloren wickelte sie eine Haarsträhne um den Finger, wieder und wieder. Dann sprang sie auf, holte Putzeimer und Schrubber, Staubtuch und Wischlappen, schöpfte warmes Wasser aus dem Behälter im Herd, gab etwas Schmierseife hinzu und verließ entschlossen mit den Putzsachen die Küche. Im kleinen Flur stockte sie kurz. Dann öffnete sie seine Tür.

Eine schmale Kammer. Weiße Gardinen am hohen Fenster, darunter ein einfacher Tisch und ein Stuhl, links ein kleiner Spind, rechts das Bett mit der rot-weiß karierten Bettwäsche, darüber ein Wandregal. Das Bett war makellos gerichtet, nichts lag herum, alles schien hell und offen und klar. So wie er.

Es roch nach Pfeifentabak. So ähnlich wie beim Herrn Lehrer.

Lene lächelte. Was für ein Kind sie doch gewesen war, damals. Schwärmerei war das gewesen, dass man fast rot werden mochte deswegen und nur hoffen konnte, dass der Herr Lehrer nichts davon geahnt und sich nicht im Stillen darüber lustig gemacht hatte. Das jetzt mit Fritz, das war etwas anderes. Das war das Wahre.

Auf dem Tisch sah sie einen Ständer mit drei Pfeifen. Sie stellte die Putzsachen ab und ging zum Tisch, zog sich den Stuhl heran, saß lange da und sah auf seine Pfeifen. Alle hatten Meerschaumköpfe mit schöner Maserung. Ehrfürchtig strich Lene mit dem Finger darüber. Wertvoll mussten sie sein. Der Herr Lehrer hatte nur eine einzige Pfeife mit einem Meerschaumkopf gehabt, seine beste, die er nur sonntags geraucht hatte. Fritz ging es gut, dass er gleich drei so schöne Pfeifen hatte.

Lene griff nach der Dose mit dem Tabak, schraubte den Deckel auf, sog den Duft ein. Geheimnisvoll roch es und würzig und schwer.

Hier saß er dann wohl nach Feierabend, wenn der Herr Oberst nicht nach ihm verlangte, und rauchte seine Pfeife. Ob er ein Buch dazu las? Sag mir, was du liest, und ich sage dir, wer du bist!, hatte der Herr Lehrer immer gesagt.

Ihr Blick ging zu dem Wandregal über dem Bett. Da sah sie das Foto. Eingerahmt in einem versilberten Rahmen stand es im unteren Fach über dem Kopfende des Bettes: Ein junges Mädchen im städtischen hellen Kleid, mit Sonnenhut und weißen Handschuhen und einem Blumensträußchen saß vor einer Samtportiere neben einem kleinen Tisch, auf dem ein mit Kunstblumen umkränztes Schild mit der Aufschrift »Zur Verlobung« prangte.

Zur Verlobung! Und sie hatte gedacht ...

Was war sie doch für eine dumme Kuh! Fritz war nett zu ihr gewesen, wie er zu jedem nett war, zum Zeitungsjungen und zur alten Putzfrau und zu den Kindern im Hinterhof. Was hatte sie sich eigentlich eingebildet? Einer wie Fritz, der so gut aussah, so schlank und groß in seiner schönen Uniform, braun gebrannt und blond und dieses Funkeln in den blauen Augen und das breite Grinsen, das sein ganzes Gesicht leuchten ließ, einer, der immer so gute Laune hatte wie er und für alles einen Spruch, über den man lachen musste, einer wie er war doch nicht mehr frei!

Verlobt. Und dieses Mädchen da, hübsch sah es aus, genauso blond und fröhlich wie Fritz, eine Berlinerin war sie und nicht auf den Mund gefallen, das sah man gleich, und nicht eine vom Land wie sie im schwarzen Kleid ...

Lene rieb sich heftig mit dem Handrücken die Nase. Dann stand sie auf und griff nach dem Schrubber. Das Linoleum war lange nicht gründlich gereinigt worden. Sie schraubte die Bürste vom Stiel, schürzte ihren Rock, ging auf die Knie und schrubbte, die Bürste mit beiden Händen umfassend. Nicht mehr denken. Nur arbeiten. Vor, zurück, vor, zurück. Die Knie und die Schultern schmerzten. Was soll's. Er hat immer so gern bei mir in der Küche gesessen und mir Geschichten aus der Kaserne erzählt. Mit schnarrender Stimme den Feldwebel nachgemacht – »Die Augen geradeaus! Präsentiert das Gewehr!« –, dass ich mich vor Lachen biegen musste. Mein Essen hat er gelobt. Und sich gefreut, wenn ich ihm einen Knopf angenäht habe. Aber das hat nichts zu bedeuten. Er ist verlobt.

»Mich laust der Affe!«, hörte sie plötzlich hinter sich eine Stimme. Fritz!

Und sie hier in seinem Zimmer auf den Knien ...

»Muss schon sagen, das lass ich mir gefallen!«, tönte es von Fritz. »Was für ein Glanz in meiner niederen Hütte! Picobello jedenfalls! Noch dazu, wo's gar nicht deine Aufgabe ist! Dem Herrn Oberst zu stecken, dass du die Richtige für uns bist, war die klügste Tat meines jungen Lebens. Bist mir schon ein Schatz, Lene!«

»Das lass nur die da nicht hören!«, erwiderte Lene mit einer Kopfbewegung zum Wandregal hin, ohne sich umzudrehen. Eifrig wischte sie den Boden auf, als gäbe es nichts Wichtigeres auf der Welt.

»Die da?«, wiederholte er verblüfft. Kurz war Stille. Dann brach Fritz in schallendes Gelächter aus. »Ach so, die Jette! Zur Verlobung, was? Jetzt versteh ich!« Er lachte und lachte, prustete schließlich heraus: »Na, das jetzt hätte die Jette aber wirklich hören sollen! Die würde sich vielleicht bedanken! Verlobt mit ihrem kleinen Bruder!«

»Ihrem Bruder?« Lene fuhr herum. »Du meinst, sie ist ... «

»Meine Schwester!«, ergänzte Fritz und ließ sich auf sein Bett fallen. »Meine große Schwester, das Beste, was mir in meiner besch...eidenen Kindheit passieren konnte. Deswegen halte ich ihr Verlobungsfoto auch in Ehren – allerdings nur das, wo sie allein drauf ist, ohne diesen Kerl, den ich nicht ausstehen kann, diesen Säufer und Schläger, den sie geheiratet hat. Ja, die Jette, die hat das Herz am rechten Fleck. Was Besseres hätte sie verdient im Leben. Weißt du was, irgendwie erinnerst du mich an sie, deswegen hab ich ja auch gleich gewollt, dass du die Stelle kriegst. Aber jetzt, Lene, nichts für ungut, ich muss mich umziehen, der Herr Oberst wird gleich heimkommen!«

»Bin schon weg!« Lene warf das Wischtuch in den Eimer, raffte die Putzsachen zusammen, stürzte aus dem Raum.

»So eilig nun auch wieder nicht!«, rief Fritz lachend hinter ihr her.

In der Küche lehnte sie sich rücklings an die Tür, stand lange da mit klopfendem Herzen und hochrotem Gesicht, auf dem sie ein Leuchten spürte. Er war nicht verlobt. Sie erinnerte ihn an seine Schwester und seine Schwester liebte er. Und er hatte nichts gemerkt, sie hatte sich nicht bloßgestellt, er wusste nicht, was in ihr vorging.

Plötzlich musste sie lächeln über seine Ahnungslosigkeit. »Ach, Fritz!«, flüsterte sie leise. »Ach, Fritz!«

Am Ausguss wusch und kühlte sie ihr Gesicht. Dann nahm sie den Einkaufskorb und stieg fröhlich mit ihm schlenkernd die Dienstbotentreppe hinunter. Als sie im Hof in die Sonne trat, musste sie laut aufjuchzen und sich mit erhobenen Armen einmal im Kreis drehen, sie konnte nicht anders.

– 6 –

Hoffentlich blieb er noch ein paar Minuten zur Bedienung im Esszimmer! Damit alles fertig war, wenn er in die Küche kam. Damit sie ihn überraschen konnte. Das Gesicht wollte sie sehen, wenn er nichts ahnend hereinkam!

Lene faltete das gebrauchte Tafeltuch und breitete es doppelt gelegt über den Küchentisch, von der linken Seite, sodass man die Flecken nicht sah. Für die Tafel im Esszimmer hatte sie heute ein neues Tuch genommen. Wenn Gäste kamen, musste alles makellos sein, das hatte sie bei der Frau Polizeihauptmann gelernt. Auch, wie man einen Tisch festlich deckte. Die Tafel für den Herrenabend des Herrn Oberst war sehr festlich geworden. Der Küchentisch für ihren Abend mit Fritz sollte es auch werden.

Sie deckte das gute Meißner Geschirr mit dem bunten Blumenmuster. Blank geputztes Silberbesteck. Kristallgläser und eine Kristallkaraffe mit Wasser. Zwei dreiarmige Silberleuchter. Eine Glasschale, in welcher die abgeschnittenen Rosenköpfe des verwelkten Straußes aus dem Herrenzimmer wieder zur vollen Blüte gelangt waren. Dann stellte Lene die Silberplatte in die Mitte, auf der sie die drei restlichen *Canapées à la Russe* auf Salatblättern drapiert hatte. Mit geräuchertem Lachs, Ei und echtem Kaviar waren sie belegt und wie Kunstwerke dekoriert, nicht von ihr, nein: Der Herr Oberst hatte ausdrücklich auf einer gekauften Vorspeise bestanden, ihr zusätzlich Geld dafür gegeben und ihr erklärt, aus welchem Delikatessgeschäft sie die Canapées besorgen sollte. Er hatte dazu gesagt: Nimm nicht sechs Stück, sondern neun, ich hasse es, wenn es aussieht wie abgezählt, was übrig bleibt, ist für Fritz und dich!

Es war von allem viel übrig geblieben, mehr als genug für ein Festessen für Fritz und sie. Kraftbrühe mit Eierstich hatte sie gekocht, mit Kalbsfrikassee gefüllte Königinpastetchen, Rinderzunge in Madeira mit Kartoffelkroketten und Salat und schließlich Zander mit feinen Gemüsen. Alles war ihr gelungen, in ihrem Kochbuch und in der Dienstbotenzeitung hatte sie die Rezepte gefunden, und inzwischen wagte sie schon, verschiedenes ein wenig anders zu machen als im Buch, schließlich hatte sie sich manches Küchengeheimnis von der Frau Polizeihauptmann abgeschaut. Die Herren Offiziere ließen es sich schmecken und der Herr Oberst sei sehr zufrieden, hatte Fritz ihr nach jedem Gang erklärt und hinzugefügt: »Ich freu mich schon drauf, nachher mit dir die Reste zu vertilgen! Das wird ein Fest!«

Wie sehr er damit Recht hatte, ahnte er allerdings nicht. Lenes Herz schlug hoch und schnell, nicht nur von dem ungewohnten Genuss des starken Bohnenkaffees, den sie getrunken hatte, damit sie so spät am Abend nicht müde wurde und nicht gähnen würde und Fritz langweilen.

Noch einmal flog Lenes Blick durch die Küche. Als Dessert hatte der Herr Oberst eine Ananas-Sahnetorte angeordnet, und als sie verlegen gesagt hatte, so etwas könne sie nicht backen, hatte er die Schultern gezuckt und erwidert: Fritz soll sie aus dem Café Josty holen! Keine Sorge, das geht nicht von deinem Haushaltsbudget, ich gebe ihm Geld eigens dafür! So war ihr nach dem Kochen Zeit geblieben, Geschirr zu spülen und die Küche in Ordnung zu bringen. Alles war sauber und aufgeräumt. Kritisch betrachtete sie sich im kleinen Spiegel über dem Ausguss. Sie zupfte ein paar kleine Locken aus ihrer straff aufgesteckten Frisur, spuckte auf den Zeigefinger und fuhr damit ihre Augenbrauen nach. Sie freute sich über das strahlende Gesicht, das ihr da entgegenleuchtete. Dann nahm sie die Arbeitsschürze ab und band sich eine frisch gebügelte weiße Schürze um. Sie zündete die Kerzen an und löschte das elektrische Licht. Sonst freute sie sich jeden Tag über dieses helle Licht, für das man keine Lampen putzen, sondern nicht mehr tun musste, als einen Schalter zu betätigen. Aber für das, was sie jetzt vorhatte, waren Kerzen besser.

Wie ein Festsaal sah die Küche aus. Matt schimmerten die Kupferpfannen an der Wand. Das Kristall auf dem Tisch funkelte.

Einen Augenblick streifte sie der Gedanke: Wenn jetzt der Herr Oberst hereinkäme und das hier sähe …

Sie schüttelte die Sorge ab. Der Herr Oberst hatte noch niemals die Küche betreten. Wenn er etwas wollte, klingelte er. Wenn er einen Auftrag an sie hatte, teilte er ihn ihr durch Fritz mit. Und vielleicht hätte er nicht einmal etwas dagegen. Der Herr Oberst zeigte eine verwirrende Mischung aus Pingeligkeit und Großzügigkeit. Noch machte es ihr Schwierigkeiten, das immer richtig vorherzusehen. Aber es konnte gut sein, dass dies hier unter seine Großzügigkeit fiele.

Trotzdem zuckte sie zusammen, als die Küchentür sich öffnete.

»Na, nu brat mir einer 'n Storch!«, rief Fritz. Stand da in der offenen Tür, das Geschirrtablett in der Hand, unübersehbar beeindruckt. »Das ist ja auch kein Hund!«

Kein Hund? Sie verstand nicht, was das hieß, aber wie es gemeint war, das verstand sie, das zeigten der anerkennende Ton in seiner Stimme, das breite Grinsen und die Bewunderung in seinem Blick.

»Hab ich mich hier verlaufen?«, fragte er und kam herein. Er zog die Tür mit dem Fuß hinter sich zu, trug das Tablett zum Tischchen neben dem Ausguss, fasste Lene um die Taille, hob sie hoch und drehte sie durch die Luft. »Mädchen, du bist schwer in Ordnung! Na, da wollen wir's uns mal gut gehen lassen, was? Die Herren sitzen inzwischen bei Zigarren, Port und zweideutigen Witzen, da werden sie unsereins so schnell nicht behelligen! Wo soll ich dich denn hinplatzieren, Lene?«

Ihr war schwindlig vom raschen Drehen und mehr noch davon, dass er sie hielt. Wie ihre Überraschung gelungen war! Sie lachte. Ein einziges Mal in ihrem Leben hatte sie erst Alkohol getrunken, zu ihrer Konfirmation. Nun schien ihr, sie habe wie damals einen Schwips, kichernd ließ sie sich auf den Stuhl fallen. Fritz warf sich ein Geschirrtuch über den Arm, nahm Haltung an und servierte ihr in vollendeter Manier Wasser im Kristallglas und ein Canapée. Dann setzte er sich ihr gegenüber an den Tisch und prostete ihr zu. »Auf Ihr Wohl, junge Dame! Muss schon sagen, das lass ich mir gefallen! Wenn's nach mir ginge, könnte der Herr Oberst in Zukunft jeden Abend Gäste einladen!«

Sie wusste auf einmal nicht mehr, was sie sagen sollte. Sah auf ihren Teller, merkte kaum, dass es Kaviar war, was sie da aß. Ihr Herz klopfte bis zum Hals. Fritz sprach davon, wie zufrieden die Herren mit dem Menü gewesen seien, dann widmete auch er sich schweigend dem Essen.

Gang für Gang tischte sie ihm auf, von allem war mehr

als genug übrig geblieben. Zweimal schellte die Klingel, wurde Fritz für kurzen Dienst ins Herrenzimmer gerufen, ansonsten waren sie ungestört. Fritz erzählte von der Kaserne und von der Pferderennbahn und von seiner Kindheit in der Kellerwohnung in einem Berliner Hinterhof und von Jette und davon, dass er nie einen Vater gehabt hatte, weil der sich nach Amerika davongemacht habe und seine Familie einfach habe sitzen lassen. Nie wieder hätten sie von ihm gehört.

»Ich habe auch keinen Vater gehabt«, erwiderte Lene leise, »keinen richtigen jedenfalls. Nur den Siewer-Bauern, aber der war ja schon verheiratet, und meine Mutter war nur die Stallmagd.«

Fritz nickte. »So ist das im Leben. Und wer's nicht kennt, der hat keine Ahnung davon, wie es ist. Aber du und ich, wir kennen's.«

»Ja«, flüsterte Lene. »Du und ich.«

Sie ließ ihre Hand auf dem Tisch liegen. In ihren Fingern brannte es. Wie nahe seine Hand der ihren war ...

Da schellte die Glocke.

Noch einmal drehte Lene sich vor dem großen Spiegel in der Diele. War das wirklich sie, diese junge Dame da im hellblauen Kostüm mit den großen Puffärmeln und dem breiten Revers und der weißen Rüschenbluse, die darunter hervorsah? Sie zog die Jacke aus und wieder an, konnte sich nicht entscheiden, wie sie sich schöner fand. Noch einmal rückte sie den Hut auf dem Kopf zurecht und zupfte an den rotblonden Locken, die sie zu einer duftigen Frisur aufgesteckt hatte. Gestern Abend hatte sie sich in der Küche die Haare gewaschen und mit Bier gespült, damit sie schön glänzten, und heute Morgen hatte sie eine ganze Stunde mit dem Brennstab an dieser Pracht gearbeitet.

Tief in ihre Ersparnisse hatte sie gegriffen für dieses neue Erscheinungsbild, auch wenn jetzt im September die Sommerkleider billiger zu bekommen waren. Niemals hätte sie ohne besonderen Anlass so viel Geld ausgegeben. Aber für einen Tag wie diesen ...

Was für ein Glück, dass heute die Sonne schien! Sonst hätte Fritz womöglich den ganzen Ausflug abgeblasen!

Kommst du am Sonntag mit zum Pferderennen, drei Freunde von mir mit ihren Mädchen werden auch da sein, wir machen uns gemeinsam einen schönen Tag?, hatte Fritz sie am Mittwoch gefragt.

Drei Freunde mit ihren Mädchen. Und er mit ihr. Ganz selbstverständlich, als sei sie sein Mädchen. Die Freude hatte ihr das Blut in den Kopf getrieben. Dennoch hatte sie stockend erwidert: Aber ich habe ja nicht meinen freien Sonntag. Na und?, hatte Fritz schulterzuckend erwidert. Du weißt doch, der Herr Oberst fährt nach Pommern zur Hochzeit seiner Nichte. Der merkt das doch gar nicht!

So groß war die Verlockung gewesen. Aber genauso groß die Angst: Wenn der Herr Oberst es doch merkt, dann wirft er mich raus, und dann ist alles aus und vorbei. Sie hatte geschwiegen.

Na gut!, hatte Fritz geantwortet. Hab schon verstanden! Ich schau mal, was ich tun kann, und frag den Herrn Oberst, ob er dir freigibt.

Fritz hatte einen guten Draht zum Herrn Oberst, das musste man ihm lassen.

Der Herr Oberst hatte ihr freigegeben. Den ganzen Sonntag bis abends um zehn. Er würde es nicht bereuen. Von jetzt an würde sie sich noch mehr Mühe geben, ihm alles recht zu machen und, sobald er zu Hause war, bei aller Arbeit unsichtbar und unhörbar zu bleiben.

Die Tür des Berliner Zimmers öffnete sich, Fritz kam heraus. »Donnerwetter!« Er pfiff anerkennend durch die Zähne. »Mädchen, du bist 'ne Wucht! Darf ich bitten, meine Dame?« Mit militärischer Verbeugung hielt er ihr seinen Arm hin. Sie hängte sich bei ihm ein.

Der Weg zum Bahnhof, die Fahrt, das Umsteigen und wieder die Fahrt, Lene verging es wie im Rausch. Fritz begann ein Spiel, das er »Leute raten« nannte. »Siehst du den jungen Herrn dort drüben mit dem gestreiften Anzug und dem getupften Seidentuch um den Hals? Ich wette, das ist ein Fähnrich auf Abwegen, und zwar einer von Adel, das sieht man an der Haltung, Seidentuch hin oder her. Hat sich ein Mädchen aus den unteren Schichten gekrallt, wahrscheinlich eine kleine Verkäuferin, und ist fest entschlossen, sie heute im Gebüsch oder auf einer Kahnfahrt ... Und wenn ein Offizier von seinem Regiment ihn erwischt, dass er ohne Uniform, so ganz inkognito, dann sitzt er morgen in Arrest. Sei's drum, das ist es wert!« Fritz lachte.

»Das arme Mädchen«, erwiderte Lene und betrachtete die schmale Brünette in dem verwaschenen und zweifellos mehrfach umgearbeiteten Kleidchen, die dicht an den verkleideten Fähnrich geschmiegt saß und ein so seliges Gesicht hatte, dass es wehtat. »Sie liebt ihn doch, das sieht man, und am Ende denkt sie noch, er meint es ernst! Und wenn er sie dann sitzen lässt ...«

»Ja, so sind sie, die Herren Offiziere! Es ist ewig die gleiche Geschichte.«

Wie gut, dass du kein Offizier bist!, dachte Lene. Was für

ein Glück! So etwas wie mit den beiden, das kann nicht gut gehen. Aber mit Fritz und mir, das ist was anderes. Kellerwohnung und Kuhstall, das ist zwar nicht das Gleiche, und jetzt ist er genau genommen mein Vorgesetzter, aber trotzdem, uns trennen keine Welten wie die beiden da drüben.

Am Bahnhof Westend stiegen sie aus. Fritz sah sich im Gedränge der aus allen Schichten bunt zusammengewürfelten Ausflügler um und winkte schließlich einer Gruppe von drei jungen Soldaten mit ihren Mädchen erfreut zu. »Das sind sie!« Er fasste Lene am Ellbogen und steuerte auf die Wartenden zu. »Darf ich vorstellen, Lene? Die Herren sind alle meine Kollegen vom Regiment, Burschen wie ich. Das ist mein Freund Rüdiger mit Fräulein Else, Albrecht mit Fräulein Amelie und Kurt mit Fräulein Rosina.«

»Und das ist also endlich das Fräulein Lene!«, meinte Rüdiger, schlug im Scherz die Hacken zusammen und streckte Lene die Hand hin. »Fritz hat uns ja schon mächtig auf die Folter gespannt mit Ihnen!«

»Genau«, stimmte Albrecht ein und schüttelte ihr ebenfalls die Hand. »Wir hatten schon Zweifel, ob es Sie überhaupt gibt, so lang, wie er Sie uns vorenthalten hat!«

»Nun macht aber mal halblang!«, ging Fritz dazwischen. »Ich hab euch doch gesagt, Lene und ich, wir haben nie gemeinsam Ausgang, nur jetzt, weil der Herr Oberst alleine verreist ist. Schauen wir, dass wir zur Rennbahn kommen, ich will noch rechtzeitig eine Wette abschließen!«

Er hat von mir geredet, dachte Lene, und er hätte schon längst mit mir ausgehen wollen! Also ist es ihm ernst. Ach Fritz, Fritz!

Ein Taumel war in ihrem Kopf, sie schien zu schweben, zu tanzen. Sie lachte viel auf dem Weg zur Rennbahn. Während die jungen Männer am Wettbüro ihre Wetten abschlossen und die Billette kauften, wartete sie mit den jungen Mädchen. Heimlich musterte sie die anderen und fand, dass sie nicht schlecht abschnitt neben ihnen. Und keine hatte so ein schönes Kostüm, alle nur Kleider aus einfachem Stoff. Nein, Fritz musste sich nicht schämen für sie.

Dann standen sie hinter der Schranke auf den billigen Plätzen und feuerten die Pferde an. Fritz hatte auf eine Stute namens Arabella fünf Mark gesetzt. Wenn die gewinnt, dachte Lene, dann ist das Glück auf unserer Seite, dann wird das was Echtes, mit Fritz und mir. Wie im Fieber fühlte sie sich, als die Stute endlich ins Rennen ging. Fritz dicht neben ihr schrie sich schier die Kehle heiser, sie schrie mit ihm und betete in ihrem Herzen: O Gott, mach es wahr, lass sie gewinnen, mach es wahr!

Arabella ging als Erste ins Ziel.

Lene jubelte laut. Fritz stieß einen Juchzer aus, fasste Lene um die Taille, warf sie in die Luft und fing sie wieder auf. So schön war das, so unglaublich schön. »Du bringst mir Glück, Lene!«, rief Fritz. »Fünfundzwanzig Mark hab ich gewonnen!«

Lene lachte. Mehr als einen ganzen Monatslohn Gewinn! Doch vor allem – ein Zeichen des Himmels . . .

Die anderen hatten verloren, doch Fritzens gute Laune wischte die Enttäuschung weg. »Ich lade euch alle ein!«, erklärte er. »Wir machen uns einen schönen Nachmittag mit allem, was dazugehört! Fahren wir mit dem Kremser durch den Wald bis zum Halensee! Dort kehren wir im Wirtshausgarten ein bei Berliner Weiße und etwas zu essen und machen einen Spaziergang um den See und eine Kahnpartie. So jung kommen wir nicht mehr zusammen. Na, was meint ihr?«

Wie großzügig er ist, dachte Lene. Mein Fritz. Womit habe ich so viel Glück verdient?

Im Kremser, dem Pferdeplanwagen mit den beiden langen Bänken an den Längsseiten und dem schmalen Tisch in der Mitte, saß sie dicht neben Fritz ganz am Rand in der Sonne. Sie zog ihre Kostümjacke aus. Bei jedem Ruckeln des Wagens wurde sie mit der Schulter an ihn gedrückt. Sie spürte die Wärme seines Armes durch den dünnen Stoff ihrer Bluse. Und wünschte, das Ruckeln würde nie ein Ende nehmen.

Durch den Wald ging nun die Fahrt. Vorne im Wagen stimmte jemand ein Lied an: Hoch auf dem gelben Wagen. Lene fiel ein, sang den Alt dazu und wusste, dass es gut klang. »Was für eine schöne Stimme du hast!«, meinte Fritz und lächelte ihr zu. »Wusste ja gar nicht, dass du eine Sängerin bist!«

Rüdiger neben Else ihr gegenüber hatte inzwischen seine Hand unter dem Tisch verschwinden lassen. Das erhitzte Gesicht von Else ließ keinen Zweifel daran, dass er sie nicht bei sich behielt. Albrecht legte den Arm um Amelie. Seine Hand schlich tiefer, kam unter ihrer Achsel wieder hervor. Amelie wand sich aus seinem Griff.

So einer war Fritz nicht. Fritz stopfte sich eine Pfeife. Fritz benahm sich wie ein Herr. Das war gut.

Und trotzdem, ein bisschen weniger Herr ...

Mit ihren Einkäufen stieg Lene die Hintertreppe hinauf und betrat die Küche. Sie stellte den Korb auf den Tisch, ging zum Herd und setzte den Wasserkessel auf. Der Herr Oberst hatte angekündigt, heute länger in der Kaserne zu bleiben, und das Abendessen für eine Stunde später geordert. Da blieb ihr Zeit, vor dem Kochen noch den Kronleuchter im Herrenzimmer zu putzen. Fritz hatte zwar zu ihr gesagt, da der Herr Oberst sowieso länger ausbliebe, solle sie sich ruhig einmal eine freie Stunde am Nachmittag nehmen und ein bisschen spazieren gehen bei dem schönen Wetter, aber das tat sie doch lieber nicht. Auch wenn es lieb war von Fritz, ihr das vorzuschlagen, und es sie freute. Weil es zeigte, dass er sie mochte und an sie dachte und ihr eine Freude machen wollte, sogar hinter dem Rücken des Herrn Oberst. Aber genau das wollte sie eigentlich nicht. Sie konnte doch den Herrn Oberst nicht hintergehen, wo er doch gerade so freundlich zu ihr gewesen war und ihr den ganzen Sonntag freigegeben hatte. Lieber wollte sie ihm ihre Dankbarkeit zeigen und sein Zimmer ganz besonders schön putzen. Salmiakgeist für den Kronleuchter hatte sie aus der Drogen- und Chemikalienhandlung mitgebracht und dabei gleich für sich selbst eine Tüte Salbeitee gekauft. Gurgeln wollte sie damit, weil daheim im Dorf die alte Buschen, die für jede Krankheit ein Mittel wusste, immer gesagt hatte, Salbei sei das Beste gegen Halsweh.

Seit gestern brannte es Lene im Hals. Wahrscheinlich lag es daran, dass es Sonntagabend am Halensee auf einmal herbstlich kalt geworden und sie in ihrem Sommerkostüm viel zu dünn gekleidet gewesen war. Vor lauter Frieren hatte sie richtig gezittert, und Fritz hatte es gemerkt und seine Jacke ausgezogen und ihr über die Schultern gehängt.

Sie lächelte. Schön war das gewesen, zu spüren, wie er sich um sie sorgte. Und dass er ihr Frieren bemerkt hatte, obwohl sie keinen Ton davon gesagt hatte, das zeigte ja auch, wie genau er auf sie geachtet hatte. Schön war es gewesen, sich in seine Jacke zu kuscheln. Das machte nicht nur äußerlich warm, sondern auch innerlich. Zu wissen, dass diese Jacke sonst seine Haut berührte ...

Obwohl – noch schöner wäre es gewesen, wenn er sie mit seinen Armen gewärmt hätte. Wenn er sie ganz dicht an sich gezogen und gehalten hätte, den ganzen Heimweg. Da wäre ihr erst recht warm geworden! Und schließlich wäre das Frieren ja ein guter Grund dafür gewesen, oder? Da hätte er sich gar nicht zu scheuen brauchen und so viel noble Zurückhaltung üben.

An den Küchentisch gelehnt schloss Lene die Augen.

Im Kremser, als sie so dicht nebeneinander gesessen hatten und ihr Arm immer wieder den seinen berührt hatte, ganz sacht, nicht wie bei dem Geruckel, sondern später, als es langsam begonnen hatte dunkel zu werden und eine Stille im Wagen gewesen war ...

Sie spürte es noch immer auf der Haut, dieses Gefühl. Die Wärme. Und das andere, das sie erschauern ließ auf eine so besondere Art, die sie noch niemals zuvor gefühlt hatte. Als ob jede Pore ihrer Haut sich öffnete und die Berührung trank und eine Sehnsucht daraus wüchse, die nicht auszuhalten war und die zugleich das Schönste war, was sie je erlebt hatte ...

Schrill pfiff die Pfeife des Wasserkessels. Lene zuckte zusammen. Ihr Teewasser!

Sie seufzte. Um nichts in der Welt wollte sie jetzt krank werden, gerade jetzt! Denn nach dem Halsweh kam meistens Schnupfen, das kannte sie, und sie wusste auch, wie sie mit Schnupfen aussah: Trübe Augen hatte sie dann und eine rote Nase und überhaupt ein Gesicht wie ausgespuckt. So sollte Fritz sie nicht sehen, und sie konnte ihm ja schließlich nicht sagen: Schau mich nicht an, solange ich erkältet bin!, sie traf ja jeden Tag mit ihm zusammen!

Zum Glück traf sie jeden Tag mit ihm zusammen.

Lene brühte den Salbeitee und räumte ihre Einkäufe weg. Dann gurgelte sie mit dem Tee, noch mal und noch mal. Den Rest trank sie aus. Hoffentlich half es!

Ein Blick auf die Küchenuhr: Ja, es war noch Zeit für den Kronleuchter, der Herr Oberst und Fritz kamen noch lange nicht nach Hause. Sie gab Salmiakgeist und Wasser in ein Eimerchen, holte die Trittleiter hinter dem Vorhang hervor und machte sich auf den Weg ins Herrenzimmer. In der einen Hand das Eimerchen, in der anderen die Leiter, drückte sie die Klinke mit dem Ellbogen herunter und stieß die Tür zum Herrenzimmer mit dem Fuß auf.

Ihr entwich ein Laut der Überraschung: Der Raum war nicht leer – der Herr Oberst saß darin im Hausmantel, ganz locker und entspannt in die Sofaecke gelehnt, wie sie ihn nie gesehen hatte, und ihm schräg gegenüber saß Fritz am für zwei Personen gedeckten Teetisch und schenkte sich eben eine Tasse ein.

Beide fuhren zu ihr herum. »Kannst du nicht anklopfen, wenn du ins Zimmer kommst!«, sagte der Herr Oberst. Seine Stimme war scharf und zornig.

Fritz schaute sie kurz an. Röte zog in sein Gesicht. Rasch blickte er wieder weg und stellte die Teekanne ab.

»Ich, Verzeihung«, stotterte Lene, »ich wusste ja nicht, ich dachte, Sie sind ...«

»Raus!«, befahl der Herr Oberst.

Sie wich zurück, drehte sich um, wollte die Tür hinter sich zuziehen. Aber die Leiter klemmte darin, hatte sich in der Klinke verhakt. Ungeschickt riss sie daran. »Herrgott!«, schimpfte der Herr Oberst. Endlich stand sie wieder in der Diele, Hitze im Gesicht.

Sie hatte es doch nicht wissen können, dass der Herr Oberst schon wieder zu Hause war! Da hätte er doch nicht gleich so scharf zu sein brauchen! Sie hatte ihm doch nur alles recht machen wollen! Kein Mensch klopfte an eine Tür, wenn er sicher war, dass keiner im Zimmer war! Und schließlich hatte sie sich gleich entschuldigt, aber er hatte sie ja nicht einmal ausreden lassen!

So unfreundlich bräuchte er nicht zu sein und ihr gegenüber so den Offizier heraushängen lassen, sie war doch auch ein Mensch, und gutwillig noch dazu.

Vielleicht würde Fritz ihm jetzt erklären, dass sie doch nichts dafür konnte? Fritz war ganz rot geworden, und das hieß ja wohl, dass er auf ihrer Seite stand. Wenn er sie liebte, wenn er sie richtig liebte – oder auch nur ein ganz klein bisschen –, dann sagte er dem Herrn Oberst, dass es ungerecht war, wie dieser sie angefahren hatte. Schließlich hatte Fritz ja so einen guten Draht zu ihm.

Mit Fritz war der Herr Oberst ganz anders als mit ihr. Nie so kalt und von oben herab.

Dass der Herr Oberst mit Fritz gemeinsam Tee trank ... Ein Oberst, noch dazu einer mit »von«, setzte sich mit seinem Burschen gemeinsam an den Tisch!

Das hätte sie nie gedacht.

Ein letztes Mal feuchtete Lene das Bügeltuch an und plättete die Hosenfalte von Fritzens Uniform. Sie entdeckte einen winzigen Fleck und entfernte ihn sorgfältig mit kaltem Kaffee. Dann putzte sie die Jackenknöpfe blank, wie sie es jeden Abend tat – der Herr Oberst achtete bei seinem Burschen peinlich genau auf ein tadelloses Äußeres. Eigentlich wäre es Fritzens eigene Sache, seine Uniform zu pflegen, aber Lene hatte es von sich aus angeboten. Der anerkennende Pfiff, mit dem Fritz seine Kleidung wieder in Empfang nahm, war es ihr wert. Und auch der Gedanke, dass er vielleicht wusste, warum sie es tat. Er sollte es ruhig wissen.

Lene hängte die Uniform auf einem Bügel an die Küchentür. Dann drückte sie ihr Gesicht hinein. Der Stoff roch nach Pfeifentabak, Rasierwasser und Pferd. Nach Fritz eben.

Sie schloss die Augen und ließ sich in diesen Duft fallen wie in eine Umarmung. Weich wurde ihr, warm und aufgeregt in einem. Wenn Fritz sie nur endlich einmal umarmen würde, sodass sie ihren Kopf an seine Schulter drücken könnte und von ihm gehalten würde! Und wenn er sie dann küssen wollte, dann würde sie ganz still halten und ihn auch küssen. So wie Else den Rüdiger.

Fürchtete Fritz etwa, dass sie ihn ohrfeigen würde, wenn er es versuchte, so wie am Halensee diese Amelie den Albrecht geohrfeigt hatte? Das würde sie nie machen, nie.

Wenn er es nur endlich mal tun würde, dann würde er schon sehen. Und dann endlich könnte sie ihm sagen, dass sie ihn liebte. Dann endlich wäre das Glück vollkommen. Verliebt, verlobt …

Warum hielt er sich so zurück? Freundlich und lustig und hilfsbereit war er, o ja. Und dass er gerne mit ihr zusammen war und es ihm Spaß machte, mit ihr zu reden, das bildete sie sich doch auch nicht ein! Aber warum nahm er nie ihre Hand, auch wenn sie diese beim Essen zufällig ganz in die Nähe von seiner auf den Tisch legte? Schließlich hatte er sie doch schon zweimal um die Taille gefasst und hochgehoben und im Kreis gewirbelt oder in die Luft geworfen! Und auf die Rennbahn hatte er sie eingeladen und seinen Freunden vorgestellt und ihnen vorher so viel über sie erzählt, dass sie schon ganz neugierig auf sie gewesen waren! Wenn ein Mann seinen Freunden von einem Mädchen redete, das hatte doch etwas zu bedeuten! Und nun ...

Bestimmt war die Erkältung daran schuld. Wer wollte schon eine küssen, der die Nase lief und die Augen tränten und die dauernd herumhustete!

Lene seufzte leise. Noch einmal drückte sie ihr Gesicht in Fritzens Uniform, dann ging sie zur Hintertür. Der Salbeitee hatte nicht geholfen, die Erkältung wurde immer schlimmer. Müde und abgeschlagen fühlte sie sich und wollte früh schlafen. Langsam ging sie die Stiege hinunter bis in den Keller, öffnete den engen Verschlag unter der Treppe, warf Schürze und Kleid ab und ließ sich in ihr klammes, muffiges Bett fallen. Sie schlief ein, kaum dass sie lag.

Vom Husten wurde sie wieder aus dem Schlaf gerissen, wälzte sich hin und her, der Hustenreiz ließ ihr keine Ruhe. Schließlich quälte sie sich aus dem Bett, zog ihr Kleid über und stieg wieder zur Küche hinauf. Im Herd war noch heißes Wasser. Sie brühte einen Kräutertee auf und rührte Honig hinein, trank in kleinen Schlucken. Sie fror. Aus dem Garderobenschrank vorn in der Diele wollte sie sich eine Reisedecke holen und hineinwickeln, sie wusste, dass der Herr Oberst nichts dagegen einzuwenden hatte. Leise, um Fritz nicht zu wecken, öffnete sie die Küchentür, schlich an Fritzens Kammer vorbei, durchquerte das Berliner Zimmer und machte behutsam die Tür zur Diele auf.

Da ging in eben diesem Augenblick das Dielenlicht an. Überrascht hob Lene den Kopf. Gegenüber kam Fritz aus dem Schlafzimmer des Herrn Oberst, zog die Tür hinter sich zu. Lene riss die Augen auf. In welchem Aufzug kam Fritz da aus dem Schlafzimmer des Herrn Oberst! Barfuß, das Hemd nur halb in die Hose gesteckt, die Jacke über dem Arm, die Schuhe in der Hand!

Wenn der Herr Oberst nachts nach ihm geklingelt und Fritz schon im Bett gelegen hatte, warum trug Fritz dann nicht sein Nachthemd? Und selbst wenn er sich rasch Hose und Soldatenhemd angezogen hatte, warum hielt er dann Jacke und Schuhe in der Hand?

Einen Augenblick lang fand sie das nur im höchsten Maße seltsam. Auf unbestimmte Art fühlte sie sich überrumpelt, hatte das Gefühl, nicht hier sein zu dürfen. Sie schwankte zwischen Verwirrung und einem plötzlich aufsteigenden Lachreiz. Dann tat Fritz einen Schritt in die Diele. Bemerkte Lene. Fuhr zusammen.

Der Schock weitete seine Augen. Reflexartig drückte er seine Jacke und seine Schuhe an sich. Und wie sie sein Zusammenzucken bemerkte und das Entsetzen in seinem Gesicht, und wie sie spürte, dass er vor Schreck schier wahnsinnig war, unfähig sich zu rühren – da war auf einmal ein Gefühl da und ein Gedanke –

Nein!, schrie es laut in ihr. Nicht denken! Nicht das!

Sie wollte ihn wieder herausreißen aus ihrem Kopf, diesen Gedanken, aber es ging nicht, er überflutete sie: Der Dorfwirtssohn und der Schäferjunge daheim im Dorf ... Sie waren verhaftet worden, weil man sie im Heu überrascht hatte, nackt, wie es hinter vorgehaltener Hand geheißen hatte, als die Dorfjugend sich unter der Linde traf. Sie hätten es miteinander getrieben. Es: etwas Unaussprechliches.

Mach dich nicht lächerlich!, sagte eine Stimme in ihr. Was reimst du dir hier zusammen! Nur weil Fritz seine Schuhe in der Hand hält!

Der Dorfwirtssohn und der Schäferjunge waren ins Gefängnis gekommen, »weil sie wider die Natur und die göttlichen und menschlichen Gesetze gehandelt hatten«, so jedenfalls hatte der Herr Lehrer zur Frau Lehrer gesagt, als er nicht gewusst hatte, dass Lene aus der Küche alles mithörte, und die Bibelstellen zitiert, wonach das Weib für den Mann gemacht sei. Und darauf konnte man sich ja seinen Reim machen: Dass die beiden im Heu miteinander eben etwas Ähnliches getan hatten wie der Siewer-Bauer, der hinter der Mutter oder jeder anderen jungen Magd her war und den sie als Kind oft mit der einen oder anderen auf dem Heuboden hatte verschwinden sehen – und manchmal auch mehr als das. Etwas Ähnliches eben, was Mann und Frau taten, wenn sie auch nicht genau wusste, was und wie das bei zwei Männern war.

Aber Fritz, ihr Fritz – und mit dem Herrn Oberst! Nein, das konnte nicht sein. Sie hatte eine kranke Phantasie.

Wenn Fritz jetzt grinsen würde oder einen Witz machen oder auch mit einem gemurmelten »Na, dann gute Nacht« an ihr vorbei in seine Kammer gehen, dann wäre alles gut und sie würde sich schämen für das, was ihr hier durch den Kopf geschossen war.

Einen langen Augenblick, zur Ewigkeit gedehnt, standen sie sich gegenüber, wenige Schritte voneinander getrennt.

»Großer Gott!«, flüsterte Fritz tonlos. »Jetzt hast du es gesehen!« Dann hastete er quer durch die Diele ins Badezimmer und schloss die Tür hinter sich ab.

Es. Sie stand da und starrte die geschlossene Tür an.

Großer Gott, jetzt hast du es gesehen ...

Da rannte Lene in ihr Kellerloch hinunter, warf sich aufs Bett und weinte.

Nicht eine Sekunde hatte sie mehr geschlafen. Dieses Bild in ihrem Kopf – Fritz mit den Schuhen und der Jacke in der Hand vor dem Schlafzimmer des Herrn Oberst –, am liebsten hätte sie ihren Schädel gespalten, hineingefasst und es herausgerissen. Aber das ging nicht, es war eingebrannt für immer und ewig.

Zitternd saß Lene in die Ecke ihres Bettes gedrückt und hielt das klamme Federbett an sich gedrückt.

Warum, warum, warum …

Warum ich? Warum Fritz?

Was hat das zu bedeuten, wenn er so was mit dem Herrn Oberst macht? Andersrum seien sie, hat es damals im Dorf geheißen. Doch was genau ist das? Und ist das für immer oder kann er mich trotzdem noch lieben? Irgendwie hab ich das Gefühl, dass das nicht geht. Wenn ich es bloß wüsste!

Ich liebe ihn doch. Ich liebe ihn so sehr, so sehr.

Was machen Männer mit Männern? Was treiben sie, wenn es heißt, sie treiben es miteinander? Nie habe ich einen Hengst mit einem Hengst gesehen, einen Stier mit einem Stier, einen Ganter mit einem Ganter. Eine Sünde wider die Natur und die göttlichen und menschlichen Gesetze!, sagt der Herr Lehrer. Gefängnis steht drauf, Gefängnis …

Ich will nicht, dass Fritz ins Gefängnis kommt.

Wenn ich mit jemandem reden könnte …

Aber ich kenne ja niemanden in Berlin. Nur die alte Frieda im Haus vom Polizeihauptmann. Die hat mir damals geholfen, als ich gekündigt worden bin, ich weiß gar nicht, was ich ohne die getan hätte. Aber das jetzt ist was anderes. Über eine Kündigung kann man reden. Aber über so etwas, was eine Sünde ist, darüber kann man nicht reden. Im Dorf, wo man sonst kein Blatt vor den Mund nimmt und die Sachen beim Namen nennt, auch dort wird darüber nicht geredet, keiner hat es damals so richtig ausgesprochen, deshalb weiß ich ja auch so wenig davon.

Wahrscheinlich weiß die Frieda auch nicht, wie das ist mit dem Andersrum und ob einer, der andersrum ist, es für immer ist und bleibt. Außerdem hab ich Frieda schon Ewigkeiten nicht mehr gesehen. Da kann ich jetzt doch nicht einfach hingehen und mit so was ankommen! Und womöglich erzählt sie dann ihrer Herrschaft davon und die erzählt es dem Herrn Polizeihauptmann und dann ist Fritz verloren.

Nein. Ich muss dichthalten, keinem einzigen Menschen darf ich vertrauen, damit nicht alles rauskommt und Fritz nicht verhaftet wird.

O Fritz! Warum du? Mit dem Herrn Oberst! Ich liebe dich doch! Aber jetzt, wo ich das von dir weiß, ich weiß nicht, ob ich da noch mit dir könnte ... O Gott, ich halte das nicht aus!

Sie sprang auf, stieß sich den Kopf an der Treppenschräge, entzündete ihre Lampe und warf sich ihr Kleid über. Lieber mit der Arbeit beginnen, als hier verrückt zu werden von all diesen Gedanken!

In der Küche schürte sie ein, danach auch im Ess- und Herrenzimmer. Dann bereitete sie das Frühstück für den Herrn Oberst und Fritz vor. Den Kaffee stellte sie am Rand des Herdes warm. Selbst trank sie nur einen Muckefuck, unmöglich, etwas Essbares hinunterzubekommen.

In der Wohnung ging eine Tür. Ein scharfer Stich fuhr ihr ins Herz. Fritz! Nur dem jetzt nicht begegnen! Sie floh die Hintertreppe hinunter. Morgen kam die Waschfrau zur großen Wäsche, da hatte sie heute in der Waschküche genug zu tun mit dem Sortieren und Einweichen der Wäsche und dem Vorbehandeln der Flecken.

Sie stürzte sich in die Arbeit, schuftete, ohne auch nur für einen Augenblick Pause zu machen. Lieber arbeiten bis zum Umfallen, als sich dem überlassen, was in ihr tobte.

Das Bleichsoda fehlte, sie hatte es in der Küche vergessen. Wie spät mochte es sein? Sie überlegte. Sicher hatte Fritz schon gefrühstückt und war längst mit dem Herrn Oberst aus dem Haus. Als sie die Treppe hinaufstieg, überkam sie wieder der Husten. Sie blieb stehen, hielt sich am Geländer fest, ein Feuer brannte in ihrer Brust, Taumel war im Kopf, in jeder Faser spürte sie die Erschöpfung. Sie musste sich ihr Frühstück machen und etwas ausruhen.

Sie öffnete die Küchentür. Zuckte zusammen. Fritz saß am Tisch mit der Zeitung. Blickte auf. Bleich sah er aus.

Sie drehte den Kopf weg – schrecklich musste sie aussehen nach der durchweinten Nacht –, nahm das Soda vom Wandregal, war schon wieder draußen, ohne ein Wort. Auf dem Weg in die Waschküche heulte sie.

Wie sollte sie das aushalten, mit Fritz zusammenzutreffen, mit ihm zu essen, mit ihm zu reden? Wie sollte sie leben mit alldem?

Erst als sie ganz sicher war, dass Fritz und der Herr Oberst die Wohnung längst verlassen haben mussten, kehrte sie zurück. Sie hatte noch die Zimmer in Ordnung zu bringen. Wie gewöhnlich begann sie mit dem Schlafzimmer des Herrn Oberst, öffnete das Fenster, breitete das Federbett zum Lüften über einen Stuhl, straffte das Laken, schüttelte die Kissen auf.

Dieses Bett ...

Sie ließ das Kissen fallen. Rannte aus dem Zimmer. Knallte die Tür hinter sich zu.

Noch immer hatten sie kein Wort miteinander gesprochen, den ganzen Tag nicht. Weder als Fritz aus der Kaserne zurückgekehrt war und das Tablett mit Kaffee und englischen Keksen für den Herrn Oberst aus der Küche abgeholt und schließlich das gebrauchte Geschirr wieder zurückgebracht hatte, noch während er hin- und hergelaufen war, um das Abendessen zu servieren. Mehrmals hatte er einen halben Anlauf dazu gemacht, sie hatte es genau gespürt. Aber sie hatte sich abgewendet, hatte Arbeit am Herd, am Ausguss oder am Spültisch vorgetäuscht, die ihr Grund gab, ihm den Rücken zuzukehren.

Er sollte ihr von Krankheit und Schmerz zerstörtes Gesicht nicht sehen – sie war selbst erschrocken, als sie sich im Spiegel gesehen hatte, so leichenblass. Er sollte nicht sehen, dass sie sich die Augen ausweinte um ihn, während er mit dem Herrn Oberst ...

Woher kam dieses Wissen, dass Fritz für sie verloren war, dass es nie und nimmer zwischen ihnen gehen würde? Selbst nicht, wenn sie einfach vergaß, was sie gesehen hatte.

Es war vorbei mit der Hoffnung.

Aber er sollte nicht merken, was sie sich erträumt hatte. Und womöglich noch grinsen über ihre Naivität! Wenigstens ihre Würde wollte sie behalten, und ihren Stolz. Wenn ihr schon sonst nichts blieb.

Nun saßen sie nach der stummen Abendmahlzeit am Küchentisch einander gegenüber, ohne ein Wort, einen Blick. Fritz rollte Brotkrümel über die Tischplatte und formte sie zu kleinen grauen Röllchen. Lene rührte in ihrem erkalteten Tee, in dem es schon lange nichts mehr zu rühren gab. Das Schweigen wuchs und wuchs. Es füllte die ganze Küche, die ganze Wohnung.

Plötzlich stand Lene auf und stellte klirrend das Geschirr übereinander, warf das Besteck auf die Teller. Das laute Klappern zerriss die Stille.

Fritz blickte auf. Ihre Augen trafen sich kurz und irrten rasch wieder zur Seite. »Nun weißt du es also«, sagte er heiser.

Sie schwieg. Räumte das Geschirr in die Spülschüssel. Füllte am Wasserhahn den Krug mit kaltem Wasser, holte kochendes Wasser vom Herd, begann mit dem Abspülen.

»Nur eines musst du auch wissen, Lene«, begann er schließlich neu. »Es beruht auf Gegenseitigkeit, verstehst du! Ich war schon vorher so und er war schon vorher so. Ich mach mir nun mal nichts aus Frauen – es geht einfach nicht. Und mit Männern – war selber ein Schock für mich, als ich das gemerkt habe. Aber man kann es sich nicht aussuchen, wenn einen der liebe Gott so geschaffen hat, ganz gleich, was in den Gesetzen steht. Und mich hat er nun mal so geschaffen. Der Herr Oberst und ich, wir lieben uns. Nicht dass du am Ende denkst . . . « Er sprach nicht weiter.

Sie stand sehr still, den Spüllappen in der rechten Hand, einen schmutzigen Teller in der linken.

Ich mach mir nun mal nichts aus Frauen . . .

Da habe ich sie, die Antwort. Es wird nie etwas werden mit uns, nie und nimmermehr. Und es ist nie etwas gewesen von ihm aus. Was war ich für ein Schaf! Ich habe geglaubt, er liebt mich auch! Als Liebespaar habe ich uns schon gesehen, habe mir ihn und mich als Ehepaar vorgestellt, von gemeinsamen Kindern habe ich geträumt . . .

Aber das waren meine Hirngespinste, weiter nichts.

Es hat nichts bedeutet, dass er mich durch die Luft gewirbelt hat. Dass er mich zum Ausflug eingeladen hat. Dass er immer bei mir in der Küche gesessen hat. Er wird mich niemals lieben. Weil er überhaupt keine Frauen liebt. Er war nur nett zu mir, nur ein Kumpel, weiter nichts.

Deshalb hat er mich nicht ein einziges Mal in den Arm genommen, nicht einmal meine Hand gehalten ... Und ich habe gedacht, es wäre noble Zurückhaltung! Was war ich für ein riesengroßes Schaf!

»Du sagst ja gar nichts, Lene«, presste Fritz hervor.

Sie gab keine Antwort, spülte das Geschirr, spülte so lange, bis sie ihr Gesicht und ihre Stimme wieder beherrschen konnte.

»Geht das schon lang?«, fragte sie endlich und drehte sich zu ihm um.

Fritz nickte. Starrte vor sich hin auf die grauen Röllchen, schob sie zusammen, knetete sie zu einer kleinen Kugel, schnippte diese auf den Boden. »Ich hab ihm nicht gesagt, dass du mich gesehen hast. Und ich werde es ihm nicht sagen. Lene, bitte!« Auf einmal war seine Stimme ein Aufschrei. »Er bringt sich um, wenn er das erfährt, er schießt sich eine Kugel in den Kopf, das weiß ich genau! Er als Offizier, seine Ehre geht ihm über alles, wenn sie ihm den Prozess machen und ihn ins Gefängnis – nie und nimmer! Und ich – Mensch, Lene! Das Gefängnis, Plötzensee, was man darüber so hört, danach ist man doch geliefert, und dann als ...« Er brach ab.

Ihr Mund war trocken, der schmerzende Hals ausgedörrt. »Du glaubst doch wohl nicht, dass ich dich verpfeife!«, sagte sie rau und warf den Spüllappen in die Schüssel, dass es spritzte.

Er schüttelte den Kopf. Sah sie an. »Nein!«, sagte er mit tiefem Aufseufzen. »Nein, das glaub ich nicht. Du bist ein gutes Mädchen! Danke, Lene!«

Sie schwieg. War das alles, woran er dachte – dass sie ihn ans Messer liefern könnte?! Der Polizei verraten?! Hatte er wirklich so gar keine Ahnung davon, was in ihr vorging? Was sie alles verloren hatte? Wie ihre Hoffnungen zerstört worden waren? Und dass sie nun dastand mit ihrer Liebe und nicht wusste, wohin damit?

Freu dich doch!, sagte eine Stimme in ihr. Du hast dir keine Blöße gegeben. Dein Stolz ist gerettet! Das war doch deine größte Angst!

Aber trotzdem, dass er so gar nicht begriff, was er ihr angetan hatte ...

»Und kein Wort zum Herrn Oberst? Versprichst du mir das?«, bat Fritz.

Lene nickte.

»Versprochen?«, drängte er.

»Versprochen!«, erwiderte Lene, drehte sich um und machte sich über die Spülschüsseln gebeugt erneut an die Arbeit. Damit Fritz die Tränen nicht sah, die ihr über die Wangen liefen.

»Du bist so gut!«, sagte Fritz. »Wie meine Schwester! Ach Lene, was hab ich für ein Glück mit dir!«

– 7 –

Bertha blickte Fritz nach, der mit dem Serviertablett die Küche verließ und die Tür hinter sich zuzog, dann seufzte sie: »Ich freu mich wirklich, dass du es mit deiner neuen Stelle so gut getroffen hast, Lene, und mich sogar an unserem freien Sonntagnachmittag einladen und mit echtem Bohnenkaffee und Kuchen bewirten darfst!« Genießerisch schob sie sich ein Stück Zwetschgenkuchen mit Sahne in den Mund. »Hab mich richtig gefreut, als deine Karte kam und es endlich einmal geklappt hat, dass wir beide gleichzeitig frei haben. Und dieser Fritz, nett ist er ...« Viel sagend verstummte sie.

»Ja«, erwiderte Lene. »Das ist er. Aber schon vergeben.«

»Ach so!« Nun klang Berthas Seufzen enttäuscht. »Ist doch immer das Gleiche! Die Guten sind schon vergeben und die Freien taugen nichts!«

Lene bemühte sich um ein Lachen. Leichthin sollte es klingen, doch sie merkte selbst, wie wenig ihr das gelang. Der halbherzige Versuch ging in einem Hustenanfall unter, der ihr die Tränen in die Augen trieb. Wenn sie nur mit Bertha darüber reden könnte! Es nahm ihr schier die Luft, nicht davon sprechen zu dürfen. Zwölf Tage ging das nun schon so, zwölf Tage, in denen sie von morgens bis abends nichts anderes denken konnte, als dass Fritz den Herrn Oberst liebte und niemals, niemals sie lieben würde. Obwohl er so nett zu ihr war und ihr sogar Blumen mitgebracht hatte. Blumen – wie hätte sie das früher gefreut! Und nun taten sie nichts als weh. Weil es eben nur Blumen aus Dankbarkeit darüber waren, dass sie ihn nicht ins Gefängnis brachte und dass sich der Herr Oberst nicht eine Kugel in den Kopf schießen musste. Und keine Blumen aus Liebe.

Sie verstand einfach nicht, warum es so war, wie es war. Warum es ihr passieren musste, wo sie doch so glücklich gewesen war. Warum es so was gab wie mit Fritz und dem Herrn Oberst und warum es verboten war und Gefängnis drauf stand. Denn eigentlich schadete es ja keinem, wo es doch auf Gegenseitigkeit beruhte. Nur ihr, ihr tat es eben weh, so schrecklich weh, weil sie den Fritz nun mal liebte, immer noch. Warum liebte sie immer Männer, die nichts für sie waren?

»Und?«, fragte Bertha. »Denkst du noch an deinen Herrn Lehrer?«

Lene schüttelte den Kopf. »Das ist aus und vorbei. Als ich noch mal im Dorf war, weil ich bei meiner alten Stelle rausgeflogen bin und nicht mehr aus noch ein wusste, da ist er am nächsten Tag in aller Frühe auf eine dreitägige Wanderung mit dem Herrn Pastor aufgebrochen. Weil ja Ferien waren. So wenig hat er sich aus mir gemacht. Na ja, war sowieso nichts. Ich war noch ein Kind, damals. Und du und dein Klavierlehrer?«

»Red mir nicht von dem!«, rief Bertha mit einer Aufgebrachtheit, die keinen Zweifel daran ließ, dass sie nur auf die Gelegenheit gewartet hatte, über ihn zu reden. »Vor zwei Wochen war meine Gnädige noch nicht vom Museumsbesuch zurück, als er zur Klavierstunde kam. Ich hab ihn gebeten zu warten und hab gefragt, ob er einen Wunsch hat, und da –

gut, ich geb zu, einem Kuss war ich nicht abgeneigt, aber er ist mir gleich an die Wäsche! Gewehrt hab ich mich und geschrien, aber es waren außer mir ja nur die Kinder in der Wohnung, und er ließ mich nicht frei. Himmelangst ist mir geworden! Kräfte entfaltet so ein Kerl, ich lag schon am Boden und er über mir, da hab ich ihm mein Knie in die Magengrube gerammt, keine Luft hat er mehr bekommen und mich losgelassen, und ich nichts wie weg und in die Küche und hinter mir abgeschlossen!«

»Um Gottes willen«, flüsterte Lene. »O Bertha, du Arme! Eigentlich«, sie stockte, »eigentlich müsstest du den anzeigen!«

»Anzeigen!« Bertha lachte bitter. »Das glaubt mir doch kein Mensch, am Ende heißt es noch, ich hätte es drauf angelegt! Nee, nee, mit so einer Geschichte zur Polizeiwache gehen, wo er aus besseren Verhältnissen ist und ein studierter Herr und ich bloß ein Mädchen der unteren Klassen, das tu ich mir nicht an! Ich weiß doch, wie das läuft, am Ende gibt man immer uns Mädchen die Schuld! Bei unserer Köchin war es auch so, die ist geflogen, weil sie schwanger war. Einen Herrn Doktor hatte sie zum Bräutigam, was der ihr alles vorgegaukelt hat ... Aber als sich nicht mehr verheimlichen ließ, dass was Kleines unterwegs war, da hat er nichts mehr von ihr wissen wollen, und meine gnädige Frau hat ihr an den Kopf geworfen, dass sie ein sittenloses Luder ist und eine Gefährdung für die Kinder, und ihr fristlos gekündigt. Und wenn ich mir vorstelle, wie das bei mir geendet hätte – fünf Minuten später ist meine Gnädige nach Hause gekommen. Wenn die uns so gesehen hätte, wäre ich jetzt meine Stelle los mit einem Eintrag im Gesindebuch, dass ich nie wieder eine Anstellung bekäme, oder ich wäre meine Unschuld los und würde womöglich noch als echte Spreewälder Amme enden! Ich sag dir ...« Bertha weinte.

Lene setzte sich auf den Stuhl neben sie, legte den Arm um ihre Schulter und weinte auch. Um Bertha, um sich, und überhaupt.

»Ach, du bist lieb«, schluchzte Bertha, wischte sich die Tränen ab und schnäuzte sich. »Du verstehst mich. Auch wenn du das selbst noch nicht so richtig erlebt hast, wie das ist mit der Liebe. Du weißt gar nicht, was dir dadurch alles erspart geblieben ist!«

Da war sie wieder, die Atemnot. Und dieses Brennen in der Brust, als würde da ein Feuer wüten. Lene ließ Bertha los und hustete, rang nach Luft, hustete, sprang schließlich auf, rannte, von Husten geschüttelt, zum Fenster, riss es auf und beugte sich hinaus. Der Wind trieb ihr den Regen ins Gesicht. Lene krümmte sich.

»Meine Güte, Lene!«, sagte Bertha, trat hinter sie und legte ihr die Hand auf die Schulter. »Du hustest dir ja schier die Seele aus dem Leib! Wie lange hast du das denn schon? Fand auch gleich, dass du blass aussiehst trotz dem guten Essen! Und so dunkle Ringe hast du unter den Augen, dass einem ganz angst wird! Spuckst du am Ende gar Blut?«

Lene wandte sich um. Die Freundin sprach das Wort nicht aus, dieses eine Wort. Dennoch hing es auf einmal wie ein Todesurteil in der Luft: Schwindsucht. Galoppierende Schwindsucht. Und wenn schon!, dachte Lene mit verzweifeltem Trotz. Dann ist wenigstens bald alles vorbei.

Eine große Lachsforelle hatte sie auf dem Fischmarkt gekauft, aus dem Wasserbottich hatte sie sich den lebenden Fisch ausgesucht und ihn gleich schlachten und ausnehmen lassen.

Nun ging sie im Kopf Möglichkeiten der Zubereitung durch – mit Fischgerichten hatte sie Mühe, doch freitags bestand der Herr Oberst nun einmal auf Fisch – und eilte nach Hause, ohne sich umzusehen.

Am Morgen hatte sie ein Rezept für eine Fischsoße aus rohem Eigelb und Weißwein gelesen, aber das hörte sich schwierig an. Vielleicht sollte sie den Fisch doch lieber in der Röhre braten und Kartoffelsalat dazu machen? Es wäre gescheiter gewesen, drei kleine Regenbogenforellen zu kaufen, die hätte sie in der Pfanne braten können! Bei einem Fisch in der Röhre wusste sie nie, wann er gar war, und wenn sie ihn zu lange drin ließ, wurde er schwarz.

»Na, Lene, siehst du uns denn gar nicht?«

Sie zuckte zusammen, blickte auf. Fritz und Albrecht standen genau vor ihr, beinahe wäre sie mit ihnen zusammengestoßen.

Albrecht lachte und streckte ihr die Hand hin. Fritz sah alles andere als glücklich aus.

»Wie schade, dass wir nie mehr Gelegenheit zu einem gemeinsamen Ausflug hatten, was?«, meinte Albrecht und schüttelte noch immer ihre Hand. »Das war ein Tag auf der Rennbahn und am Halensee! Wenn auch für mich mit etwas unglücklichem Ausgang!« Er grinste so breit, dass klar war, er hatte die Ohrfeige von Amelie längst verwunden. »Aber wenn der Herr Oberst mal wieder verreist, dann sind Sie wieder mit von der Partie, was?«

»Natürlich! Lene und ich!«, sagte Fritz rasch und warf ihr einen beschwörenden Blick zu. »Aber so bald wird das wohl nicht sein!«

Sie wusste nichts zu erwidern. Etwas war seltsam. Was ging hier vor?

»Na ja!« Albrecht grinste. »Der Mensch kann nicht alles haben, was? Wenn er schon das unverschämte Glück hat, mit seiner Braut unter einem Dach zu wohnen, und dann nachts, ein Verschlag unter der Treppe, was? Ganz diskret...« Albrecht zwinkerte ihr unmissverständlich zu.

Braut?! Nachts?!

Das war es also. So redete Fritz über sie...

Die Atemnot stieg aus der Brust auf, sie öffnete mit einem verzweifelt einziehenden Geräusch den Mund, rang nach Luft, dann begann der Husten, hielt sie in seiner unerbittlichen Gewalt. Sie drehte sich zur Seite, krümmte sich.

»Um Gottes willen, Lene!«, rief Fritz. »Dieser Husten, Mädchen, du musst zum Arzt!« Er nahm sie an den Schultern, hielt sie, flüsterte ihr dabei ins Ohr: »Sag nichts, Lene, ich flehe dich an, lass ihn in dem Glauben!«

Sie wollte sich von ihm losreißen, aber noch immer hatte der Husten sie im Griff und sie lehnte sich an Fritz. Endlich verebbte der Anfall.

»Sie müssen zum Arzt, jawohl!« Albrecht nickte. »Haben grad die Tage in der Kaserne einen Vortrag über die Volksgesundheit über uns ergehen lassen müssen und dann ist uns allen wieder die Brust abgehört worden. Die galoppierende Schwindsucht, oder zu Medizinerlatein die Lungentuberkulose, das ist die Geißel des Volkes, hat der Stabsarzt gesagt, die rafft auch junges Blut dahin wie nichts. Ich kenn's aus meiner eigenen Familie, mein Vater ist dran gestorben und meine Tante und zwei Kusinen und – aber ich will ja nichts gesagt haben. Und nun müssen wir weiter, was, Fritz?« Auf einmal hatte er es eilig.

Fritz nickte. »Bis nachher dann, Lene!« Und weg waren die beiden.

Wie betäubt ging Lene weiter. Galoppierende Schwindsucht – Geißel des Volkes – Braut – ein Verschlag unter der Treppe – ganz diskret ...

Fritz tut vor seinen Freunden so, als sei ich seine Braut. Anscheinend gibt er sogar an damit, dass ich ihn in mein Bett lasse. Und dabei sind er und der Oberst ... Hat er mich nur deshalb mit zur Pferdebahn genommen, damit er mich den anderen als seine Braut präsentieren kann? Was haben die damals gesagt? *Wir haben schon angefangen zu zweifeln, ob es Sie überhaupt gibt ...* Was hat er denen noch alles erzählt?

Dieser hundsgemeine Kerl! Dieser elende Schuft! Ausgenützt hat er mich, an der Nase herumgeführt, nach Strich und Faden betrogen! Und ich habe ihn geliebt!

Blind vor Tränen kam sie in der Küche an. Sie heizte den Herd ein, setzte die Kartoffeln auf, wusch, salzte und pfefferte den Fisch und legte ihn mit Butterflöckchen bestückt in den Bräter, bereitete die Lauchsuppe. Und bei all dem hielt sie Zornesreden auf Fritz.

Da öffnete sich die Tür und er drückte sich mit allen Anzeichen von Verlegenheit herein, blass und mit flehendem Blick. »Bitte, Lene! Es tut mir Leid!«, sagte er leise.

»Du! Dass du dich überhaupt noch traust, mich anzureden!«, ging sie auf ihn los. »Braut, was? Bist mir ein feiner Bräutigam, der was rumerzählt, was erstunken und erlogen ist! Und keine Einzelheit hast du ausgelassen, was? Nicht einmal mein Bett in dem Verschlag unter der Treppe! Hast du es drauf angelegt, meinen Ruf zu ruinieren? Nachts, ganz diskret ...! Von wegen diskret! So etwas Indiskretes und Verlogenes wie dich gibt es nicht noch einmal auf der Welt!«

»Bitte, Lene! Ich verstehe ja, dass du wütend auf mich bist«, murmelte er unglücklich.

»Ach ja? Weißt du was, der Schweinehirt bei uns zu Hause, der ist der letzte Dorftrottel, ein Idiot ist er mit triefender Nase und blödem Gesicht, aber der ist ein Edelmann gegen dich! Der tut nicht was, was er nicht meint! Der sagt nicht was, was nicht stimmt! Der geht nicht mit einem Mädchen aus, an dem er gar kein Interesse hat, nur damit die anderen es sehen! Denn das war es ja wohl, sag nicht, dass das nicht stimmt! Vorgeführt hast du mich deinen Freunden, damit sie dir deine Lügengeschichten glauben! Theater hast du denen vorgespielt und dazu kam ich dir gerade recht! Du kotzt mich an!«

Fritz ließ sich auf den Stuhl fallen. »Nur zu!«, sagte er. »Mach aus deiner Seele keine Mördergrube! Ich hab's nicht anders verdient. Ja, ich sehe es ein, es war übel. Aber anhören musst du mich schon auch. Ich hab nicht schlecht geredet über dich, Lene, das darfst du nicht denken. Nur den Albrecht hab ich eben in seinem Glauben gelassen, bei dem, was er sich zusammengereimt hat. Aber das ist schon lange her, lange bevor du mich in der Nacht gesehen hast ... Du glaubst doch wohl nicht, ich bitte dich um das Versprechen, nicht über mich und den Herrn Oberst zu reden, und rede selber über dich! Das darfst du nicht glauben, Lene!«

»Gut, meinetwegen, ich will's dir glauben! Aber hast du keinen Augenblick daran gedacht, was für Hoffnungen du in mir weckst, wenn du mit mir ausgehst? Was für Gefühle? Was du mir mit dem Ganzen antust?«

Er schlug die Hand vor den Mund.

Nun war es heraus. Ihr Geheimnis, das sie so sorgfältig gehütet hatte. Nun hatte sie selbst es ihm ins Gesicht geschrien.

Er saß sehr still. Schaute sie aus aufgerissenen Augen groß an. »Mein Gott, Lene«, brachte er schließlich stockend hervor, »das, das wusste ich nicht. Steht es so um dich, dass du mich ... An so was denkt unsereins doch gar nicht, o Lene, das tut mir Leid!«

Sie gab keine Antwort. Aber der Knoten von Wut in ihrem Inneren begann zu schmelzen.

»Und dass ich mit dir ausgegangen bin«, tastete Fritz sich weiter, »ich hab ja wirklich meine Freude dran gehabt. Du bist so ein famoses Mädchen, lieb hab ich dich wie eine Schwester – weiß Gott, ich wollte, es könnte anders sein!« Bittend sah er sie an. Und ein Ausdruck war in seinem Gesicht, so weich und ernst und nah. Sie schwiegen beide. Und Lene war, als kämen sie sich in diesem Schweigen immer näher.

»Du ahnst ja nicht, wie das ist«, fuhr Fritz schließlich fort. »Immer die Angst, einer könnte was merken, und wenn erst mal gemunkelt wird, man treibe es mit Männern, dann ist schnell eins und eins zusammengezählt, und schon kommt man ins Gefängnis und ist abgestempelt und geliefert für sein ganzes Leben. Und die Ehre und das Leben vom Herrn Oberst hängen auch noch dran, denn Ehre und Leben, das ist bei ihm eins. Wenn er angeklagt wird, lässt er sich nicht den Prozess machen, sondern macht selbst mit sich kurzen Prozess, das weiß ich gewiss, und ich würde mich als sein Mörder fühlen, wenn es durch mich aufkäme. Und dann bohren die Kameraden und fragen, ob man nicht endlich auch einmal ein Mädchen hat. Wenn man Nein sagt, dann kommen sie womöglich auf Gedanken und kapieren, was los ist, und deshalb macht man so eine halbe Andeutung von einem Mädchen, aber die hält nicht lang vor. Dann muss man den Namen sagen und wie sie aussieht und was sie macht, und schließlich heißt es: Zeig sie uns, oder gibt es sie am Ende gar nicht? Und immer diese Todesangst, sie könnten was merken.« Fritz schlug die Hände vors Gesicht.

Lene zog sich den zweiten Stuhl heran und setzte sich auch. Sie hatte keine Worte mehr.

»Und ehe man sich versieht, hat man das Mädchen verraten und gekränkt, das man von allen Mädchen am wenigsten verraten und kränken möchte!«, brachte Fritz mit erstickter Stimme hervor.

Lene schloss die Augen. »Ist ja schon gut, Fritz!«, sagte sie leise. »Ist ja schon gut.«

Die vierte Tasse Bohnenkaffee trank sie, was für ein Luxus! Der Puls schlug bereits rasch. Dennoch war sie noch immer todmüde. Da hatte sie nun eine Stelle, bei der ihr Zeit genug zum Schlafen blieb, und dann konnte sie nicht schlafen! Nachts war der Husten am schlimmsten. Sobald sie ihr dumpfes Kellergelass betrat, überfiel sie die Atemnot. Halbe Nächte saß sie im Bett und rang nach Luft und hustete und rang nach Luft und hustete. Und dann kam die Angst. Die galoppierende Schwindsucht . . .

Daheim im Dorf war kürzlich die Frau Pastor daran gestorben, in wenigen Monaten, die Frau Lehrer hatte es auf ihrer letzten Karte geschrieben. Und kaum ein Tag verging, an dem Lene im Grünkramkeller nicht die Arbeiterfrauen aus den Hinterhöfen davon reden hörte, dass es wieder einen erwischt hatte, dass der eine Blut spuckte und der andere es nicht mehr lange machen würde. Wie ein Mühlrad gingen diese Geschichten nachts im Kopf herum.

Da war es besser, aufzustehen und sich in der Küche hinzusetzen und einen Tee zu trinken und heiße Brustwickel zu machen. Und manchmal dann gegen Morgen auf dem Stuhl einzunicken, so wie heute. Aber dann die Müdigkeit am Tag und diese Mattigkeit ...

Fritz kam herein. »Ist der Kamillentee für den Herrn Oberst fertig?«, fragte er.

Mit einem stummen Kopfnicken wies sie auf das Tablett.

»Gut. Hör zu, Lene, ich bring ihm jetzt den Tee und dann muss ich in die Kaserne und ihn bettlägerig melden. Es hat ihn ordentlich erwischt. Und der Doktor wird bald kommen – wenn es klingelt und ich noch nicht wieder zurück bin, dann musst du die Tür öffnen, dann wird es der Doktor sein. Und damit du Bescheid weißt, ich hab dem Herrn Oberst gesagt, wie es um dich steht mit deinem dauernden Husten, und er hat versprochen, dass er den Doktor zu dir schickt. Weil du ja doch zu keinem hingehst, auch wenn ich mir den Mund bald fusselig rede. So kann es jedenfalls nicht weitergehen mit dir!« Damit war Fritz aus der Tür.

»He, was fällt dir ein!«, rief sie hinter ihm her, doch das hörte er schon nicht mehr.

Ein Doktor. Ihr ganzes Leben war sie noch bei keinem gewesen. So einer hatte studiert und wusste Bescheid und würde ihr sagen, wie es um sie stand.

Und wenn sie es gar nicht wissen wollte?!

Lene schleppte sich zu dem Tischchen mit den beiden großen Emailleschüsseln, in denen sie den Abwasch zu erledigen pflegte. Vom Herd holte sie heißes Wasser, vom Hahn über dem Ausguss kaltes. Dann griff sie nach Stahlwolle und Kernseife, nahm eine der Kupferpfannen von der Wand und begann heftig ihre Unterseite zu scheuern. Das half gegen das Denken.

Draußen in der Diele schellte die Türklingel. Schwer atmend hielt sie inne, streckte den Rücken – das Tischchen war viel zu niedrig, wie immer hatte sie bei der Arbeit Kreuzschmerzen bekommen –, einen Augenblick war ihr schwarz vor den Augen. Einfach so tun, als hätte man das Klingeln nicht gehört.

Es klingelte ein zweites Mal, nun sehr energisch. Sie band die Schürze ab, wusch die Hände, krempelte die Ärmel herunter und strich sich über die Haare. Dann ging sie zur Wohnungstür.

Das Empfangen von Gästen übernahm sonst immer Fritz. Sie öffnete und machte einen Knicks, nahm Spazierstock und Hut in Empfang, dann Handschuhe und Paletot, traute sich nicht, den Herrn Doktor anzuschauen. Von dem also würde sie ihr Todesurteil hören, oder konnte sie sich weigern, sich untersuchen zu lassen? Sie vergaß auf seinen beiläufigen Gruß, sein »Doktor Schneider« zu antworten, stand stumm da. Sollte sie ihn in den Empfangsraum führen und ihn dem Herrn Oberst melden, oder wie war das bei einem Doktor?

»Na, dann geleite mich mal zu deinem gnädigen Herrn, ohne großes Zeremoniell!«, sagte der Herr Doktor. »Und wenn er im Bett liegt, dann eben ins Schlafzimmer, ein Doktor darf ins Allerheiligste!«

Sie merkte sehr genau den Spott in seiner Stimme, spürte, wie sie rot wurde. Tausend Wege kannten die besseren Leute, einem zu zeigen, dass sie über einem standen und einen nicht für voll nahmen. Sie mochte ihn nicht, diesen Doktor, aber gehorsam ging sie voraus, hielt ihm die Tür auf, schloss sie wieder hinter ihm, blieb unschlüssig stehen. Konnte sie an ihre Arbeit oder musste sie hier warten? Sie entschied sich fürs Warten und hoffte inständig, dass Fritz zurück wäre, bevor der Herr Doktor wieder herauskam. Dann könnte sie den

Einkaufskorb nehmen und verschwinden. Einfach nicht da sein, wenn der Herr Doktor sie untersuchen wollte.

Aber in Fritzens Abwesenheit hatte sie Fritz zu vertreten bei der Bedienung des Herrn Oberst. Darum war es ihr verboten, die Wohnung zu verlassen, wenn sie mit dem Herrn Oberst allein zu Hause war.

Dieser Fritz, was fiel dem eigentlich ein! Mit dem Herrn Oberst über ihren Husten zu reden! Ihr den Doktor auf den Hals zu schicken! Einfach über sie zu verfügen, als wäre sie ein kleines Kind! Wenn er nur endlich aus der Kaserne zurückkehren würde!

Da öffnete sich schon die Schlafzimmertür wieder und der Herr Doktor kam heraus, steuerte genau auf sie zu. »Jetzt hör mir gut zu!«, sagte er. »Du kochst doch für den Herrn Oberst?«

Sie nickte und machte einen Knicks.

»Also: Zu trinken bekommt dein gnädiger Herr ausschließlich den Tee, den ich hier aufgeschrieben habe, den soll der Bursche aus der Apotheke holen. Sechsmal täglich zwei Tassen! Zu essen morgens und abends altbackenes Weißbrot, zwei Tage alt, oder Zwieback – und zwar ohne was drauf! Mittags machst du ihm Kartoffelbrei, aber ohne Milch und Butter, nur weiche Kartoffeln mit Wasser zu einem Brei gekocht, ohne Salz. Du kannst auch zerdrückte weich gekochte Karotten darunterrühren, aber nichts anderes! Sein Bursche soll das Zimmer ordentlich lüften und dem Herrn Oberst vormittags und nachmittags für je zwei Stunden im Lehnstuhl einen bequemen Sitzplatz machen. Zigarren wegräumen und alles Alkoholische, das macht es dem Herrn Oberst leichter, meine Verbote einzuhalten. Und keine Besuche! Hast du das alles verstanden und behalten?«

»Ja«, wollte sie sagen, da brach sich der Husten Bahn. Sie hustete und hustete und versuchte dazwischen ein »Verzeihung« herauszuwürgen und ein »Ja, Herr Doktor!«.

»Seit wann hast du diesen Husten?«

»Schon, na ja, ach ich weiß nicht ...«

»So, das weißt du nicht!«, erwiderte er trocken. »Warst du beim Arzt?«

Sie schüttelte den Kopf.

»Bist du in einer Kasse?«

»Kasse?«, fragte sie verständnislos.

»Also nicht! Dann muss ich dir die Brust abhören. Führe mich in die Küche!«

»Aber nein, Herr Doktor, ich bin doch bloß das Dienstmädchen, und so schlimm ist es auch nicht!«

»Zu beurteilen, wie schlimm es ist, überlasse mal schön mir! Außerdem habe ich den Auftrag dazu von deinem gnädigen Herrn!«

Sie führte ihn in die Küche. Was sonst blieb ihr übrig?

»Also«, sagte er und holte ein merkwürdiges Gerät mit zwei Schläuchen aus seiner Tasche, »zieh deine Bluse aus!«

Sie starrte ihn an.

»Du warst noch nie bei einem Doktor, was? Da ist nichts Schlimmes dabei! Durch diesen ganzen Stoff kann ich dir die Brust nicht abhören. Ein Doktor ist ein Arzt, und wenn er dich untersucht, dann sieht er nur die Krankheit. Ob Mann, Frau oder Mädchen, das ist ihm völlig gleich, das sieht er gar nicht, verstehst du?«

»Aber – ich will lieber nicht!«, bat sie verzweifelt.

Da fuhr er sie scharf an: »Ob du willst oder nicht, spielt hier überhaupt keine Rolle! Ich muss strikt auf der Untersuchung bestehen, um zu klären, ob für deinen gnädigen Herrn

Infektionsgefahr besteht! Also stell dich nicht an und tu gefälligst, was ich dir sage!«

Was er mit Infektionsgefahr meinte, verstand sie nicht so ganz, aber seinen Ton, den verstand sie: Der war noch schärfer als damals der von dem alten Herrn Lehrer, der sie in ihren ersten Schuljahren gedrillt hatte, ein Befehl war es, gegen den es keine Weigerung gab. Stumm gehorchte sie. Als er ihr mit leidenschaftslosen Händen an den Hals fasste, begriff sie, was er gemeint hatte. Plötzlich hatte es keine Bedeutung mehr, dass sie halb nackt vor einem wildfremden Mann stand, nicht einmal, als er ihr unter die Achseln tastete und sie drehte und ihr sein merkwürdiges Gerät auf die Brust setzte.

Was war das auch gegen die Tatsache, dass sie gleich erfahren würde, dass sie die galoppierende Schwindsucht hatte, gegen die es keine Medizin gab, und dass sie nur noch wenige Monate oder vielleicht sogar nur noch ein paar Wochen zu leben hatte!

O Gott, hilf mir, bitte hilf mir!

Angstvoll forschte sie in seinem Gesicht nach der Antwort. Doch dieses blieb unbewegt. Mit lauschendem Ausdruck blickte er an ihr vorbei in eine unbekannte Ferne, während er durch die Schläuche seines Gerätes horchte. Pünktlich befolgte sie seine Befehle zu tiefem und normalem Atmen, zu Husten und Luftanhalten. Noch immer sagte er nichts.

Wenn es nicht so schlimm wäre, hätte er es doch längst gesagt und würde sie nicht immer weiter untersuchen!

Lieber Gott, bitte, ich will auch jeden Abend beten und jeden Sonntag in die Kirche gehen und nie wieder lügen, aber bitte, lass es nicht die galoppierende Schwindsucht sein!

Der Herr Doktor rollte sein Gerät zusammen. Dann legte

er eine Hand auf Lenes Brustkorb und klopfte mit der anderen auf seine eigenen Finger. Von vorne. Von hinten. Und noch mal von vorne. Und noch mal von hinten. Konzentriertes Lauschen, und keinerlei Reaktion auf das, was er da hören mochte.

»Du kannst dich wieder anziehen!«

Der Herr Oberst würde ihr kündigen, wenn er erfuhr, dass sie die Schwindsucht hatte. Und wo sollte sie dann hin? Ein krankes Dienstmädchen nahm kein Mensch. Sie würde auf der Straße stehen und auf der Straße sterben.

Die Finger zitterten, kaum konnte sie die Bluse zuknöpfen. Jetzt würde sie es erfahren, ihr Todesurteil.

Doch der Herr Doktor sagte nicht, wie es um sie stand, sondern begann sie auszufragen: Ob sie nachts schwitze, ob sie abgenommen habe, wie ihr Auswurf aussehe, ob sie Blut spucke, ob sie Atemnot habe und vieles weitere. Mechanisch antwortete sie und dachte immer nur: Mit mir ist es aus.

»Eine chronifizierte Bronchitis, gegen die dringend etwas getan werden muss. Die Differenzialdiagnose ist schwierig, doch nach meiner Erfahrung können wir akute exsudative Lungentuberkulose weitgehend ausschließen!«, erklärte der Herr Doktor endlich.

Sie konnte die Worte nicht begreifen, in denen er sprach. Stumm flehte sie ihn an.

Er nickte ihr beruhigend zu. »Also keine galoppierende Schwindsucht! Nichts unmittelbar Lebensbedrohliches.«

Auf einmal trugen ihre Beine sie nicht mehr. Sie sank auf einen Stuhl, barg ihr Gesicht in den Händen. Es gehörte sich nicht, dass sie hier saß und weinte, aber sie konnte es nicht ändern. So weich war ihr plötzlich, so dankbar. Der Herr Oberst musste ihr nicht kündigen. Der Herr Doktor hatte sie vor dem Abgrund gerettet. Und Fritz hatte dafür gesorgt, dass der Herr Doktor sie untersuchte. Und sie hatte es nicht gewollt! Was für ein Glück, dass der Herr Doktor darauf bestanden hatte! Die Hände hätte sie ihm küssen mögen, aber da sich das nicht schickte, sagte sie nur: »Schönen Dank, Herr Doktor!«

»Schon gut!« Er ließ sich auf dem zweiten Stuhl nieder. »Hast du bisher etwas gegen deinen Husten unternommen?«

»Ich habe mir Wickel gemacht mit heißen Kartoffeln und Schmalz!« Als sie sein Stirnrunzeln sah, beeilte sie sich zu versichern: »Der Herr Oberst hat nichts dagegen!«

»Kartoffeln und Schmalz?«, wiederholte der Herr Doktor. »Wo hast du denn das Hausmittel her?«

»Von der alten Buschen«, sagte sie. »Die hat das den Lehrerkindern gemacht, wenn die Husten hatten.«

»Alte Buschen?«

»Das ist unsere Brauchfrau daheim im Dorf.«

»Teufel noch mal! Hört dieser Unfug denn nie auf! Brauchfrau!«, schimpfte der Herr Doktor los. »Wie kannst du auf so ein Weib hören! Wahrscheinlich hat sie auch noch einen Vers gesagt, mit dem man den Wickel besprechen soll, und womöglich hat sie ihren Opfern auch noch mit ihrem Kreuz vor der Nase herumgependelt!«

Erschrocken sah sie ihn an. Wie aufgebracht er aussah! Was war falsch an der alten Buschen? Die kannte viele althergebrachte Mittel, den Menschen zu helfen und dem Vieh. »Aber – alle gehen doch zu der!«, rechtfertigte sie sich.

»Eben. Das ist es ja! Es wird Zeit, dass sich das ändert und diesen Quacksalbern und Kurpfuscherinnen das Handwerk gelegt wird! Leben wir denn im Zeitalter der Naturwissenschaften und der Medizin – oder immer noch im Mittelalter?!« Seine Stimme war immer schärfer geworden. Jetzt machte er eine Pause und fuhr dann freundlicher fort: »In Zukunft lässt du diesen abergläubischen Blödsinn und gehst gefälligst zu einem Doktor, wenn dir etwas fehlt, der hat das nämlich studiert!«

»Ja«, flüsterte sie.

Der Herr Doktor nickte. »Ich schreibe dir einen Hustensaft auf, den kann der Bursche gleich mit aus der Apotheke holen, davon nimmst du dreimal täglich einen Löffel, pünktlich nach den Mahlzeiten!«

»Aber ich esse fünfmal«, wandte sie schüchtern ein. »Ein zweites Frühstück und einen Nachmittagskaffee. Das hat der Herr Oberst mir erlaubt. Soll ich den Saft dann fünfmal nehmen?«

»Wenn ich dreimal sage, dann meine ich dreimal! Früh, mittags und abends. Und jetzt will ich noch zwei Sachen von dir wissen. Erstens: Wie steht es bei dir mit der Ernährung?«

»Herr Doktor, da ist alles in Ordnung ...«

»Mein liebes Kind, ich will nicht wissen, ob du meinst, dass alles in Ordnung ist, ich will eine Antwort auf meine Fragen.«

»Verzeihung, Herr Doktor!« Machte sie denn alles falsch? Sie gab sich große Mühe, seine Frage so genau wie möglich zu beantworten: »Ich koche gut, jeden Tag eine kräftige Suppe und Fleisch und Gemüse und Kartoffeln oder Nudeln oder Reis oder Graupen, und Obst auch und Kompott, und manchmal Fisch oder Huhn. Der Herr Oberst war nie unzufrieden damit und mein Eisbein mit Erbsbrei und Sauerkraut ist ...«

»Du bekommst das gleiche Essen wie dein gnädiger Herr?«, unterbrach er sie.

»Ja. Und wie Fritz. Wir essen alle das Gleiche.«

»Sehr gut. Eine anständige Ernährung ist der Grundpfeiler der Gesundheit, das merke dir für dein Leben! Und jetzt zum Schlafplatz! Du schläfst im Keller, was?«

Verwundert sah sie ihn an.

Er verzog sarkastisch die Mundwinkel. »Der Geruch ist nicht zu verkennen!«, erklärte er knapp. »Die Kellerluft hängt dir in den Haaren und der Kleidung!«

Sie wurde rot. Sollte das heißen, dass sie stank? »Aber ich habe ein richtiges Bett für mich allein!«, brachte sie schwach hervor.

»Fenster?«, fragte er.

Sie schüttelte den Kopf. »Nur in der Tür zum Kellerflur hin.«

»Feucht, was? Und es riecht nach Moder! Also ist Schimmel an den Wänden! Schwarzer Schimmel?«

Sie nickte. »An der Wand neben meinem Bett.«

»Na also!«, erklärte er und lehnte sich zufrieden zurück, als habe er soeben eine schwierige wissenschaftliche Aufgabe mit Bravour gelöst. »Da haben wir die Ursache! Schädliche Ausdünstungen! Finde ich immer wieder. An Professor Pettenkofers Theorie ist doch etwas dran, Professor Koch mit seinen Bakterien hin oder her! Womit ich nichts gegen die Bakteriologie gesagt haben will, das ist eine wahrhaft revolutionierende und segensreiche Wissenschaft, aber meine Kollegen neigen dazu, darüber manches andere aus dem Blick zu verlieren. Aus diesem Kellerloch musst du raus!«

»Ja, aber, ich meine, etwas anderes gibt es hier doch nicht für mich!«, stammelte sie.

»Irgendein trockener, belüftbarer Schlafplatz wird sich ja wohl finden lassen!«

»Aber, Verzeihung, es ist eine gute Stellung, und ich will nicht ...«

»Kein Aber! Noch ein paar Wochen in diesem Kellerloch, und deine Gesundheit ist ein für alle Mal ruiniert! Notfalls musst du eben die Stellung wechseln, sonst kannst du bald nie wieder eine Stellung antreten!«

Sie zuckte zusammen, wollte etwas sagen. Er achtete nicht darauf, sondern fuhr in streng belehrendem Ton fort: »Frische Luft und Hygiene heißen die Zauberwörter, die dich gesund machen werden. Deine Matratze muss weg, am besten verbrennen, Strohsack, was? Das ist nicht zu retten. Die anderen Bettsachen koche durch! Was sich nicht kochen lässt: am besten vernichten. Sonst lüfte es wenigstens ordentlich in der Sonne, lass es richtig durchbraten, damit die Moderluft verfliegt! Schlafe bei geöffnetem Fenster, auch im Winter! Aber schau zu, dass du warm zugedeckt bist und nicht frierst! Nimm meine Anordnungen ja nicht auf die leichte Schulter, sondern befolge sie haargenau, sonst lehne ich jede Verantwortung ab! Trinke viel heißen Tee mit Honig, zwei Liter am Tag! Wenn ich das nächste Mal den Herrn Oberst besuche, will ich hören, dass du meinen Anweisungen gehorcht und pünktlich deine Medizin genommen hast! Und jetzt reiche mir meine Sachen!«

Sie geleitete ihn in die Diele und holte Stock und Hut, Handschuhe und Paletot. »Wie heißen die Zauberwörter?«, fragte er, während sie ihm den Paletot umlegte.

»Frische Luft und Hygiene!«, antwortete sie wie benommen, die Gedanken und Gefühle überschlugen sich in ihr.

Er nickte und ging.

Als er weg war, stand sie noch lange an die Eingangstür gelehnt, die Hände an die heißen Wangen geschlagen. Gerettet.

Sie war gerettet. Sie musste nicht sterben. Sie hatte nicht die galoppierende Schwindsucht. Der Husten würde verschwinden und die Mattigkeit auch und sie würde endlich wieder richtig schlafen können und alles würde gut werden. Der Herr Oberst musste ihr nicht kündigen, weil sie krank war.

Aber wenn er ihr kündigte, weil sie mit ihrem zugewiesenen Schlafplatz nicht vorlieb nahm?

Irgendeinen belüftbaren Platz ...

Im Geiste ging sie die ganze Wohnung durch. Da gab es keine Kammer für sie. Es gab nicht einmal einen Hängeboden mit Fenster.

Notfalls musst du eben die Stellung wechseln, sonst kannst du bald nie wieder eine Stellung antreten ...

Aber eine so gute Stellung fand sie nicht mehr. Eine, in der sie so gut zu essen bekam. Und der Herr Doktor hatte doch auch gesagt, wie wichtig eine gute und reichliche Ernährung war. Wenn sie wieder hungern musste, wurde sie bestimmt auch nicht gesund.

Und Fritz ...

Es tat weh, ihn zu sehen und die Liebe zu spüren und zu wissen, dass sie sich nie erfüllen würde. Aber noch viel, viel mehr würde es wehtun, ihn nicht mehr zu sehen. Er war so nett zu ihr und so hilfsbereit. Und auch wenn sie wusste, dass das nur Dankbarkeit war und vielleicht ein bisschen auch schlechtes Gewissen und dass es bei ihm nichts mit Liebe zu tun hatte – ohne das wollte sie doch nicht sein.

Endlich kehrte sie in die Küche zurück und traf dort auf Fritz, der eben zur Hintertür hereinkam. »Na?«, fragte er. »War der Doktor schon da?«

Sie nickte. Und dann sprudelte alles aus ihr heraus. Sie erzählte Fritz, wie der Herr Doktor sie untersucht hatte und wie er sie ausgefragt hatte und dass es nicht die galoppierende Schwindsucht war.

Fritz stieß einen Jubelschrei aus, fasste Lene und wirbelte sie durch die Luft, so wie damals, als sie noch nichts wusste. »Aber warum schaust du denn dann noch so sorgenvoll?«, fragte er, als er sie wieder auf die Füße stellte. Da berichtete sie, dass sie einen anderen Schlafplatz brauche, einen mit Fenster, und dass sie nicht wisse, wie sie das dem Herrn Oberst beibringen solle, und dass sie fürchte, die Stellung kündigen zu müssen, weil es keinen Schlafplatz mit Fenster gab.

»Fenster?« Fritz zwirbelte seinen Schnurrbart. »Da schlag einer lang hin! Von deinem Kämmerchen bist du also krank geworden?! Wer denkt auch so was!« Er versank in Grübeln. Seufzte. »Hier in der Wohnung lässt der Herr Oberst dich nicht schlafen, das ist gewiss. Weil er fürchtet, du könntest sonst was merken. Er weiß ja nicht, dass du weißt, was du weißt ...« Fritz kratzte sich am Hinterkopf. »Mann Gottes!«, stöhnte er dann und schlug sich mit der Faust auf die flache Hand. »Das darf doch nicht wahr sein, dass alles genau daran scheitern sollte, dass du so ein famoses Mädchen bist und unser Geheimnis so treu bewahrst, selbst vor ihm! Pass auf, Lene, ich bringe das in Ordnung, ich finde schon einen Weg! Lass mich mal machen, ja? Ich geh gleich zu ihm!«

Sie nickte. Seufzte erleichtert auf. Setzte sich auf einen Stuhl. Wartete.

Fritz nahm die Sache in die Hand. Jetzt wurde alles gut.

Der Herr Oberst – eigentlich war er ja kein Unmensch. Seit sie sein Geheimnis kannte, ohne dass er es wusste, kam er ihr überhaupt irgendwie viel menschlicher vor. Nur seinen Befehlen musste man eben gehorchen und alle Pflichten erfüllen, da gab er kein Pardon. Aber wenn er hörte, dass ihr Schlafplatz sie krank machte, da konnte er ja nicht böse auf sie sein. Und schließlich war sie eine gute Haushälterin, er würde sie doch gerne behalten wollen, oder?

Es dauerte lang, bis Fritz wiederkam. So lang, dass sie doch Angst bekam. Aber als sie sein Gesicht sah, verflogen die Sorgen.

Er grinste breit. »Alles bestens! Er war ganz erschrocken, als ich ihm gesagt habe, dass du von diesem Kellerloch krank geworden bist. Das tut ihm Leid, soll ich dir sagen. Na, und dann haben wir überlegt, wo wir dich einquartieren können, und da ist mir die Rumpelkammer auf dem Dachboden eingefallen. Da steht lauter sinnloses Zeug rum, er meint auch, es ist nur gut, wenn das mal ausgemistet wird. Ich helf dir, da Ordnung reinzubringen, und stell dir dein Bett da oben auf, ist ein schönes großes Fenster in der Bodenkammer. Allerdings wird es Frost geben im Winter, da trennen dich nur die Dachziegel vom Himmel und von Ofen keine Rede!«

»Das macht nichts, glaub ich, da deck ich mich halt richtig warm zu, und im Winter leg ich mir eben heiße Ziegelsteine ins Bett. O Fritz!« Sie sprang auf und fiel ihm um den Hals, sie konnte nicht anders.

Er lachte und drückte sie. Und wie er das tat, war es ganz anders, als sie es sich einmal gewünscht hatte. Und doch war es gut, so sehr gut.

»Danke, Fritz! Du bist ein richtig guter Freund!«, sagte sie.

»Das ist ja wohl das Mindeste!«, erwiderte er. »Glaubst du denn, ich würde je vergessen, was ich dir zu danken habe?«

– 8 –

So kalt wie heute war es noch nie gewesen. Der Bezug ihres Federbettes war steif und mit Raureif bedeckt von ihrem eigenen gefrorenen Atem. Zum offenen Fenster drang eisige Schneeluft herein. Dabei war der Winter fast vorbei, Anfang März hatten sie schon. Doch der Frühling schien so weit weg wie noch nie.

Lene tastete nach dem Wecker, stellte ihn aus, zog den Arm rasch wieder zurück unter die schützende Decke. Zwei Federbetten hatte sie übereinander getürmt – sie hatte sie in einem alten Überseekoffer auf dem Dachboden gefunden, als sie diesen mit Fritz entrümpelt hatte, und anstelle des alten genommen, aus dem der Kellergeruch nicht herauszubekommen gewesen war – und noch ein Kamelhaarplaid darüber gebreitet, das seinen Dienst beim Herrn Oberst wegen einiger Brandlöcher längst quittiert hatte. Sie lag ganz still und wohlig im warmen Bett und atmete in tiefen Zügen die scharfe Luft ein. Wie so oft in diesem Winter überfiel sie die Dankbarkeit darüber, wie mühelos sie atmen konnte und wie tief und fest sie geschlafen hatte. Die wiedergewonnene Gesundheit war ein Geschenk, das sie noch immer mit staunendem Glück erfüllte. Jeden Abend dankte sie Gott in ihrem Nachtgebet dafür und bat darum, dass er es dem Herrn Doktor vergalt. Ihre Bodenkammer, ja, die war eine Wohltat für ihre Lunge. Aber jetzt in diese Kälte hinaus ...

Los!, befahl sie sich selbst. Stell dich nicht an!

Sie schlug die Bettdecken zurück, griff im fahlen Nachtlicht der von Gaslaternen erhellten Stadt nach ihrem Kleid, stieg hinein, warf sich das Schultertuch über und zog es zitternd über der Brust zusammen, schloss das Fenster, verließ ihre eisige Kammer, tastete sich im Dunkeln über den Dachboden – hier oben war kein elektrisches Licht verlegt – und betrat das Treppenhaus. In der Küche stieß sie mit dem Feuerhaken im Herd in das Brikett, das sie am Abend in nasses Zeitungspapier gewickelt hatte und das leise schwelend die Glut über Nacht bewahrt hatte, nährte diese mit Spänen und Kienäpfeln. Sie schichtete das Brennholz darüber, das Fritz in handliche Scheite gespalten hatte, und sah einen Augenblick lang dem Feuer zu, beobachtete die aufzüngelnden Flammen. Dann füllte sie Wasser in den Kessel und stellte ihn auf. Sie musste sich beeilen. Der Herr Oberst hatte heute das Frühstück eher geordert, er musste beizeiten los.

Erst durch diesen Gedanken wurde ihr wieder bewusst, was für ein Tag heute war.

Das Staatsbegräbnis Seiner Majestät. Der Kaiser war tot, ihr Kaiser, dessen Bild daheim in Schulhaus gehangen hatte und im Herrenzimmer des Herrn Oberst hing, dieser würdige, gütige Herrscher mit dem weißen Bart, Wilhelm der Erste, der erste Kaiser, er, den sie damals im Tiergarten in seinem Wagen gesehen hatte, der dicht an ihr vorbeigefahren war.

Der Herr Oberst würde an dem Begräbnis teilnehmen. Fritz durfte als Soldat Spalier stehen, irgendwo im Tiergarten auf dem Weg des Trauerzuges nach Charlottenburg zum Mausoleum im Schlosspark. Nur sie durfte eigentlich nicht dabei sein, jedenfalls hatte der Herr Oberst ihr nichts davon gesagt und gefragt hatte sie lieber nicht, damit er es ihr nicht verbot. Denn entschlossen war sie, rechtzeitig bevor der Trauerzug sich in Bewegung setzen würde aus dem Haus zu gehen, als ob sie einkaufen wollte, und den Weg bis zu den Linden zurückzulegen, auch wenn das ein ganz schönes Stück war. Aber die Pferdeomnibusse würden heillos überfüllt sein, ganz Berlin würde auf den Beinen sein, hatte Fritz gemeint. Wie sollte sie da zu Hause bleiben und ihre Arbeit erledigen, als sei es ein Tag wie jeder andere? Da hatte sie lieber gestern bis weit in die Nacht hinein die Hemden des Herrn Oberst gebügelt, damit sie sich heute zwei Stunden von ihrer Hausarbeitszeit abknapsen konnte.

Sie lächelte stolz: Das war eben der Vorteil, wenn man eine selbstständig planende Haushälterin war wie sie und nicht nur ein Mädchen für alles mit einer Gnädigen im Rücken, die einem jeden Schritt und jeden Handgriff vorschrieb und die einen putzen oder waschen ließ an einem Tag, an dem die ganze Welt den Atem anhielt.

Dabei war nicht einmal Landestrauer angeordnet. Der Herr Oberst war darüber erbost gewesen, das wären SM Seinem Vater schuldig gewesen, hatte er sich aufgeregt, aber so richtig mitbekommen hatte Lene es nicht, es war nicht für ihre Ohren bestimmt gewesen. Sie verstand so wenig von der großen Politik.

Fritz sagte, das mache nichts, ganz im Gegenteil, Politik sei nichts für Frauen. Politik sei Männersache. Aber die Frau Lehrer war da anderer Meinung gewesen, die hatte immer die Zeitung gelesen, und nicht nur die Todesanzeigen und die Haushaltsseite. Die Frau Lehrer hatte oft voll Wärme und Liebe vom Kronprinzen und seiner bürgerlichen Gesinnung gesprochen und davon, dass die Zeiten freier und liberaler werden würden, wenn er endlich an die Regierung käme, und dass er ein Bürgerkaiser werden würde, dass er seinen Sohn Wilhelm, den nächsten Kronprinzen, wie einen bürgerlichen Jungen erzogen hätte und in Kassel gemeinsam mit Bürgerlichen hätte auf die Schule gehen lassen und den Weg von Berlin nach Kassel zu Fuß zurücklegen, woraus man doch sehe, was für eine noble Einstellung er hätte. Aber was das alles genau bedeutete, hatte Lene nicht verstanden, sich auch nicht dafür interessiert. Jetzt hätte sie gerne jemanden, den sie danach fragen könnte.

Nur wenn die Frau Lehrer über die Kronprinzessin geredet hatte, dann hatte Lene immer ganz gespannt zugehört: dass die Sache der Frauen und die Bildung der Mädchen bei der Kronprinzessin in den besten Händen liegen würden, wenn die erst einmal Kaiserin sei, dann würde sie ihren Einfluss geltend machen und dann würden, so Gott will, eines Tages auch Mädchen in Preußen Medizin studieren können und müssten dafür nicht mehr in die Schweiz gehen. Dass so etwas jetzt Wirklichkeit werden würde, fand Lene aufregend. Auch wenn es nur für Mädchen aus guter Familie galt, deren Vater selber Arzt war oder Professor oder Polizeihauptmann, und nicht für eine wie sie, die eben nichts anderes werden konnte als Dienstmädchen oder Magd oder Fabrikarbeiterin. Aber davon zu träumen ...

Fritz kam in die Küche, griff nach dem Kaffee, den Lene frisch gebrüht hatte, und ließ sich am Tisch nieder. Lene öffnete die Tür zur Hintertreppe und holte den Beutel mit den frischen Brötchen herein, den der Bäckerjunge an die Türklinke gehängt hatte. Während sie Fritz sein Frühstück hinstellte, fragte sie: »Sag mal, der Kronprinz – ich meine der neue Kaiser – was weißt du über SM?«

»Ja, der!«, meinte Fritz und biss in sein Brötchen. »SM!

Unser neuer Kaiser Friedrich! Der Held von Königgrätz! Ein Feldherr erster Güte! Der hat damals in Böhmen die Österreicher das Fürchten gelehrt! Als Retter kam er mit seiner Armee in höchster Not, als SM in der Schlacht schon an Rückzug dachten, nur Moltke, der wusste, auf den Kronprinzen war Verlass. Der Kronprinz kam, auch wenn seine Truppen schier im Matsch stecken zu bleiben drohten. Wir müssen den Hund in den Schwanz kneifen!, gab er als Parole aus, und das taten seine Soldaten dann auch, und der Sieg war unser!« Fritz hatte sich in Begeisterung geredet.

Lene schwieg. Die Schlacht von Königgrätz, 3. Juli 1866, ja, das hatte sie in der Schule auswendig gelernt wie die Tage vieler anderer Schlachten, Jena und Völkerschlacht bei Leipzig und Waterloo und Düppeler Schanzen und Sedan – aber das war nicht das, was sie bewegte.

»Und Seine Krankheit?«, fragte sie. »Ich hab gehört, SM hätten es am Kehlkopf und könnten gar nicht mehr sprechen?«

Fritz nickte. Seufzte. Schwieg.

»So schlimm?«, fragte Lene.

Fritz nickte noch einmal. Nur widerwillig kamen die Worte aus seinem Mund, gleichsam als wolle dieser sich sträuben, so schlechte Nachrichten auszusprechen. »Krebs heißt es in Offizierskreisen, sagt der Herr Oberst. Todkrank ist er jedenfalls, kein Wort kann er sprechen, nur Zettel schreiben, und jetzt auch noch bei dieser Saukälte und diesem Schnee in aller Eile aus San Remo zurückgekehrt, das liegt in Italien, wo er wegen seiner Gesundheit war, oder seiner Krankheit, besser gesagt. Der Herr Oberst sagt, es bestehe keine Hoffnung und es lohne gar nicht, sich auf Kaiser Friedrich einzustellen, da doch in wenigen Wochen oder Monaten der junge Kronprinz als Wilhelm der Zweite unsere neue Majestät sein wird! Nach dem müsse man sich richten und der sei sehr für das Heer und für die Marine und wolle uns glanzvollen Zeiten entgegenführen. Aber Leid tut es mir trotzdem um unseren Kaiser Friedrich. Wenn man sich das vorstellt, ein Leben lang der Zweite sein, immer auf seine große Stunde warten, wenn es so weit sein wird und man das Zepter in die Hand nehmen kann und das verwirklichen, was man erträumt hat, denn anders hätt er's gemacht als sein Vater, unsere alte Majestät, das steht einmal fest. Und nun ist es endlich so weit, und dann ist es zu spät und der Sensenmann steht schon da mit dem Stundenglas in der Hand, und es heißt: Abgetreten!« Fritz schüttelte den Kopf, stand auf, nahm das von Lene vorbereitete Serviertablett und ging hinaus.

»O Gott!«, betete Lene lautlos. »O Gott!« Weiter wusste sie nicht.

Was für ein Tag! Die Sonne schien, der Frühling war mit Macht hereingebrochen, als hätte nicht vor drei Wochen noch der Winter mit eisiger Unerbittlichkeit über Berlin gelegen, und Lene hatte sogar gewagt, ihr Sommerkostüm hervorzuholen. Frisch gewaschen und gestärkt und gebügelt hatte sie es, keine Spur mehr von Kellergeruch, es duftete nach Seife und Lavendel und Sonnenluft, genauso wie ihre sorgfältig gelockten Haare. Und neue Handschuhe trug sie, feine weiße Handschuhe wie eine Dame, die ihre vom vielen Waschen, Spülen und Putzen abgearbeiteten Hände verbargen.

Heute war sie schön. Heute war das Leben schön. Heute war Ostersonntag und der Herr Oberst war mit Fritz auf sein Gut bei Gnesen gefahren und hatte ihr bei seiner Abreise ausdrücklich erlaubt, sich die ganzen drei Feiertage freizunehmen, sogar nach Hause zu fahren, wenn sie das wollte, aber das wollte sie nicht. Hier in Berlin war ja jetzt viel mehr ihr Zuhause als im Dorf bei dem Herrn Lehrer, der sich nicht drum kümmerte, wenn sie da war, und bei der Frau Lehrer, die längst ein neues Kindermädchen hatte, und bei der Mutter, die auf ihrer Postkarte zu Weihnachten geschrieben hatte, dass sie schon wieder auf einem neuen Gutshof arbeitete, und die keinem von ihr erzählte und nur daran dachte, dass ihr ganzes Leben versaut war, weil sie die Lene bekommen hatte. Und überhaupt, das Dorf, das war das letzte Kaff, und das wirkliche Leben, die große weite Welt, das war nur hier, in Berlin.

Lene lächelte. Sie wusste sehr wohl, wer hinter der Großzügigkeit des Herrn Oberst, ihr Urlaub zu geben, steckte, aber als sie Fritz leise ein »Danke!« zugeflüstert hatte, hatte der nur breit grinsend zurückgeflüstert: »Ich? Was hab denn ich damit zu tun?« Und zum Abschied hatte er ihr wortlos etwas in die Hand gedrückt und ihr dabei zugezwinkert, und erst als er mit dem Koffer des Herrn Oberst schon aus der Tür gewesen war, hatte sie gesehen, was es war: der Schlüssel für das Haustor. Zum ersten Mal besaß sie nun einen Schlüssel für das Tor, das jeden Abend um zehn Uhr abgeschlossen wurde, und konnte ausbleiben, so lange sie wollte. Und jeden Tag konnte sie sich den Badeofen anheizen und in der Badewanne des Herrn Oberst baden, als sei sie eine adelige Dame, auch wenn sie das nicht durfte, aber der Herr Oberst merkte es ja nicht. Ein schlechtes Gewissen hatte sie nicht deswegen, oder kaum, denn eine kleine Vergünstigung konnte er ihr ruhig gönnen, fand sie, da sie doch sein Geheimnis so treu hütete, auch wenn er das nicht wusste. Und das bisschen Brennholz konnte er verschmerzen. Es war ein so wunderschönes Gefühl, im warmen Wasser zu liegen. Eine ganze Stunde hatte sie heute Morgen in der Badewanne verbracht.

Lene ließ sich treiben im Strom der Menschen. Wie viele Leute heute unterwegs waren! Ganz Berlin musste auf den Beinen sein, eine festlich gehobene Stimmung lag in der Luft, und alle schienen nur ein Ziel zu haben: die Flaniermeile Unter den Linden. Lene musste gar nicht entscheiden, wohin sie gehen wollte, von selbst wurde sie mitgenommen. Und immer mehr spürte sie: Etwas Außergewöhnliches würde heute geschehen.

Für den späten Nachmittag war sie halb und halb mit Bertha in der Kaiserpassage verabredet – bei ihrem letzten Treffen hatten sie beide noch nicht gewusst, ob sie Ostern freihaben würden, und vielleicht würde Bertha nicht kommen können –, doch im Augenblick war Lene ohne Ziel und Verpflichtung

Gesprächsfetzen von Männern und Frauen um sie herum schnappte sie auf: »Gründonnerstag ist er in der offenen Kutsche gefahren, das war ein Bild, alle Blumenläden waren im Nu ausverkauft, da sind die Blumen auf ihn gerieselt wie vor ein paar Wochen die Schneeflocken, seine Kutsche ein einziges Blütenmeer« – »Ja, aber heute ist Polizei aufgeboten, die den Straßenrand abriegelt« – »Hauptsache, wir können ihm zuwinken« – »Wenn's nur so bliebe« – »Ich sag dir doch, der macht's nicht lang, dann sieht er das Gras von unten wachsen und wir haben schon wieder den nächsten Kaiser und noch dazu 'nen Krüppel« – »Pass bloß auf, was du sagst, oder du sitzt wegen Majestätsbeleidigung in Moabit« – »Man wird ja die Wahrheit noch sagen dürfen, hat der Kronprinz einen verkrüppelten Arm oder hat er ihn nicht« – »Genau, und wenn einer einen verkrüppelten Arm hat, dann ist er ein Krüppel, da kann er seinen Arm verstecken, so viel er will« – »Jetzt malt nicht den Teufel an die Wand, nehmt lieber die Beine unter die Arme, dass wir ihn nicht verpassen, unseren Bürgerkaiser« – und endlich begriff Lene, dass von Kaiser Friedrich die Rede war und dass alles unter die Linden strömte, um SM zu sehen.

Angesteckt von der allgemeinen Begeisterung eilte sie am Spreeufer entlang. Da plötzlich von der Schlossbrücke her, auf der sich Menschentrauben dicht unter den geflügelten Marmorfiguren drängten, ein unbeschreiblicher Tumult, ein Hochrufen und Jubeln. Blumensträuße und Hüte flogen in die Luft, »Hurra!« schallte es herüber und »Lang lebe Kaiser Friedrich!«, die Massen gerieten in Bewegung, durchbrachen offensichtlich die polizeilichen Absperrungen, auch am Spreeufer begannen nun die Menschen zu rufen und zu rennen. Lene wurde geschoben und geschubst, rannte mit, doch da, ein rücksichtsloser Ellbogen traf sie in der Magengrube, die Luft blieb ihr weg, sie krümmte sich. Mit Mühe rettete sie sich an den Rand des Gehsteiges und hielt sich am Geländer fest, während hinter ihr die aufgeregten Massen vorbeifluteten. Dann ebbte der Spuk ab. Das Lärmen verklang. Seine Majestät waren vorüber.

Lene, über das Geländer zum Wasser gebeugt, atmete noch immer schwer, doch dieser unglaubliche Schmerz in ihrem Körper ließ nach. »Darf ich Ihnen behilflich sein, Fräulein? Ich bin Arzt!«, wurde sie da von einer tiefen Stimme angesprochen.

Sie drehte sich um. Ein Herr im Gehrock stand hinter ihr, den Zylinder trug er in der Hand, dunkle Haare hatte er und einen mächtigen Schnurrbart, vielleicht dreißig Jahre mochte er sein und sehr freundlich. »Danke!«, brachte sie hervor. »Das ist sehr aufmerksam, aber es geht schon wieder. Das war nur ein Ellbogen in der Magengrube!«

»O ja!« Er nickte mitfühlend. »Das Nervengeflecht im Solarplexus kann einen unmittelbar außer Gefecht setzen. Wie gut, dass es nichts Ernsteres ist. Aber lassen Sie mich für alle Fälle doch Ihren Puls fühlen?«

»Ach, das ist ja nicht nötig. Aber wenn Sie meinen!« Sie streckte ihm ihre Hand hin und freute sich, dass sie die Handschuhe trug, sodass er die rissige Haut nicht sah. Sie spürte Hitze in den Wangen. Seine Finger schoben am Handgelenk den Stoff des Handschuhs beiseite und griffen geübt nach ihrem Puls, sie fühlte selbst, wie er sich beschleunigte. Das hier, das war sehr anders als damals mit dem Doktor des Herrn Oberst in der Küche. Dieser Doktor hier, der wusste sehr wohl, dass er die Hand eines jungen Mädchens hielt, und es war ihm nicht gleich. Ihr auch nicht.

»Alles in bester Ordnung!«, erklärte er lächelnd und fügte mit einer leichten Verbeugung hinzu: »Den großen Auftritt Seiner Majestät haben wir ja nun leider versäumt. Erlauben Sie mir, dass ich Sie zum Trost ins Café Bauer einlade? Doch verzeihen Sie, ich habe mich ja noch gar nicht vorgestellt: Doktor Dietrich Strewinsky!«

Er war ein Doktor und er hatte dieses gewisse Etwas, an dem man den Reserveoffizier und den Spross aus großbürgerlicher Familie erkannte. Er sah erschreckend gut aus mit seiner hohen schlanken Gestalt und den dunklen Augen. Und er lud sie in das berühmteste Café unter den Linden ein.

Das kann nicht wahr sein!, sagte eine warnende Stimme in ihr. Märchen sind nicht für das wahre Leben.

Warum nicht?, hielt trotzig eine andere dagegen.

»Ich habe Sie doch hoffentlich mit meinem Ansinnen nicht gekränkt, Fräulein ...?«, fragte er und hielt seine Stimme so fragend erhoben, dass ihr klar war, jetzt musste sie ihren Namen nennen. Das »Lene« lag ihr schon auf der Zunge, doch da, im Aussprechen vollzog sich plötzlich die Entscheidung wie von selbst. »Lenz!«, sagte sie. »Lene Lenz!«

Er verneigte sich noch einmal. »Sehr angenehm, Fräulein Lenz. Und wenn ich nun noch einmal auf meine Frage zurückkommen darf? Was halten Sie von Café Bauer?«

»Es wird voll sein!«, erwiderte sie leichthin.

Er lachte. »Da haben Sie Recht! Sie kennen das Café?«

Sie nickte wie selbstverständlich. »Mein Vater führt uns sonntags gelegentlich dorthin aus. Aber bedenken Sie, heute, an Ostern, und bei dieser Menschenmenge!«

»Gewiss!« In seinen Augen blitzte es. »Aber ich bin dort Stammgast, müssen Sie wissen, und einer der Ober weiß mir immer einen Platz zu verschaffen; er kennt das Trinkgeld, das ihn dafür erwartet. Also, wenn ich bitten darf?«

Wenn er merkt, dass ich Dienstmädchen bin, dann denkt er womöglich, ich wäre leichte Beute. Eine für einen dunklen Hauseingang. Und dann ran an die Wäsche und weg, ex und hopp. Und du stehst da, und am Ende geht es dir so wie deiner Mutter, und das ganze Leben ist versaut. Sei vorsichtig, Lene, sei vorsichtig!

Nein, so einer ist er nicht. Forsch, ja, aber nicht gemein. Wofür hält er mich? Er weiß, dass er über mir steht, eine Dame aus seinen Kreisen würde er nie und nimmer auf der Straße ansprechen, eine Abfuhr wäre ihm gewiss. Aber er weiß nicht, was ich bin. Wie würde sich ein bürgerliches Fräulein verhalten?

»Sie zögern!«, stellte er fest. Etwas war in seinem Ton, was ihr sagte, dass ihm ihr Zögern gefiel. »Es wäre Ihrem Herrn Vater wohl nicht recht?«

Plötzlich überfiel sie die Komik der Situation. Lene lachte. Es ist ein Spiel, dachte sie, also spiel es gut, Lene! »O nein!«, erwiderte sie, immer heftiger lachend. »Es wäre ihm ganz und gar nicht recht! Er ist Lehrer, müssen Sie wissen, und nimmt alles sehr genau und wenn er es erfährt, so erhalte ich eine ganze Woche Arrest in meinem Zimmer bei Wasser und Brot. Aber dieses Risiko nehme ich auf mich, für eine Stunde komme ich mit Ihnen. Das ist das Verwegenste, was ich je in meinem Leben getan habe!«

»Dann kommen Sie, meine Abenteuerin!« Nun lachte er auch, und sie wusste nicht, glaubte er ihre Geschichte oder durchschaute er den Schwindel, und es war ihr gleich.

Sie schlenderten die Straße entlang, ehrerbietig machten ihnen Leute aus dem einfachen Volk Platz, einer zog gar den Hut vor ihnen – was für ein Gefühl! Sie erreichten die Linden, die Fahrbahn war übersät mit den Blumen, die dem vorbeifahrenden Kaiser zugeworfen worden waren. Noch immer herrschten dichtes Gedränge und großes Polizeiaufgebot, aber Lene am Arm ihres Kavaliers fühlte sich sicher und erhoben. Mit allen Sinnen nahm sie das Schauspiel in sich auf, genoss jeden Augenblick.

Ein kleines Mädchen sprach sie an und hielt ihnen bittend einen Veilchenstrauß hin. Der Herr Doktor Strewinsky schmunzelte: »Die hast du eben von der Straße aufgelesen, was? Nun, sei's drum, du bist eine geschäftstüchtige kleine Göre, mach weiter so und du bringst es eines Tages noch zu einem eigenen Blumenladen. Hier!« Er zahlte ihr fünfzig Pfennige und überreichte Lene das Sträußchen mit angedeuteter Verbeugung und einem »Die Blumen waren für Seine

Majestät bestimmt und sind somit wohl würdig für ein so reizendes Fräulein wie Sie!« Lene lachte und kannte ihr eigenes Lachen nicht wieder: so hell und hoch und unbeschwert.

Und dann das Café! Ein unglaublicher Luxus, der zweigeschossige Lichthof mit den Säulen und den wunderbaren Wandgemälden, all die herausgeputzten vornehmen Damen an den kleinen runden Marmortischen, die Offiziere und Geheimräte und würdigen Herren, die wenigen wohlerzogenen Kinder, die kaum einen Mucks zu machen wagten, und natürlich waren alle Plätze belegt. Doch ein kurzer Blickaustausch von Herrn Doktor Strewinsky mit einem der Ober, und der nächste frei werdende kleine Tisch im Obergeschoss war für sie.

Der Ober rückte die Stühle zurecht und reichte Ihnen die Karte, doch Lene erklärte wie selbstverständlich: »Nicht nötig, ich weiß schon, was ich möchte: eine Tasse Schokolade und ein Stück Ananas-Sahnetorte!« Und bedankte sich im Stillen beim Herrn Lehrer, der immer darauf geachtet hatte, dass sie einwandfreies Hochdeutsch sprach und keinen Dialekt, und bei der Frau Lehrer, die ihr Tischmanieren beigebracht hatte, und bei der Frau Polizeihauptmann, bei der sie sich vornehmes Betragen abgeguckt hatte, und beim Herrn Oberst, durch den sie wusste, dass es etwas so Ausgefallenes gab wie Ananas-Sahnetorte.

Der Herr Doktor erzählte von diesem und jenem, sie hörte es kaum. Sie hörte nur den warmen Klang seiner Stimme und das festliche Stimmengewirr im Hintergrund und das Piano, das im Erdgeschoss gespielt wurde, und wusste, sie war die Prinzessin im Märchen und er war der Märchenprinz und es war alles ein Traum, und wenn sie aufwachte, würde der Traum vorbei sein.

Was für schlanke, feingliedrige Hände er hatte!

»Sie spielen Klavier, nicht wahr?«, fragte sie unvermittelt.

Er sah sie überrascht an. »In der Tat, doch wie kommen Sie darauf?«

»Ich sehe es an Ihren Händen«, erwiderte sie. »Ich stelle mir gerade vor, wie Sie die Mondscheinsonate spielen.«

Er lachte. »Ja, die spiele ich gern, nur das Presto agitato gerät mir denn doch eher nur zum Allegro! Und was meine Hände betrifft – von denen lebe ich, wie sonst von nichts. Ich bin Chirurg.«

»Ja, die Chirurgie ist ein aufstrebendes Gebiet der Medizin seit der Erfindung der Anästhesie, nicht wahr?«, warf Lene ein, denn das war eines der Themen, über die der Herr Lehrer manchmal gesprochen hatte.

Er blickte sie so positiv überrascht an, dass sie sich weiter vorwagte: »Überhaupt, die Medizin, was für eine moderne Naturwissenschaft, das sagt mein Vater auch immer! Wenn ich bedenke, dass es immer noch Leute gibt, die mit ihren Krankheiten nicht zu einem Arzt gehen, der das studiert hat, sondern zu irgendwelchen Quacksalbern und Kurpfuschern, die merkwürdige Brustwickel anordnen und womöglich noch Warzen besprechen und mit einem Kreuz pendeln und all diesen abergläubischen Blödsinn!«

Er zeigte sich äußerst erfreut, stimmte ihr zu und begann von der Charité zu sprechen, der Klinik, an der er arbeitete. So hatte sie wieder Zeit ihn zu betrachten. Seine leicht gebräunte Haut. Die Art, wie er manchmal kurz die Nase krauste oder die Augenbrauen zusammenzog oder mit der Rechten über seinen Schnurrbart strich. Seine Augen, die ihr so dunkel und tief erschienen, wie ein See, in dem man schier versinken konnte …

Nein, Lene! Denk an das Mädchen damals in der Stadtbahn mit seinem Galan. Damals hast du gesehen, dass die beiden Welten voneinander getrennt haben und dass es nicht gut gehen kann und dem Mädchen nur Kummer und Leid bringen wird und vielleicht das Verderben. Von diesem Doktor Strewinsky trennen dich ebenso viele Welten, eine unüberbrückbare Kluft. Mach keinen Fehler! Es ist ein Spiel. Es macht Spaß. Aber beende es, ehe es ernst für dich wird! Noch einmal so etwas wie das mit Fritz, oder gar noch etwas Tieferes, und alles das, was draus werden kann, das überlebst du nicht!

Sie beugte sich vor: »Bitte, Herr Doktor, ich muss jetzt gehen! Mein Vater achtet genau auf die Zeit, ich muss pünktlich zu Hause sein!«

»Natürlich! Der strenge Herr Lehrer!«, erwiderte er und winkte dem Ober. »Darf ich Sie denn nach Hause geleiten?«

»Lieber nicht!«, erwiderte sie leise.

»Dann gibt es keine Hoffnung auf ein Wiedersehen?«

Sie schüttelte den Kopf.

Er nickte. »Schade, Lene!«, sagte er, und auf einmal war sein Ton anders, vertrauter, näher und zugleich so, dass ihr schlagartig klar war: Er hatte ihre Maskerade durchschaut, hatte ihr Spiel mitgespielt und gewartet, in welche Richtung es sich entwickeln würde. »Schade, liebe Lene! Du gefällst mir, weißt du. Wir hätten eine schöne Zeit zusammen haben können. Ein paar Wochen oder Monate ... Aber Recht hast du. An dir könnte sich manche so genannte Dame ein Beispiel nehmen. Pass auf dich auf, Kleine! Und überleg dir weiter so gut, von wem du dich nach Hause bringen lässt!«

Sie saß da, ihr Kopf glühte, ihr Herz schlug schwer, am Scheideweg fühlte sie sich auf einmal. Eine Liebschaft, es war unverblümt eine Liebschaft, was er ihr da angeboten und was sie ausgeschlagen hatte. Sie war wirklich eine, die so einem wie dem da gefallen konnte. Man musste sich das vorstellen, er war ein Studierter und ein Doktor und ein Reserveoffizier aus bester Familie. Vielleicht war sein Vater Großkaufmann oder Bankier oder Hochschulprofessor, und er hätte sie gewollt, sie, Lene Schindacker. Den Kuhstall sah man ihr nicht mehr an, und dieser Mann da, durch und durch ein Herr war er, er hätte ihr ja auch gefallen. O ja, wie ein Traum wäre es gewesen, und ein schöner noch dazu, aber sie kannte das Leben und wusste, was es bedeutete, ein uneheliches Kind großzuziehen, und er achtete sie dafür, dass sie auf ihre Ehre hielt. Und das war das Beste daran.

Er geleitete sie zur Tür und beugte sich zu einem vollendeten Handkuss über ihre Hand. Und dann auf einmal wieder ganz im alten Ton, als habe es das kurze Intermezzo der Vertraulichkeit nicht gegeben: »Meine Empfehlung an den Herrn Vater! Ich danke Ihnen sehr für diese anregende Stunde, die ich in Ihrer Begleitung verleben durfte, Fräulein Lenz!«

Ihr ging es vielleicht gut! Genüsslich biss Lene vom Butterkuchen ab und schenkte sich eine weitere Tasse Bohnenkaffee ein. So ein Lotterleben!

Schon gestern Mittag war sie mit dem Frühjahrsputz fertig geworden, den der Herr Oberst telegrafisch angeordnet hatte, als er ihr mitteilen ließ, dass er vierzehn Tage länger als geplant auf seinem Gut bleiben werde. Zwei Wochen Freiheit, die morgen vorüber sein würden, zwei Wochen, ohne den Tageslauf nach ihm richten zu müssen, ohne Aufräumen und Bettenmachen, ohne anspruchsvolles Kochen und ohne Hemdenbügeln und kleine Wäsche – die gar nicht so klein war, denn der Herr Oberst zog zu Lenes Verwunderung und ganz im Gegensatz zum Herrn Polizeihauptmann täglich ein frisches Hemd und mehrmals wöchentlich frische Unterwäsche an. Das alles jede Woche in der Küche auf dem Herd zu kochen und am Waschbrett eigenhändig zu waschen, war eine Heidenarbeit. Statt all dieser üblichen Tätigkeiten hatte sie ungestört Zeit für einen richtigen Großputz gehabt. Es war viel Arbeit gewesen, aber es hatte ihr Spaß gemacht. Weil man sah, was man tat, und einem keiner reinredete und man sich an der eigenen Tüchtigkeit freuen konnte. Jeder Kronleuchter war geflimmert, jede Kachel poliert, jedes Buch ausgeschüttelt, jeder Bilderrahmen abgestaubt, jedes Kristallglas frisch gespült, jedes Schrankfach gesäubert und neu geordnet. Sogar oben auf den Schränken hatte sie mit einem feuchten Tuch gewischt, keinen Winkel übersehen. Der Herr Oberst sollte merken, dass sie seine Großzügigkeit zu schätzen wusste.

Mit dem Kochen für sich selbst hatte sie sich nicht lange aufgehalten. Lieber schnell nur Bratkartoffeln mit Spiegelei und dafür nachmittags zwei Stück Kuchen vom Bäcker. Lieber nicht lang in der Küche stehen und dafür zwischendurch eine Stunde lesen. Seit gestern Mittag las sie nur noch.

In dem Sessel, der im Erker des Herrenzimmers stand, hatte sie es sich gemütlich gemacht und das Tablett mit Kaffee und Kuchen auf dem Beistelltisch neben sich gerückt. Sie liebte dieses Zimmer, klar, hell und edel war es, ohne den überladenen Pomp, den das Herrenzimmer des Herrn Polizeihauptmann gehabt hatte, und nicht so düster wie das als Esszimmer möblierte Berliner Zimmer. Es war das Allerheiligste des Herrn Oberst, das sie außer zum Saubermachen niemals betreten durfte. Aber heute war es ihr Zimmer. Lächelnd schaute sie sich noch einmal um. Dann die Füße unter den Körper gezogen, das Buch aufgeschlagen und eingetaucht in eine andere Welt.

Als sie die Bücher des Herrn Oberst Band für Band auf dem Balkon aneinander geschlagen hatte, damit der Staub davonflog, hatte sie sich die Titel alle angesehen. Die meisten interessierten sie nicht: militärischer Kram. Doch es waren auch Romane darunter und Gedichtbände und Dramen. Und dieses Buch mit Novellen von jenem Theodor Storm, dessen »Immensee« sie schon so gerührt hatte. Bis morgen musste sie alle Geschichten durchhaben, denn der Herr Oberst würde ihr nie und nimmer erlauben, seine Bücher zu lesen. Wenn er wüsste, dass sie es in seiner Abwesenheit tat! Und noch dazu in seinem Zimmer in seinem Lieblingssessel sitzend ...

Ein Dienstmädchen, das seinen Platz nicht kannte, würde er hochkant hinauswerfen. Und vorher so zusammenstauchen, dass sie, wie Fritz zu sagen pflegte, ihre Knochen im Schnupftuch nach Hause tragen könnte. Aber bis morgen noch konnte sie hier tun und lassen, was sie wollte. Sie wollte nur eines: lesen.

»Aquis submersus« hatte sie tief in den Bann gezogen, die Geschichte ergriff sie immer mehr, brachte etwas in ihr zum Schwingen und Klingen. Als der Maler Johannes seine Katharina wiedersah, von der er vor fünf Jahren durch ihren Bruder, den grausamen Junker, getrennt worden war, und als er mit ihr sprach und sie ihm offenbarte, dass sie ein gemeinsames Kind hätten, liefen Lene Tränen über die Wangen. »*Da wurde ich meiner schier unmächtig; ich riss sie jäh an meine Brust, ich hielt sie wie mit Eisenklammern und hatte sie endlich, endlich wieder! Und ihre Augen sanken in die meinen, und ihre roten Lippen duldeten die meinen, wir umschlangen ...*«

In diesem Augenblick schellte die Klingel. Dreimal kurz hintereinander, dann einmal lang.

Lene fuhr in die Höhe. Fritz! Das war das Zeichen von Fritz, mit dem er ihr immer unten von der Haustür aus die Heimkehr des Herrn Oberst ankündigte, wenn er mit ihm gemeinsam von der Kaserne kam.

Der Herr Oberst kehrte zurück, einen Tag früher als angekündigt, und sie saß hier mit Kaffee und Kuchen in seinem Sessel in seinem Zimmer und las sein Buch!

Lene sprang auf, rannte zum Schrank, die Tür öffnen, das Buch an seinen vorgegebenen Platz, den Schrank schließen, zurück zum Erker, das Tablett raffen, durch die Diele und das Berliner Zimmer in die Küche damit –

Sie stellte das Tablett auf den Küchentisch, stürzte wieder in die Diele, riss die Wohnungstür auf, machte einen Knicks vor dem Herrn Oberst. Er musterte sie mit diesem Blick, bei dem sie sich bis ins Innerste durchschaut fühlte. »Na«, meinte er, »die Überraschung ist offensichtlich gelungen! Aber wenn du meinen Befehlen gehorcht hast, hast du ja keinen Grund dich zu fürchten. Lass sehen, wie du meinen Hausstand führst, wenn ich nicht da bin! Komm mit!« Seine Stimme war kurz und schneidend, die ganze Befehlsgewalt des preußischen Offiziers lag darin.

Er inspizierte die ganze Wohnung wie ein Feldwebel die Stube der Rekruten. Er begann in seinem Herrenzimmer, fuhr mit den Augen die Reihen seiner Bücher ab, prüfte die richtige Stellung der Gegenstände auf seinem Schreibtisch, wischte mit seinem Handschuh die Oberkante der Schränke entlang und betrachtete danach das makellose Weiß des Stoffes. »Der Beistelltisch im Erker steht schief!«, sagte er kurz angebunden und Lene rückte diesen rasch gerade. Ein paar Kuchenkrümel lagen auf der Fläche, waren durch das unruhige Intarsienmuster zum Glück seinem Blick entgangen. Unauffällig wischte sie mit der Hand darüber. So ging es von Raum zu Raum. Im Berliner Zimmer machte er die Türen des Buffets auf, hielt Gläser gegen das Licht, zog die Schubladen heraus und kontrollierte, ob das silberne Tafelbesteck geputzt war. Als Letztes schritt er vor Lene und Fritz her in die Küche. »Da habe ich dich wohl bei deinem Kaffee unterbrochen!«, stellte er mit knapper Kopfbewegung zu dem Tablett mit dem angebissenen Butterkuchen hin fest und ließ seinen Blick über die funkelnd polierten Kupferpfannen und die makellose Ordnung auf den Regalen gleiten. Mit Entsetzen fiel Lene auf, dass sie das waagrecht verlaufende Stück des Ofenrohrs nicht sauber gemacht hatte, messerrückendick klebte darauf der schmierige Schmutz. Doch das merkte er nicht.

Der Herr Oberst sah Lene unter hochgezogenen Augenbrauen hervor an und nickte anerkennend. »Muss schon sagen, Lene: perfekt! Wenn die Katz aus dem Haus ist, tanzen die Mäuse!, heißt es ja gemeinhin, aber bei dir nicht. Wärst du Soldat, ich würde dich befördern. Von heute an erhältst du drei Mark mehr Lohn!« Damit war er aus der Küche, ehe sie etwas antworten konnte.

Lene sank auf den nächstbesten Stuhl.

Fritz grinste.

Wenn er nicht geklingelt hätte ...

»Drei Mark mehr!«, stieß Lene schließlich überwältigt hervor.

»Die hast du verdient!«, meinte Fritz. »So sauber und ordentlich war diese Wohnung noch nie, das kannst du mir glauben.«

»Trotzdem!«, sagte sie. »Er hätte es nicht nötig, so großzügig zu sein!«

Auf einmal sah Fritz sehr ernst aus. »Ach, Lene! Wie sehr er es nötig hätte, ahnt er ja nicht, und ich kann es ihm nicht sagen! Wenn hier einer großzügig ist, dann bist du es!« Er legte ihr die Hand auf die Schulter.

Sie lehnte ihren Kopf an seinen Arm und schloss die Augen.

So nah hatte sie sich Fritz noch nie gefühlt.

Nein, es war nicht mehr so wie früher, die Verliebtheit war weg, das Herzklopfen und dieses Gefühl, als würde etwas schmelzen in ihr. Auch der Schmerz darüber, dass sie nie richtig zusammengehören würden, war vorbei, lautlos hatte er sich davongeschlichen, sie hatte es nicht einmal bemerkt.

Aber dennoch war da etwas zwischen Fritz und ihr, was bleiben würde. Etwas, wofür sie keinen Namen wusste. Nur, dass es ihr viel wert war. Sehr viel wert.

– 9 –

Lene zog die Schnüre ihres Mieders enger. Die Brüste im Ausschnitt rundeten sich. Noch ein bisschen ziehen und noch ein bisschen. Richtig rund und prall sah es jetzt aus. Letztes Jahr hatte sie sich noch Watte darunterstopfen müssen. Davon war jetzt keine Rede mehr. Alles echt. Schon zweimal hatte sie ihre Kleidung weiter machen müssen, in der Taille auch, weil sich das gute Essen bemerkbar machte, aber vor allem eben obenherum. Gut sah das aus. Man könnte fast glauben, sie sei zwanzig und nicht erst sechzehn.

Lene schlüpfte in die neue Bluse und rückte den großen Ausschnitt zurecht. Mit ein paar unsichtbaren Stichen nähte sie die Bluse über den Schultern am Mieder fest, damit nichts verrutschte. Dann zupfte sie an den Volants, die das tiefe Dekolletee umrahmten. Das silberne Kreuzchen ihrer Mutter, das sonst unscheinbar unter ihrer Kleidung verschwand, funkelte auf ihrer bloßen Haut wie das Collier einer Königin. Sollte sie vielleicht doch das Band, das in den Ausschnitt der Bluse eingefädelt war, etwas kürzen, um das Dekolletee zu verkleinern? Sie stellte sich so vor den Spiegel, dass sie zwischen dessen blinden Flecken hindurch einen genauen Blick auf ihr Oberteil werfen konnte. Nein. Sie würde es lassen, wie es war. Was früher im Dorf zu Gerede geführt und ihr vom Herrn Lehrer zweifellos ein paar Ohrfeigen eingetragen hätte, war in der Stadt nach der neuesten Mode. Sogar schulterfrei gingen hier die Damen. Dafür durfte man seine Knöchel oder erst recht seine Waden nicht zeigen, wenn man nicht gerade eine Spreewälderin war.

Lene lachte. Eine Spreewälder Amme zu werden, hatte sie nicht vor. Aber sich einmal wieder richtig amüsieren, das wollte sie. Und vielleicht ...

Sie zog ihr blaues Kostüm an und ließ die Jacke offen. Damit das Dekolletee zur Geltung kam. Dann steckte sie noch ein Schultertuch in ihre Tasche. Jetzt im Mai konnten die Abende noch kalt werden, und sie war entschlossen, erst kurz vor Torschluss wieder zurück zu sein.

Endlich einmal wieder hatte sie mit Bertha gleichzeitig Ausgang, und endlich war das Wetter danach, dass sie einen Ausflug in den Grunewald machen konnten. Seit Bertha im vergangenen Winter eine Stellung als Köchin bei einer Bankiersfamilie in der Nähe angenommen hatte, trafen sie sich manchmal beim Einkaufen, und dann gingen sie noch ein Stück miteinander und erzählten sich alle Neuigkeiten. Neuerdings sprach Bertha nur noch von ihrem »Bräutigam« Richard, den sie vor einigen Wochen kennen gelernt hatte und mit dem sie tanzen ging. Bertha hatte Lene gefragt, ob sie mitkommen wolle, und von einem Tanzlokal am Hundekehlensee gesprochen.

Bertha hatte einen Bräutigam. Lene nicht.

Plötzlich musste sie wieder an ihn denken, an diesen Doktor Dietrich Strewinsky, mit dem sie beinahe dem Kaiser Friedrich begegnet wäre, wenige Wochen vor dessen Tod. Länger als ein Jahr war das nun schon her und sie hatte den Doktor Strewinsky seither nie wieder gesehen. Wie es wohl wäre, mit diesem vornehmen Herrn Doktor zu tanzen?

Wenn er sie so sehen würde mit ihrem tiefen Ausschnitt, wo sie ihm doch sogar in der hochgeschlossenen Bluse gefallen hatte!

Energisch setzte Lene sich ihren Hut auf und steckte ihn mit der langen Hutnadel fest. Sie hatte sich damals dagegen entschieden, und es war richtig gewesen. Wahrscheinlich war er inzwischen mit der Tochter eines Hochschulprofessors oder sogar eines Barons verheiratet. Eine Liebschaft mit ihm wäre so kurz gewesen wie die Regentschaft von Kaiser Friedrich und hätte ihr nichts als Unglück gebracht!

Lene verließ ihre Dachkammer und stieg in die Küche hinunter.

Fritz stieß einen lang gezogenen Pfiff aus, als er sie sah. »Na, Lene, so fein gemacht? Hast du am Ende 'nen Schatz und ich weiß nichts davon?« Fritz bedachte sie mit einem Augenzwinkern.

»Was du nur denkst! Die Bertha, du weißt schon, hat mich nur gefragt, ob ich mit ihr ausgeh, weil sie heute auch ihren freien Sonntagnachmittag hat.«

»Dann sei mal recht fidel! Wo geht's denn hin? Wilmersdorf?«

»Nein, Grunewald. Da soll ein schönes Tanzlokal sein. Bertha sagt, mit der Stadtbahn zum Bahnhof Zoo und dann mit der Privatbahn zum Bahnhof Hundekehlen, und von dort zu Fuß an den See.«

Fritz stieß noch einen anerkennenden Pfiff aus. »Alles vom Feinsten! Und dann wird getanzt, dass sich die Bretter biegen, was?«

»Ach, mit wem denn!«, wehrte Lene ab.

»Was nicht ist, kann noch werden, schneller als du denkst!«, meinte er. »Ganz im Ernst, wenn ich dich so sehe«, er betrachtete sie nachdenklich, »du machst wirklich was her! Pass nur gut auf dich auf!«

»Schon recht, großer Bruder!« Sie schnitt ihm eine Grimasse. »Und wenn einer kommt und mir böse will, dann sag ich ihm, ich sag's meinem Bruder und der wird ihn verhauen!«

»Mach dich nur lustig!«, erwiderte Fritz mit warmem Blick. »Mir liegt halt an dir! Und einem Kerl, der dir wehtäte, würde ich wirklich am liebsten den Hals umdrehen!«

Lene lachte. »Na, dann muss ich ja wählerisch sein, mit wem ich tanze, damit du nicht in Moabit landest! Aber keine Sorge, wahrscheinlich sitze ich als Mauerblümchen am Tisch.«

»Das halte ich für unwahrscheinlich«, erwiderte er. »Aber nun zisch schon ab! Und pass bloß auf, dass du vor zehn zurück bist, denn wenn du den Zapfenstreich verpasst, dann kann auch ich dir nicht mehr helfen, da kennt der Herr Oberst kein Pardon!«

Sie nickte. Lief die Treppe hinunter, wartete wie verabredet bei der Litfaßsäule am Straßeneck. Da kam auch schon Bertha im weißen Sommerkleid am Arm von einem, der ihr Bräutigam sein musste. Lene schluckte. Ein Kerl von einem Mann war dieser Richard, breit wie ein Kleiderschrank, seine Jacke schien vor lauter Kraft zu spannen. Doch sein Gesicht wirkte gutmütig und so, als könne ihn nichts aus der Ruhe bringen. Aber dann blieb sein Blick doch an ihrem Dekolletee hängen. Lene knöpfte ihr Jackett zu. Wegen Bertha.

Die Stadtbahn war überfüllt von fröhlich gestimmten Menschen, jungen zumeist, alles lachte und redete durcheinander. Warm war es hier. Lene zog ihr Jackett aus. Bertha hielt mit Richard Händchen. Hin und wieder flüsterte sie ihm etwas zu. Er nickte und lächelte und flüsterte zurück und drückte ihre Hand.

Lene saß stumm daneben. Warum hatte sie sich darauf eingelassen, die beiden zu begleiten? Es war doch klar, dass Bertha nur noch für ihren Bräutigam Augen haben würde! Und was sollte sie überhaupt beim Tanzen, allein, und wo sie überhaupt nicht tanzen konnte! Sie hätte sich »Immensee« nehmen oder noch besser ein weiteres gebrauchtes Buch kaufen sollen und in den Tiergarten gehen und es sich dort auf einer Parkbank gemütlich machen, anstatt hier ihr Geld für die Stadtbahn und den Eintritt und Getränke und alles auszugeben und sich dabei so überflüssig zu fühlen wie nur möglich.

Am Bahnhof Zoo wurden sie im Gedränge getrennt. Mit Mühe fand Lene die Freundin wieder, lief hinter dieser her zur Privatbahn, fand auch in diesem kleinen Zug einen Platz auf derselben Bank wie Bertha und Richard. Mit schrillem Pfeifen setzte die Bahn sich ruckelnd in Bewegung.

Lene gegenüber saß ein junger Mann im gelben Anzug, dem unter dem Kragen ein blauer Seidenschal schimmerte und auf dem Leib eine Uhrenkette voller Berlocken – kleinen Schmuckanhängern aus Silber und Speckstein und Elfenbein. In seinem Ausdruck war etwas Pfiffiges, Verwegenes, Waches. Etwas, was ihr gefiel.

»Was für ein Wetter!«, sagte er und beugte sich zu ihr vor. »Wo geht's denn hin? Zum Kahnfahren oder zum Tanzen?«

»Beides!«, erwiderte Bertha und lachte. »Die Lene könnte noch einen Tänzer brauchen! Ich hab ja einen!«, sagte sie mit verliebtem Blick auf Richard.

Lene drückte sich in die Ecke. Ihre Wangen waren heiß. Was fiel Bertha eigentlich ein! Sich einzumischen und dann noch sie anzupreisen wie warme Semmeln! Oder war sie Bertha lästig, weil Bertha ja eigentlich viel lieber mit Richard allein wäre? Warum hatte die Freundin sie dann überhaupt zum Mitkommen aufgefordert? Nur, damit die Verabredung anständiger aussah? Und jetzt wurde sie, Lene, nicht mehr gebraucht? Vielleicht sogar als lästig empfunden?

»Wenn ich meinen Arm anbieten dürfte ...«, begann der junge Mann.

»Danke!«, erwiderte Lene giftig. »Ich bin groß genug, um allein auf meinen zwei Beinen zu stehen!«

Er schwieg. Sie war wütend auf sich selbst. Er konnte nichts dafür. Und er sah eigentlich nett aus. Sie war unmöglich, einfach unmöglich. Was war überhaupt mit ihr los?

Sie hob nicht mehr den Kopf, ehe sie am Bahnhof Hundekehlen ankamen. Hier wartete sie, bis alle anderen den Zug verlassen hatten, ehe sie ausstieg.

Da stand er, wie wartend. Zögernd.

Mit abgewandtem Gesicht ging sie rasch an ihm vorbei. Beinahe rennend holte sie Bertha und Richard ein, die gemeinsam auf den Wald zuschlenderten. Zwischen den Bäumen schimmerte der See.

Bertha drehte sich nach ihr um. Ihr Gesicht war rot und verlegen. »Du, Lene, sei mir nicht böse ...« Bertha stockte, sprach dann überstürzt weiter: »Wir würden gern Kahn fahren, Richard und ich. Wenn es dir nichts ausmacht, treffen wir uns in zwei Stunden wieder im Tanzlokal dort unten auf der Terrasse am See. Wer zuerst dort ist, hält einen Tisch frei, ja? Jetzt ist es zum Tanzen sowieso noch zu früh!« Ihre Augen baten um Verständnis.

»In Ordnung!« Lene nickte. »In zwei Stunden dann!«

Seltsamerweise war es eine Erleichterung. Nun war wenigstens klar, woran sie war. Sie wurde nicht mehr gebraucht. Bertha wollte mit ihrem Bräutigam allein sein, und was die beiden vorhatten, das war ihre Sache. Bertha war drei Jahre älter als sie. Bertha musste selber wissen, was sie tat.

»Danke!«, flüsterte Bertha ihr zu.

Lene ging in den Wald. Vom See herüber wehte Musik. Liebespaare vor ihr auf dem Weg, Liebespaare hinter ihr auf dem Weg. Picknick machende Familien auf den Wiesen unter den Bäumen. Versteck und Haschen spielende Kinder. Ein Kremser voll bierseliger alter Herren, die ein lateinisches Lied schmetterten. Ein unübersehbar verliebtes Paar dort auf der Bank, das Mädchen mit dem Rücken an seine Brust gelehnt, den Kopf an seiner Schulter.

Und Lene hier allein.

Je weiter sie wanderte, desto seltener traf sie auf Menschen. Die Sonne sandte Strahlen durch die Bäume. Vögel zwitscherten. Sonst war Ruhe. Eine Ruhe, wie Lene sie nicht mehr gekannt hatte seit mehr als zwei Jahren. Tief atmete sie ein. Achtete nicht mehr auf die Zeit, ging weiter und weiter.

Da auf einmal von ferne die Klänge eines Liedes, von vielen Männerkehlen gesungen, darüber verweht einige helle Stimmen. War das nicht das verbotene Lied der Sozialisten, die Arbeiter-Marseillaise?

Eine Erinnerung aus der Kindheit schoss in ihr hoch, schmerzhaft tief eingegraben. Das war passiert, als sie noch den alten Lehrer gehabt hatten, diesen schrecklichen Herrn Lehrer Rüttrich mit dem Holzbein und der Krücke und dem Rohrstock, der immer griffbereit in der Jackentasche steckte. Der Hannes, der jüngste Sohn des Dorfschmiedes, hatte ihnen in der Schulpause unter der Dorflinde ein Lied beigebracht. Von seinem großen Bruder hatte er es gelernt, der in

Berlin als Dreher in einer Maschinenfabrik arbeitete. Das Lied ist streng geheim, das darf keiner hören!, hatte Hannes ihnen erklärt und alle hatten das sehr spannend gefunden. Und es immer lauter gesungen. So laut, dass der Herr Lehrer es im Schulhaus gehört hatte. Mit seinem Holzbein und seiner Krücke war er herausgeschossen gekommen – sie hatten gar nicht gewusst, dass er so schnell hatte rennen können. Und dann hatten sie antreten müssen und jeder von ihnen hatte vier Hiebe mit dem Rohrstock bekommen, zwei auf jede Hand. Und dann hatten sie als Strafarbeit schreiben müssen: »Ich darf keine sozialistischen Lieder singen. Die Sozialisten sind Verräter an unserem deutschen Vaterland.« Die Kleinen hatten es zehnmal schreiben müssen, die Mittleren fünfzigmal und die Großen hundertmal. Zum Glück hatte Lene noch zu den Kleinen gehört. Aber bei den Schlägen, da hatte der alte Herr Lehrer keinen Unterschied gemacht.

Nie wieder hatten sie dieses Lied gesungen. Nie wieder hatte Lene es gehört. Und nun klang es hier durch den Wald.

Lene blieb stehen, lauschte. Von links kam es herüber. Schwer schlug ihr Herz.

Die Sozialisten – sie wusste nicht viel über sie. Nur, was hängen geblieben war von dem, was der Herr Lehrer, *ihr* Herr Lehrer, beim Mittagstisch manchmal mit der Frau Lehrer über die Sozialisten gesprochen hatte. Die Frau Lehrer hatte sich darüber aufgeregt, dass das Sozialistengesetz im Reichstag verlängert worden sei, ein Gesetz, das die sozialdemokratischen Vereine, Zeitungen und Versammlungen verbot; so ein Verbot sei gegen die liberalen Grundwerte. Der Herr Lehrer hatte ihr halb und halb Recht gegeben: Ein solches Gesetz sei wirklich ein schwerer Schlag für die freiheitlich liberale Gesinnung, das müsse er als Nationalliberaler leider feststellen, auch wenn die Nationalliberalen im Reichstag für dieses Gesetz gestimmt hätten. Und dass die Sozialdemokraten 1878 an den Attentaten auf den Kaiser beteiligt gewesen seien, davon könnte ja keine Rede mehr sein. Aber die Sozialdemokraten würden nun mal alle alten Werte in Frage stellen und Umsturztheorien verbreiten und mit der Revolution drohen und wären eine Gefahr für die Staatsverfassung.

»Rote Gefahr« nannte der Herr Oberst sie und »rote Reichsfeinde«. Manchmal schnappte Lene ein paar Worte auf, wenn der Herr Oberst von der Zeitung aufsehend eine kurze Bemerkung zu Fritz machte, während sie im Zimmer etwas zu richten hatte und es so unauffällig und rasch tat wie nur möglich: Vaterlandslose Gesellen – sägen samt und sonders am Thron unserer Monarchie – alles illegale Banditen, eine Räuberbande, die sich von Jahr zu Jahr vermehrt – sie zu bekämpfen ist reine Notwehr – hoffentlich wird das Sozialistengesetz nächstes Jahr im Reichstag wieder verlängert ...

Der Herr Oberst war ein Konservativer, und für die Konservativen waren die Sozialisten ein rotes Tuch, so viel hatte Lene kapiert. Aber sich nicht besonders dafür interessiert. Nie hatte sie damit gerechnet, mit diesen Sozialisten in Berührung zu kommen. Und nun waren sie offensichtlich hier, ganz in der Nähe!

Sie überlegte wegzulaufen, um nicht womöglich selbst als eine von denen angesehen zu werden, aber die Neugier zog sie unaufhaltsam in die Richtung, aus der das Lied erklungen war. Dann sah sie die Menschen. Zu hunderten lagerten sie unter den Bäumen, standen dicht beieinander, lehnten an den Stämmen oder saßen am Boden. Viele Männer, einige wenige Frauen, hier und da ein paar Jugendliche. Ein älterer Mann in Arbeiterkleidung stand erhöht auf einem umgestürzten

Baumstamm und rief: »Wir unterstützen nachhaltig den heldenhaften Kampf unserer Brüder im Ruhrgebiet! Es lebe der Streik im Bergbau!«

»Es lebe der Streik im Bergbau!«, tönte es aus vielen Kehlen zurück.

»Wir unterstützen nachhaltig den Streik unserer Brüder vom Bau um menschenwürdige Arbeitsverhältnisse auf den Baustellen hier in Berlin! Ja zum Neun-Stunden-Arbeitstag! Ja zur Lohnforderung von sechzig Pfennigen Stundenlohn! Sammelt für die Unterstützung der streikenden Maurer! Gemeinsam sind wir stark! Sollen sie uns Sozialdemokraten ruhig weiter verfolgen! Sollen sie uns ruhig verhaften, wenn wir unsere rote Feldpost verteilen! Sollen sie ruhig unsere Vereine verbieten und unsere Versammlungen auflösen! Sollen sie ruhig unsere verdienten Genossen ausweisen! Es wird ihnen nichts nützen! Sie kriegen uns nicht klein! Wir stehen zu unserer Überzeugung! Wir lassen unsere verfolgten Brüder und Schwestern und ihre Familien nicht im Stich! Gestärkt gehen wir aus jeder Schikane hervor!«

Zustimmung wurde laut, Jubel.

Lene zog sich zurück, rannte. Erst als ihr Atem knapp wurde, ging sie wieder langsam. Und plötzlich schämte sie sich dafür, dass sie weggelaufen war. Und dass sie von all dem nichts verstand. So gefährlich waren sie ihr gar nicht vorgekommen, diese Arbeiter da im Wald. Aber sechzig Pfennig Stundenlohn! Die hätte sie auch gern! Sie lachte.

Dann sah sie sich um. Wo war sie? Ein See lag vor ihr, aber es war nicht der kleine, von dem sie aufgebrochen war. Unübersehbar lang zog er sich nach rechts und links – oder war es ein Fluss? Eines war klar: Sie hatte die Richtung verloren.

Ratlos ging sie bald in die eine Richtung, bald in die andere. Endlich traf sie auf Spaziergänger, die sie nach dem Weg fragen konnte. Es war schon später Nachmittag, als sie schließlich zu ihrem Ausgangspunkt zurückkehrte.

Musik scholl ihr entgegen, auf einer Terrasse am See spielte eine Militärkapelle, zehn Pfennige Eintritt, festlich gekleidete junge Leute, Tisch an Tisch, und dort vorne die Tanzfläche.

Bertha und Richard saßen an einem der Tische und winkten ihr eifrig zu. »Wo warst du denn so lange?«, fragte Bertha. Sie hatte rote Flecken auf den Wangen und glitzernde Augen.

Lene zuckte die Achseln. »Ich bin spazieren gegangen und hab mich im Wald verlaufen. Und dann hab ich ...«, sie zog sich einen Stuhl heran, setzte sich, beugte sich vor und flüsterte, nachdem sie sich mit einem raschen Blick zu den Nachbartischen vergewissert hatte, dass niemand sie belauschen konnte: »Ich hab die Sozialisten gesehen! Mitten im Wald! Eine Versammlung!«

»Sag bloß!« Gespannt beugte nun auch Bertha sich vor. »Hast du zugehört?«

»Ein bisschen. Über Streik haben sie gesprochen. Sagt mal«, Lene zögerte, »in der Schule haben wir gelernt, die Sozialisten würden das Vaterland verraten?«

»Blödsinn!«, erklärte Richard, nahm einen langen Schluck und wischte sich den Bierschaum vom Mund.

»Bist du etwa auch einer von denen?«, fragte Bertha erschrocken.

Richard schüttelte bedächtig den Kopf. »Nein. Aber ich hab Freunde unter ihnen in der Fabrik. Sind gute Kumpel und bestimmt keine Verräter, weder vom Vaterland noch von sonst wem. Und wenn du es genau wissen willst: In den Reichstag wählen tu ich sie, die Sozialdemokraten, die setzen sich wenigstens ein für unsereins! Aber lassen wir das, mit zwei hübschen Mädchen gibt es besseren Gesprächsstoff als die Politik!«

»Genau!« Bertha lachte.

Lene spürte, dass nun die Reihe an ihr war, dem Gespräch eine neue Wendung zu geben. Aber ihr fiel nichts Rechtes ein. Also fragte sie: »Wie war das Kahnfahren?«

»Schön!« Richard grinste breit und warf Bertha einen so eindeutigen Blick zu, dass diese rot wurde.

Ein Kellner im speckigen Frack fragte nach Lenes Wünschen. Sie bestellte Berliner Weiße. Kaum stand das Glas vor ihr, zog Richard Bertha an der Hand in die Höhe und strebte mit ihr der Tanzfläche zu.

Lene saß allein. Verstohlen schielte sie zu den anderen Tischen. Pärchen, die nur Augen füreinander hatten. Gruppen junger Herren, die mit betont gelangweilter Miene die Tanzenden beobachteten und sich immer wieder zuprosteten. Freundinnen, die kichernd die Köpfe zusammensteckten. Und hin und wieder ein einsames Mädchen wie sie, Mauerblümchen, denen man den verzweifelten Wunsch ansah, einer möge kommen und sie aus ihrem Schattendasein erlösen – und den noch verzweifelteren, keiner möge merken, wie es um sie stand. Ob sie auch so aussah?

Sie hielt sich an ihrem Handtäschchen fest. Ein Lied und noch eins. Ihr Glas war leer, ungefragt brachte der Kellner ein neues. Eine Polka, die kannte sie von daheim. Ein Lächeln stahl sich auf ihr Gesicht, unwillkürlich wippte sie im Rhythmus der Musik, spürte selbst, wie sie zu strahlen begann. Auch wenn sie ganz allein saß und Bertha heute anderes zu tun hatte, als sich mit ihr zu unterhalten, es war trotzdem schön. Dass es so was gab wie hier, und sie mittendrin. Sie schloss die Augen.

»Ich weiß, dass Sie weder zum Stehen noch zum Laufen einen männlichen Arm brauchen, aber zum Tanzen ist er vielleicht doch ganz nützlich?«, hörte sie sich angesprochen. Sie blickte auf und sah den jungen Mann aus der Privatbahn, den mit dem gelben Anzug und dem blauen Seidentuch und dem Schalk in den Augen.

»Ein Paar Beine wären dafür noch besser!« Sie lachte. Seit damals im Café Bauer hatte sie sich nicht mehr so lachen gehört.

»Damit kann ich dienen. Sogar mit den dazugehörigen Füßen, die sich alle Mühe geben werden, die Ihren nicht zu treten! Oder wollen Sie mir noch einmal einen Korb geben? Dann müsste ich mich freilich im See ertränken, was schwierig werden dürfte, denn ich kann schwimmen!« Er lachte sie an.

Sie stand auf. »Einen Korb nehme ich nur zum Einkaufen mit, am Sonntag habe ich keinen zu vergeben!«, sagte sie und wunderte sich, woher solch schlagfertiger Einfall kam. Wie selbstverständlich nahm sie seinen Arm. Auf einmal war ihr leicht, sie ließ sich zur Tanzfläche führen. Sie konnte nicht tanzen, niemand hatte es ihr je gezeigt, nur als Kind zugeschaut hatte sie, wenn die jungen Burschen ihre Mädchen im Kreis drehten. Aber wie er sie führte, seinen Arm fest um ihre Taille gelegt, ihre Hand sicher in der seinen, da ging es von selbst. Hin und wieder sah sie kurz zu ihm auf, seine Augen waren so blau, so hell, und sein blonder Schnurrbart gezwirbelt wie der von SM. Schnell blickte sie wieder auf seine Schulter.

»Sind wir per du?«, fragte er und fügte gleich hinzu: »Ich bin der Peter!«

»Ich bin die Lene!«, erwiderte sie atemlos, sie hüpften

eine Polka. Ihr Hut löste sich vom Kopf, mit einer Hand fing sie ihn, wollte ihn wieder aufsetzen, angelte nach der Hutnadel. »Ach, lass doch«, meinte er, »du hast so schöne rotgoldene Haare wie die Ahornbäume im Herbst in meinem Heimatdorf.«

Er kam vom Dorf. Das war gut.

Den Hut in der Hand galoppierte sie mit ihm die Polka. Dann begann ein Schunkelwalzer. Er legte beide Hände um ihre Hüften und wiegte sich mit ihr auf der Stelle, nach rechts, nach links, dann drehten sie sich wie rasend im Kreis, ein Schweben war in ihrem Kopf. Zum Klang der Melodie begann er schmachtend zu singen: »Denn so wie du, so lieblich und so schön ...« Und wie er sie anschaute dabei, war kein Zweifel, dass er nicht nur Spaß machte.

Er führte sie an den Tisch zurück, zog einen Stuhl für sich heran ohne zu fragen, bestellte Sekt für sie beide. Sekt! Das noch nie gekostete Getränk prickelte im Hals.

»Wo kommst du denn her?«, fragte sie.

»Aus Pommern aus einem Dorf, von dem du bestimmt noch nie gehört hast. Mein Vater war Dorfschuster und Häusler. Mein großer Bruder hat die Schusterei übernommen, für mich blieb nur die Stadt. Aber ich bin nicht einfach nur Fabrikarbeiter, nicht so ein armer Schlucker, der sich für einen Hungerlohn um seine Gesundheit schuften muss, ich hab was Richtiges gelernt. Ich bin Schlosser, Facharbeiter, sogar Vorarbeiter. Genauer gesagt: bei Borsig im Maschinenbau!« Dies sagte er mit so unverhohlenem Stolz, dass sie ihrer Bewunderung Ausdruck gab, obwohl sie von Borsig noch nie gehört hatte. Aber Vorarbeiter, das war etwas Höheres, das wusste sie. Deshalb also der gute Stoff seines Anzugs und die Taschenuhr und die Petschaften an der Uhrenkette.

»Ich bin auch vom Dorf«, erzählte sie.

»Nein!« Er stellte sein Glas ab und betrachtete sie verblüfft. »Hätt ich nie gedacht, so städtisch, wie du aussiehst, alle Wetter! Ich mein, dass du keine Berlinerin bist, das hört man, ist ja unverkennbar, der Dialekt hier, was? Aber aus einer Kleinstadt wärst du, hab ich gedacht, und dein Vater vielleicht Krämer oder sogar Beamter, Briefträger oder bei der Eisenbahn. Ist er Bauer?«

Sie schüttelte den Kopf. »Er war Häusler. Aber er wurde beim Holzfällen von einer Eiche erschlagen, als ich noch ganz klein war. Meine Mutter hat sich dann als Magd verdingt und ich habe schon mit fünf Gänse gehütet. Und mit neun bin ich Kindermädchen beim Herrn Lehrer geworden.«

Er nickte. »Das ist schwer«, sagte er still. Und wie er das sagte, merkte man, er kannte das Leben im Dorf, er wusste, was das alles bedeutete, und da tat es ihr Leid, dass sie gelogen hatte. Und doch wieder auch nicht. Das mit dem Siewer-Bauern, das musste er nicht wissen. Und sie hatte sich nicht größer gemacht, als sie war, nur ein wenig ihren Lebenslauf in Ordnung gebracht.

»Und hier in Berlin?«, fragte er. »Arbeitest du auch in einer Fabrik?«

»Nein. Ich bin Haushälterin bei einem Herrn Oberst.«

»Haushälterin!« Er pfiff durch die Zähne und sah sie anerkennend an. Und dann sagte er etwas Seltsames: »Na, da hast du ja Einblick in das Leben der höheren Klassen!«

Sie wusste nichts zu antworten und leerte ihr Glas. Der Sekt stieg ihr in den Kopf, sie lachte immer häufiger. Tanzen, dass alles sich drehte, sein Atem dicht an ihrem Ohr, und dann ein Spaziergang am Seeufer, er hatte noch immer seinen Arm um

219

ihre Hüfte gelegt, als wäre der Tanz nicht zu Ende, und zurück am Tisch wieder Sekt –

Die Sonne war längst untergegangen. Lampions waren angezündet, wie ein Märchenschloss spiegelte sich das Gartenlokal im Lichterglanz auf der dunklen Wasserfläche. Peter hatte seinen Stuhl ganz dicht an Lenes gerückt, sie lehnte ihren Kopf an seine Schulter.

»Lene, was machst du denn bloß!« Plötzlich war Bertha da, am Arm von Richard. »Ich such dich schon! Ist ja schon lange nach neun! Und du hast ja nur bis zehn Ausgang und nicht den Hoftorschlüssel wie ich!« Mit einem neugierigen Blick maß das Mädchen Peter von der Seite.

Eisiger Schreck fuhr in ihre hitzige Entrücktheit. »Komm ich zu spät?!« Sie sprang auf. Punkt zehn Uhr wurde das Hoftor geschlossen.

»Ausgang nur bis zehn?«, fragte Peter, zückte seine Taschenuhr und winkte dem Kellner. »Wo musst du denn hin?«

Sie nannte die Straße und fuhr aufgeregt fort: »Mein Herr Oberst ist so für Pünktlichkeit, da kennt er kein Pardon, und Fritz sagt, wenn ich mir was zuschulden kommen lasse, dann . . . « Sie sprach nicht weiter, Tränen in den Augen.

»Dann mal nichts wie los!«, erklärte Peter. »Mit der Privatbahn haben wir allerdings keine Chance, die ist grad weg. Ich spendier uns eine Droschke zur Stadtbahn, dann kommen wir noch rechtzeitig.« Er warf das Geld auf den Tisch, reichte ihr die Hand, sie eilten zum Droschkenstand vor dem Lokal. Und mit einem Mal war alles gut. »Wir« hatte er gesagt.

In der Droschke legte er seinen Arm um sie. Trotz aller Ungeduld, die Stadtbahn zu erreichen, war die Fahrt viel zu schnell vorbei. Als Lene ihren Geldbeutel zog, wollte er nichts davon wissen: »Ich hab doch gesagt, ich spendier die Droschke!« Wie großzügig er war!

Von Charlottenburg aus nahmen sie den Zug. Lene sah nicht die anderen, die müde auf den Bänken saßen oder angeregt miteinander plauderten, sah nicht die Liebespaare, die einander verstohlen bei der Hand hielten. Sie spürte nur ihre eigene Hand in der seinen.

Dann der Heimweg durch die stillen Straßen. Sehr dicht ging sie neben ihm, hängte sich in seinem Arm ein. Vor dem Hoftor sah er auf die Uhr: »Was hab ich gesagt: Fünf Minuten vor zehn!«

Glücklich seufzte Lene auf.

»Siehst du, verlass dich nur auf mich!«, meinte Peter. Er zog ihre Hand an seine Lippen und küsste sie. Nicht so einen vornehmen angedeuteten Kuss wie der Doktor Strewinsky, sondern richtig. »Wann hast du wieder Ausgang? In vierzehn Tagen?«

Sie nickte mit glühendem Gesicht, spürte seine Lippen noch auf ihrer Hand. »Um zwei Uhr.«

»Na dann! Ich warte auf dich vor dem Haus – wenn's recht ist!«

Und ob es recht war, und ob!

Lene schnitt den Hefeteig durch und strich dick Vanillecreme auf die untere Hälfte. Dann klappte sie die obere mit der Schicht aus Mandeln, Butter und Zucker wieder darüber. Bienenstich war ihre Spezialität, kein Kuchen gelang ihr so gut wie dieser.

Sie teilte den fertigen Blechkuchen in große Stücke, richtete einige auf einer Platte aus Kristallglas für den Herrn

Oberst und Fritz an – sie wusste, dass die beiden sonntags, wenn sie aus dem Haus war, gemeinsam aßen, als seien sie nicht Herr und Bursche, sondern das, was sie eben waren – und schichtete die restlichen Stücke sorgfältig in eine Blechdose. Das musste Peter doch freuen, oder? Das musste ihn versöhnen. Wenn es überhaupt etwas gab, was ihn versöhnen konnte. Wenn er überhaupt kam.

Lene stöhnte leise auf. Diese Unsicherheit, dieses Warten! Es machte sie fast wahnsinnig. Die ganzen zwei Wochen hatte sie darüber nachgedacht. Und jetzt war wieder Sonntag und jetzt würde es sich zeigen. Ob er böse auf sie war. Ob er sie noch mochte, obwohl sie ihn ...

Hätte sie ihm einen Brief schreiben, ihm alles erklären können! Aber sie wusste nicht einmal seine Adresse. Außerdem hätte sie sowieso nicht gewusst, was sie hätte schreiben sollen. Etwa, dass sie plötzlich an den Siewer-Bauern und ihre Mutter und an den Begattungspferch im Stall hatte denken müssen?!

»Er wird da sein!«, murmelte sie beschwörend vor sich hin und füllte den heißen Kaffee zur Hälfte in die Meißner Porzellankanne und zur Hälfte in die Blechflasche.

Damals vor vier Wochen, beim ersten Wiedersehen, hatte sie auch Angst gehabt, Peter könnte nicht wie versprochen vor dem Haus auf sie warten, aber da war es etwas anderes gewesen. Und Peter war da gewesen, obwohl gerade ein Gewitter niedergegangen war, und sie waren im Tanzpalast »Neue Welt« eingekehrt und hatten keinen Tanz ausgelassen und auf dem Heimweg hatte Peter ihr gezeigt, wie das war, das richtige Küssen. Erst war sie ganz erschrocken gewesen, als er da plötzlich mit seiner Zungenspitze gekommen war. Sie hatte ja keine Ahnung gehabt, was die Liebespaare beim

Küssen alles so taten, aber dann hatte sie verstanden und es war schön gewesen, so schön ... Und letztes Mal, als wieder die Sonne geschienen und sie einen Ausflug in den Tiergarten gemacht und dort ein verschwiegenes Plätzchen gefunden hatten, da waren ihre Lippen am Abend vom vielen Küssen ganz wund gewesen und sie glücklich, so glücklich. Bis die Sache mit dem dunklen Hauseingang passiert war.

Zwei Esslöffel Zucker schüttete Lene in den Kaffee und einen ganzen Schwapp Sahne, dann drehte sie den Verschluss der Blechflasche zu und wickelte sie in ein Handtuch, damit der Kaffee heiß blieb. »O Peter!«, stöhnte sie. »Bitte, komm heut wieder!«

Sie hatten sich beizeiten auf den Heimweg gemacht, weil Lene jedes Mal große Angst hatte, zu spät zu sein, und es war noch eine halbe Stunde Zeit gewesen und sie waren noch ein bisschen durch die Straßen geschlendert. Und dann hatte Peter sie in eine Toreinfahrt gezogen und hinter den Flügel eines offen stehenden Hoftors in einen ganz finsteren Winkel. Sie hatte gedacht, er wollte wieder küssen, aber auf einmal war er so anders gewesen und sein Atem so schnell und heiß. Er hatte ihr die Bluse aus dem Rock gezerrt und darunter gefasst, und in dem Winkel war es so eng, dass sie sich kaum rühren konnte, und da hatte sie auf einmal an den Siewer-Bauern und den Begattungspferch und das alles denken müssen und sich ihm entwunden. Hör auf!, hatte sie geschrien und war auf die Straße gerannt. Und dann war er schweigend neben ihr hergegangen bis zum Hintereingang von ihrem Haus und hatte sie zum Abschied nicht einmal geküsst, sondern nur gesagt: Na dann gut Nacht!, mit einer Stimme, die ganz anders geklungen hatte als sonst, und dann war er schon weg gewesen, ehe sie noch etwas hatte sagen können und obwohl es noch eine Viertelstunde bis zehn war.

Und jetzt wusste sie nicht, ob er heute wieder da sein würde. Und wie sie es überleben sollte, wenn er es nicht war. Und was sie sagen sollte, wenn er es war.

Mit Bertha hatte sie darüber gesprochen, als sie sich bei den Markthallen getroffen hatten und zusammen ein paar Straßen weit gegangen waren. Lene, hatte Bertha gesagt, Recht hast du gehabt, dass du auf dich aufpasst – hinter dem Hoftor, pfui Teufel! Wenn dein Peter deswegen nicht wiederkommt, dann war es nicht schade um ihn!

Bertha hatte leicht reden, sie hatte ihren Richard sicher: Der sprach schon vom Heiraten!

Lene warf einen Blick in den kleinen Spiegel an der Küchenwand, sah ihr unglückliches, angstvolles Gesicht, streckte sich selbst die Zunge heraus. Dann griff sie nach ihrem Kostümjäckchen, hängte sich den Korb an den Arm und verließ die Küche.

Die Stiege. Die Tür in den Hinterhof. Die Toreinfahrt. Die Straße. Von St. Marien schlug es zwei.

Sie sah nach rechts. Sie sah nach links. Kein Peter. Sonst war er immer vor ihr da gewesen.

Mit hängenden Schultern wartete sie in der Sonnenglut, schaute auf das Pflaster. Und plötzlich stand er vor ihr und grinste sie an: »Na, da bekomme ich heute wohl doch einen Korb? Bin ja froh, dass es einer mit Fresspaket ist und keiner, der mich dorthin schickt, wo der Pfeffer wächst!«

»O Peter!«, sagte sie, auf einmal war ein Zittern in ihrer Stimme. »Ich hatte schon Angst, dass du ...« Sie sprach nicht weiter.

Er nickte. »Ich auch!«, sagte er und nahm ihre Hand.

»Ich weiß nicht, wie ich's sagen soll«, begann sie zögernd.

»Ich schon!«, erwiderte er und brachte etwas Ähnliches wie ein kurzes Lachen zustande. »Ich war ein Esel! Reicht dir das?«

»Ach du!«, sagte sie und rieb ihre Wange an seiner Schulter. Er legte kurz den Arm um sie, dann hielt er ihn ihr mit einer kleinen Verbeugung hin: »Darf ich bitten? Ich hab mir ausgedacht, dass wir heute zum Wannsee fahren und eine Kahnfahrt machen. Für Proviant ist ja gesorgt, wie meine entzückten Augen sehen, also, wie wär's?«

Der Zug war überfüllt, sie fanden keinen Sitzplatz. Lene stand an Peter gelehnt, er hielt sie fest, so sicher, so warm. Am Bahnhof Wannsee ausgestiegen, schlenderten sie die Straßen zwischen den protzigen neuen Villen in ihren Parkanlagen und den Baustellen für noch protzigere Villen entlang. Peter schlug nicht den Weg zum Badestrand ein, von dem Kinderrufen und -kreischen herüberdrang und an dem sich wahre Menschenmassen drängten, sondern zog Lene auf einen Weg in den Wald. Unter einer Eiche mit Seeblick setzten sie sich ins Gras, tranken den lauwarmen Kaffee und aßen den Kuchen. »Erste Sahne!«, lobte Peter den Bienenstich. »Hast du gebacken, was? Allererste Sahne!« Sie wurde rot vor Freude.

»Wer dich einmal bekommt, hat wirklich Glück!«, meinte Peter.

Ihr Herz stolperte. War das ein Antrag?

»Mach mal die Augen zu!«, forderte er. »Ich hab nämlich auch was für dich!«

Sie schloss die Augen, aber ein bisschen blinzelte sie unter den Wimpern hervor. Sah, wie er in seine Westentasche fasste und etwas herauszog. Spürte, wie er ihre linke Hand nahm und ihr etwas auf den Ringfinger steckte.

Ein Ring!

Sie stieß einen kleinen Schrei aus, öffnete die Augen. Ein schmaler silberner Ring war es mit einer roten Koralle, die in silbernes Filigran gefasst war. Noch nie hatte sie etwas so Schönes gesehen, noch nie hatte sie außer dem Kreuz ihrer Mutter ein eigenes Schmuckstück besessen, und nun ein Ring!

So ein Ring, das war ein Versprechen. So ein Ring, das war mehr als tausend Worte.

Sie fiel Peter um den Hals. Sie küssten sich, bis sie schier keine Luft mehr bekamen. »Behältst du ihn denn?«, fragte er.

»Und ob!«, erwiderte sie. Damit war alles gesagt, was zu sagen war.

Eng umschlungen spazierten sie durch den Wald, bis sie an einen Bootssteg kamen, an dem man einen Kahn mieten konnte. Peter bezahlte eine Mark und zwanzig für zwei Stunden; Lene stockte fast der Atem vor so viel Großzügigkeit. Sie stieg ins Heck, er nahm beide Ruder und ruderte los. Wie kraftvoll und gleichmäßig seine Bewegungen waren! Und seine Augen immer auf ihr.

Sie spürte, dass sie schön war.

»Du musst mich dirigieren«, erklärte er, »damit wir nicht mit einem anderen Boot zusammenstoßen! Am besten immer die Uferlinie entlang, vielleicht finden wir ein lauschiges Plätzchen!« Er blinzelte ihr zu.

Schwäne zogen über den See. Die Sonne spiegelte in den Wellen, Enten landeten flügelschlagend auf der Wasserfläche. Von einem Ausflugsdampfer scholl der Petersburger Marsch herüber. »Denkste denn, denkste denn, du Berliner Pflanze, denkste denn, ick liebe dir, wenn ick mit dir tanze?«, sang Peter die Verhohnepipelung der bekannten Melodie. Lene lachte und erfand eine zweite Stimme zu dem Lied.

Schilf wuchs am Ufer, eine Trauerweide hängte ihre Zweige bis in den See. Peter fuhr mit dem Kahn darunter. Eine lichtdurchflutete Höhle war es, eine Welt für sich, nur für sie zwei, entzogen allen neugierigen Blicken. Peter knotete den Kahn mit der Schnur am Baum fest.

Sacht schaukelte der Kahn. Himmel und Wasser verschwammen. Kein Gedanke mehr an den Siewer-Bauern und die Mutter und den Stall. Und alle Warnungen vergessen.

Lene gab eine ganze geschälte Zwiebel, eine Karotte und ein Stück Sellerie zu den Fleischknochen und füllte den Topf mit Wasser auf. Wenn das jetzt leise vor sich hin köchelte, würde die Brühe zu Mittag gerade fertig sein. Das Schmorfleisch musste demnächst aufgesetzt werden. Mit dem Kartoffelschälen konnte sie sich noch Zeit lassen. Heute wollte der Herr Oberst zum Mittagessen zu Hause sein. Punkt zwölf Uhr hatte er die Mahlzeit angeordnet.

Den ganzen Morgen hatte Lene mit der kleinen Wäsche zu tun gehabt, hatte Stunde um Stunde am Trog gestanden und Unterwäsche und Hemden gewaschen. Ihre Hände waren aufgeweicht und schrumpelig, ihre Beine und Arme müde. Eine kurze Pause hatte sie sich verdient.

Sie schenkte sich einen Becher Ankerkaffee ein – vormittags begnügte sie sich mit diesem aus Zichorien hergestellten Kaffee-Ersatz, der Bohnenkaffee blieb dem Nachmittag vorbehalten –, rührte kräftig Zucker darunter, zog sich einen zweiten Stuhl heran und setzte sich neben den Küchentisch, die Füße auf den bereitgestellten Stuhl gelegt. Kurz schloss sie die Augen. Und sofort war es wieder da, dieses warme, prickelnde Gefühl, das sie immer hatte, wenn sie an Peter dachte. Das ganze Glück. Noch drei Tage bis zum Wiedersehen ...

Sie griff zur Zeitung. Da gab es eine Fortsetzungsgeschichte, die sie immer las, eine Liebesgeschichte war es über zwei, die sich liebten, aber die Geheimnisse voreinander hatten und deren Liebe daran zugrunde zu gehen drohte, weil sie nicht den Mut hatten, einander die Wahrheit zu sagen.

Lene ließ die Zeitung sinken. Sie musste Peter endlich sagen, dass ihr Vater kein Häusler gewesen war, der unter eine Eiche gekommen war, sondern dass es da gar keinen Vater gegeben hatte. Mit jedem Mal, an dem sie sich sahen, drückte sie diese Lüge mehr. Und mit jedem Mal wurde sie größer. Weil sie Peter wieder nicht gestanden hatte, dass sie ihn angelogen hatte. Aber wie sollte sie ihm erklären, warum sie es getan hatte?

Eigentlich war ihr selbst nicht so richtig klar, warum sie das gesagt hatte. Wie konnte sie es dann ihm verständlich machen!

Lieber nicht dran denken ...

Wieder griff sie zur Zeitung, schlug die letzten Seiten um, die Familienanzeigen und die kleinen Inserate. Ihr Blick blieb an der Werbung einer Dresdner Möbelfabrik hängen:

»Schlafzimmer ›Ruth‹, echt Nussbaum geschnitzt,
510,– Mark.
1 Kleiderschrank mit geschliffenem Spiegelglas
2 Bettstellen 100 x 200 cm
2 Patentstahldraht-Matratzen mit Aufleg-Matratzen und
Kissen

*1 Waschkommode mit Marmor-Aufsatz und
geschliffenem Spiegel mit Kacheln
2 Nachtschränkchen mit Marmor
1 Handtuchhalter«*
Sogar Bilder von den Möbeln waren abgedruckt und alles sah wunderschön aus mit dem muschelförmigen Dekor. Wenn man sich so etwas leisten könnte! Aber 510 Mark! Unmöglich. Doch darunter stand klein gedruckt: *Preiswerte einfache Ausführungen ab 150,– Mark.* Sie hatte schon über 300 Mark angespart. Sie war sehr sparsam, sie brauchte ja nicht viel, nur ihre Kleidung und die Fahrkarten für die Ausflüge, denn die Eintrittsgelder und Bewirtung zahlte immer Peter. Er war großzügig, und das war schön. Aber er trank sehr viel Bier und manchmal auch Wein oder sogar Sekt, und das kostete viel. Einer wie Peter brauchte eine sparsame Frau, die wusste, wie man das Geld zusammenhielt. Sie, Lene, wusste das sehr genau. Längst hatte sie von jedem Lebensmittel den Preis im Kopf und wusste, was es kosten durfte, was günstig war und was überteuert.

Sie würde noch ein paar Jahre beim Herrn Oberst in Stellung bleiben müssen, bis sie alles angespart hatte, was zu einem richtigen Haushalt gehörte, denn das wollte sie: einen richtigen eigenen Haushalt, und da kam es nicht nur auf die Möbel an, sondern auch auf den Inhalt: die Wäsche und das Bettzeug und das Geschirr und das Besteck und die Töpfe und das alles.

Dieses Schlafzimmer »Ruth« ...

Jetzt im Sommer, da brauchte man kein Schlafzimmer, da gab es den Wald und die abgelegenen Wiesen an der Havel und die Kahnfahrten, bei denen man das Boot unter einer Weide festbinden konnte. Aber im Winter?

Letzten freien Sonntag hatte es in Strömen geregnet. Peter hatte sie in den Zirkus eingeladen und danach in den Bierpalast, aber das Richtige war das eben nicht gewesen, und als sie ihn gefragt hatte, ob er eine Wohnung habe oder ein Zimmer, war er sauer geworden und hatte gesagt: Wie stellst du dir das vor, da kann ich dich doch nicht einfach mitbringen, da gibt es eine Hauswartfrau, und was soll die denken! Gehen wir doch zu dir in deine Bodenkammer; dein Oberst wird es schon nicht merken!

Eigentlich war es Lene gleich, was irgendeine Hauswartfrau dachte, man hätte sich ja vielleicht auch an der vorbeischmuggeln können, und so schlimm wäre das dann auch wieder nicht gewesen, wenn die es trotzdem gemerkt hätte. Hier in der Stadt war es anders als im Dorf, wo jeder jeden kannte und auf jeden aufpasste und sich über jeden den Mund zerriss und der Herr Pastor von der Kanzel herab die schwarzen Schafe zwar nicht mit Namen nannte, aber so deutlich über sie sprach, dass jeder wusste, wer gemeint war. Hier krähte kein Hahn danach, was ein anderer machte, solange man nichts mit ihm zu tun hatte, und für einen Mann war es doch keine Schande, ein Mädchen zu haben – der wurde dafür ja nur als toller Hecht angesehen! Nein, vor einer fremden Hauswartfrau hatte Lene keine Angst, aber vor dem Herrn Oberst, denn wenn der es merkte, das war mehr als schlimm. Es gab überhaupt keinen Zweifel, dass er sie dann rausschmeißen würde. Nur weiblichen Besuch!, hatte er gesagt und dabei die Küche gemeint – und dann erst ihre Bodenkammer!

Eine so gute Stellung fand sie nie wieder, wo sie so gut zu essen bekam, alles, was sie wollte, weil sie es ja selbst plante und einkaufte und kochte, und wo sie so selbstständig arbeiten konnte und so gut verdiente und sich so viel zusammensparen konnte wie beim Herrn Oberst. Und noch einen schlechten Eintrag im Gesindebuch, das konnte sie sich nicht leisten. Das hatte sie dem Peter dann auch alles erklärt und er hatte nichts mehr gesagt. Aber wie das im Winter gehen sollte, wusste sie nicht.

Lene seufzte. Lieber nicht an den Winter denken. Lieber an später, wenn sie genug gespart hätte, dass sie heiraten konnten.

Peter nach seinen Ersparnissen zu fragen, hatte sie sich nicht getraut. Nicht dass er am Ende noch dachte, es gehe ihr nur ums Geld und sie würde ihn nicht wirklich lieben. Dabei liebte sie ihn mehr als alles auf der Welt, liebte ihn so, dass sie an gar nichts anderes denken konnte als an ihn und die Stunden zählte, bis sie sich wiedersahen, liebte ihn so, dass es ihr fast die Brust zerriss. Aber ein bisschen planen musste man doch auch! Und von der Zukunft träumen, das war so schön. Ein Vorarbeiter verdiente jedenfalls viel mehr als ein ungelernter Fabrikarbeiter. Sie würden nicht in einer Kellerwohnung hausen müssen, in der sie vor lauter schädlichen Ausdünstungen wieder krank wurde, sondern würden sich eine richtige Wohnung in einem Hinterhof leisten können, am besten im zweiten oder dritten Stock, wo es nicht so duster war und man trotzdem nicht so viele Stufen steigen musste wie in den fünften, den kleine Kinder kaum schaffen konnten.

Eine Küche, eine Stube und eine Kammer. Vom Treppenhaus aus direkt in die Küche rein, von dort eine Tür in die unbeheizte Kammer und eine in die Stube. Die Kammer groß genug, um richtige Schlafzimmermöbel reinstellen zu können, am besten mit Fenster nach Süden, damit man immer gut die Betten austrocknen konnte wegen der Hygiene, das hatte sie von der Frau Polizeihauptmann gelernt. Die Stube mit Kachelofen. Vor ein paar Tagen war eine Anzeige für ein neu gebautes Mietshaus in der Zeitung gewesen, da hatte sie sich die Grundrisszeichnungen genau angeschaut.

Lene holte einen Stift und Papier und malte den Grundriss. Zeichnete die Möbel hinein, begann wieder von vorn. Noch ein Grundriss und noch einer. Sie würde auf eine Nähmaschine sparen. Wenn man eine Nähmaschine hatte, konnte man alle Kleider selber nähen, vor allem auch für die Kinder, das sparte viel Geld. Und man konnte Näharbeit als Heimarbeit annehmen. Dann könnte sie zu Hause arbeiten und müsste die Kinder nicht alleine lassen und würde trotzdem etwas verdienen, auch wenn man für Heimarbeit nur einen Hungerlohn bekam, wie sie im Grünkramkeller die Frauen aus den Hinterhöfen klagen hörte. Aber es würde schon reichen, wenn sie sparsam war und Peter nicht jeden Tag in die Bierhalle ging. Sie würde es ihm zu Hause so gemütlich machen, dass er sein Bier gern daheim in der Stube trinken würde. Und Kartoffeln würde sie anbauen draußen vor der Stadt, sie hatte gehört, dass es da für Arbeiterfamilien Ackerland für billige Pacht gab. Mit Kartoffelanbau kannte sie sich aus und Kohl würde sie auch dazu pflanzen. Wenn man Kartoffeln und Kohl hatte, musste man wenigstens nicht hungern. Dann würden sie eine Familie sein, eine richtige Familie. Und ihre Kinder würden einen Vater haben, der jeden Abend nach Hause kam und mit den Kleinen Hoppe-hoppe-Reiter machte und sie in die Luft warf und wieder auffing, dass sie nur so jauchzten, und der die Großen fragte, was sie in der Schule gelernt hätten und ob sie schön gespielt hätten und der Mutter auch fleißig bei der Arbeit geholfen hätten, und der jeden Freitag eine Lohntüte mitbrachte. Und eine

Mutter würden sie haben, die immer für sie da war und ihnen Lieder sang und sie in den Schlaf wiegte und immer genug zu essen für sie hatte und nie sagte, ihr ganzes Leben sei durch sie versaut.

Mit Peter, ja, mit Peter würde es gut. Wer hätte gedacht, dass das Leben so viel Glück für eine wie sie bereithielt, die im Kuhstall groß geworden war, ohne Vater. Wenn sie es nur endlich dem Peter gestanden hätte ... Er würde doch nicht böse sein, oder?

Ein Klingelzeichen riss sie aus ihren Träumen. Dreimal kurz, einmal lang. Fritz – jetzt schon? Sie sah auf die Küchenuhr – und stieß einen Entsetzensschrei aus. Fünf Minuten vor zwölf! Der Herr Oberst kam zum Essen nach Hause und sie hatte nichts, einfach nichts vorbereitet! Salzkartoffeln mit Blumenkohl und Schmorfleisch hatte es geben sollen – völlig aussichtslos, eine Stunde brauchte sie, um das zuzubereiten! Was um alles in der Welt sollte sie tun?

Sie rannte ins Esszimmer, warf die Tischdecke über den Tisch, stellte Geschirr und Glas darauf, legte das Besteck daneben, rannte in die Küche zurück, drei Gänge, jede Mahlzeit musste drei Gänge haben! Gut, die Brühe war fertig, schnell durchs Sieb in die Schüssel damit, Salz und Pfeffer nach Gefühl, keine Zeit zum Abschmecken, sie schlug ein Ei auf und ließ es in die kochend heiße Brühe tropfen, sofort stockte das Ei und gerann zu Eierstich, eine Pfanne auf den Herd, Butter hinein, ein klein geschnittenes altbackenes Brötchen. Fritz kam herein, sie sagte: »Sekunde noch, die Brotrösties sind gleich fertig!«, schob sie auf einen Teller. Er nahm das Tablett und ging.

Fünf Minuten Zeit für die Zubereitung einer Hauptmahlzeit. Was hatte sie im Haus?

Eier. Wenn es bei der Frau Lehrer hatte schnell gehen müssen, hatte sie Eierkuchen gemacht. Bisher hatte Lene das niemals auf den Tisch gebracht, zu einfach und auch nicht herzhaft genug war es ihr erschienen, nun war es die einzige Rettung. Vielleicht ließ sich ja eine Scheibe Schinken mitbraten, der wurde sowieso schon grau.

Eier, Mehl, Salz, Milch – mit fliegenden Händen rührte Lene den Teig an, stellte eine zweite Pfanne auf, Butter und Schinken hinein, Teig darüber. Aus der Speisekammer holte sie das Glas Preiselbeermarmelade, füllte es in ein Glasschälchen, die Eierkuchen umdrehen, Fritz kam mit dem Serviertablett zurück, sie gab die beiden Eierkuchen auf eine Platte und sagte: »Bitte komm dann noch den Nachschub holen, Eierkuchen müssen ganz frisch sein, sonst schmecken sie nicht!«

Er nickte und meinte: »Hm! Warum hast du das bisher noch nie gekocht?«

Schweiß stand ihr auf der Stirn, die nächsten Eierkuchen braten. Der Schinken war aufgebraucht, also etwas Zucker darüber streuen. Was um Himmels willen sollte sie als Nachtisch reichen? Einen Pudding hatte sie kochen wollen, daran war nicht zu denken. Sonst hatte sie nichts da außer ein paar harten grünen Birnen. Die konnte man nicht roh essen, sie waren zum Kochen gedacht. Aber vielleicht ließen sie sich braten? Sie schälte eine Birne, halbierte sie. Der alte Schimmelkäse fiel ihr ein – hatte sie nicht einmal ein Rezept für überbackene Birne gelesen? Sie klatschte den Käse auf die Birnenhälften, diese aufs Backblech und schob beides in die Röhre. Zum Glück reichte die Glut. Es roch verkohlt: Sie hatte die Eierkuchen anbrennen lassen! Die musste sie selber essen, schnell neue braten.

Fritz kam herein. »Bist du so weit?«, fragte er.

»Einen Moment!« Sie füllte die Platte. »Sind süße!«, erklärte sie. »Da gehört die Preiselbeermarmelade dazu!«

Fritz leckte sich die Lippen. »Da freu ich mich schon drauf. Für uns machst du sie auch ganz frisch, ja?«

»Aber klar!« Sie zitterte am ganzen Körper. Soeben hatte sie ihre Zukunft gerettet.

– 10 –

Der Regen trommelte auf die Dachziegel. Heimelig hörte sich das an und ganz nah dem Himmel. Schön war es, so dicht unter diesem Regengetrommel zu liegen, an Peter geschmiegt, ganz still. Und die Gefahr, mit der es verbunden war, machte es zu einem Schwindel erregenden Abenteuer.

Sie hatte es tatsächlich getan: Sie hatte Peter mit in ihre Dachkammer genommen. Weil er wieder in einem Hauseingang hatte anfangen wollen, irgendwo in einem dusteren Hinterhof, und weil er, als sie sich dagegen verwehrt hatte, gesagt hatte: Du liebst mich eben nicht richtig.

Jetzt musste er sehen, wie sehr sie ihn liebte. So sehr, dass sie alles dafür aufs Spiel setzte, einfach alles.

Sacht blies sie ihm ins Ohr. Er brummte leise. Fast wie ein schnurrender Kater. Sie lachte.

Da ging draußen die Tür zum Dachboden. Lene erstarrte.

Der Herr Oberst – wenn er Peter gesehen hatte und nur gewartet, um sie beide auf frischer Tat zu ertappen ...

Sie legte Peter die Hand auf den Mund. Ihre Kammer war nur ein dünnwandiger Bretterverschlag, jedes Geräusch hörte man hindurch, jeden Atemzug ...

Sie hörte Schritte. Wie der feste Stechschritt des Herrn Oberst hörte es sich nicht an. »Lene?«, hörte sie die Stimme von Elsa, dem Dienstmädchen des Ministerialbeamten aus dem zweiten Stock, das die Kammer neben ihr bewohnte und mit der sie nicht besonders gut auskam.

Nur Elsa. Nichts sagen. So tun, als sei man nicht da.

»Lene, ich weiß, dass du da bist, ich hab dich lachen hören!«

»Hm?«, fragte Lene und tat verschlafen. Das Herz klopfte ihr im Hals, Elsa durfte nichts merken, Elsa war missgünstig und neidisch, auf Elsa war kein Verlass. »Gelacht? Muss wohl im Traum gewesen sein, ich hab schon geschlafen!«

»Ach so! Tut mir Leid, das wusste ich ja nicht, ist ja grad erst sieben Uhr, und sonst bist du nie an deinem freien Sonntag ... Darf ich mal reinkommen?« Schon ging die Türklinke nieder.

Die Tür war abgeschlossen. Zum Glück.

»Nee, Elsa, sei nicht böse, ich hab's so im Bauch. Weißt schon, Wärmflasche drauf und nichts mehr wissen wollen davon und nur noch schlafen!«

»Na dann, gute Besserung!« Elsa klang enttäuscht. Öffnete die Tür zu ihrer eigenen Kammer, ein Rumoren nebenan, Lene stocksteif neben Peter, noch immer die Hand auf seinem Mund. Elsa würde doch wohl um Himmels willen nicht in ihrer Kammer bleiben, sicher musste sie doch noch einmal hinunter zu ihrer Herrschaft?

Endlos schien Lene die Zeit, bis endlich wieder Elsas Kammertür ging, die Schritte sich entfernten, die Dachbodentür zufiel.

»Das war knapp!«, meinte Peter und lachte.

»Ich weiß gar nicht, wie du da lachen kannst!«, fuhr Lene ihn an. Auf einmal begann sie zu weinen.

»Na«, meinte Peter, »nun dreh mal nicht gleich durch! Ist

ja nichts passiert! Dann geh ich jetzt wohl lieber!« Im Dämmerlicht angelte er nach seiner Kleidung.

Auch Lene zog sich wieder richtig an. Ein ungutes Schweigen hing plötzlich zwischen ihnen.

Nebeneinander saßen sie auf dem Bett. Peter schnürte seine Schuhe zu. Draußen gingen die Gaslaternen an.

»Ich hab solche Angst!«, sagte Lene leise.

»Angst? Musst du nicht! Ich sag dir doch, ich pass auf, hab 'nen Rückzieher gemacht wie immer, da kann gar nichts schief gehen!«

»Das meine ich nicht!«, sagte Lene. Obwohl, wie sie es aussprach, merkte sie, dass es auch das war: die immer wieder beiseite geschobene und von Peter für völlig unnötig erklärte Angst vor einer Schwangerschaft. War das mit dem Rückzieher wirklich so sicher, wie Peter behauptete? Wenn es so einfach war, warum kamen dann so viele Mädchen in so schlimme Lagen? Die anderen Kerle können sich eben nicht beherrschen, da siehst du mal, was du an mir hast!, hatte Peter geantwortet, als sie ihn einmal danach gefragt hatte. Und noch einmal fragen wollte sie nicht. Peter war in manchen Dingen sehr empfindlich. »Ich meine, ich habe Angst, dass du gesehen wirst, wenn du die Treppe runtergehst!«

»Dann geh halt voraus!«

»Nein! Wenn wir zusammen gesehen würden, das wäre noch schlimmer!«

»Na, dann eben nicht! In zwei Wochen wieder, ja? Hoffen wir, dass dann noch mal schönes Herbstwetter ist und wir wieder raus können in die Natur! Denn wenn du hier jedes Mal durchdrehst, das bringt es nicht!«

Wie er das sagte, so schroff! Und als sähe er gar nicht, was sie gewagt hatte für ihn und was das bedeutete.

Schon wieder stürzten ihr die Tränen aus den Augen. »Dann gehen wir eben doch zu dir!«, schluchzte sie.

»Das kommt nicht in Frage, wie oft soll ich dir das noch sagen!«, schnauzte er sie an.

Das war nicht gerecht. Das war einfach nicht gerecht.

»Mach's gut, Lene, bis in zwei Wochen! Und jetzt kannst du dir ja deine Wärmflasche auf den Bauch legen und schlafen, dann machst du wahr, was du Elsa vorgeschwindelt hast! Nicht schlecht, wie schlagfertig du da warst, nicht schlecht!« Er lachte – und weg war er. Und kein Kuss zum Abschied. Und drei Stunden vor der Zeit und kein Wort davon, ob sie noch in die Bierhalle gehen wollten oder durch die Kaiserpassage bummeln.

Lene vergrub ihr Gesicht in den Kissen und weinte.

Als sie sich vom langen Weinen völlig ausgelaugt und leer fühlte, raffte sie sich noch einmal auf. Sie würde ihren Kummer in einer großen Tasse Schokolade und zwei Stück Kuchen ertränken. Und überhaupt, alle Liebenden stritten sich mal, das hatte nichts zu bedeuten. Manche Dinge verstanden Männer eben nicht, und nächstes Mal würde sie mit Peter über alles reden, über alles, auch über die Sache mit ihrem Vater.

Im Dunkeln tastete sie sich über den Dachboden und die Stiege hinunter, öffnete die Küchentür. Fritz saß am Tisch und schaute von der Zeitung auf, als sie hereinkam.

Schweigend ging sie zum Herd, setzte die Milch auf. »Willst du auch eine Schokolade?«, fragte sie.

»Nein.« Seine Stimme klang seltsam. Schweigen. Dann: »Lene, setz dich bitte mal her!«

Sie setzte sich zu ihm an den Tisch. Sein Gesicht war bedrückt, nichts von seinem gewöhnlichen Witz. »Du, Lene, ich hab ihn gesehen. Deinen Liebsten im gelben Anzug, den

Peter, von dem du mir erzählt hast, der immer auf der anderen Straßenseite auf dich wartet, wenn du Ausgang hast. Aber heute war er nicht auf der anderen Straßenseite. Heute war er auf unserer Hintertreppe.«

Sie schwieg, starrte auf ihre zusammengeballten Hände, die starr in ihrem Schoß lagen, fühlte nichts, einfach nichts.

»Versteh mich nicht falsch, Lene!«, sagte Fritz. »Von mir wird der Herr Oberst es nicht erfahren, ich weiß, was ich dir schulde! Und ich wäre der Letzte, der dir Vorhaltungen machen dürfte von wegen Sitte und Moral. Aber du spielst mit dem Feuer, Mädchen! Wenn der Herr Oberst es von anderer Seite hört oder wenn er deinen Bräutigam selber entdeckt – du ahnst ja gar nicht, wie hart er sein kann! Der drückt nie ein Auge zu, wenn man seine Befehle nicht befolgt, nie! Der scheißt dich zusammen, dass dir Hören und Sehen vergeht, und wirft dich raus und schreibt den Kündigungsgrund ins Gesindebuch, dafür lege ich die Hand ins Feuer. Und wie sehr er recht daran täte, gerade bei dir nicht nur ein Auge zuzudrücken, sondern alle beide, das kann ich ihm nicht sagen, und du darfst es auch nicht, das hast du mir versprochen! Denn dann bringt er sich um, und das will ich nicht, denn ich lieb ihn nun mal, immer noch, trotz allem ...« Die Stimme von Fritz zitterte.

Auf dem Herd kochte die Milch über. Lene merkte es nicht. Erst als es unverkennbar angebrannt roch, stand sie auf und beseitigte das Malheur.

»Und in Zukunft kann ich nichts mehr für dich tun, Lene!«, fuhr Fritz fort. »Rein gar nichts. Weil ich nämlich nach Ostpreußen geschickt werde.«

Sie fuhr herum. »Was sagst du da?«, schrie sie auf.

Fritz nickte. »Nach Ostpreußen. So weit weg, wie's weiter

nicht geht. Nächste Woche zieht hier ein neuer Bursche ein.«
Er schlug die Hände vors Gesicht.

»Mein Gott, Fritz!«, flüsterte Lene. »Ist es denn aus, das mit ihm und dir?«

»Aus und vorbei, für immer und ewig – von seiner Seite aus! Und von meiner – wer fragt schon nach mir?«

»Aber warum denn?«

»Er wird heiraten!«

»Was wird er?!«, entfuhr es Lene.

»Heiraten! Das heißt, er hat noch keine Verlobte, hat noch nicht einmal eine Dame im Visier, aber den Entschluss, den hat er gefasst. Du ahnst ja nicht, was bei uns in der Kaserne los ist! Zwei Offiziere sind verhaftet worden, sie sind der Homosexualität verdächtigt worden. Der eine hat sich noch bei der Festnahme eine Kugel in den Kopf geschossen, der andere kam wohl nicht mehr dazu und sitzt jetzt ohne seine Pistole in Untersuchungshaft. Jedenfalls zieht das Kreise, und jeder Offizier, der nicht verheiratet oder wenigstens verlobt ist, wird plötzlich schief angesehen. Mein Oberst muss höllisch aufpassen! Das tut er ja nun auch, wie du siehst, und zieht die Konsequenzen.«

»Aber – geht das denn?«, stotterte Lene und wurde rot. »Ich meine – die arme Frau!«

Fritz zuckte die Achseln. »Er wird schon seine Pflicht tun für Kaiser und Vaterland!«, erwiderte er mit bitterem Spott. »Und er ist ein Mann von Namen und Ehre und Vermögen – wirst sehen, die Damen werden sich um ihn reißen!«

»Also dann, Lene!«, sagte Fritz und stand unbeholfen mitten in der Küche.

»Also dann, Fritz!«, erwiderte sie.

So vieles hätte es zu sagen gegeben, aber dann nur diese drei Worte.

»Pass auf dich auf!«, meinte er schließlich. »Und lass dich nicht unterkriegen!«

»Du dich auch nicht, Fritz!«

Er nickte.

Pause.

»Ich schreib dir mal 'ne Karte«, versprach er.

»Ich dir auch.«

Sie standen voreinander, als müsste noch etwas geschehen. Da endlich zog er sie in seine Arme und drückte sie an sich. »Mensch, Lene! Dank dir noch mal für alles! Du weißt schon! Danke!«

»Schon gut, Fritz!«, sagte sie. »War doch klar!«

Er ließ sie los, drehte sich um, nahm seinen Sack und stürmte die Treppe hinunter.

Lene blickte lang auf die Tür. Ließ sich auf einen Stuhl nieder. Schaute wieder und wieder zur Tür.

Die Küche war so leer ohne Fritz.

Der Keller der alten Reschke dröhnte vor Stimmengewirr. Emma und Elsa, Martha, Marie und Anne – lauter Dienstmädchen aus der Nachbarschaft waren hier. Elsa musste wie Lene Wäsche mangeln, die anderen hatten nur die Gelegenheit gesucht, etwas einzuholen – ein paar Salzgurken oder ein Stück Seife oder ein Päckchen Anker-Kaffee – und sich dabei ein bisschen zu unterhalten.

Auf einen Sprung in den Keller der alten Reschke, Kramladen und Mangel in einem, das war das einzige Abendvergnügen, das die Dienstmädchen sich unter der Woche erlauben konnten. Geredet wurde, gesungen und vor allem gelacht. So viel und laut gelacht wie heute wurde nur an den Abenden, an denen Walter, der Neffe von Frau Reschke, die Mangel drehte. Maurer war er, stark sah er aus, immer gut aufgelegt war er und noch zu haben.

Sonst hatte auch Lene sich gefreut, wenn er da war. Heute sehnte sie sich nur nach ihrem Bett.

»Du singst ja gar nicht mit?«, fragte Walter. »Kannst doch immer so schön eine zweite Stimme dazu!«

»Ich bin so müde!«, erwiderte Lene und schob das nächste angefeuchtete Tischtuch unter die Walze. Jede Bewegung erschien ihr eine unerträgliche Last. Der Rücken schmerzte, als wollte er mitten auseinander brechen. Die Beine waren schwer und bleiern. Die Augen fielen ihr zu. Seit Tagen ging es ihr so, jeden Abend. Immer begann es spätnachmittags mit der flauen Übelkeit, die den Gedanken an Essen unerträglich machte, dann brach die Erschöpfung über sie herein. Was war los mit ihr? Sie schlief doch nicht im Keller, wo sie schädlichen Ausdünstungen ausgesetzt war, sondern in der Dachkammer bei offenem Fenster wie eh und je, und mehr Arbeit als sonst hatte sie auch nicht. Und tagsüber fühlte sie sich ja auch gesund, nur abends kam immer die Angst, sie könnte wieder krank werden. Und wenn sie dann ihre Arbeit nicht mehr schaffte, dann kündigte ihr der Herr Oberst, und ein krankes Dienstmädchen fand keine neue Stelle.

Die Stimmen der anderen klangen weit weg, wie durch Watte. Zu schwer war es, den Gesprächen zu folgen, erst recht, einen Beitrag dazu zu liefern. Die Gedanken landeten dort, wo sie über kurz oder lang immer landeten, bei Peter.

Letzten Sonntag war das Wetter wieder schön gewesen, ein strahlender Herbsttag, und sie hatten noch einmal eine Kahnpartie machen können. Danach war Peter sehr gut gelaunt gewesen. Da hatte sie gedacht, jetzt könnte sie es ihm sagen. Weil er es ja wissen musste und weil er es sowieso merken würde, wenn sie die Mutter besuchten, denn das wollte sie, sie wollte Peter ihrer Mutter vorstellen. Also hatte sie sich ein Herz gefasst und hatte Peter alles erzählt. Dass sie in Wahrheit gar keinen Vater gehabt hatte und wie das gewesen war mit dem Siewer-Bauern und der Mutter, die so blutjung gewesen war, noch jünger als sie selbst es jetzt war, und die sich nicht zu helfen gewusst hatte gegen den Bauern.

Peter hatte nichts dazu gesagt, einfach nichts. Und das war irgendwie nicht gut.

Sie war ja froh, dass er sie nicht angeschrien hatte und nicht gesagt hatte, mit einer, die ihn anlüge, wolle er nichts zu tun haben, und eine, die keinen Vater hätte, sei nichts für ihn, oder irgend so etwas ganz Schreckliches, ja, darüber war sie froh.

Aber gar nichts zu sagen?

Da wäre es ihr fast lieber gewesen, er hätte ganz arg mit ihr geschimpft – wenn er sich danach mit ihr versöhnt hätte, natürlich. Aber stattdessen hatte er dieses verschlossene Gesicht gehabt. Und als sie ihn dann gefragt hatte, ob er böse auf sie sei, hatte er nur die Schultern gezuckt und sie nicht einmal angesehen und plötzlich von etwas ganz anderem geredet, von einer verbotenen Versammlung der Sozialdemokraten, auf der er gewesen sei. Polizisten seien auch dort gewesen und hätten eine Zeit lang alles nur beobachtet, aber dann hätten sie sich die Pickelhaube aufgesetzt, und das sei das Zeichen, dass sie die Versammlung auflösen würden, und da hätte er geschaut, dass er davongekommen wäre, ehe sie ihn noch verhaftet hätten.

Das war ja auch wirklich sehr aufregend und zu einem anderen Zeitpunkt hätte sie es gern in jeder Einzelheit gehört, aber doch nicht, nachdem sie ihm alles gestanden hatte! Irgendwie war es ihr vorgekommen, als hätte er das nur erzählt, um von etwas anderem zu reden. Damit sie ihn nicht weiter fragte, ob er böse sei.

Aber wenn er es nicht war, dann konnte er das doch sagen!

Jedenfalls hatte sie sich dann nicht getraut, ihn noch nach dem anderen zu fragen. Nach der Sache mit dem Rückzieher und ob Peter wirklich ganz sicher sei, dass da nichts passieren könne. Weil ihre Tage doch immer so regelmäßig gewesen waren. Und diesmal eben einfach ausgeblieben waren.

»Wo ist eigentlich die Stine? Die hab ich ja schon lang nicht mehr hier gesehen?«, fragte Walter in die Runde.

»Ja, weißt du es denn nicht?« Elsa kicherte. Gemein klang es, dieses Kichern, schadenfroh, gehässig. »Sie ist ja geflogen bei ihrer Frau Oberstaatsanwalt! Weil sie ein Kind kriegt. So was kommt von so was!«

Walter pfiff durch die Zähne. »Und jetzt?«, fragte er.

»Sie ist heim ins Dorf zu ihren Eltern!«, meinte Martha. »Von Glück kann man reden, wenn man Eltern hat in so einem Fall! Noch dazu welche, die einem nicht die Tür vor der Nase zuknallen!«

»Das arme Ding!«, meinte Frau Reschke und seufzte tief. »Ist doch immer und ewig die gleiche Geschichte! Hat geglaubt, er heiratet sie, ihr Hans. Hat geglaubt, es ist wie im Dorf. Aber hier in der Stadt ist nichts wie im Dorf. Ich komm auch vom Land, ich weiß, wovon ich rede, da ist ein Ja noch ein Ja und ein Nein ist ein Nein, und der Bursche, der ein Mädchen sitzen lässt, dem wird Feuer unter dem Hintern gemacht, bis ihm gar nichts anderes bleibt, als vor den Traualtar zu ziehen. Aber hier! Und jetzt sitzt sie da mit dem Balg, und ihr feiner Herr Bräutigam hat wahrscheinlich schon längst die Nächste!« Frau Reschke seufzte noch schwerer und schüttelte den Kopf.

Ein eisiger Stich fuhr Lene in die Brust. Ihr glitt das Tafeltuch aus der Hand, fiel auf den schmutzigen Boden. Sie bückte sich nicht.

»He, Lene, bist du eingeschlafen?«, fragte Walter und lachte.

Sie antwortete nicht.

»Das hätte sich die Stine eben früher überlegen müssen!«, meinte Elsa spitz. »Wie sie sich immer zurechtgemacht hat! Hochmut kommt vor dem Fall. Mir könnte so etwas jedenfalls nicht passieren!«

»Natürlich nicht!«, giftete Martha. »Dich will ja keiner! Aber eines sag ich dir, die Stine war meine beste Freundin, auf die lass ich nichts kommen! Sie hat ihren Hans eben geliebt und sie hat ihm vertraut und er hat immer gesagt, es kann gar nichts passieren, er passt auf! Und jetzt lässt er sie im Stich, und das ist nicht gerecht!«

»Gerecht!«, meinte Frau Reschke. »Was ist schon gerecht auf der Welt! Und dann gar für eine Frau! Ist es gerecht, dass eine Fabrikarbeiterin nicht einmal die Hälfte von dem verdient wie ein Mann? Ist es gerecht, dass eine Heimarbeiterin sechzehn Stunden schuftet, sieben Tage die Woche, und davon nicht einmal ihre Kinder ernähren kann? Ist es gerecht, jedes Jahr ein Kind zu kriegen und nicht zu wissen, wie man es durchbringen soll, während der Mann das Geld in die Destille trägt und sich die Seele aus dem Leib säuft? Hör mir bloß auf mit Gerechtigkeit!«

»Aber«, fragte Lene, endlich bückte sie sich nach dem

Tischtuch, das Blut schoss ihr in den Kopf, »das mit dem Aufpassen, stimmt das denn nicht?«

»Hört, hört! Die Lene will es aber genau wissen!« Walter lachte. »Schaut nur, wie rot sie wird!«

»Soll sie's doch wissen!«, eiferte sich Frau Reschke. »Schreibt es euch hinter die Ohren, Mädels, jede von euch! Die Männer versprechen viel, wenn sie was haben wollen. Aber so leicht ist dem lieben Gott kein Schnippchen zu schlagen! Eines sage ich euch: Mädchen, denen es so gegangen ist wie der Stine, habe ich hier in meinem Keller schon fast so viele gehabt wie Heringe in dem Fass da! Und Arbeiterfrauen, die weiß Gott froh wären, wenn sie nicht jedes Jahr noch ein weiteres Maul zu stopfen hätten, waren hier schon ein ganzes Regiment! Ihr seid keine höheren Töchter, die von nichts eine Ahnung haben dürfen und an die Geschichten mit dem Storch glauben sollen und blindlings in ihre Hochzeitsnacht stolpern. Ihr steht mit beiden Beinen im Leben, und leider ist das Leben oft nicht so, wie's sein sollte. Und glaubt bloß nicht, das wär nur so, solange ihr Dienstmädchen seid, und wenn ihr erst einen Mann habt, wär's besser – dann fängt das ganze Elend erst richtig an. Merkt euch, was ich euch sage: Das Aufpassen, das ist zwar besser als nichts, aber Verlass ist darauf nicht und das Wahre ist es schon gleich gar nicht! Besser ist ein Gummi. Den gibt's für die Männer beim Friseur, aber teuer sind die Dinger, eine Mark das Stück, welcher Arbeiter kann sich so was schon leisten. Da kauft er sich doch lieber zehn Flaschen Bier dafür und hängt seiner Frau ein weiteres Balg an. Und jetzt wisst ihr Bescheid, und wenn ich eines Tages vor meinem Gott stehe und er mir sagt, ich hätte die Dienstmädchen, die bei mir ein und aus gegangen sind, mit meinen

Reden verdorben, dann sag ich: Sei's drum! Wenn's nur einer Einzigen geholfen hat!«

Auf einmal war es Lene, als würde sie keine Luft mehr bekommen. So stickig war es im Keller, schwer wie Nebel hing die Feuchtigkeit im Raum. Lene stürzte zur Tür, die Außentreppe hinauf. Oben angelangt, erbrach sie sich in den Rinnstein.

Da ging sie nun neben ihm her und wusste nicht, wie beginnen. Peter war schweigsam, missmutig. Er hatte mit ihr zum Tempelhofer Feld gewollt, wo wieder einmal ein tollkühner Erfinder versuchen wollte, mit einem selbst entwickelten Luftschiff abzuheben, aber sie hatte gesagt: Bitte, gehen wir in den Tiergarten! Nur widerwillig hatte er zugestimmt: Ist doch viel zu nass und zu kalt! Ja, hatte sie erwidert, aber ich muss dir was erzählen! Letzte Nacht hatte sie sich alles zurechtgelegt und all die Nächte davor. Und jetzt brachte sie es doch nicht über die Lippen.

Frierend zog sie ihr Schultertuch enger. Es war vom Nieselregen schon durchfeuchtet. Beißend zog die nasse Kälte die Beine herauf.

»Also, was nun?«, fragte Peter endlich. Der Ton seiner Stimme machte aus der Aufforderung eine Abweisung.

Sie würgte hervor: »Ich glaube, wir bekommen ein Kind.«

»Was?!« Er blieb stehen. »Was soll der Blödsinn! Ich sag dir doch, ich hab immer aufgepasst!«

Seine Schuhe waren abgewetzt. An der Spitze hatte das Leder Risse wie Runzeln im Gesicht eines alten Mannes. Sie passten nicht zu seinem Anzug und der Uhrenkette mit den Berlocken.

»Ich kann's doch nicht ändern!« Ihre Stimme war schrill,

sie kannte sie selbst nicht. »Die alte Reschke sagt, das mit dem Aufpassen nützt nichts. Sie sagt, sie kennt so viele Mädchen wie Heringe in ihrem Fass, denen es so gegangen ist wie mir. Jedenfalls, meine Tage, sie sind immer ganz pünktlich, und jetzt sind sie schon zum zweiten Mal ausgeblieben, und schlecht wird mir jetzt immer und so müde bin ich am Abend, da könnte ich nur noch tot umfallen.«

»Warst du beim Arzt?«

»Nein. Wenn ich denk, dass so ein Mann mich untersucht ... Ich merk's doch auch so!«

»Wahrscheinlich bildest du dir das alles nur ein!« Er begann wieder zu laufen, sehr schnell nun, sie konnte kaum Schritt mit ihm halten. Immer tiefer ging es hinein in den Park. Und kein Wort mehr von ihm, kein Blick.

»Peter«, begann sie endlich, »mir passt's ja auch nicht, so früh, und ich bin ja noch so jung und wollte noch ein paar Jahre beim Herrn Oberst dienen, auch wenn der bald heiratet und es dann nicht mehr das Gleiche ist mit selbstständig wirtschaften und so, aber jedenfalls wollte ich mir noch schön was zusammensparen. Eine Aussteuer wollte ich mir verdienen und Geld für Möbel und alles, aber wenn es nun eben mal so ist, wie es ist, dann muss man es nehmen, auch wenn ich's mir nicht so ausgesucht hab! Dann muss es jetzt eben auch mit den Ersparnissen gehen, die wir bisher haben. Wir werden es schon schaffen – ich kann mir eine Nähmaschine kaufen und Heimarbeit annehmen, dann kann ich nebenbei immer für unser Kind sorgen. Nähen hab ich bei der Frau Lehrer gelernt, und du hast doch eine Wohnung und als Vorarbeiter bei Borsig verdienst du doch genug, oder?«

»Wohnung! Vorarbeiter!«, lachte er mit verzweifeltem Hohn. »Willst du wissen, wie meine Wohnung aussieht, willst du es wirklich wissen, ja? Ein Bett ist meine Wohnung, ein Bett in einer Kammer, in der acht Leute schlafen, Männer, Frauen und Kinder, das heißt, genau genommen schlafen da zwölf, sie schlafen nämlich in zwei Schichten! Mein Bett ist auch doppelt vermietet, ich teile es mit einem Nachtwächter – er hat es am Tag und ich in der Nacht! Für was Besseres reicht mein Geld nämlich nicht, ich muss dich ja ausführen alle vierzehn Tage! Wer bezahlt denn immer alles, die Eintrittsgelder und die Kahnfahrten und die Getränke, du nicht, oder?« Abrupt stoppte er seine rasche Wanderung und drehte sich zu ihr hin.

Lene starrte ihn an. Kein Wort, kein Gedanke.

Peter aber hatte sich in Fahrt geredet. Als sei ein Schleusentor geöffnet, so brachen die Worte aus ihm heraus: »Man will sich doch auch mal was gönnen, einen Anzug, dass man aussieht wie ein Mensch, und ein Bier am Abend, wenn man geschafft ist von der Arbeit am Hochofen, die Zunge klebt einem am Gaumen, und in der Brust brennt die heiße Luft wie Feuer! Und dann diese paar Groschen Hungerlohn, jeden Freitag die Lohntüte so dürftig, dass man sich fragt, wozu man eigentlich geschuftet hat die ganze Woche. Vorarbeiter, ha! Wovon denn, wenn ich dich fragen darf?! Wie hätte ich denn wohl eine Lehre machen sollen? Mit vierzehn musste ich in die Stadt und mir meinen Unterhalt selber verdienen und meinen Eltern auch noch was nach Hause schicken, weil da sieben kleine Geschwister waren und es vorn und hinten nicht reichte mit der jämmerlichen Dorfschusterei und dem bisschen Land! Wie hätte ich da wohl was lernen sollen?! Aber wenn du nichts gelernt hast, dann wirst du nichts. Dann bringst du es nie zum Facharbeiter und zum Vorarbeiter schon gleich gar nicht, dann trägst du deine Haut und deine

Kraft und deine Gesundheit zu Markte für fast nichts und bleibst ewig der letzte Dreck!«

»Aber«, ihre Stimme war ganz heiser, mühsam rang sie um den Ton, »aber warum hast du mir das denn nicht gesagt?«

»Das musst du mir grad vorhalten!«, fuhr er sie an. »Dein Vater war ein Häusler und ist von einer Eiche erschlagen worden, was?!«

Lene schwieg. Was hätte sie auch darauf sagen sollen?

Keine Wohnung. Kein Geld. Die Worte der alten Reschke: *Und wenn ihr erst einen Mann habt, dann fängt das ganze Elend erst richtig an ...*

Die Trostlosigkeit der Hinterhöfe, all diese abgezehrten, verhärmten, viel zu früh gealterten Frauen, die nicht wussten, wo sie das Geld für die Miete ihres Kellerloches und das Brot für ihre Kinder hernehmen sollten ...

Aber sie beide, Peter und sie, sie waren jung und stark, sie würden es schaffen, irgendwie. Dann konnten sie eben nicht mehr so schöne Kleidung tragen und keine Sonntagsausflüge mehr machen und er würde sich keinen Schmuck mehr für seine Uhrenkette kaufen können und nicht mehr in die Bierhalle gehen ... Ja, wenn sie ganz sparsam lebten, dann war es zu meistern – und wie man sparte, das wusste sie. Sie brauchten ja auch nicht eine Küche und eine Stube und eine Kammer, ein einziger Raum reichte, und sei's im sechsten Stock unterm Dach, solange es nur kein Keller war mit schädlicher Ausdünstung. Für die allernötigsten Möbel, das Bettzeug und etwas Geschirr langten ihre Ersparnisse. Und bis das Kind kam, konnte sie ja in einer Fabrik arbeiten, damit sie sich die Ausstattung für das Kleine und sonst noch das Nötigste kaufen konnte. Sie hatte sich sowieso schon überlegt, in eine Fabrik zu gehen, denn beim Herrn Oberst müsste sie natürlich aufhören, wenn sie heiratete.

Alles, alles würde gehen, solange sie beide nur zusammenhielten.

Peter hatte wieder zu laufen begonnen, sehr schnell. Abweisend sah er aus, unansprechbar. Der nasse Stoff ihres Kleides schlug schwer gegen ihre Beine, sie raffte den Rock mit der Linken, um mit Peter Schritt halten zu können. Ihre Rechte schob sie in seine Hand. »Peter, bitte, ich mach dir ja gar keinen Vorwurf, das darfst du nicht denken! Ich weiß ja, wie's ist. Solche Dinge geschehen. Und hinterher weiß man selber nicht, warum man's getan hat.«

Peter gab keine Antwort, hielt den Kopf auf den Boden gesenkt bei seinem strammen Lauf, rückte die Schirmmütze tief ins Gesicht. Es begann immer stärker zu regnen.

»Seltsam«, fuhr Lene fort, »ich hab immer gedacht, es sind nur die anderen, denen so was mit einer Schwangerschaft passiert, die anderen, ja, aber wir nicht! Und jetzt sind wir's eben doch. Und du wirst schon sehen, wie gut ich wirtschaften kann! Jeden Pfennig dreimal umdrehen, das habe ich bei der Frau Lehrer gelernt, und weißt du, wir pachten uns ein Stück Feld – du bist doch auch vom Land, du kannst mit Spaten und Hacke umgehen, und vom Kartoffel- und Gemüseanbau versteh ich was. Sonntags gehen wir dann immer aufs Feld, wir beide schaffen das schon, hungern müssen wir nicht! Und dann hast du endlich dein eigenes Heim. Eine Wohnküche suchen wir uns möglichst billig, dann musst du nicht mehr als Schlafgänger hausen und dein Bett nicht mehr mit einem Nachtwächter teilen!« Und in einem Anflug von aus der Not geborenem Scherz fügte sie auflachend hinzu: »Nur noch mit mir!«

Kurz stockte er, sah sie an. Dieser Blick fuhr in sie, etwas daran verstand sie nicht, und dann war es schon vorbei. Er rannte mit gesenktem Kopf weiter.

Sie rannte hinterher, fasste ihn am Arm. Eine Angst war auf einmal in ihr, eine Angst, die wie eine Glutwelle in ihr aufstieg und sie überrollte. »Peter«, fragte sie zitternd, »Peter, wann bestellen wir denn jetzt das Aufgebot?«

»Aufgebot?!«, schrie er und riss seinen Arm aus ihrer Umklammerung. »Wer redet denn hier von Aufgebot?! Du glaubst doch wohl nicht, dass ich dich heirate!«

Sie stand ganz still. Fühlte alles Blut aus ihrem Kopf weichen. Fühlte ein dumpfes Pochen in sich. Sonst nichts. War weit weg, wie außerhalb von sich. Und wusste seltsam kalt und klar, dass genau die Katastrophe eingetreten war, die niemals hätte eintreten dürfen, um nichts in der Welt.

»Hab ich dir jemals versprochen, dich zu heiraten, jemals, mit einem einzigen Wort?«, schrie Peter.

Das bin nicht ich, das ist nicht er. Das ist nicht die Wirklichkeit.

»Antworte!«, schrie er.

»Du hast mir einen Ring geschenkt«, flüsterte sie tonlos.

»Einen Ring!« Er lachte abfällig. »Ich habe dir einen Ring geschenkt, na und! Beklagst du dich etwa darüber, dass ich dir ein Geschenk gemacht habe?«

Sie schwieg.

»Ich will dir mal was sagen!« Immer lauter wurde er, als wolle er die Stimme seines Gewissens übertönen. Rot war sein Gesicht, er schrie sich in Zorn, aber seine Augen irrten zur Seite. »Ich will dir mal was sagen: Woher weiß ich überhaupt, dass du von mir schwanger bist und nicht von irgendeinem anderen! Ich hab immer aufgepasst, nicht ein einziges

Mal ist es mir schief gegangen! Wahrscheinlich hast du's noch mit anderen getrieben und jetzt willst du's mir in die Schuhe schieben! Aber so nicht, nicht mit mir!«

Das ist nicht mein Peter. Nicht der Fremde da, der solche entsetzlichen Dinge sagt. O Gott, lass mich sterben!

»Dreizehn Tage von vierzehn treibst du es wahrscheinlich mit einem anderen!«, schrie Peter weiter. »Man weiß ja, wie die Mädchen sind, haben sie erst mal einen gehabt, dann ist es vorbei mit der Tugend und der Moral, dann hat der Nächste leichtes Spiel! Wer ist es, sag schon, na los, sag's! Ist es der Bursche von deinem Herrn Oberst? Praktisch, was, wenn man unter einem Dach lebt! Oder is's gar dein gnädiger Herr selber, der saubere Herr Oberst höchstpersönlich? Na, sag schon!«

Sie starrte ihn an. Da waren keine Worte mehr. Sie konnte nicht sprechen, nie mehr.

»Und jetzt brauchst du einen Vater für dein Balg, und da komm ich dir gerade recht! Aber so leicht ziehst du mich nicht über den Tisch, das lass dir gesagt sein! Es ist aus und vorbei mit uns, aus und vorbei! Mich siehst du nicht wieder!« Damit drehte er sich um und lief davon.

Lene konnte sich nicht rühren. Als gehöre ihr Körper nicht zu ihr. Als habe sie keine Gewalt mehr über ihre Beine.

Erst als Peter schon um die Biegung des Weges verschwunden war, schrie sie ihm nach: »Das ist nicht wahr, und das weißt du genau!« Sie rannte, rannte hinter ihm her. Das nasse Kleid klebte schwer an den Beinen, sie strauchelte, fiel, lag in einer Pfütze, der Regen strömte auf sie herab. Ihr fehlte die Kraft, wieder aufzustehen. Mit dem Gesicht auf dem matschigen Weg blieb sie liegen.

Von einem fernen Pavillon herüber schmetterte eine Militärkapelle den Petersburger Marsch. Und auf einmal war die erste Kahnfahrt mit Peter wieder da und der Ausflugsdampfer, auf dem dieses Lied gespielt worden war, und Peter, der dazu den Spottvers gesungen hatte: »Denkste denn, denkste denn, du Berliner Pflanze, denkste denn, ick liebe dir, wenn ick mit dir tanze?« Und sie hatte die zweite Stimme dazu gesungen.

Wenn er heute nicht kam, war alles aus.

Aber er musste kommen, es war ja wieder ihr freier Sonntagnachmittag, und das wusste er genau, er musste kommen, auch wenn es schon längst über der Zeit war und er sonst immer pünktlich um zwei Uhr hier gewesen war! Sie musste ihm doch sagen, dass das alles nicht stimmte, was er behauptet hatte. Dass er der Vater ihres Kindes war, der Einzige. Dass sie ihn doch liebte, ihn allein, und es nur aus Liebe getan hatte und weil er ihr den Ring geschenkt hatte und ein Ring doch ein Versprechen war. Und einen Ring anzunehmen, das war auch ein Versprechen und das hatte sie gehalten und würde es immer halten, wenn er nur seines auch hielt.

Gut, er hatte gelogen, er war weder Vorarbeiter noch war er je bei Borsig gewesen, aber das nahm sie ihm nicht übel, auch wenn sie es nicht ganz verstand. Dass er so getan hatte, als wäre er Vorarbeiter, das konnte sie noch irgendwie verstehen, er hatte eben etwas gelten wollen und nicht als Hungerleider dastehen, sondern so, wie es zu seinem Anzug und zu seiner Uhr und den Berlocken passte. Aber warum er auch noch die falsche Fabrik gesagt hatte, das konnte sie sich nicht erklären.

Gleich am Montag nach diesem furchtbaren Streit mit Peter war sie zum Arbeitsschluss zu Borsig gefahren – der Herr

Oberst hatte für diesen Abend das Abendessen abgesagt und ihr ausrichten lassen, er werde in der Messe speisen – und hatte vor dem Fabriktor gewartet. Zu hunderten waren die Arbeiter herausgeströmt, vielleicht sogar zu tausenden. Aber Peter war nicht darunter gewesen. Da hatte sie sich ein Herz gefasst und war in das Büro gegangen. Der Angestellte war sehr nett zu ihr gewesen und hatte in seiner Kartei nachgeschaut und den Kopf geschüttelt und erklärt: Einen Peter Stralow haben wir nicht unter den Arbeitern, haben auch nie einen gehabt. Und dann mit einem Augenzwinkern hinzugefügt: Was ist denn so Besonderes an diesem Peter? Nehmen Sie doch lieber mich, Fräulein!

Peter Stralow, irgendwo in der endlosen Stadt Berlin, als Stahlarbeiter in irgendeiner Fabrik, als Schlafgänger in irgendeinem Hinterhof in irgendeinem miesen, überfüllten Loch von einer Wohnung ...

Es war aussichtslos. Sie konnte ihn nicht finden. Sie würde ihn nie wieder sehen, es sei denn, er kam heute doch noch.

Zweimal schlug es vom Kirchturm. Halb drei. Eine halbe Stunde über der Zeit.

Vielleicht hatte er die Bahn verpasst. Oder hatte kein Geld für ein Billett gehabt. Oder war in eine Polizeikontrolle wegen der Sozialisten geraten und musste sich erst ausweisen. Vielleicht ...

Und wenn er nicht kam?

Es ist aus und vorbei mit uns, aus und vorbei! Mich siehst du nicht wieder ...

Wie Hammerschläge dröhnten diese Worte in ihrem Gedächtnis. Sie durften nicht stimmen. Sie waren nur im Zorn hingeschrien. Das war nicht wirklich ihr Peter, der das gesagt hatte. Das war der Fremde, der er geworden war, weil er geglaubt hatte, sie hätte ihn betrogen. Aber inzwischen musste er das alles doch verstanden haben. Sie hatte ihm doch erzählt, was die alte Reschke gesagt hatte über die Heringe in ihrem Fass; und dann würde es ihm Leid tun, dass er sie so angeschrien hatte, und er würde sich besinnen und zu ihr kommen und sagen: Weißt du was, Lene, fahren wir zu deiner Mutter und holen ihr Einverständnis ein, damit wir das Aufgebot bestellen können! Du hast Recht, wir zwei, wir schaffen das schon!

Lene trat aus der Toreinfahrt hinaus in den Regen, sah die Straße nach rechts und links hinunter, wich wieder zurück ins Trockene.

Kein Peter.

Es war nicht gerecht, dass er so über sie dachte! Er musste doch wissen, wie sehr sie ihn liebte und dass es für sie neben ihm nie einen anderen gegeben hatte!

Oder – dachte er das gar nicht wirklich, sondern hatte nur so getan, um einen Grund zu haben, sie sitzen zu lassen? Wollte er sich einfach aus dem Staub machen und es auch noch so aussehen lassen, als sei sie daran schuld?

Lene stöhnte und trommelte mit der Faust gegen den aufgeschlagenen Torflügel, bis ihr die Fingerknöchel schmerzten. Dann grub sie die Zähne in die Hand. Nicht schwach werden! Wenn sie jetzt heulte, dann verlor sie das letzte bisschen Halt. Und das würde sie brauchen, wenn sie Peter gegenüberstand.

Die Turmuhr schlug dreimal. Viertel vor drei.

Wieder trat Lene aus der Einfahrt. Dort, auf dem Gehsteig in Höhe der Destille, der große schlanke Mann! Einen braunen Regenmantel trug er, wie Peter einen hatte, und die Schirmmütze hatte er tief in die Stirn gezogen. Mit gesenktem Kopf kam er rasch näher. Er war es, Peter kam, was hatte sie für dumme Gedanken gehabt, Peter stand zu ihr, er ließ sie nicht im Stich, es war alles nur der erste Schock auf ihre Eröffnung hin gewesen, o Peter!

Der Mann war bis auf wenige Schritte heran. »Peter!«, rief sie und lief ihm entgegen, es hielt sie nicht mehr. »Ich hab so auf dich gewartet!«

Der Mann hob den Kopf und sah sie überrascht an. Er war nicht Peter.

Mit einem kurzen Grinsen ging er an ihr vorbei. Sie stand im Regen und rührte sich nicht.

Endlich schleppte sie sich zurück in die Toreinfahrt, lehnte sich dort an die Wand, die Beine trugen sie kaum mehr. Tränen liefen ihr übers Gesicht. Aber sie gab keinen Laut mehr von sich, antwortete nicht auf die Bewohner des Hinterhofs, die mit der einen oder anderen Bemerkung an ihr vorbeigingen.

Die Turmuhr schlug drei.

Ein Kind ohne Vater aufzuziehen ...

Dienstmädchen konnte sie dann nicht mehr sein; kein Dienstherr nahm ein Mädchen mit Kind. Sobald der Herr Oberst von ihrer Schwangerschaft erfuhr, würde er ihr kündigen.

Fabrikarbeiterin? Aber wo sollte sie dann wohnen? Wenn es bei Peter schon bloß für ein halbes Bett reichte, und als Frau verdiente sie ja nur die Hälfte, und dann noch ein Kind versorgen? Und vor allem – was sollte aus dem Kind werden, wenn sie den ganzen Tag in der Fabrik war? Zehn Stunden Arbeit und noch der Weg, man konnte doch einen Säugling nicht zwölf Stunden am Tag allein lassen!

Zurück ins Dorf? Aber wie denn! Bei der Frau Lehrer war

kein Platz mehr für sie, das war vorbei. Die wusste ja so schon nicht, wie sie mit dem Geld auskommen sollte, die konnte nicht noch Lene und ein Kind aufnehmen. Und außerdem das Gerede im Dorf, wenn der Bursche einen hatte sitzen lassen, das war ganz und gar unmöglich, und der Herr Pastor ...

Der Herr Pastor. Ja, wenn Peter aus dem Dorf wäre, wenn sie seine Adresse wüsste, dann würde der Herr Pastor ihr zu guter Letzt helfen, auch wenn er ihr erst einmal kräftig ins Gewissen reden würde! Als der Krotz-Bauer, der schon mit zwanzig Jahren den Hof geerbt hatte, seine Jungmagd, die Hanna, geschwängert hatte und er sie dann nicht hatte heiraten wollen, weil sie nichts besaß und er lieber eine Bauerntochter wollte, die eine Mitgift und einen Acker mit in die Ehe brachte, da hatte die Hanna den Herrn Pastor um Hilfe gebeten und der Herr Pastor hatte den Krotz-Bauern heimgesucht. In dessen gute Stube hatte er sich gesetzt und gesagt, er gehe erst wieder, wenn der Krotz-Bauer sein Unrecht und seine Pflicht einsehe und verspreche, das Aufgebot zu bestellen, und wenn es bis zum Sonntag dauere – dann werde die Gemeinde eben auf einen Gottesdienst verzichten müssen. Fünf Stunden hatte er in der Stube gesessen, die Hanna selber hatte es erzählt, fünf Stunden, und dann hatte der Krotz-Bauer seinen Hut und seinen Stock genommen und hatte angespannt und war mit der Hanna zum Bürgermeisteramt gefahren, das Aufgebot bestellen. Und die Hanna war eine gute Bäuerin geworden und das Kind ein strammer Junge und der Krotz-Bauer ein zufriedener Mann mit reinem Gewissen. Das alles hatte der Herr Pastor bewirkt. Aber beim Peter konnte er es nicht bewirken. Denn Peter war nicht aus dem Dorf und außerdem unauffindbar.

Ihre Mutter? Konnte sie sich an die Mutter wenden? Ach,

die Mutter hatte ja keine eigene Bleibe, wohnte im Gesindehaus von irgendeinem Rittergut – schon wieder hatte die Mutter die Stellung gewechselt – und musste von Sonnenaufgang bis nach Sonnenuntergang schuften, die konnte ihr auch nicht helfen.

»Mutter!«, wimmerte Lene. »Mutter! Du weißt, wie das ist, du hast es selber mitgemacht, dein ganzes Leben war davon versaut, ach Mutter, jetzt versteh ich es!« Lene drehte sich zur Wand, barg ihr Gesicht im Arm und schluchzte.

Die Gosse ...

Lene schauderte. Prostitution! Sie hatte in der Zeitung gelesen, dass viele Prostituierte Dienstmädchen waren, die wegen einer Schwangerschaft auf die schiefe Bahn geraten seien.

Nein! Das nicht! Dann lieber die Spree!

Oder – eine Engelmacherin?

Bei der alten Reschke war mal die Rede davon gewesen. Weil eine Arbeiterfrau aus dem dritten Hinterhof gestorben war. Verblutet, hatte die alte Reschke gesagt und hinzugefügt: Weil sie in ihrer Not bei einer Engelmacherin war – das siebte Kind, wo sie doch schon die sechse nicht satt bekam! Aber eines sag ich euch, Mädels: So eine Engelmacherin, die macht oft nicht nur das Kind zum Engel, sondern auch die Mutter. Oder zum Krüppel oder zur Zuchthäuslerin! Also überlegt's euch lieber dreimal, bis ihr zu so einer hingeht!

Die alte Reschke – der Gedanke an diese Frau setzte Lene in Bewegung. Sie wischte sich das Gesicht ab und ging die Straße hinunter. Am Kopf der Kellertreppe hielt sie an. Die Tür stand offen, Stimmen drangen heraus, Lachen, und da, klar und unverkennbar, die Stimme von Elsa.

Da drehte Lene um und lief weiter. Lief, ohne auf den Weg

zu achten. Beinahe von selber langte sie vor dem Haus an, in dem Bertha diente, stieg die Hintertreppe hinauf, klopfte an der Küchentür. Ein junges Mädchen öffnete. Lene fragte nach Bertha, doch die andere schüttelte den Kopf: »Die ist nicht da! Hat heute Ausgang!«

Die Treppe wieder hinunter, weiterlaufen. Nicht stehen bleiben. Nicht denken.

Irgendwann, es wurde schon dunkel, stand sie auf einer Spreebrücke und starrte ins Wasser. Ein Schleppkahn zog drunter dahin. Die Lichter der Gaslampen spiegelten sich im Wasser. Die Wellen funkelten und zogen sie an. Zogen und zogen.

Immer tiefer neigte Lene sich über das Geländer. Noch ein bisschen und noch ein bisschen. Wann verliert man das Gleichgewicht? Nur noch mit den Zehenspitzen berührte sie den Boden. Dann ging auch der letzte Halt verloren. Wie auf einer Wippe balancierte sie über dem Geländer, eine kleine Bewegung noch, eine winzige Gewichtsverlagerung ...

Ein Vers plötzlich in ihrem Kopf, die Stimme des Herrn Lehrer: *Warte nur, balde, ruhest du auch!*

Eine Hand packte sie fest an der Schulter: »Vorsicht, Fräuleinchen, damit spielt man nicht!« Sehr bestimmt klang dieser Mann. Lene fühlte sich fest auf den Gehsteig gestellt, herumgedreht, sah aus weiter Ferne zurückkehrend auf – einen Schutzmann, der sie kopfschüttelnd betrachtete.

Der Augenblick war vorbei. Ein für alle Mal.

»Liebe Frau Lehrer!
Ich weiß gar nicht, wie ich anfangen soll, ich bin so unglücklich und verzweifelt, und Sie sind meine letzte Hoffnung. Ich habe Angst, dass Sie mir Vorwürfe machen und schlecht über mich denken –«

Lene stockte im Schreiben, las die Zeilen, knüllte das Papier zusammen und begann ein neues Blatt:
»Liebe Frau Lehrer!
Ich weiß nicht mehr aus noch ein. Und Sie waren immer wie eine Mutter zu mir. Und deshalb schreibe ich Ihnen, aber bitte, zeigen Sie meinen Brief nicht dem Herrn Lehrer und sagen Sie keinem Menschen im Dorf etwas davon –«

Nein, so ging es auch nicht. Noch einmal!
»Liebe Frau Lehrer!
Ich bekomme ein Kind und ich habe keinen Vater dafür. Dabei hat mir der Peter einen Ring geschenkt und gesagt, dass er ein Vorarbeiter ist und dass derjenige Glück hat, der mich einmal bekommt. Ich wusste doch nicht, dass er es nicht ernst meint und dass es in der Stadt anders ist als auf dem Land, wo ein Ja noch ein Ja ist. Bitte denken Sie nicht schlecht von mir, ich bin nicht so eine, die mit jedem mitgeht. Als ein vornehmer Herr Doktor etwas mit mir anfangen wollte, habe ich Nein gesagt. Aber beim Peter, das war doch Liebe. Und ich habe geglaubt, alles stimmt und er liebt mich auch. Und ich liebe ihn immer noch, es zerreißt mich ganz, wenn ich an ihn denke, denn er hat mich im Stich gelassen und auch noch behauptet, das Kind wäre gar nicht von ihm, wo es doch gar keinen anderen gibt als ihn. Ich bin so wütend auf ihn und ich bin so unglücklich und so verzweifelt. Und was soll ich denn jetzt bloß tun?«

Lene stützte den Kopf in die Hände, las. Ihre Tränen fielen auf das Blatt und verwischten die Tinte.

Was erwartete sie von der Frau Lehrer? Die konnte ihr nicht helfen. Und vielleicht würde sie ihr nicht einmal helfen wollen. Weil sie enttäuscht sein würde, dass Lene nicht anständig geblieben war und sich nicht an das gehalten hatte, was der Herr Pastor predigte. Und der Herr Lehrer würde vielleicht sagen: Da hebt man so ein Mädchen zu sich empor und erzieht es ordentlich, und dann landet es doch in der Gosse! Die Herkunft lässt sich eben nicht verleugnen.

Lene raffte die Blätter zusammen und stopfte sie alle miteinander in das Herdloch. Es ging nicht. Sie konnte der Frau Lehrer nicht schreiben. Sie konnte überhaupt niemandem davon schreiben. Auch nicht der Mutter. Was würde die schon antworten!

Ich hab's dir ja gleich gesagt. Jetzt ist dein ganzes Leben versaut!

Ja, das war es: versaut.

Es gab keinen Weg. Es gab keinen Ort, an dem sie bleiben konnte mit Kind. Nicht einmal einen Kuhstall. Sobald ihre Schwangerschaft sich nicht mehr verheimlichen ließ, war sie geliefert. Das hatte Bertha auch gesagt, die Einzige, der sie davon erzählt hatte. Musst schaun, dass du rasch einen anderen findest!, hatte Bertha gemeint. Lass das Heulen, mach dich schön und geh zum Tanzen! Dann nichts wie ran, such dir einen, der dich nimmt trotz dem Kind. Oder der nicht merkt, was da läuft. Und wenn das Kind kommt, musst du halt sagen, es ist ein Frühchen ...

Als ob das so einfach wäre, einen zu finden, der das Kind eines anderen aufzog! Und als ob es überhaupt ginge, wo doch das Herz mitmachen musste! Und gar einen Mann hinters Licht führen und ihm nichts davon sagen und ihm ein Kind unterschieben! Pfui Teufel.

Sie mochte gar nicht mehr mit Bertha reden, seit die ihr mit diesem Vorschlag gekommen war.

Lene krümmte sich zusammen, kauerte sich in den Winkel hinter dem Herd, legte den Kopf auf die Knie und schluchzte.

Und wenn Peter sich besann? Wenn er doch noch kam?

Nein, er würde nicht kommen. Und sie wüsste nicht einmal, ob sie ihn noch wollte. Einen, der sie in ihrer Not so allein gelassen hatte! Einen, der so schreckliche Sachen gesagt hatte!

Sie hasste ihn.

Schütteln wollte sie ihn, auf ihn einschlagen, dass ihm Hören und Sehen verging! Ah, er würde schon sehen, wenn er kam!

Wenn er nur käme ...

– 11 –

Lene zerrte an den Schnüren des Korsetts, eng wurde ihr, dennoch ließ sie die Schnürung nicht lockerer. Sie hatte es sich eigens gekauft. Teuer war es gewesen, aber was sollte sie tun? Sie musste Geld verdienen, damit sie etwas hatte, wenn das Kind kam, und damit sie Kost und Logis hatte so lange wie möglich, und wenn der Herr Oberst es merkte, dann stand sie auf der Straße und keiner nahm sie mehr. Denn wer stellte schon ein schwangeres Mädchen ein! Noch dazu eines im siebten Monat ...

Anfangs hatte sie noch gewartet, Tag für Tag, ob vielleicht eine Karte komme von Peter, und Sonntag für Sonntag, ob er vielleicht vor der Tür stehe. Jetzt wartete sie schon lange nicht mehr. Und auch die Liebe zu ihm fühlte sie nicht mehr. Totgewartet hatte sich die, erstickt unter einem Berg von Enttäuschung und Verzweiflung und Zorn. Was blieb, war die Sorge. Und oft genug auch die Angst.

Drei Wochen musste sie noch durchhalten. Drei Wochen sich schnüren, dass die Luft knapp wurde. Drei Wochen so arbeiten, als sei nichts, auch wenn ihr jetzt oft schwindlig war und nach jedem Bücken schwarz vor Augen wurde. In drei Wochen heiratete der Herr Oberst. Für in drei Wochen hatte sie gekündigt. Weil die gnädige Frau sicher eigene Vorstellungen haben und alles auf ihre Weise regeln wird und ich ja gewöhnt bin, selbstständig zu wirtschaften!, hatte sie dem Herrn Oberst erklärt, als er mit unverkennbarem Bedauern nachgefragt hatte, ob sie denn nicht auch nach seiner Hochzeit bleiben wolle. Diese Hochzeit als einleuchtenden Kündigungsgrund von ihr aus, das hatte ihr der Himmel geschickt. Denn es sollte eine ordentliche Kündigung sein, damit er ihr etwas Gutes ins Gesindebuch hineinschrieb und nicht *Fristlos entlassen wegen Schwangerschaft*. Drei Wochen. In drei Wochen würde sie in der Gebäranstalt genommen.

Wie das sich zusammenfügte – sollte sie das nicht als Zeichen nehmen, dass da oben im Himmel einer war, der sie nicht verlassen hatte, wenn schon alle sonst sie verließen?

Das mit der Gebäranstalt hatte die alte Reschke gewusst. Eines Tages, als sie die alte Reschke endlich einmal allein in ihrem Kellerladen angetroffen hatte, hatte Lene gesagt: »Frau Reschke, ich muss Ihnen was sagen!«

Aber die Alte hatte nur genickt und geantwortet: »Nicht nötig, Lene, ich weiß es längst. Wenn man mal so alt ist wie ich, hat man einen Blick dafür, auch wenn die Augen nicht mehr so gut sind wie früher. Wann ist es denn so weit?«

»Ende April, glaub ich!«

»Und weißt du denn, wohin mit dem Kind?«

Da hatte sie statt einer Antwort zu heulen begonnen.

»Also nicht!«, hatte Frau Reschke geseufzt. »Hat denn das Elend nie ein Ende! Eines sag ich dir: Bring dein Kind ja nicht irgendwo im Winkel eines Hinterhofs auf die Welt oder im Wald oder an sonst einem gottverlassenen Ort! Dabei kannst du so jämmerlich draufgehn, wie ich's meinem ärgsten Feind nicht wünschen würde. Eine Hebamme muss dabei sein und peinlich sauber muss alles dabei zugehen, aber dafür brauchst du eine Wohnung, ein Zimmer in einer Pension geben sie dir nicht für so was. Hast du denn jemanden, bei dem du wenigstens für die Entbindung unterschlüpfen kannst? Deine Mutter? Eine Freundin?«

Lene hatte den Kopf geschüttelt. »Meine Mutter ist Landarbeiterin und hat nur ein Bett auf einem Dachboden, wo zehn Mägde schlafen oder mehr. Aber ich hab gedacht, ob vielleicht Sie – ich kann auch zahlen, ich hab gespart!«

»Ich? Nee, nee, Lene, so läuft das nicht! Ich hab ja nur die winzige Kammer hinter dem Laden und außerdem – wenn ich das mache, dann habe ich hier demnächst ein Heim für gefallene Mädchen und keinen Kramladen mit Mangel! Aber ich geb dir eine Adresse, für alle Fälle. Dort kannst du dich hinwenden, wenn du nichts Besseres findest. Eine Gebäranstalt für ledige Mütter ist es, eingerichtet genau für solche wie dich. Wenn du dort sechs Wochen vorher hingehst und in der Küche oder im Haus arbeitest, ohne Lohn natürlich, aber mit freier Kost und Logis, dann bekommst du die Entbindung umsonst. Allerdings sind da auch die Herren Medizinstudenten, die dich untersuchen und anfassen und bei allem zusehen, weil sie ja lernen müssen, wie das geht. Das ist nicht gerade angenehm, aber das musst du dann in Kauf nehmen.« Damit hatte die alte Reschke etwas auf einen Zettel geschrieben und ihr diesen in die Hand gedrückt, und seither trug sie ihn immer bei sich. »Gebäranstalt für ledige Mütter«, stand darauf, »Leitung Professor Doktor Eisenmann«, und dann die Straße und die Hausnummer.

Also die Gebäranstalt. Aber danach? Wenn das Kind erst mal da war?

Sie konnte nicht daran denken. Bis zur Gebäranstalt, weiter reichte das Denken nicht.

»Befiehl dem Herrn deine Wege und hoffe auf ihn, er

wird's wohl machen!«, diesen Satz sagte sie wohl hundert Mal am Tag vor sich hin, wie eine Beschwörung, die sie gegen die Verzweiflung setzte. Es war ihr Konfirmationsspruch. Der Herr Pastor hatte ihn ihr gegeben, und weil der Vers ihr von dem Mann ausgesucht war, an den sie sich nicht hatte erinnern wollen, hatte sie sich auch an den Spruch nicht erinnert. Nun wurde er ihr Rettungsanker. Zu denken, dass da im Himmel einer war, der sie nicht im Stich ließ, wenn alle sie im Stich ließen. Zu denken, dass da einer war, der einen Weg wusste, wo sie selbst keinen sah. Einer, der alles konnte. Einer, der dem allen einen Sinn gab.

Ja, das zu denken war gut. Und wenn das nicht mehr half, dann sang sie das Lied, das zu ihrem Spruch gehörte: »Befiehl du deine Wege und was dein Herze kränkt, der allertreusten Pflege des, der den Himmel lenkt. Der Wolken, Luft und Winden weist Wege, Lauf und Bahn, der wird auch Wege finden, da dein Fuß gehen kann ...«

Das Lied half. Und sei es nur für eine halbe Stunde.

Endlich war das Korsett geschlossen. Lene zog sich fertig an, band die Schürze besonders lose, damit sie ihre Fülle kaschierte. Das Kleid hatte sie in der Weite schon dreimal ausgelassen. Dann stieg sie in die Küche hinunter, entfachte das Feuer im Herd und machte das Frühstück für Heinrich und sich. Der Herr Oberst frühstückte später.

Wenn Fritz noch da wäre! Mit dem könnte sie darüber reden, das wäre eine Erleichterung, und vielleicht hätte der einen guten Rat gewusst. Aber Fritz war nun einmal nicht mehr da, nur eine Karte war von ihm gekommen aus Ostpreußen. Sie hatte lange überlegt, ob sie ihm einen Brief schreiben sollte, in dem sie ihm alles erzählte, aber irgendwie brachte sie das alles nicht aufs Papier, und so hatte sie ihm nur eine Karte geschrieben und von Heinrich berichtet, der jetzt der neue Bursche vom Herrn Oberst war.

Mit ihm war es nicht dasselbe wie mit Fritz. Heinrich war eben nicht ihr Freund. Obwohl er in Ordnung war, sie konnte sich nicht beklagen über ihn. Es war gut mit ihm auszukommen, solange man ihm nicht bei seinen politischen Reden widersprach, die er beim Essen zu halten pflegte. Aber das lag ihr sowieso fern, dafür verstand sie viel zu wenig von dem allem. Ein heimlicher Sozialist war der Heinrich – erst war sie darüber erschrocken, aber dann hatte sie gemerkt, dass er überhaupt nicht gefährlich war und auch kein Vaterlandsverräter. Mehr als einmal hatte er gesagt, dass er seine Heimat liebte und ohne mit der Wimper zu zucken bereit wäre, für sein Vaterland zu sterben, und was für eine Gemeinheit es sei, den Sozialisten nachzusagen, es sei anders, nur weil sie der Internationalen beigetreten seien. Und eingeschärft hatte er ihr, dass sie dem Herrn Oberst nicht weitersagen dürfe, was er ihr erzähle, weil der ihn sonst in der Arrestzelle in der Kaserne verschwinden lassen würde. Ich bin doch nicht blöd!, hatte sie darauf geantwortet. Meist hörte sie Heinrich sowieso nicht so genau zu. Wie sollte man auch Reden über Politik anhören, wenn man darüber nachdenken musste, wo man einmal leben und wie man sein Kind ernähren konnte? Aber das konnte sie Heinrich ja nicht sagen.

Ganz zu Anfang hatte sie vermutet, mit Heinrich und dem Herrn Oberst könne es auch so etwas sein wie mit Fritz, aber das war es nicht. Heinrich und der Herr Oberst, die passten zusammen wie die Faust aufs Auge. Wenn der Herr Oberst wüsste, was für eine rote Gesinnung Heinrich hatte, würde er ihn nicht einmal mit einer Kneifzange anfassen! Und Heinrich war jedenfalls normal: Er hatte eine Braut, mit der er jeden zweiten Sonntag ausging. Der Herr Oberst war ihm gegenüber ganz der Oberst, kurz angebunden und von oben herab und nichts sonst. Na ja, schließlich wollte der Herr Oberst jetzt ja auch heiraten und ein Leben führen, bei dem er nichts mehr zu verbergen hatte.

Sie hätte auch gerne nichts zu verbergen. Einen Mann hätte sie gerne, an dessen Arm sie am Sonntag spazieren gehen und ohne Korsett stolz ihren Bauch zeigen könnte: Seht her, wir bekommen ein Kind, und das hat alles seine Ordnung. Unser Kind hat einen Vater und eine Mutter, die es willkommen heißen.

Aber Peter hieß sein Kind nicht willkommen. Peter gab nicht einmal zu, dass es sein Kind war. Peter würde sein Kind niemals auch nur sehen, weil er sich ja nicht ein einziges Mal mehr blicken ließ. Und sorgen würde er schon gleich gar nicht für sein Kind, nicht mit einem einzigen Groschen, das hatte sie längst begriffen. Es blieb alles an ihr hängen, an ihr allein. Und wie sollte sie damit fertig werden? Da es ja nicht einmal einen Bauern gab, der ihr erlaubte, das Kind zu behalten und bei sich aufzuziehen, und sei es nur im Stall ...

Da war sie wieder, die Angst. Wie eine heiße Welle, in der jeder Halt verloren ging. O Gott, was soll ich tun?

Nicht denken, nicht denken – singen!

»Hoff, o du arme Seele, hoff und sei unverzagt! Gott wird dich aus der Höhle, da dich der Kummer plagt, mit großen Gnaden rücken; erwarte nur die Zeit, so wirst du schon erblicken die Sonn der größten Freud!«, sang Lene, sang es laut über ihre Angst und Verzweiflung hinweg, der Angst und der Verzweiflung zum Trotz.

Die Sonn der größten Freud – sollte die tatsächlich eines Tages noch einmal für sie scheinen? Ach, so viel wollte sie gar nicht verlangen, wenn es nur einen Weg aus der Not gab, auf Freude war sie ja zu verzichten bereit, wenn sie nur einen Platz fand für sich und ihr Kind. Denn sich von ihrem Kind trennen, das wollte sie nicht.

Es gab Waisenhäuser. Sie war um eines herumgeschlichen, hatte die Kinder beobachtet, die ordentlich gekämmt in blauer Anstaltskleidung in Zweierreihen unter der Aufsicht einer verbissen wirkenden Schwester einen Spaziergang gemacht hatten – und nicht eines von ihnen hatte ein Wort dabei gesprochen, nicht eines hatte auch nur ein einziges Mal gelacht. Diese Gesichter – so stumpf und still und ohne Leben. Nein, so sollte ihr Kind nicht enden!

Sie spürte, wie es im Bauch strampelte und fest gegen die Panzerung des Korsetts trat. Und sie lächelte. Kurz legte sie sich die Hand auf den Bauch. »Ach, Kindchen«, flüsterte sie leise, »ach, du armer Wurm! Ich hab dich doch lieb, weißt du! Und ich sorg schon für dich, irgendwie!« Dann brühte sie den Kaffee.

»Morgen!« Heinrich kam herein, die Zeitung unter dem Arm, und ließ sich auf einen Stuhl am Küchentisch fallen. Während sie ihm den Brötchenkorb hinstellte, schlug er die Zeitung auf. »Nicht zu fassen!«, rief er begeistert. »Erst ist das Sozialistengesetz gefallen, und jetzt das! Zwei kaiserliche Erlasse zur Sozialpolitik!« Er versenkte sich in seine Lektüre.

Lene schenkte Kaffee ein. »Was ist es denn?«, fragte sie, als er die Zeitung beiseite legte und sein Brötchen aufschnitt. Nicht aus wirklichem Interesse, aber doch froh darüber, eine Stimme zu hören, die sie für ein paar Minuten von ihren Gedanken ablenkte.

»Eine internationale Konferenz zum Arbeitsschutz wird angekündigt und eine umfangreiche Gesetzgebung, heißt es, zum Verbot der Kinderarbeit und Beschränkung der Frauenarbeit in den Fabriken und Beschränkung der Höchstarbeitszeit – ach, das wird meine rote Jenny freuen!«

»Rote Jenny?«, fragte Lene.

Er lachte mit vollem Mund. »Na, meine Braut, die Jenny!«, erklärte er kauend. »Ich nenn sie die Rote, nicht wegen ihrer Haare, da müsste man dich ja so nennen, nein, die Jenny ist eine Brünette, aber rot ist sie im Herzen, rot und furchtlos, wie ihr Vater, das ist einer, kann ich dir sagen! Zweimal hat er in Plötzensee gesessen, einmal gleich 1878 zu Beginn der Verfolgung, weil er Flugblätter verteilt hat, in denen die Arbeiter aufgerufen wurden, das Versammlungsverbot zu unterlaufen und wo immer möglich für ihre Überzeugungen einzutreten, in den Werkstätten und Fabriken, in den Familien, auf der Eisenbahn und auf Waldspaziergängen und so weiter. Und als er aus dem Gefängnis wieder rauskam, hat ihn keine Firma mehr eingestellt, ums Verrecken hat er keine Arbeit mehr bekommen. Aber die Genossen von der Sozialistischen Arbeiterpartei haben ihn nicht im Stich gelassen. Gastwirt ist er in einer Kneipe am Prenzlauer Berg geworden. Dreimal darfst du raten, wer sich da immer im Saal getroffen hat – nach außen hin natürlich nur zur Liedertafel zur Pflege des deutschen Volksliedes! Und dreimal darfst du raten, wer schon als kleines Mädchen den Genossen das Bier auf den Tisch gestellt und dabei die Ohren aufgesperrt hat und so zur Sozialistin geworden ist!« Triumphierend blickte er Lene an.

»Die rote Jenny!«, antwortete diese gehorsam.

»Genau! Meine rote Jenny! Ach, hat die schon was mitgemacht! Vor fünf Jahren, da flog die Sache auf mit der Liedertafel und ihr Vater kam zum zweiten Mal nach Plötzensee, für ein ganzes Jahr diesmal, und danach wurde er ausgewiesen und musste nach England, und da ist er immer noch und arbeitet dort für die gerechte Sache. Und als er ins Gefängnis kam, ist Jenny nach der siebten Klasse aus der Schule und in die Fabrik. Dreizehn war sie da gerade, eigentlich wäre sie noch schulpflichtig gewesen, aber was sollte ihre Mutter denn machen? Die Konzession für die Wirtschaft ist ihr weggenommen worden und sie konnte ja die Kleinen nicht allein lassen, noch kein Jahr war das Jüngste! Na, was die Jenny in der Fabrik verdient hat und die Mutter mit Heimarbeit, das hat natürlich nicht gereicht, um die fünf kleinen Geschwister zu ernähren. Aber die Gesinnungsgenossen haben für sie gesammelt, und so haben sie überlebt, und inzwischen können schon zwei Brüder von Jenny in die Fabrik und die Mutter auch, weil die Kleinen aus dem Gröbsten raus sind. Und meine Jenny hat sich nicht unterkriegen lassen. Sie teilt heimlich den ›Sozialdemokraten‹ aus!« Beifall heischend machte er eine Pause.

»Wen?«, fragte Lene.

»Na, unsere Zeitung, die in der Schweiz gedruckt und auf immer neuen Wegen nach Deutschland geschmuggelt wird!«, erklärte Heinrich. »Und nicht nur das, auch bei der Verteilung der roten Liederbücher hat meine Jenny ihre Finger im Spiel! Obwohl sie drei Monate ins Gefängnis müsste, wenn das rauskäme. Bis zum Herbst gilt es ja noch, dieses Schandgesetz, das uns die Versammlungsfreiheit nimmt und unsere Vereine und unsere Schriften verbietet und uns einen Maulkorb umhängt. Man stelle sich vor, unsere gewählten Führer Liebknecht und Bebel, im Reichstag dürfen sie reden, da müssen alle Abgeordneten ihnen zuhören, aber außerhalb des Reichstags, zu uns Genossen, da gilt für sie das politische Redeverbot wie für jeden Sozialisten! Wie soll man denn da einen Wahlkampf machen? Na, aber jetzt, wo das Gesetz im Reichstag nicht verlängert worden ist, jetzt hält sich keiner mehr daran, das kann ich dir verklickern! Der Klassenfeind wird schon sehen, was aus uns geworden ist, stark sind wir geworden in den zwölf Jahren der Verfolgung! Ha, der Tag wird kommen, wo dieser autoritäre Staat und seine kapitalistische Wirtschaft zusammenbrechen werden in einem großen Kladderadatsch, wie August Bebel immer sagt. Und meine Jenny und ich, wir sind dabei!«

»Magst du noch Kaffee?«, fragte Lene.

Heinrich schob ihr die Tasse hin, ohne seinen Redeschwall zu unterbrechen. »Am 1. Mai werden wir die Arbeit niederlegen und mit der Internationalen den Tag der Arbeit feiern und vor die Stadt ziehen und unsere Lieder singen so laut, dass es dem Kanzler in den Ohren hallt, diesem Bismarck, der uns Sozialisten am liebsten mit Waffengewalt niederbügeln würde, mit Stumpf und Stiel ausrotten! Ratten hat er uns genannt, Ratten! Und uns die Achtundsiebziger Attentate in die Schuhe geschoben! Aber wir werden es ihm schon beweisen! Wir sind eine Kraft, an der kann keiner mehr vorbei. Wir kämpfen für die Rechte der Arbeiter, und wenn das Wahlgesetz nicht so ungerecht wäre, dann wären wir die stärkste Partei im Reichstag, das kann ich dir aber erzählen! Ach, was wird meine rote Jenny glücklich sein, wenn sie heute die Zeitung liest! Sie setzt sich so ein für ein besseres Los für die Fabrikarbeiterinnen und das Verbot der Kinderarbeit, ja, dafür ist sie auf die Barrikaden! Ein unvorstellbares Elend ist es für die Kinder in der Fabrik, hat sie immer gesagt, sie kennt es ja aus eigener leidvoller Erfahrung und sieht es ja täglich: In der Spinnerei, in der sie arbeitet, da müssen auch Kinder malochen – wie die Sklaven, sagt Jenny.«

»Und wenn sie da jetzt nicht mehr arbeiten dürfen, woher sollen dann ihre Mütter das Brot nehmen, um sie und ihre kleineren Geschwister zu ernähren?«, fragte Lene leise.

Er sah sie überrascht an und stellte seine Kaffeetasse ab. »Lene«, rief er, »so kenn ich dich ja gar nicht! Dass man dir vertrauen kann, dass du keinen ans Messer lieferst, das hab ich gewusst, sonst hätte ich dir das alles nicht erzählt, aber bist du in deinem Herzen auch rot? Willkommen, Genossin!« Er streckte ihr die Hand hin. »Wir können gar nicht genug sein im Kampf gegen die Ausbeutung der unteren Klassen! Kommst du mal mit zu einer Versammlung? Jetzt, wo's ja bald nicht mehr verboten ist!«

»Wie denn?«, wehrte sie ab. »Ich hab ja abends nie frei.«

Er nickte. »Tja, das ist das Los der Dienstboten. Mir geht's ja auch nicht anders, aber sobald mein Dienst hier vorbei ist, dann geh ich auch wieder in die Fabrik wie vor meinem Militärdienst. Eisengießer war ich, dann heiraten wir, die Jenny und ich, und der Abend gehört der Arbeit für die Partei!«

Er kratzte sich nachdenklich am Kopf und nickte zu der Zeitung hin. »Weiß nicht, ob ich dem Braten da trauen soll! Unser junger Kaiser – mehr Schein als Sein. Glaub eigentlich nicht, dass wir von dem viel zu erwarten haben. Dem geht's im Grunde ja doch nur um seine Marine und um das Heer. Jeden Tag 'ne andre schmucke Uniform an, oder am besten sechsmal am Tag 'ne neue, jedes Mal von einem anderen Regiment, eine bunter als die andere. Wie auf einem Kostümball, möchte man meinen, und immer schneidig aufgetreten und den verkrüppelten Arm so auffällig versteckt, dass man gar nicht anders kann, als ihn anzustarren, selbst auf dem Foto – ich weiß nicht. Hoffentlich sind das nicht nur leere Worte, die er da jetzt macht, um dem alten Bismarck eins auszuwischen. Denn ich kann mir beim besten Willen nicht vorstellen, dass da auch der Kanzler dahintersteht, und auf den kommt's doch letzten Endes an. Muss hören, was die Genossen davon halten. Und was der ›Sozialdemokrat‹ darüber schreibt.«

»Ich versteh nicht viel von Politik«, sagte Lene.

»Was noch nicht ist, kann ja noch werden!«, antwortete Heinrich und bestrich sein drittes Brötchen. »Die Gesinnung jedenfalls hast du, das spürt man!« Eine Pause genussvollen Essens, dann nahm er den Faden wieder auf: »Wenn du willst, mach ich dich mit der Jenny bekannt. Du sitzt ja an deinem freien Sonntagnachmittag immer nur zu Hause rum, das ist doch nichts für so ein junges Mädchen wie dich!« Er grinste entwaffnend. »Und wenn die Jenny nächsten Sonntag bei dir zu Besuch wär, wenn du freihast und ich nicht, dann würd ich sie ja auch sehen, was? Dann könnten wir hier zu dritt Kaffee trinken, das wär ein Spaß! Ein Jammer, dass du gekündigt hast! So, jetzt muss ich aber!« Mit einem Blick auf die Küchenuhr stand er auf.

Lene griff nach der Zeitung, blätterte nach der Seite mit den Haushaltstipps und den Kochrezepten. Da stach ihr eine Kleinanzeige ins Auge: »*Damen besseren Standes bietet liebevolle Aufnahme und diskrete Hilfe Hebamme Philipp, Oranienstraße 110*«. Lene las weiter, fand eine ähnliche Anzeige: »*Geheimentbindung für Damen von Stand, sehr diskret. Frau Franke. Hebamme. Demminer Straße 11*«. Und in der nächsten Spalte: »*Damen in diskreten Verhältnissen finden liebevolle Aufnahme im In- und Auslande. Frau Regler, Kommandantenstraße 25, 1. Stock.*«

Sie ließ die Zeitung sinken und stierte vor sich hin. So war das also, wenn man Geld hatte und aus gehobenen Verhältnissen kam. Wenn man die Tochter eines Geheimrates war oder eines Bankiers oder eines ostelbischen Junkers und die Eltern einen nicht verstießen und dem Elend überließen. Dann konnte man sich alles leisten, auch eine Geheimentbindung, von der keiner was erfuhr. Oder man ging für ein paar Monate ins Ausland und lebte dort wohl behütet und brachte in aller Seelenruhe sein Kind zur Welt, und wenn man wieder zurückkam, dann hieß es, man wäre in einem Mädchenpensionat in der Schweiz gewesen oder hätte eine kranke Tante gepflegt. Und wenn dann einer kam und um die Hand anhielt, dann sagte man ihm kein Wort von dem Kind und spielte die ahnungslose Jungfrau.

Aber – was machten die Damen von Stand mit dem Kind, wenn's keiner wissen durfte? Gaben sie's weg? Für Kinder aus gehobenen Kreisen fanden sich wahrscheinlich Adoptiveltern von Stand, die sich sehnlich ein Kind wünschten und keines bekommen konnten und eines adoptierten, aber eben nur eines von ihresgleichen und nicht das Balg eines armen Dienstmädchens oder einer Fabrikarbeiterin oder einer Prostituierten. Und dabei hätten die reichen Damen das Geld, um ihr Kind aufzuziehen, hätten nicht nur ein Zimmer, sondern eine ganze Wohnung oder sogar ein Haus, gaben es nicht aus Not weg, sondern nur, um der Schande zu entgehen ...

Schande! Lene lachte kurz und bitter auf. Wenn's nur darum ginge! Damit kannte sie sich aus. Damit konnte man überleben, irgendwie. Aber ohne Dach über dem Kopf und ohne Geld für Milch und Brot und Kohlen ging es nicht.

Vierhundert Mark hatte sie gespart. Für den Anfang reichte das. Aber nicht lange genug, bis das Kind so groß war, dass man es alleine lassen konnte, um arbeiten zu gehen ...

Arbeiten! Da saß sie hier, als hätte sie nichts zu tun und dürfte den ganzen Morgen vertrödeln!

Lene holte Wassereimer, Lappen und Bürste und machte sich daran, das vordere Treppenhaus zu putzen. Wenn nur keiner kam und etwas sagte! Die Blicke, die sie beim Einholen trafen, waren schlimm genug. Wenn sie die Männer auch noch täuschen konnte – die Frauen nicht.

Nicht denken! Singen! Wenn nicht laut, so wenigstens im Stillen, ihr Lied, das einzige, das half: »... er wird dein Herze lösen, von der so schweren Last, die du zu keinem Bösen bisher getragen hast ...«

Sie war mit dem Putzen auf halbem Treppenabsatz angekommen, da hörte sie auf der Straße die laute Bimmel. Bolles Provinzial-Meierei! Schwerfällig erhob sie sich, hielt sich am Geländer fest, bis das Schwarz vor den Augen sich gelichtet hatte und der Schwindel vorbei war, keuchte die Treppe hinauf und holte die Milchkanne und das Portmonee mit dem Haushaltsgeld.

Als sie auf der Straße ankam, war ihr der Atem knapp. Dieses Korsett war einfach schrecklich.

Einige Frauen und Kinder standen bereits am weißen Milchwagen an, aber noch immer schwang der Junge die Glocke. Der Milchmann mit Schirmmütze und großer Schürze zapfte die Milch aus dem Hahn. »Na, Mädchen!«, sagte er gutmütig, als sie ihm ihre Kanne hinhielt. »Bald kaufst du für zweie, was?«

Ihr wurde heiß. Jetzt sahen es schon die Männer!

Sie floh, rannte über die Straße, rannte durch den Hof, rannte die Dienstbotentreppe hinauf, öffnete die Küchentür, strauchelte an der Schwelle, fiel hin. Die Kanne schepperte blechern zu Boden, die Milch ergoss sich auf die Fliesen.

Heinrich war es, der ihr wieder auf die Beine half, ihr einen Stuhl hinschob, ein Glas Wasser in die Hand drückte. »Mensch, Lene! Kommt es am Ende schon?«

Sie starrte ihn an. »Du weißt es?«, stammelte sie.

Er zuckte die Achseln, grinste. »Meinst du, unsereins hat keine Augen im Kopf? Nur gesagt hab ich nichts, weil du nichts gesagt hast. Da hab ich gedacht, du willst nicht, dass man es sieht und dass man drüber redet. Dass ich es dem Herrn Oberst nicht melde, hast du ja wohl gewusst! Wir Angehörigen der unteren Klassen müssen schließlich zusammenhalten, was? Aber da's nun mal raus ist – was willst du denn machen? Weißt du denn, wohin?«

Die Tränen ließen sich nicht mehr aufhalten, es war so eine Erleichterung, dass Heinrich es wusste, und zugleich war es so furchtbar, weil man es sah trotz Korsett und weil es dann vielleicht auch der Herr Oberst sah und sie nicht bis zum Schluss behielt und es ihr ins Zeugnis schrieb. Sie heulte und schluchzte und griff in ihre Rocktasche und hielt Heinrich den Zettel hin.

»Gebäranstalt für ledige Mütter!«, las er vor. »Au Backe! Und da nehmen sie dich?«

Sie nickte unter Tränen. »Die alte Reschke hat es gesagt. Wenn man sechs Wochen vorher hingeht und dort arbeitet, muss man nichts zahlen, hat sie gesagt. Das wär dann jetzt in drei Wochen.«

»Drei Wochen? Das heißt – in gut zwei Monaten ist es so weit? Da hast du dich aber ganz schön zusammengeschnürt, was!«

Sie wurde rot. »Was soll ich denn machen, der Herr Oberst darf es doch nicht sehen! Aber manchmal krieg ich bald keine Luft mehr vor lauter Schnüren und schwarz wird mir vor

Augen und deshalb ist ja auch das da passiert!« Sie wies auf die Milchlache am Boden. »Und jetzt muss ich noch mal runter und neue Milch holen!«

»Das lass mal mich machen!«, bestimmte Heinrich. »Und was das Schnüren angeht – Mensch, Lene, wenn es dir so schlecht geht davon, dann lass das doch! Der Herr Oberst wird sich hüten, dich drei Wochen vor seiner Hochzeit rauszuschmeißen! Da schneidet er sich doch bloß ins eigene Fleisch. Vor ein paar Monaten, ja, da hätte er dich hochkant rausgeworfen, aber so, wo du doch sowieso schon gekündigt hast! Ich wette, der lässt das aus eigener Bequemlichkeit laufen, und was er von dir denkt, das kann dir doch egal sein! Oder – ist er am Ende selber der Vater?«

»Wo denkst du hin!«, fuhr Lene auf. Und plötzlich musste sie lachen. Wenn Heinrich wüsste, wie abwegig dieser Verdacht war!

Heinrich grinste unbeholfen. »Na, nichts für ungut. War nur so ein Gedanke. Ich trau dir schon einen besseren Geschmack zu, als mit einem Vertreter der herrschenden Klasse anzubandeln, das darfst du mir glauben. Und jetzt gib mir das Geld!«

Heinrich eilte mit der Kanne die Hintertreppe hinunter. Lene ging schwerfällig auf die Knie und begann die Milch aufzuwischen. Leichter war ihr zu Mute durch das Gespräch mit Heinrich. Solange es solche Menschen gab wie den, solange war doch noch nicht alles ganz hoffnungslos. Ob sie wirklich das Korsett einfach weglassen sollte? Oder dem Herrn Oberst alles sagen?

Heinrich konnte Recht haben – für drei Wochen würde der Herr Oberst kein Mädchen finden, und die Suche nach dem neuen wollte er seiner Frau Gemahlin überlassen, das hatte er schon angekündigt. Ja, mochte sein, dass er sie, Lene, bis zum Kündigungstermin behielt. Und besser, sie sagte es ihm, als er merkte es selbst. Doch wenn es schief ging und er ihr ins Gesindebuch schrieb: *Fristlos gekündigt wegen Schwangerschaft?*

»Stimmt auf Heller und Pfennig, Lene – wie immer!«, sagte der Herr Oberst und klappte das Rechnungsbüchlein zu. »Na, dann war's das heute zum letzten Mal! Morgen früh gehst du in die Gebäranstalt?«

Sie nickte. Vor drei Wochen hatte sie dem Herrn Oberst alles gesagt und er hatte gar nicht so reagiert, wie sie befürchtet hatte. Vielleicht hätte sie es ihm ja schon viel eher sagen können und hätte sich gar nicht so schrecklich schnüren müssen? Es war eine riesige Erleichterung, es nicht mehr zu tun, seither fühlte sie sich wieder stark und gesund.

»Tja, Lene! Es tut mir Leid um dich, das muss ich schon sagen! Wenn dein Windhund von einem Bräutigam Soldat wäre, hätte ich ihn mir vorgeknöpft und so in den Senkel gestellt, dass er drum gebettelt hätte, dich heiraten zu dürfen – aber so bin ich leider machtlos. Und was das Weitere anbetrifft – ich habe mit meiner zukünftigen Gattin darüber gesprochen, ob wir dich anstellen könnten, wenn du das Kind untergebracht hast, aber sie hat es weit von sich gewiesen.« Er seufzte leise und fügte müde hinzu: »Die Damen der Gesellschaft sind sehr streng in ihren Moralvorstellungen. Und wenn sie selber noch nie in Not waren, können sie sich nicht vorstellen, wie es ist, in Not zu sein.«

Lene sah ihn überrascht an. Solche Töne vom Herrn Oberst! Auf einmal verstand sie, dass Fritz ihn geliebt hatte.

»Was willst du denn dann weiter machen?«, fragte er.

»Ich weiß nicht. Fürs Erste hab ich ja Geld, ich hab was gespart, aber wie lange das reichen wird ...«

»So! Na, da will ich mal was tun, damit es weiter reicht! Ich zahle dir den vollen Monatslohn und nicht nur den halben bis heute, und ich gebe dir fünfundzwanzig Mark als Abschiedsgeschenk; du wirst es bitter brauchen können.«

»Danke, Herr Oberst! Vielen, vielen Dank! Für alles auch, und dass Sie mir so was Gutes ins Gesindebuch geschrieben haben!«

»Das war nichts als die Wahrheit! So, und jetzt Schluss! Bleib anständig, hörst du? Dass du nicht in die Gosse abrutschst!« Er erhob sich und streckte ihr die Hand hin. »Gott befohlen, Lene!«

»Gott befohlen, Herr Oberst! Und ich gratuliere Ihnen auch sehr herzlich zur Hochzeit und wünsche Ihnen ein frohes Fest morgen!«

»Danke!«, erwiderte er trocken und entließ sie mit einem kurzen Nicken.

Als sie sein Herrenzimmer verließ und die Tür hinter sich zuzog, dachte sie: Wie gut hab ich es hier gehabt! Und es könnte so weitergehen, wenn ich dem Peter nicht getraut hätte! Mit der gnädigen Frau käme ich schon zurecht, aber das ist nun aus und vorbei.

Alles nur, weil ich mich verliebt habe. Und weil ich geglaubt habe, er würde mich auch lieben. Und weil ich geglaubt habe, ein Ring, das wäre ein Versprechen, und der Peter wäre einer, der ein Versprechen hält. Und er wäre der Richtige für mich, auf immer und ewig. Aber er ist nur ein Windhund, wie der Herr Oberst sagt. Und denkt nur an sich und nicht an mich und unser Kind.

Wie zur Bekräftigung trat ihr das Kind heftig in den Bauch.

»Ach du!«, sagte Lene leise und legte sich zärtlich die Hand auf den Bauch. »Ach du! Hoffentlich hast wenigstens du es mal besser als ich!«

»Stell dich nicht an, Lene, verkrampf dich nicht so!«, fuhr die Hebamme sie an. »Lass locker, hab ich gesagt! Entspann dich! Ist doch gar keine Wehe jetzt!«

Die Schmerzen. Das Kreischen und Jammern der anderen Mädchen im Saal. Und mehr noch die Blicke der Herren Studenten.

Hier so liegen, nur im Hemd. Angestarrt werden. Und nicht einmal eine Decke, unter der man sich verstecken könnte. Jesus, steh mir bei! Die Schmerzen, die will ich ja aushalten, aber das andere ... Wenn ich gewusst hätte, dass es so zugeht in einer Gebäranstalt, ich wäre nie hierher gekommen.

Nur ein gutes Wort, von einem einzigen Menschen! Oder jemand, der mir mal die Hand hielte! Der dieser Hebamme sagte, sie soll mich nicht so anfahren. Ach Mutter, Mutter, warum bist du nicht da!

Lene schlug die Zähne in ihre rechte Hand, grub sie tief hinein. Mit der linken umklammerte sie das silberne Kreuz an dem Kettchen um ihren Hals. Hilf mir, Mutter! Diese Frau da, diese Hebamme mit ihren kalten Augen und ihrer harten Stimme, die hat nie selbst ein Kind bekommen, die weiß nicht, wie das ist, aber du, Mutter, du weißt es, jünger warst du noch als ich ...

»Wenn die Herren Kandidaten mal ein Auge auf sie haben wollen? Ich muss zu der Neuen da drüben!«, sagte die Hebamme zu den Studenten.

Die drei Studenten kamen noch näher heran, umstanden

sie dicht. Lene zog sich das Hemd tiefer, drückte die Knie aneinander. Sie atmete gegen den Schmerz an, hechelte, Luft, Luft, Luft! Ein Zittern kam über sie, schüttelte sie, steigerte sich immer mehr, ließ sich nicht unterdrücken.

Die Herren Studenten stritten darüber, wer dran sei. Schließlich war die Entscheidung für einen Blassen, Schmalgesichtigen gefallen. Der stierte sie mit verlegenem Grinsen an. Eine leichte Röte war in sein Gesicht gezogen. »Ich muss dich jetzt untersuchen. Also wenn ich bitten darf?«

»Nein!« Schützend presste sie die Hände vor ihren Unterleib.

»Was soll ich denn machen?«, fragte der Student unsicher die anderen.

Nun trat der Zweite an ihr Bett. »Führ dich nicht auf wie eine Jungfrau, das nimmt dir hier keiner ab!«, sagte er, packte ihre Knie und zog sie auseinander.

»Nein!« Ihr flehentlicher Protest ging unter im Lärm des Saales.

Mit hochrotem Kopf beugte sich der erste Student herab. »Entschuldigung, Fräulein!«, murmelte er, tastete zögernd, ohne ein Wort, fühlte und drückte immer weiter. Dann richtete er sich auf: »Vorderhauptslage – glaube ich wenigstens. Könnt ihr mal? Ich weiß nicht, ich denke, es ist voll eröffnet, müssten jetzt nicht die Presswehen einsetzen?«

Der Dritte langte ihr auf den Bauch. »Ich spüre keine Kontraktion!« Und dann zu ihr: »Hallo, jetzt press! Du musst pressen wie auf dem Abort!«

Da war wieder der Schmerz. Sie schrie, sie wollte es nicht, sie konnte nicht anders, konnte nicht aufhören, zitterte.

Die Stimme der Hebamme: »Lassen Sie mich mal, meine Herren!« Feste Hände packten sie, schüttelten sie: »Reiß dich zusammen! Ist bald vorbei! Andere trifft's schlimmer, ich sag dir, da gibt's Sachen! Tief Luft holen! Kopf auf die Brust! Luft anhalten! Und jetzt pressen!«

Sie gab ihr Bestes.

»Nun packen Sie mal an, meine Herren, wir müssen sie stützen!«

Arme fassten sie, zogen sie in die Höhe, etwas hatte sich verändert, auf einmal erschien ihr die Hebamme nervös, »Pressen!« wiederholte diese immer wieder und »Mach schon«, immer aufgeregter wurde die Stimme der Hebamme, die Herren Studenten warfen sich Blicke zu. Die Schmerzen waren vorbei.

Dann wieder die Hebamme: »Das wird nichts! Immer diese jungen Dinger, selber noch halbe Kinder! Jetzt haben auch noch die Wehen ausgesetzt! Hol mal einer den Herrn Professor! Schnell!«

Sie wurde wieder aufs Bett gelegt. Das Zittern wurde immer schlimmer. Was war los? Was stimmte nicht? Musste sie sterben? Diese Blicke, die bedeuteten nichts Gutes, sie wollte sie nicht sehen, die machten ihr noch mehr Angst, sie schlug die Hände vors Gesicht.

Eine sehr ruhige, feste Männerstimme: »So, Mädchen! Du machst Geschichten, habe ich gehört?« Jemand fasste ihre Hände, zog sie vom Gesicht weg. Ein Herr im Gehrock stand neben ihrem Bett, der Herr Professor, den kannte sie, sie hatte ihm immer seinen Kaffee bringen müssen. Er fühlte ihren Puls, ihren Bauch, griff kurz mit routiniertem Blick zwischen die Beine. Wie er das tat, so sachlich, ruhig und sicher, da machte es ihr nichts aus. Er sah sie aufmerksam an, dann legte er ihr seine Hand über Nase und Mund. »Du wirst jetzt genau machen, was ich dir sage! Als Erstes atmest du ganz gleichmäßig und langsam in meine Hand. Nicht so schnell! Langsam ausatmen! Ausatmen! So ist gut! Keine Angst, Mädchen, wir kriegen das schon hin! Ist alles in Ordnung, alles in bester Ordnung!«

Seltsam ruhig wurde sie, das Zittern verebbte. Alles war verschwommen, sie spürte nichts mehr, nahm nichts mehr auf.

Irgendwann wieder diese sichere Stimme in ihrem Bewusstsein: »Also Indikation für Extraktion mit dem Forceps! Schon mal gemacht, meine Herren? Nein? Dann wird es Zeit! Herr Kruse, Hände noch einmal desinfizieren! Und dann los!«

Die Hebamme hielt sie an den Schultern, hatte ein Tuch über ihr Gesicht gelegt, dass sie nichts sehen konnte. Keiner sagte mehr etwas zu ihr. Nur der Herr Professor gab den Studenten knappe Befehle mit lauter Wörtern, die Lene nicht kannte. Sie machten etwas mit ihr, hart und kalt spürte sie Metall zwischen den Schenkeln. Dann waren die Schmerzen wieder da, nicht schreien, nicht vor dem Herrn Professor ...

Dann war da dieses Warme, Glitschige, Lebendige –

Die Hebamme ließ sie los. Sie schüttelte sich das Tuch vom Gesicht, stützte sich auf: Mein Kind, gebt es mir, mein Kind!

»Liegen bleiben!«, befahl der Herr Professor.

»Ein Mädchen!«, sagte die Hebamme und hielt ihr Baby an den Füßen in die Luft, gab ihm einen Klaps auf den Po. Da schrie es laut und hoch.

Ihr Kind, ihr Mädchen, ihre Kleine, sie lebte, alles war dran an ihr ...

»Geben Sie es mir?«, bettelte Lene, ihre Kehle war trocken, rau. »Bitte!« Sie streckte die Arme aus, völlig überwältigt von einem Gefühl so tief und warm: Mein Kind!

»Später! Es muss erst untersucht und gebadet werden!«, sagte der Herr Professor. »Meine Herren, sehen Sie sich den Säugling an!«

»Kommt mir etwas klein vor – vielleicht untergewichtig? – Will sagen: Hypotrophie ...«

Jedes dieser Worte schnitt sie mittendurch. Angst sprang sie an: War ihr Kind wirklich zu klein? Und dieses Wort mit H, war es eine Krankheit?

Der Herr Professor: »Hypotrophie? Nicht ganz, noch im Rahmen, aber eine gewisse Retardierung ist zu konstatieren. Kruse, mögliche Ursachen für Entwicklungsrückstand?«

Der Herr Student: »Ähem – Frühgeburt und Unterernährung der Mutter?«

Der Herr Professor: »Die häufigsten Ursachen! Trifft das in diesem Fall zu?«

Der Herr Student: »Nein, Herr Professor!«

Der Herr Professor: »Herr Hartwig, weitere Hypothesen?«

Sehr unsicher: »Vielleicht Alkoholismus?«

Der Herr Professor: »Kommt in Frage, ja. Sehen Sie in diesem Fall irgendwelche Anzeichen?«

Stammelnd die Antwort: »Ich weiß nicht ...«

»Meine Herren, haben Sie den Allgemeinzustand der Gebärenden nicht untersucht?! Alkoholismus können wir ausschließen. Welche Hypothese bleibt?«

Lene sah von einem zum andern. Wovon redeten sie? Stimmte etwas nicht mit ihrer kleinen Tochter? »Was ist denn mit meinem Kind?«, flüsterte sie. »Ist es krank?«

Keiner antwortete ihr. Keiner hörte auch nur ihre Frage.

»Haben Sie meinen neuesten Artikel nicht gelesen, in dem ich die Gefahren des Korsett-Tragens für Mutter und Kind diskutiere?«, rügte der Herr Professor. »Hier könnte ein Fall vorliegen, der meine These tendenziell unterstützt!« Dann zu ihr: »Hast du dich geschnürt? Hast du ein Korsett getragen und es so fest gezogen wie nur irgend möglich, damit keiner deine Schwangerschaft bemerkt?«

Sie nickte, überflutet von Angst und plötzlich aufflammendem Schuldgefühl. Hatte sie ihrem Kind damit geschadet? Aber das hatte sie doch nicht gewusst, das hatte sie nicht gewollt!

»Da haben wir es!«, erklärte er mit Befriedigung und warf den Herren Studenten einen triumphierenden Blick zu. »Das Schnüren ist ganz generell eine Unsitte! Eine Unzahl weiblicher Erkrankungen rührt von diesem Modewahn her. Man soll der Natur nicht ins Handwerk pfuschen. Und dann noch während der Gravidität! Mädchen, schnür dich nicht noch einmal!«

Das Zittern kam wieder über sie, schüttelte sie, kalt war ihr und doch so heiß. War ihr Kind jetzt krank, musste es vielleicht sogar sterben? Sie wollte es ihn fragen, er war doch ein Herr Professor, er musste doch etwas machen können –

»Bitte, Herr Professor!«, begann sie, doch er hatte sich schon zum Gehen gewandt und hörte sie nicht mehr.

Mit ihrer kleinen Marie im Arm und dem Tragekorb auf dem Rücken ging Lene langsam durch das Portal. Jetzt musste sie die Anstalt verlassen. Zehn Tage hatte sie noch bleiben dürfen, doch nun musste sie gehen.

Den Herrn Professor hatte sie nicht mehr gesehen. Aber sie hätte sich ja doch nicht getraut, ihn zu fragen. Bei dem jungen Assistenzarzt hatte sie es sich auch nicht getraut, nur mit der Schwester hatte sie darüber gesprochen, und die hatte gemeint, sie solle sich keine Sorgen machen, die Marie sei zwar etwas zierlich und klein, aber das komme vor und krank sei sie nicht. Außerdem habe sie einen starken Lebenswillen, das merke man schon daran, wie sie schreie und wie sie trinke, und auf den Willen zum Leben komme es nun mal an. Und dann hatte die Schwester gelächelt und gesagt: Wahrscheinlich ist die Marie nach ihrer Mutter geraten, die lässt sich auch nicht unterkriegen, was?

Nicht unterkriegen lassen – das sagte sich so leicht! Denn noch immer wusste Lene nicht, wohin sie mit ihrem Kind gehen sollte.

In der Gebäranstalt hatte es Adressen von wohltätigen Heimen gegeben. Sie hatte an jedes einen Brief geschrieben, aber immer dieselbe Antwort bekommen: Leider sind wir schon voll belegt und haben keine Möglichkeit ...

Sollte sie sich ein Zimmer in einer Pension suchen? Aber wie schnell war auf diese Art das Geld aufgebraucht, und wenn dann die Not kam, dann hatte sie gar nichts mehr! Eine Arbeit brauchte sie, damit sie nicht nur Geld ausgab, sondern auch welches verdiente, aber wie sollte das gehen, ein Dienstmädchen mit Kind?

Und eine Wohnung? Zu teuer, viel zu teuer. Und außerdem – sie glaubte nicht, dass ein Hauswirt an sie vermieten würde. Sie war ja nicht einmal volljährig, und dann ein Kind und kein Ernährer ...

Sie setzte sich auf eine Treppenstufe. Vergrub ihr Gesicht im schmächtigen Körper ihrer kleinen Marie, wiegte sich mit ihr, sich selbst mehr zum Trost als dem schlafenden Kind.

Und wenn sie gar nichts fand? In der Gebäranstalt hatte sie so etwas aufgeschnappt, das war ihr wie ein Messer in die Brust gefahren. Von Sorgerecht war da die Rede gewesen, das man entzogen bekommen könnte, und dann käme das Kind in ein Waisenhaus. Aber die durften ihr doch nicht ihr Kind wegnehmen! Sie musste etwas finden, sie musste, damit die im Amt sahen, dass sie fähig war, für Marie zu sorgen!

»Weißt wohl nicht, wohin?«, hörte sie neben sich eine freche Stimme.

Lene blickte auf. Ein Mädchen stand bei ihr, ein mageres, vielleicht zehnjähriges Ding.

»Ich weiß was für dich!«, erklärte das Mädchen und streckte die Rechte aus. »Für zehn Pfennige sag ich es dir!«

»Was weißt du schon!«, wehrte Lene ab und wischte sich mit dem Handrücken die Nase. »So 'ne Göre wie du!«

»Ich weiß zum Bleistift, dass du 'n Balg hast und keinen Vater dafür und dass du keine Arbeit nicht kriegst mit dem Balg auf'm Arm und dass du was brauchst, wo du's lassen kannst, und dass du 'ne Stelle brauchst, wo sie dich nehmen. Und für zehn Pfennige sag ich es dir!«

Lene saß mit offenem Mund da. Dann kramte sie zehn Pfennige aus ihrer Geldbörse und drückte sie dem Mädchen in die Hand. »Wirklich?«, stammelte sie. Wie konnte so ein Kind, das sie noch nie gesehen hatte, so viel von ihr wissen?

»Denn mal auf mit Gebrüll!«, sagte das Mädchen, steckte den Groschen ein und grinste Lene an. »Ich bin die Minna. Minna Besenrein. Und ich bring dich zu meiner Mutter. Und wenn du so gut bist – sag nichts von den zehn Pfennigen, ja?«

Lene ging mit dem Kind mit, von einer vagen Hoffnung erfüllt. Vielleicht war diese Mutter eine Wohltäterin, die ledige Mütter aufnahm? Aber nein, Wohltäterinnen waren feine Damen und die hatten keine Gören zur Tochter wie dieses Mädchen da …

Sie gingen durch viele Straßen, dann führte Minna sie in

einen schmalen Hinterhof. Fünf Stockwerke hoch die Häuser ringsum, kein Sonnenstrahl fiel in den Hof. Kleine Kinder spielten Ringelreihen und Abschlagen, Jungen turnten an der Teppichklopfstange, zwei Mädchen saßen auf den Deckeln der Müllkübel und sahen sich gemeinsam ein Album mit Reklamebildern an. Irgendwo aus der Höhe hörte man das Keifen einer Frau, aus dem Keller hörte man jämmerliches Kinderweinen und aus einem Fenster im Erdgeschoss Babygeschrei.

»Hier ist es!«, erklärte Minna. Hinter dem Mädchen trat Lene vom Treppenhaus aus in eine Küche, in der Wasserdampf waberte. Es roch nach Seife, Windeln und Kohl. Zwei Krabbelkinder rutschten am Boden herum. Eine rundliche Frau stand am Herd, füllte Milch in Babyflaschen. Nun wandte sie sich um und wischte sich mit dem Ärmel über die Stirn. »Wen schleppst du mir denn da an, Minna? Aus der Gebäranstalt? Na, Fräulein, weißt wohl nicht, was du nun machen sollst?«

Lene schluckte. Schüttelte den Kopf. »Können Sie mir denn helfen? Die Minna, die hat so was gesagt.«

»Na, das hat schon seine Richtigkeit. Ich weiß eine Stellung für dich. Wenn die dich dort nehmen, sind aber fünf Mark für meine Bemühungen fällig!«

»Eine Stellung? Aber – Sie kennen mich doch gar nicht, und ich hab doch das Kind ...«

»Na sag ich doch! Das Balg ist ja das Wesentliche dabei! 'ne Stellung als Amme, was denn sonst! Bei 'ner Frau Geheimrat, die ist gestern erst niedergekommen. Kriegst 'ne Spreewälder Tracht und schläfst im Kinderzimmer und hast täglich Fleisch und Milch und Gemüse und alles, so viel du willst, und hast nichts anderes zu tun, als das Balg von der Frau Geheimrat zu warten und zu baden und auszufahren und natürlich zu stillen. Du hast doch Milch, oder?« Ein prüfender Blick ging auf Lenes Brüste.

Lene nickte. Ihr wurde schwach vor Erleichterung. Eben hatte sie noch nicht gewusst wohin, und nun war alles so einfach! »Danke, ich weiß gar nicht, was ich dazu sagen soll! Sie sind so gut zu mir, und die fünf Mark, die verspreche ich Ihnen, die bekommen Sie, wenn es was wird. Wenn Sie mir dann die Adresse sagen und ein gutes Wort für mich einlegen? Weil ich doch noch so jung bin, nicht dass die Frau Geheimrat meint, ich habe nicht genug Milch. Ich hab viel mehr, als meine Marie braucht, es reicht bestimmt für zwei!«

»Für zwei?«, fragte Frau Besenrein. »Du meinst doch nicht, du kannst dein eigenes Balg mitnehmen zu der Frau Geheimrat? Nee, nee, das is' nicht!«

»Aber«, Lene stotterte, »ich gebe doch meine Marie nicht her, das kann ich doch nicht, und wo sollte ich denn hin mit ihr?«

»Zu mir, was denn sonst! Für zwölf Mark im Monat nehm ich sie dir und zieh sie dir auf wie mein eigen Fleisch und Blut, und an deinem freien Sonntag holst du sie und spazierst mit ihr in den Tiergarten!«

Lene wich zurück, stammelte: »Nein, das geht nicht, das mach ich nicht!«

Ihre Marie weggeben? Unmöglich. Ja, zu Beginn der Schwangerschaft hatte sie mehr als einmal gewünscht, das Kind wäre weg, einfach weg. Doch nun, wo es da war, mit seinen kleinen Fingerchen und seinen blauen Augen und blonden Haaren, und wo es an ihrer Brust getrunken hatte und in ihren Armen geschlafen …

»Was meinst du, wo du hier bist?«, schnauzte Frau Besenrein sie an. »Bei der Heilsarmee oder was? Zwölf Mark, das ist ein reeller Preis, billiger kriegst du es nicht, das kann ich dir verklickern! Zwölf Mark, ich hab selber vier Gören und keinen Ernährer, das ist billig, und beste Pflege, darauf kannst du dich verlassen, was, Minna?«

Das Mädchen nickte. »Ja, und ich spiel auch mit ihr und fahr sie spazieren!«

Lene tastete hinter sich, ließ sich auf einen Stuhl fallen. Von nebenan tönte vielfaches Babygeschrei. »Minna, was stehst du hier noch!«, schimpfte die Frau. »Nimm die Flaschen und gib sie den Bälgern, aber schnell, sonst...« Sie hob drohend die Hand.

Das Mädchen verschwand ins Nebenzimmer und bald verstummte dort das Geschrei. »Siehst du, beste Pflege!«, wiederholte die Frau. »Was ist nun? Willst du oder willst du nicht?«

Nein, wollen tat sie nicht. Aber was blieb ihr übrig?

Es hatte nicht sein sollen.

Seltsam, sie müsste eigentlich verzweifelt sein, aber sie war erleichtert. Da war das Gefühl: Es wäre nicht richtig gewesen. Ich kann doch nicht meine Marie einer fremden Frau geben und selber das Kind einer anderen Fremden aufziehen – was für ein Wahnsinn! Das wäre ja auch nicht viel besser als Waisenhaus!

Erst hatte alles so gut ausgesehen, dass sie gar nicht darüber nachgedacht hatte. Das Zimmermädchen war nett gewesen und hatte ihr zugeflüstert: Freu dich und sag zu, ist eine gute Stellung hier! Und die Frau Geheimrat, an deren Bett sie geleitet worden war, hatte ihr freundlich zugenickt und ihr erlaubt, sich auf einen Stuhl zu setzen, und hatte sich gut mit ihr unterhalten. Lene hatte geglaubt, sie bekäme die Stellung und müsse dankbar dafür sein. Aber dann hatte sie ihr Gesindebuch zeigen müssen und da war alles vorbei gewesen. »*Nicht kinderlieb*!«, hatte die Frau Geheimrat laut vorgelesen und ihr einen vernichtenden Blick zugeworfen und sich gar nicht mehr anhören wollen, was es mit diesem Eintrag auf sich hatte.

Und schon in diesem Augenblick hatte Lene gedacht: Wie gut! Ich hätte es nie und nimmer übers Herz gebracht, mich von Marie zu trennen. Nun muss ich es nicht.

Langsam ging Lene zurück in den Hinterhof zu Frau Besenrein. Minna, die mit einer ganzen Horde von Kindern Fangen um die Mülltonnen herum spielte, rannte ihr entgegen. »Na, hast du die Stelle?«

Lene schüttelte den Kopf.

»Au Backe!«, seufzte das Mädchen und verzog das Gesicht. »Da wird aber mit meiner Alten heute nicht gut Kirschen essen sein! Wo doch die fünf Mark schon für die Miete verplant sind! Geh nur schon rein in die gute Stube. Meine Mutter ist geschäftlich unterwegs, ich schmeiße hier den Laden solang!«

In der dusteren Küche saßen drei Kleinkinder auf dem Fußboden unter dem Tisch. Jedes war mit einer Schnur an einem der Tischbeine angebunden. Eines weinte jämmerlich, eines saß still in sich zusammengesunken, eines stieß mit leerem Gesichtsausdruck in rhythmischen Abständen den Hinterkopf immer und immer wieder an das Tischbein. Lene war entsetzt. Und dieser Frau Besenrein hätte sie beinahe ihre Marie anvertraut!

Nebenan ertönte vielstimmiges Geschrei. Sie stürzte in die Kammer. Auf einem breiten, unübersehbar durchnässten und beschmutzten Bett lagen nebeneinander von den Achseln abwärts wie Mumien verschnürt vier Säuglinge. Heftig strampelten sie mit den Ärmchen, dunkelrot verzerrt vor Anstrengung waren ihre kleinen Gesichter, nur Marie, die kleine, zarte Marie schlief unter diesem ganzen Gebrüll. Lene riss ihr Kind auf den Arm – nur weg hier, nur weg! Sie schaute sich um, dort im Eck stand ihr Tragekorb, sie lud ihn sich auf den Rücken, rannte in den Hof. Wehgeschrei erscholl dort, Frau Besenrein war zurückgekehrt und ohrfeigte heftig ihre Minna. Dann drehte sie sich zu Lene um und baute sich breit vor ihr auf. »Willst du etwa gehen? Wieso hast du die Stelle nicht bekommen?«

»Wegen meinem Eintrag im Gesindebuch. Weil da steht, ich sei nicht kinderlieb!«, erwiderte Lene und dachte: Was für ein Glück, dass die Frau Geheimrat mich weggeschickt hat, meine arme Marie, die wäre hier verloren! Aber sie hat einen Schutzengel, meine Marie, auch wenn sie noch nicht getauft ist. Auf Maries Schutzengel will ich vertrauen und darauf, dass der für uns sorgt.

»Warum hast du mir das nicht gesagt!«, schrie Frau Besenrein los. »Wie stehe ich jetzt da! Man hat doch einen Ruf zu verlieren! Was bist du überhaupt für ein Schaf! So ein Gesindebuch kann man doch verschwinden lassen, da geht man auf die Polizei und meldet, man hätte es verloren, oder noch besser, es sei einem gestohlen worden, und dann bekommt man ein neues! Und wegen so was verdirbst du dir eine Stellung und bringst mich um meine fünf Mark und meinen guten Ruf!«

»Guten Ruf?«, antwortete Lene. Eine Wut stieg in ihr hoch, ein heißer Zorn. »Wo Sie den herhaben wollen, das möchte ich aber mal wissen! Die armen Kinder am Tisch anbinden, das ist eine Sünde und eine Schande, und von wegen ›beste

Pflege‹! Die armen Würmchen brüllen sich ja die Seele aus dem Leib, und so, wie's da aussieht, sind sie seit Ewigkeiten nicht frisch gewickelt! Bei Ihnen lasse ich meine Marie jedenfalls nicht, aber schuldig bleiben will ich Ihnen nichts, hier haben Sie vierzig Pfennige! Das ist der Unterhalt für einen Tag, obwohl Marie nur ein paar Stunden bei Ihnen war, und jetzt gehen Sie mir aus dem Weg!«

Frau Besenrein schwieg. Machte den Mund auf, klappte ihn wieder zu.

Lene ging. Erleichterung fühlte sie, beinahe Triumph. Doch das hielt nicht lang vor.

Ziellos irrte sie durch die Straßen, las im Vorübergehen die Schilder an den Häusern, vor allem die provisorisch angehefteten Zettel. »Schlafstelle«, »möbliertes Zimmer«, »Dienstmädchen gesucht«, »Aushilfe gesucht«. Wenn Marie nicht wäre, dann würde es ihr nicht schwer fallen, etwas zu finden, aber so? Wann immer sie an einem Klingelzug ziehen wollte, hatte sie das Gefühl, es sei nicht das Richtige, und tat es nicht.

Seltsam, so wie heute hatte sie sich noch nie gefühlt. Nie in ihrem Leben war sie so ausgesetzt gewesen, so sehr angewiesen auf eine glückliche Fügung. Und nie in ihrem Leben hatte sie so einen Glauben daran gehabt, dass alles gut werden würde.

Es musste Maries Schutzengel sein, der sie unsichtbar begleitete.

Irgendwann würde ihr ein Zettel ins Auge springen und sie würde wissen, dass der für sie bestimmt sei, dass den Maries Engel geschickt hätte, daran hielt sie sich fest. Wenn sie nur den Glauben nicht verlor, dann würde Gott ihr helfen, wie er ihr geholfen hatte, dass sie Marie nicht bei der furchtbaren Frau Besenrein ließ. Nein, ihre Marie würde sie nicht weggeben, um nichts in der Welt, das wusste sie jetzt. Es musste einen anderen Weg geben.

»Weg hast du allerwegen, an Mitteln fehlt's dir nicht ...«, sang Lene leise und wiegte die kleine Marie dabei.

Bei Aschinger unter den Stadtbahnbögen aß sie für drei Groschen Löffelerbsen mit Speck und drei Brötchen dazu, denn die Brötchen gab es umsonst und sie musste schauen, dass sie bei Kräften blieb, damit sie für Marie genug Milch hatte.

In einer Toreinfahrt kauerte sie sich hinter eine Tür und gab Marie die Brust.

Weiter ging sie und weiter, Straßen, die sie nicht kannte, fremde Häuser, fremde Menschen. Die Hilfe des Engels ließ auf sich warten.

»Er wird zwar eine Weile mit seinem Trost verziehn ...«

Marie begann heftig zu weinen. Im Park am Friedrichshain legte Lene sie auf eine hinter Büschen verborgene Parkbank und wickelte sie frisch. Dann stillte Lene sie wieder. Wie kräftig Marie schon saugte! Und wie suchend ihr freies Händchen dabei um sich griff, wie angestrengt sie ihren Körper anspannte und wie weich und schwer er wurde, wenn sie satt war!

Bald würde Abend sein. Bald musste sie sich entscheiden, musste für die Nacht ein Zimmer suchen. Bald.

Aber da war unverrückbar dieses Gefühl, dass etwas geschehen würde, etwas, was ihr helfen würde. Je öfter sie die zwölf Verse von »Befiehl du deine Wege« sang, desto stärker wurde dieses Gefühl. Bestimmt zwanzig Mal hatte sie das Lied nun schon gesungen. Marie gefiel es. Sie lächelte, wenn Lene es sang. Ihre kleine, kleine Marie mit ihrem Lebenswillen, für die sie einen Platz zum Leben finden musste.

Wieder nahm Lene den Korb auf den Rücken und das Baby auf den Arm und verließ den Park. Dort drüben war eine Bäckerei. Für den Abend ein paar Brötchen, das wäre gut.

Lene öffnete die Ladentür, stockte einen Augenblick. »Mädchen für alles dringend gesucht! Lohn fünfzehn Mark monatlich«. Und dieser Zettel, der nicht anders war als viele Zettel, die sie heute gelesen hatte – nur der Lohn war an der untersten Grenze –, schien da nur für sie zu hängen. Heftig schlug ihr Herz.

Eine Kundin war vor ihr im Laden und unterhielt sich angeregt mit der Frau Meister. »Und?«, fragte sie gerade. »Was macht die Suche nach einem Mädchen?«

Die Frau Meister seufzte und füllte Semmelbrösel in eine Tüte, wog sie ab. »Ach, es ist aussichtslos! Die jungen Mädchen gehen lieber in einen vornehmen Haushalt, möglichst zu Herrschaften ohne Kinder – da haben sie nicht so viel Arbeit, ist ihnen ja nicht zu verdenken, aber dass sie dort nicht wie ein Mensch behandelt werden, sondern wie ein Lakai, das machen sie sich nicht klar. Und bei mir – drei Kinder, der Laden und die Backstube – ist eine Menge zu tun, ich kann's ja nicht leugnen! Jetzt, wo ich alles alleine machen muss, bleibt mir nachts kaum eine Stunde Zeit zum Schlafen, lange mach ich das nicht mehr, dann klapp ich zusammen. Aber was soll ich machen, mehr als fünfzehn Mark kann ich nicht zahlen!«

»Ich kann bei Ihnen anfangen!«, erklärte Lene laut und ruhig. Das war er, der Augenblick, auf den sie den ganzen Tag gewartet hatte, auf einmal wusste sie es ganz sicher. Sie sah der Frau Meister gerade in die Augen. »Ich kann noch heute bei Ihnen beginnen. Viel Arbeit schreckt mich nicht, ich bin stark, und ich habe schon ganz selbstständig gewirtschaftet als Haushälterin bei einem Oberst. Wenn Sie mir den Haushalt überlassen, brauchen Sie sich um nichts mehr im Haus zu sorgen. Nur eines müssen Sie wissen: Das hier ist mein Kind, ich habe keinen Ernährer für meine Tochter und ich trenne mich nicht von ihr. Wollen Sie mich nehmen – mit Kind?«

»Also, das ist doch ...«, stammelte die Kundin.

Lene achtete nicht auf sie. Sie sah nur die Frau Meister an. Das von harter Arbeit und Schlafmangel völlig erschöpfte, blasse Gesicht und die Augen, die warm waren und das Leben zu kennen schienen.

Die Frau Meister erwiderte den Blick. Sagte lange nichts. Dann nickte sie. »Einverstanden! Versuchen wir es miteinander! Für zehn Mark Lohn – denn fünf Mark berechne ich dir Logis für das Kind. Zwei Wochen Kündigungszeit. Jeden Sonntagnachmittag und -abend frei. Das ist mehr als üblich, aber dafür musst du dich sonst ordentlich ranhalten! Du gehörst zur Familie, sitzt mit uns am Tisch und kannst für dein Kind sorgen, wie es sein muss. Aber sehr viel Arbeit, ich sag's, wie's ist. Wie heißt du?«

»Lene Schindacker«, antwortete Lene und lächelte. »Und das hier ist meine Marie! Und damit Sie es gleich wissen, in meinem Gesindebuch steht, ich sei nicht kinderlieb, das hat mir die Frau Polizeihauptmann reingeschrieben, aber das ist nicht wahr! Ich war schon als junges Ding Kindermädchen.«

Die Frau Meister nickte. »Schon recht! Ich gebe auf meine Menschenkenntnis mehr als auf das, was dir eine Frau Polizeihauptmann ins Gesindebuch geschrieben hat. Wer so für sein Kind kämpft wie du, der kann gar nicht anders als kinderlieb sein! Also dann, Lene!« Sie streckte ihr die Hand hin.

── 12 ──

Lene knetete die eingeweichten Brötchen und das Ei unter das Hackfleisch. Viel mehr Brötchenmasse war es als Fleisch, aber das machte nichts; wenn man ordentlich mit Zwiebel, Salz, Pfeffer und Majoran würzte, schmeckte es trotzdem nach was. Den Trick hatte sie noch von der Frau Lehrer, bei der auch nie das Geld für Fleisch zum Sattessen gereicht hatte. Altbackene Brötchen gab es bei der Bäckerfamilie genug.

Eine große Umstellung war es, beim Kochen plötzlich wieder mit jedem Pfennig rechnen und sich bei jedem Gericht überlegen zu müssen, ob das Geld dafür reichte. Aber stolz war Lene darauf, dass die Frau Meister so viel Vertrauen in sie setzte, ihr sogar den Einkauf und den Speiseplan ganz allein zu überlassen. Vom ersten Tag an waren sie sich einig geworden: Lene oblag die Haushaltsführung, der Frau Meister der Laden und die Mitarbeit in der Backstube.

Es war ein Kunststück, mit dem knappen Haushaltsgeld auszukommen, aber Lene gelang es. Sparen, das konnte sie; wer das einmal so gelernt hatte wie sie bei der Frau Lehrer, vergaß es nie wieder.

Und es machte ihr Freude, wenn es den Kindern schmeckte und die Bäckerleute ihr Essen lobten und sich wunderten, wie sie das mit so wenig Geld schaffte. Ihren Dank konnte Lene auf diese Art dafür abstatten, dass sie hier eine Bleibe für sich und Marie gefunden hatte und behandelt wurde, als hätte sie schon immer zur Familie gehört.

Beinahe täglich fielen Lene neue Gerichte ein, wie man altbackenes Brot oder Brötchen und vertrocknete Kuchenstücke, die im Laden übrig blieben, zu schmackhaftem Essen verwerten konnte – Brotsuppen, süße und salzige Aufläufe oder als besonderer Luxus ein Hackfleischgericht wie heute. Lene, hatte die Frau Meister kürzlich gesagt, was du nur immer für Ideen hast, du musst ein Kochbuch für kleine Leute schreiben, damit wirst du reich!

Vielleicht, wer weiß, vielleicht tat sie das wirklich einmal.

Nebenan schrie Marie. Im Flur tobten Heinz und Jürgen, die sechsjährigen Zwillinge, und der zweijährige Paul. Über der Stadt ging ein Unwetter nieder, Lene konnte die Kinder nicht zum Spielen in den Hof schicken. Sie wusch sich die Hände, lief aus der Küche, schlichtete den Streit der drei Jungen um das einzige Steckenpferd, eilte in die Schlafkammer, die sie mit den Kindern teilte, holte ihre Tochter aus der Wiege, klopfte ihr beruhigend auf den Rücken – »Ist ja gut! Ist ja gut!« – und nahm sie mit in die Küche. Dort legte sie Marie in den Korb, den sie an einer Leine vom Deckenbalken abgehängt hatte, gab dem Korb einen Schubs und wandte sich dem Kochen zu. Marie protestierte noch einmal mit schrillem Gebrüll, doch als Lene zu singen begann, beruhigte sie sich, steckte sich den Daumen in den Mund und überließ sich dem Schaukeln des Korbes.

Lene schälte Kartoffeln, sang dabei und schubste ab und zu den Korb wieder an. Wenn Marie nur nicht wieder schrie! Manchmal hatte Lene das Gefühl, ihr Kopf würde platzen und etwas in ihr würde zerreißen von diesem Geschrei ihrer Tochter. Es war kein einfaches Baby, die Marie – die Hilde bei der Lehrerfamilie war genügsamer gewesen, hatte nur geschrien, wenn sie Hunger gehabt hatte oder die Windeln voll gewesen waren. Marie würde am liebsten den halben Tag im Arm gewiegt und spazieren getragen werden, aber das ging nun einmal nicht. Lene musste arbeiten und daran musste Marie sich gewöhnen. Doch seit Lene eingefallen war, dass die alte Buschen daheim im Dorf bei besonders unruhigen Kindern immer empfohlen hatte, sie in einem Korb von der Decke schaukeln zu lassen, war Marie viel zufriedener geworden. Die Bäckerleute hatten es erlaubt und der Bäckermeister persönlich hatte den Haken in den Balken geschraubt. Das würde Lene ihm nie vergessen.

Der Streit im Flur flammte wieder auf. Heulend kam der kleine Paul in die Küche. »Der Jürgen hat mir schon wieder das Pferd weggenommen!«, beklagte er sich.

»Aber ich bin doch ein Ritter! Und ein Ritter braucht ein Pferd!«, schrie Jürgen hinter ihm her.

O Gott, sag mir, wie ich das aushalten soll!

Schimpfen half nicht, das wusste sie. Lieber es im Guten versuchen. »Dann lass den Jürgen eben reiten und du bau dir eine Burg! Eine richtige Ritterburg!«, schlug sie vor. »Hier in der Küche! Schau, die Bank kann die Burg sein, das Butterfass der Turm ...«

»Und der Hocker das Tor!«, rief Heinz begeistert. »Ich spiel mit dir mit, Paul!« Sofort machte er sich daran, mit seinem kleinen Bruder die Küche umzubauen. Jürgen ließ sein Steckenpferd fallen und baute unter lautem Getöse mit.

Lene schloss kurz die Augen. Wenn sie nur einmal für ein paar Minuten Ruhe hätte! Nicht reden müssen, nicht zuhören, nicht schlichten und nicht ständig auf Maries Gebrüll gefasst sein müssen ...

Wie auf das Stichwort ihres Gedankens hin begann Marie sich zu beschweren.

»Auf, auf, ihr Rittersleut ...«, sang Lene das einst vom Herrn Lehrer umgedichtete Wanderlied, sang es für die Jungen und zugleich gegen Maries Weinen an, gab Maries Korb einen Schubs und schnippelte die Bohnen. Sie würde sie mit einer Mehlschwitze andicken, das sättigte und schmeckte dem Bäcker so gut.

Buletten braten, Mehlschwitze kochen, Kartoffelbrei stampfen, Küchentisch abräumen, sauber machen und für die Mahlzeit decken – Lene hatte alle Hände voll zu tun.

»Mein Gott, war heute was los im Laden und in der Backstube, wo unser Geselle krank ist!«, stöhnte die Frau Meister, als sie heraufkam und sich auf einen Stuhl fallen ließ. »Ich breche fast auseinander! Hoffentlich schreit nicht gleich eins der Kinder, das könnte ich jetzt nicht brauchen!«

Lene wurde rot. Das galt nicht nur den Jungen, das galt auch Marie. Rasch gab sie dem Korb einen Schubs.

»Das mit dem Hängekorb war eine gute Idee von dir!«, sagte die Frau Meister. »Seither ist Marie viel ruhiger, was? Sie hat eben Glück mit ihrer Mama!«

»Ach, ich weiß nicht. Wo ich mich doch geschnürt habe, damit keiner was merkt. In der Gebäranstalt – der Herr Professor hat gesagt ...« Lenes Stimme schwankte. Sie verstummte.

Die Frau Meister horchte auf, sah Lene an. »Was hat er gesagt?«

Lene schüttelte den Kopf, drehte sich zum Herd und nahm Pfanne und Töpfe vom Feuer.

»Jetzt setz dich hier her und rede!«, bestimmte die Ältere.

Lene setzte sich. Auf einmal begann sie zu zittern. Ihr war, als wäre sie die ganze Zeit am Ersticken gewesen an all dem, was sie mit sich herumtrug und unter dem Wust von Arbeit und Lärm begrub, und auf einmal brach es aus ihr heraus, als würde sie sich übergeben. Sie erzählte der Frau Meister, wie der Herr Professor und die Herren Studenten über einen Entwicklungsrückstand geredet hatten.

»Herr im Himmel!«, rief die Frau Meister aus. »Dieser Herr Professor, der sollte mir im Laden stehen, dem würde ich schon die Meinung sagen! Und diese Herren Studenten! Männer! Was verstehen die schon davon, wie es einer jungen Mutter ums Herz ist! Wie sich der jedes Wort festsetzt, selbst wenn's nicht so gemeint ist! Und dann nichts als Fachchinesisch reden und keine Frage beantworten und immer über deinen Kopf weg und überhaupt nicht merken, dass er einen Menschen vor sich hat! Da kann einer zehnmal Professor sein, wenn er eine Frau in so eine Not stürzt, dann kann er mir gestohlen bleiben!«

»Aber«, brachte Lene unter Tränen hervor, »wenn doch Marie vielleicht wirklich das hat, wovon die Rede war, diese Sache mit H oder mit R, ich hab's ja alles nicht verstanden, und wenn es vielleicht vom Schnüren kommt ...«

»Papperlapapp! Wie du das schilderst, will sich der Herr Professor damit wichtig machen und den Titel ›Geheimrat‹ verdienen und weiter nichts! Und du hast doch erzählt, die Schwester auf der Säuglingsstation hat gesagt, Marie ist gesund?«

Weinend nickte Lene. »Ja. Ein bisschen zierlich, hat sie gesagt, aber mit einem starken Lebenswillen, und auf den kommt es an.«

»Na, siehst du! Worüber machst du dir dann Sorgen? Ich bin kein Arzt, aber ich habe meine Erfahrung als Mutter, und eines sage ich dir: Die Marie entwickelt sich prächtig! Meine Zwillinge waren bei der Geburt sogar viel kleiner als die Marie, richtige Frühchen waren sie, und schau nur, was aus ihnen geworden ist! So was verwächst sich! So, und jetzt essen wir, bevor noch alles kalt wird. Heinz und Jürgen, holt mal den Vater aus der Backstube!«

»Danke!«, sagte Lene, wischte sich die Tränen aus dem Gesicht und schnäuzte sich lange. »Jetzt ist mir viel leichter.«

»Siehst du!«, sagte die Frau Meister. »Siehst du!«

Diese halbe Stunde in der Nacht, wenn sie die Regale im Laden auskehrte und den Boden wischte, gehörte ihr ganz allein. Wenn die Müdigkeit sich in Klarheit verwandelte und die Bewegungen, die am Tage rasch und kraftvoll waren – getrieben von der Notwendigkeit, die eine Arbeit schnell zu erledigen, um sich der nächsten zuwenden zu können – langsam und still wurden, sich beinahe in Andacht verwandelten. Dann, wenn auch die Frau Meister zu Bett gegangen war und alles schlief, wenn keine Pflichten mehr drängten, kein Essen anzubrennen drohte, kein Kind nach ihr schrie, kein Geschwisterstreit geschlichtet und keine kindlichen Fragen beantwortet werden mussten, dann war es Zeit, ganz allein für sich den Gedanken nachzuhängen, nachzuspüren. Dann war es Zeit zum Träumen.

Zehn Wochen war sie nun schon hier und sie wusste, sie würde bleiben. Auch wenn das Arbeitspensum kaum zu bewältigen war. Aber das Einverständnis mit der Frau Meister hatte sich von Woche zu Woche vertieft, mit dem Bäckermeister hatte sie nichts auszustehen und mochte seine wortkarge, ruhige Art und die Kinder waren ihr längst ans Herz gewachsen. Zehn Mark Lohn war alles andere als viel, aber dafür, dass

Marie mit ihr untergekommen war und dass sie Marie stillen und versorgen konnte, wenn es nötig war, dafür war es dann doch viel. Und dass die Frau Meister von ihr verlangte, nachts den Laden zu putzen als Ausgleich für die Pausen am Tag, in denen sie sich um Marie kümmerte – das war zwar hart, aber ungerecht war es nicht.

Wie viel Grund für Dankbarkeit ich doch habe!, dachte Lene und wischte den Boden. Das will ich nie vergessen. Und am Sonntag leg ich auch extra dafür etwas in den Klingelbeutel. Maries Schutzengel, der sorgt für sie – und für mich mit. Befiehl dem Herrn deine Wege, er wird's wohl machen ...

Ja, er hat's wohl gemacht, wenn man's recht betrachtet. Nur – leicht gemacht hat er es nicht, weiß Gott. All die Arbeit und all die Last. Aber so ist es eben, das Leben für unsereins. Wie ging dieser Bibelvers, den der Herr Lehrer immer zitiert hat? »Und wenn es viel war, dann ist es Mühe und Arbeit gewesen ...« Ja, das ist es, wenn man im Kuhstall aufgewachsen ist und dann nichts anderes werden konnte als eben eine Magd oder ein Dienstmädchen, weil einem zu mehr der familiäre Hintergrund gefehlt hat. Mühe und Arbeit und dann noch das Kind. Von so was haben die besseren Herrschaften keine Ahnung. Die kennen das Leben ja gar nicht.

Wenn ich nicht den Weg hierher gefunden hätte, was hätte dann werden sollen aus mir und aus Marie? Was machen all die vielen Mädchen, die keine Frau Meister finden wie ich?

Denen bleibt nur der Abgrund.

Kurz vor Mitternacht war es, als Lene mit der Arbeit fertig war und schlafen gehen konnte. Die Augen fielen ihr schon fast von selber zu.

Die Lampe in der Hand stieg sie die Treppe in die Wohnung hinauf und öffnete leise die Tür zum Kinderzimmer. Den

Docht schraubte sie tiefer, sodass die Flamme nicht mehr so hell schien und die Kinder nicht weckte. Dennoch schirmte sie den Schein vorsorglich mit der Hand ab.

Da standen die beiden Betten an der einen Längswand, an der die drei Jungen schliefen, die Zwillinge gemeinsam in einem richtigen Bett, der kleine Paul in einem Gitterbettchen. Und an der gegenüberliegenden Wandseite ihr eigenes Bett, daneben die Wiege der Bäckerfamilie mit ihrer kleinen Marie.

So klein war Marie gar nicht mehr. Sie war schon kräftig gewachsen und hatte richtig runde Bäckchen gekriegt. Die Waage im Laden zeigte einen stetigen Anstieg.

Nein, wegen einem Entwicklungsrückstand machte Lene sich keine Sorgen mehr. Aber manchmal kam sie doch, die Angst, nachts vor allem: die Angst, Marie könnte krank werden und sterben. Viele Säuglinge starben im ersten Lebensjahr – auch solche, die bei der Geburt viel kräftiger gewesen waren als Marie. Und jetzt im Sommer ging die Säuglingscholera um. Da half nur, an den Schutzengel zu denken, den Marie hatte, an den Schutzengel, der dafür gesorgt hatte, dass Lene einen Platz gefunden hatte, wo sie mit Marie bleiben konnte, einen Platz bei guten Menschen.

Marie wurde unruhig im Schlaf, strampelte, öffnete die Augen, begann zu weinen.

»Ist ja gut, mein Kleines!«, flüsterte Lene und nahm sie auf. Mit dem Kind im Arm setzte sie sich auf ihr Bett, zog die Beine hoch, lehnte sich an die Wand und gab ihm die Brust. Ein Gefühl war in ihr, so warm und zärtlich und verschwommen vor Müdigkeit. Sie schlief ein.

Irgendwann wachte sie auf, Marie hing schlaff und weich in ihrem Arm, die Brustwarze noch im halb geöffneten

Mund. Wie selig ihr kleines Gesicht aussah, so sanft und gelöst!

»Marie«, flüsterte Lene und beugte sich herab, drückte dem schlafenden Baby einen Kuss auf die Stirn. »Kleine Marie! Weißt du, ich war sehr allein. Dein Vater, der hat mich einfach im Stich gelassen und sich nie mehr gemeldet. Er hat so getan, als würde er mir nicht glauben, dass du sein Kind bist. Aber in Wahrheit hat er bloß nicht für uns sorgen wollen. Seine Freiheit und seine Bierhalle und seine Vergnügungen und seine Berlocken an der Uhrkette, das war ihm alles wichtiger als du und ich. Und ich Dumme, ich hab geglaubt, er meint es ernst mit mir, weil er mir einen Ring geschenkt hat! Und geliebt hab ich ihn, und als er weg war, da hat es mir fast das Herz gebrochen. Dass ich nicht in die Spree gesprungen bin, das wundert mich heute noch, so verzweifelt, wie ich war, und so weh, wie es getan hat, so grausam weh. Aber vielleicht war das ja damals schon dein Schutzengel, der den Wachtmeister da auf die Brücke geschickt hat, damit ich nicht ins Wasser geh. Dann würdest du nicht leben, stell dir das einmal vor! Nein, stell es dir nicht vor! Und ich, ich tu's auch nicht. Weil du nämlich zu mir gehörst.«

Sie küsste das Baby auf die Nasenwurzel, in diese sanfte Wölbung, die wie geschaffen dafür schien, ihre Lippen aufzunehmen. »Jetzt bin ich nicht mehr allein. Jetzt hab ich ja dich.«

Vorsichtig legte sie Marie zurück in ihre Wiege. Dann stand sie noch und sah auf ihr schlafendes Kind. Wie es da lag, sah es aus wie ein kleiner Engel. Und war alle Anstrengung und alle Entbehrung wert, machte alles wett. Ihr Kind.

Es wird Zeit, dass ich dich taufen lasse, Marie!, dachte sie. Die Frau Meister wird die Patin, ich hab sie schon gefragt, eine bessere als die kann es gar nicht geben. Aber eine Patin allein, das ist mir zu wenig für dich. Erst hab ich ja an Bertha gedacht, aber ich hab sie schon lang nicht mehr gesehen, und irgendwie ist sie mir gar nicht mehr so lieb, seit sie das gesagt hat, dass ich einfach schnell einen anderen heiraten soll und dich ihm unterjubeln. Außerdem ist es viel besser, wenn du einen männlichen Paten bekommst, wenn du schon keinen Vater hast. Deswegen hab ich dem Fritz einen Brief geschrieben und ihm alles erzählt. Ich glaube, er wäre ein guter Pate. Er war ja auch ein guter Freund. Wenn er auch leider so weit weg ist, dass er dich kaum besuchen kann, in Ostpreußen nämlich. Und deine Großmutter ...

Lene legte sich ins Bett, blies das Licht aus. Trotz der Müdigkeit war sie auf einmal überwach.

Dieser Brief an die Mutter ...

Sie musste ihn endlich schreiben. Mehr als einmal hatte sie ihn begonnen. Während der Schwangerschaft. Vor der Entbindung. Nach Maries Geburt. Begonnen und nie vollendet. Genauso wie den Brief an die Frau Lehrer.

Noch immer wusste daheim keiner davon, dass sie ein Kind hatte. Sie fürchtete sich so sehr davor, was sie als Antwort zu hören bekommen würde. Aber mehr noch davor, dass sie gar keine Antwort bekäme.

Aber Marie, ihre Marie, musste man nicht verstecken. Sie heimlich zu taufen, ohne dass jemand daheim es wusste, nein, das war nichts. Und das Aufschieben machte es auch nicht besser.

Lene nickte entschlossen zur dunklen Zimmerdecke hinauf: Sie würde am Sonntag der Mutter und der Frau Lehrer schreiben, dass sie die Marie habe und keinen Ehemann und wo sie jetzt mit ihr lebe und dass in drei Wochen die Taufe sei. Und diesmal würde sie die Briefe abschicken. Sogar einladen würde sie zur Taufe, die Frau Meister hatte es ihr vorgeschlagen.

Gut gemeint war das von der Frau Meister. Das war eine Frau, die hatte so viel Herz, damit hätten ein Dutzend Polizeihauptmanns-Gattinnen ausgestattet werden können!

Aber dass die Frau Lehrer kommen würde, das glaubte Lene nicht.

Und die Mutter?

Nein, die Mutter auch nicht.

Mit dem Brief in der Hand saß Lene am Küchentisch und fand nicht den Mut, den Umschlag zu öffnen. Ihre Adresse stand darauf in der ungelenken, des Schreibens entwöhnten Handschrift ihrer Mutter.

Lene drehte und wendete den Umschlag. Leicht und dünn war er. Nicht mehr als ein kleiner Zettel konnte darin sein. Aber was konnte auf so einem Zettel stehen! Wie vernichtend konnte er sein ...

Dieser eine Satz, den der Herr Lehrer unter den Brief der Frau Lehrer geschrieben hatte: Es tut mir Leid um dich, dass du vom rechten Weg abgewichen bist und nun allein mit einem Kind dastehst, aber ich wünsche deiner Marie Gottes Segen! So ein Satz, scheinbar freundlich und doch mit Widerhaken, die in der Seele bohrten.

Und was mochte die Mutter schreiben? Ich hab's dir doch gesagt, versau nicht dein Leben!?

Lenes Finger zitterten, als sie endlich den Brief aufriss und den Zettel herausnahm. »*Liebe Lene!*«, las sie. »*Ich komme zur Taufe. Deine Mutter.*«

Nur das. Mehr nicht.

Und doch ...

Tränen liefen Lene über die Wangen und tropften auf das Blatt. Sie legte den Kopf auf die Arme und schluchzte. Und etwas in ihrem Inneren, das wie ein fester Klumpen gelastet hatte, wurde weich. »Mutter!«, sagte sie leise, wischte sich die Tränen aus dem Gesicht und seufzte tief auf. »Ach, Mutter!«

Nun konnte es doch noch eine richtige Taufe werden.

Die Frau Lehrer hatte abgeschrieben. Lene solle entschuldigen, sie habe leider keine Zeit. Aber ein Kleidchen hatte sie geschickt, das früher der Hilde gehört hatte, und eine kleine Stoffpuppe, die sie selber genäht hatte. Und gute Worte hatte sie gefunden und nicht solche zweischneidigen wie ihr Mann.

Dass die Frau Lehrer nicht zur Taufe kam, das hatte Lene sich sowieso schon gedacht. Bei der Frau Lehrer hatte sie einmal eine Heimat gehabt, aber das war vorbei. Und das mit dem Herrn Lehrer sowieso schon seit langem.

Aber warum Fritz nicht antwortete? Ihm hatte sie doch als Allererstem geschrieben, und nun war er der Einzige, von dem sie noch nichts gehört. Dabei hatte sie ihn doch gebeten, den Paten zu machen! Da konnte er doch nicht so tun, als wäre nichts, und sich einfach nicht melden! Das passte so gar nicht zu ihm.

Ob er gekränkt war, weil sie ihm von ihrer Schwangerschaft nichts geschrieben und sich so lange nicht bei ihm gemeldet hatte? Konnte er nicht verstehen, dass sie das irgendwie nicht über sich gebracht hatte?

Dann musste er ihr das eben schreiben und erklären, dass er nicht Pate sein wollte! Aber sich überhaupt nicht melden, das ging nicht.

Lene stand auf und schaute in den Babykorb, schubste ihn sacht an. Marie lag schlafend darin, den Daumen noch halb im leicht geöffneten Mund. »Wenn Fritz nicht dein Pate sein will, dann weiß er gar nicht, was er sich entgehen lässt!«, sagte sie leise zu ihrer kleinen Tochter.

Sie ging zum Wasserhahn und ließ den Putzeimer halb voll laufen, schüttete einen Kessel kochendes Wasser dazu und gab einen Klecks Schmierseife und einen Schwapp Brennspiritus hinein. Sie wollte noch die Ladenfenster putzen. Am Nachmittag hatte die Sonne darauf gebrannt, da war an Fensterputzen nicht zu denken gewesen, weil sich doch nur Streifen gebildet hätten. Jetzt am Abend vor dem Dunkelwerden war eine gute Zeit dafür, und Ruhe hatte sie auch dazu, denn die Jungen waren schon alle drei im Bett und Marie schien auch noch eine Weile schlafen zu wollen, ehe sie lautstark nach ihrer späten Mahlzeit verlangen würde.

Im Laden zählte die Frau Meister eben die Einnahmen des Tages. Schweigend, um sie nicht beim Rechnen zu stören, machte Lene sich daran, die beiden Fenster von innen sorgfältig zu putzen. Dann trat sie hinaus auf den Gehsteig. Wie ein warmes Bad umfing sie die Sommerluft. Die Häuser strahlten noch die Hitze des Tages ab, doch ein leichter Wind war aufgekommen und sorgte für Linderung.

Lene stellte den Putzeimer ab, legte die Hände in den Rücken und dehnte sich. Nur einen Augenblick Pause machen, einen Augenblick den Abend genießen und die Ruhe!

In der Toreinfahrt gegenüber stand ein Liebespaar. Nicht heimlich ins Dunkel gedrückt, sondern offen und frei. Langsam hob der junge Mann seine Hand und strich dem Mädchen über das Haar. Es hielt ganz still, schaute ihm tief in die Augen.

Lene meinte die Berührung zu spüren, so sacht und voller Zartheit. Ein Schauer rieselte ihr den Rücken hinunter. Wie lang hatte sie so etwas nicht mehr gefühlt ...

Sie schloss die Augen. Auf einmal war wieder das Gesicht von Peter da, sein Lachen, das Tanzen und die Kahnfahrten, der Platz unter der Weide im Wasser ... Nein, den Peter wollte sie nicht zurück. Aber das andere ... Sich einmal wieder so lebendig fühlen und so leicht, als würde man fliegen, betrunken vom Glück ... Wohin mit der Sehnsucht?

Eine Kutsche zweiter Klasse ratterte laut über das Kopfsteinpflaster. Der Augenblick war vorbei.

Aus dem Hinterhof drangen die Stimmen von Kindern, die eigentlich längst im Bett sein sollten. Eine Frau führte ihren altersschwachen Mops aus. Und dort kam ein Mann die Straße herauf und sah die Hausfassaden entlang, als suche er etwas. Im Abendlicht konnte sie sein Gesicht nicht erkennen, doch kamen ihr seine Statur und sein Gang, ja jede seiner Bewegungen bekannt vor. Ihr Herz schlug schneller.

Er konnte es nicht sein. Dieser Mann da trug Mütze und Jacke eines Arbeiters und keine Soldatenuniform. Und doch –

»Fritz!«, rief sie und lief ihm entgegen, wollte ihm um den Hals fallen, er war es, er war es wirklich. »Fritz! Du!«

Kurz vor ihm blieb sie stehen. Sie hatten sich so lange nicht gesehen, nichts voneinander gehört. Fremd war er auf einmal und so anders ohne seine Uniform.

»Na, du frischgebackene Mutter!«, sagte er und grinste. Dieses Grinsen brach den Bann. Sie streckte ihm die Hand hin.

»Ich muss mir doch das junge Glück anschauen kommen!« Er lachte und schüttelte ihr die Hand. »Wenn ich auch sagen muss, erst war ich ein bisschen beleidigt. Da kriegt sie ein Kind und schreibt mir keinen Ton!«

»Ach«, erwiderte sie, »das hab ich schon befürchtet, weil du mir gar nicht geantwortet hast! Aber jetzt – dass du doch noch gekommen bist!«

Er zuckte die Schultern. »Ich hab deinen Brief ja erst vor ein paar Tagen bekommen!«

»Vor ein paar Tagen? Wieso das?«

Er zeigte auf seine Kleidung. »Na, du siehst doch, ich bin nicht mehr bei den Soldaten! Deswegen lag der Brief erst einmal bei meinem Regiment in Ostpreußen, und bis sich da so ein Schreiberling drum gekümmert hat, wo ich jetzt wohne, das hat eben seine Zeit gebraucht. Erst wollte ich dir schreiben, aber mit dem Schreiben habe ich es nicht so sehr, in einem Fall wie diesem. Irgendwie dachte ich, es ist besser, ich sehe selbst nach dem Rechten. Na ja, und heut Abend hab ich mich gleich nach der Arbeit auf die Socken gemacht. Meine Werkstatt liegt gar nicht so weit von hier, keine halbe Stunde zu Fuß.«

»Deine Werkstatt?«

»Nicht meine eigene, wo ich arbeite eben. Ich bin Dreher von Beruf, das hab ich gelernt, bevor ich zum Militär ging. Hab ich dir das nie erzählt?«

Sie schüttelte den Kopf. Für sie war Fritz immer ein Soldat gewesen, nichts anderes.

»Komm, gehen wir ein Stück!« Sie hängte sich bei ihm ein. »Erzähl!«

Und er erzählte, dass er Abschied vom Militär genommen hatte, weil die Zeit, für die er sich verpflichtet hatte, vorbei und ihm alles Militärische verleidet gewesen war, weil es ihn doch immer nur an den Herrn Oberst erinnert hatte. Und weil es auf Dauer nicht gut auszuhalten sei, nicht zeigen zu dürfen, wie es um einen stand – immer unter Männern in der Kaserne, und da wäre schon der eine oder andere gewesen, aber ständig die Angst, einer könnte was merken.

Lene nickte. Ja, das konnte sie verstehen.

Er erzählte weiter, dass er ihr geschrieben habe an die Adresse vom Herrn Oberst, aber der Brief als unzustellbar zurückgekommen sei. Und dass er sich gedacht habe, sie sei mit der neuen Frau Oberst nicht ausgekommen und hätte deswegen gekündigt. Und sie sei vielleicht inzwischen sogar schon verheiratet mit diesem Peter und hätte ihn, ihren alten Freund, ganz vergessen.

Und sie erzählte, wie der Peter sie verlassen hatte und wie sie gedacht hatte, nicht mehr leben zu können, und wie sie dann doch irgendwie weitergemacht hätte, von Tag zu Tag, und wie anständig der Herr Oberst gewesen sei. Und dann erzählte sie von der Gebäranstalt und von der Frau Besenrein und von der Frau Bäckermeister. Als sie in ihrem Bericht bei der Frau Meister angelangt war, durchfuhr sie ein Schreck. »Meine Güte!«, rief sie aus. »Ich war ja beim Fensterputzen! Und der Eimer steht auf dem Gehsteig und ich bin einfach weg und hab der Frau Meister nichts gesagt, nicht einen Ton! Und jetzt wird es schon dunkel!«

Sie eilten zur Bäckerei. Der Putzeimer stand nicht mehr vor der Tür. Der Laden war verschlossen. Lene zog an der Schelle.

»Au Backe!«, meinte Fritz. »Da hab ich dir was Schönes eingebrockt, was? Tut mir Leid, Lene, bei all der Wiedersehensfreude ...«

Die Ladentür öffnete sich, die Frau Meister stand darin, schaute von Lene zu Fritz und stemmte die Arme in die Seiten.

»Na!«, sagte sie und musterte Fritz. »Da ist wohl der treulose Vater reumütig zurückgekehrt! Ein bisschen spät, junger Mann! Das macht man nicht, ein Mädchen in seiner Not allein lassen, das schreib dir mal hinter die Löffel! Und sein eigen Fleisch und Blut im Stich lassen! Aber jetzt bist du ja wenigstens da! Aber eines sag ich dir, wenn du noch einmal der Lene so etwas antust, dann sag ich das meinem Mann, der ist zwar ein Stiller, aber wenn er in Rage kommt, dann kannst du mit verbundenem Kopf aus dem Charitéfenster kieken!«

»Donnerwetter!«, meinte Fritz. »Sie haben das Herz am rechten Fleck und machen aus Ihrer Seele keine Mördergrube, was? Na, wo Sie Recht haben, haben Sie Recht und ich unterschreibe jedes Ihrer Worte mit Brief und Siegel! Nur eines muss ich doch klarstellen: Ich bin nicht der Vater. Ich bin nur der Pate. Und mehr hab ich auch nicht vor zu werden.«

»Na, wenn das so ist! Dann will ich nichts gesagt haben!« Die Frau Meister lachte und streckte ihm die Hand hin. Oben im Haus begann Marie zu brüllen. »Von Ihnen hab ich schon gehört. Der Soldat, was? Aber Soldat hin oder her, die Lene hat zu arbeiten! Ich mag es nicht, wenn der Putzeimer auf dem Gehsteig stehen und die Arbeit liegen bleibt!«

»Tut mir Leid!«, beeilte Lene sich zu sagen.

Die Frau Meister nickte. »Na, bei so einem Wiedersehen! Ein Pate ist schließlich auch was. Besser als ein schlechter Vater, was, Lene?«

»Ja!«, bestätigte Lene. »Viel besser! Aber jetzt muss ich nach Marie sehen, sie hat Hunger. Und die Arbeit – das hole ich nach, Frau Meister!«

Eilig verabschiedete Lene sich von Fritz – »Vergiss nicht, am Sonntag um elf in der Immanuelkirche!« – und rannte die

Treppe hinauf. In der Küche nahm sie Marie aus dem Hängekorb. Ganz rot und erhitzt war die Kleine vom Brüllen. Lene klopfte ihr beruhigend auf den Rücken, ging mit ihr in die Kammer, setzte sich aufs Bett und begann zu stillen. Leicht streichelte sie Marie dabei über das runde Köpfchen.

»Jetzt hab ich alles, was du brauchst, Marie«, flüsterte sie. »Einen Platz und genug zu essen und eine Patin und einen Paten und eine Großmutter. Nur einen Vater kann ich dir nicht bieten. Aber du bist nicht das erste Mädchen, das ohne Vater aufwächst, auch wenn's nicht leicht ist, das weiß keine besser als ich. Für mich ist's auch nicht leicht mit dir und der ganzen Arbeit, weißt du. Aber ich bin jung und stark. Ich halte das aus. Bleibt mir ja gar nichts anderes übrig.«

Marie hörte auf zu trinken, sah Lene aufmerksam ins Gesicht.

Lene lächelte. »Ist ja gut!«, sagte sie. »Irgendwie werden wir beide es schon schaffen, du und ich! Schließlich sind wir nicht allein, wir haben ja uns und die anderen. Und bisher haben wir ja alles geschafft, oder?«

Von Gabriele Beyerlein u. a.
ebenfalls bei Thienemann erschienen:

Berlin, Bülowstraße 80a

Beyerlein, Gabriele:
In Berlin vielleicht
ISBN 978 3 522 17698 9

Umschlaggestaltung: Niklas Schütte
unter Verwendung zeitgenössischer Fotografien
Umschlagtypografie: Michael Kimmerle
Texttypografie: Marlis Killermann
Schrift: Joanna und Walbaum
Satz: KCS GmbH, Buchholz/Hamburg
Reproduktion: immedia 23, Stuttgart
Druck und Bindung: Friedrich Pustet, Regensburg
© 2005 by Thienemann Verlag
(Thienemann Verlag GmbH), Stuttgart/Wien
Printed in Germany. Alle Rechte vorbehalten.
6 5 4 3 2* 08 09 10 11

www.thienemann.de

Ein Blick hinter die Kulissen der Kaiserzeit

Gabriele Beyerlein
Berlin, Bülowstraße 80 a
ab 13 Jahren · 496 Seiten
ISBN 978 3 522 17823 5

„Die Zeiten ändern sich nun mal. Manches, was in meiner Jugend undenkbar oder ein Skandal gewesen wäre, ist heute schon beinahe eine Selbstverständlichkeit. Man muss dahinter nicht immer gleich den Verfall der Sitten beargwöhnen oder gar den Untergang des Abendlandes."

Das aufwühlende Schicksal einer jüdischen Familie

Inge Barth-Grözinger
etwas bleibt.
ab 13 Jahren · 448 Seiten
ISBN 978 3 522 17655 2

„Alles war wie immer, und doch war etwas anders an diesem letzten Sabbat im Januar 1933." Dieses unbestimmte Gefühl hat der 13-jährige Erich Levi, der vor einer Leidenszeit voller Schikanen, Quälereien, Ausgrenzungen, Demütigungen und Gewalt steht, aus der es im Deutschland des Nationalsozialismus keinen Ausweg gibt außer der Emigration.